古典詩歌研究彙刊

第十五輯

龔鵬程 主編

第 5 冊

熔鑄、重塑與本色
——蘇軾詩之道與技研究

張 輝 誠 著

國家圖書館出版品預行編目資料

熔鑄、重塑與本色——蘇軾詩之道與技研究／張輝誠 著－－初
版－－新北市：花木蘭文化出版社，2014〔民103〕
目 4+244 面；17x24 公分
（古典詩歌研究彙刊 第十五輯：第 5 冊）
ISBN　978-986-322-593-5（精裝）
1.（宋）蘇軾 2. 宋詩 3. 詩評
820.91　　　　　　　　　　　　　　　　　　103001194

ISBN-978-986-322-593-5

9 789863 225935

古典詩歌研究彙刊
第十五輯　第五冊　　　　　　　ISBN：978-986-322-593-5

熔鑄、重塑與本色——蘇軾詩之道與技研究

作　　者　張輝誠
主　　編　龔鵬程
總 編 輯　杜潔祥
副總編輯　楊嘉樂
編　　輯　許郁翎
出　　版　花木蘭文化出版社
社　　長　高小娟
聯絡地址　235 新北市中和區中安街七二號十三樓
　　　　　電話：02-2923-1455／傳真：02-2923-1452
網　　址　http://www.huamulan.tw 信箱 hml810518@gmail.com
印　　刷　普羅文化出版廣告事業
初　　版　2014 年 3 月
定　　價　第十五輯 20 冊（精裝）新台幣 30,000 元

熔鑄、重塑與本色
——蘇軾詩之道與技研究

張輝誠　著

作者簡介

張輝誠，1973 年生於雲林縣，原籍江西黎川。從小於雲林鄉間長大，虎尾高中畢業後，資賦優異保送台灣師大國文學系，後又就讀國研所，獲博士學位，同時任教於台北市立中山女高。文學作品曾獲時報文學獎、梁實秋文學獎、全國學生文學獎等，著有散文集《離別賦》、《相忘於江湖》、《我的心肝阿母》、《毓老真精神》。

提　　要

　　本論文旨在探究蘇軾熔鑄儒釋道思想以及前代詩家之詩歌技巧，以重塑出自我思想及詩歌之獨特樣貌。蘇軾對儒釋道思想抱持開放態度，逐漸形塑成兼融儒釋道之思想以立身處世，同時轉化於文學創作，其中詩乃蘇軾情感表達上最直接、最常使用的文學表現形式，也就最能看出儒釋道兼融思想的痕跡。本論文所關注的重點即在蘇軾如何熔鑄其「道」與「技」，「技」如何表現「道」，如何作到「技道兩進」。

　　本文除緒論、結論之外，正文共分八章。第一部分主要討論「道」，為第二、三、四章，分別論述蘇軾如何接受儒、道、釋之思想。儒家方面，蘇軾將人之的性與情，搭配天之道與易合觀，以人之「察易即道」的進路以及「虛靜致道」、「循理而動」「幽居默處而觀萬物之變」等功夫論，強調內在心神靜定以致道的修養、強調外在循理而動的實學。道家道教方面，蘇軾吸收內丹、養生、長生之術，表現內心平靜、壽命長生的渴望與追求，又反過來關照人世之愁苦喜憂、榮辱興滅與生命短暫，試圖藉由一己身心之自由、寧靜、超脫，進而擺落人世之種種牽絆。佛教方面，蘇軾吸收佛教靜心、觀空之法，走向個體悟空之小乘禪，在漸悟過程的進退中，感受到道與情的拉扯，道的追求讓他產生超然、灑脫、曠達的姿態與意味，情的拉扯又讓他產生深情、依戀、執著，歌詩創作也就極力表現出這種既衝突又融和又超越的結果，既明曠高遠又依戀徘徊。第五章則則綜合討論蘇軾以儒融鑄佛道而成的詩創作體用論，其創作過程從接觸、觀看事物，透過語言文字將之形成詩，再由詩歌回歸其儒釋道思想合一的覺察與思索。

　　第二部分主要討論「道」與「技」，為第六、七、八章，分別討論蘇軾學習前代詩家李白、杜甫、韓愈、白居易和陶潛的詩意及彼此間的思想共鳴與呼應。從李白學得飛昇俯瞰人間的觀物方式，再收歸於一心之觀看，觀看萬物之興滅得失；從杜甫學習人格之忠孝愛君、憐憫愛民，效法杜詩的道德理想、現實精神、政治原則和諷喻比興的詩歌藝術手法；從韓愈學習「以文為詩」的特點，融入散文之句法、虛字、議論於詩的技巧；從白居易學習淺易白俗的語言作諷諭詩，託事寄諷。從

陶潛學習外向猛志斂藏回歸自我所好及自然平和之樂，及平易韻遠的詩風，並透過遍和陶詩的過程，呼應彼此相似的生命處境，達臻深趣而幾於道。第九章，則討論蘇軾重塑所成的本色，在情真深至、參以道喜禪悅、意境恣逸獨闢、氣機疏暢、巧喻與博喻之妙用、窄韻巧押等。其中參以道喜禪悅，實包含儒以及釋道三教融和之後的思想反映，表現在詩中，呈現出東坡詩的本色面貌，即在於詩中所流露出的「反轉力量」，每每詩中描述生命之挫折處、困頓處、失意處、悲傷處，抒發苦悶、悲傷、痛苦的情緒之後，在詩末總是極力反轉，從苦悶悲傷痛苦之中反轉而上，轉出樂觀、曠達、安適之意。這種反轉的力量與姿態，正是源於其三教思想融和之後調適而成的生命力量。也成為蘇詩最重要的特徵。

目次

第一章　緒　論

第一節　研究動機與問題意識

一、蘇軾融通思想（道）與詩（言）創作之關聯

　　當代中文學術研究有一重要特徵，即將傳統學術視爲「知識」對待，分門別類，愈加分抉愈加苛細、瑣煩、窄淡，並且學術知識與個人生命幾乎兩不相涉。筆者學習從事學術研究與文學創作多年，一直思索假若論文生產只爲了興趣的滿足、學位的獲得、功名的成就，那麼論文豈不淪爲功利的手段和工具了。筆者期許自己能夠盡量跳脫這些纏縛，將研究對象與研究題目，設定爲個人生命嚮往之目標與砥礪之對象，因此學養豐富、創作不輟、曠達自適、隨遇而安的蘇軾，便成了筆者生命最嚮往的人物，乃決定以之爲研究對象〔註1〕。

〔註1〕以下展開之關於蘇軾熔鑄儒釋道思想的創作方式，實爲筆者多年來創作上效法與依循的對象，如拙作第一本散文集《離別賦》（臺北：時報出版社，2005 年）及《毓老眞精神》（臺北：印刻出版社，2012年）其本質皆是儒家思想；而《相忘於江湖》（臺北：印刻出版社，2007 年）其本質則是道家思想；另《我的心肝阿母》（臺北：印刻出版社，2010 年）書中特別寫成之〈我阿母的信仰諸因緣〉、〈我阿母的道家小觀行〉，皆刻意涉及到道教、佛教等思想；日後更計畫專寫一冊關於佛教思想之散文集。再者，筆者學習靜坐、練氣已兩年餘，

　　蘇軾在思想上及創作上，有一大特徵，即是：熔鑄。清代沈德潛
《說詩晬語》卷下云：「蘇子瞻胸有洪爐，金銀鉛錫，皆歸熔鑄。」
〔註2〕清代邵長蘅作「註（蘇）詩例言」〔註3〕十二條：「詩家援句賅
博，使事奧衍，少陵之後，僅見東坡，蓋其學富而才大，自經史四庫，
旁及山經地志、釋典道藏、方言小說以至嬉笑怒罵，里媼竈婦之常談，
一入詩中，遂成典故。故曰：註詩難，而註蘇尤難。」〔註4〕這兩段
話，邵氏所言旨在說明注解蘇詩之難，蘇軾學問淵博、閱讀廣泛，所
讀之書、所聞之語，無論莊諧、雅俗，皆可援之入詩，而後人按詩尋
求出處、典故，閱讀有限，註解起來便異常困難〔註5〕。沈德潛所言

故對蘇軾內丹之說，更是別有體會。凡此種種，皆只爲了說明本研
究與筆者自我生命之交融關係。

〔註2〕　蘇文擢編撰《說詩晬語詮評》（臺北：文史哲出版社，1985 年），頁
333。

〔註3〕　邵氏（1637 年～1704 年）曾在清初宋犖所購求並主持編撰刻印《施
注蘇詩》工作中，一起完成《施註蘇詩》工作，因此俗稱此書爲清
施本，或稱邵長蘅等刪補本。案，鄭騫〈宋刊施顧註蘇東坡詩題要〉
（收錄《增補足本施顧註蘇詩》（臺北：藝文印書館，1980 年，頁
11～51）據新發現之翁同龢傳諸後人的宋刊本《施顧註蘇詩》加以
比對及考證，指出通行的邵長蘅本是「據殘本改編過的，刪削竄亂，
面目全非」，其缺失爲「刪節」（施註大量被刪）、「竄亂」（施原註雖
存卻被割裂顛倒）、「冒充」（以王註爲施註），之所以有此缺失，主
因就在邵氏所據嘉定殘本破爛斷簡，而邵氏「憚於尋繹」。所謂「憚
於尋繹」，一方面是疏於原詩之正確文字的考證，另一方面則是疏於
施註原文之考證，但從邵氏所作而被指責爲刪節、竄亂、冒充等之
作爲可知，邵氏想做的無非是要在施註基礎上作一點整理工夫，因
此他才會指出「註蘇尤難」（當然從現實面來看就是超出了他的學問
能力，最後才弄巧成拙，迭遭批評）。但從「註蘇尤難」一語的感嘆，
對照別人批評他的「憚於尋繹」，卻可側面看出註解蘇詩之難，以及
蘇軾熔鑄典籍、材料之博雜。

〔註4〕　《施注蘇詩》（臺北：廣文書局，1978 年），頁3。

〔註5〕　蘇詩用典之博、注解蘇詩之難，託名南宋王十朋《集註分類東坡先
生詩》序文即已指出：「東坡先生之英才絕識，卓冠一世，平生斟酌
經傳，貫穿子史，下至小說、雜記、佛經、道書、古書、方言，莫
不畢究。故雖天地之造化、古今之興替、風俗之消長、與夫山川草
木禽獸鱗介昆蟲之屬，亦皆洞其機而貫其妙，積而爲胸中之文，不
啻如長江大河，汪洋閎肆，變化萬狀，則凡波瀾於一吟一詠之間者，

恰可作爲邵氏注腳，蘇軾之所以能夠「援句賅博，使事奧衍」，學富而才大之外，更在於「胸有洪爐，金銀鉛錫，皆歸熔鑄。」胸有洪爐，即是創作者內心有一轉化的能力，能將閱讀的原始材料「藝術加工」，熔鑄成具有自我特色的文學作品、形成具有自我特色的思想結晶。如果單純從形式技巧上看，蘇詩的「援句賅博，使事奧衍」其實就是後人所說的「以學問爲詩」，而「方言小說以至嬉笑怒罵，里嫗竈婦之常談，一入詩中，遂成典故」即是「以（化）俗爲雅」（將通俗俚俗之語轉化成典雅之句）〔註6〕；但是若從思想層面看，「經史四庫，旁及山經地志、釋典道藏」，就不單純只是「以學問爲詩」或「以俗爲雅」，更涉及到對儒釋道、經史子集的吸收與接受，同時又有價值抉擇與判斷存乎其中。此一價值判斷，又關聯到蘇軾之生命堅持與立身處世。如此，「胸有洪爐，金銀鉛錫，皆歸熔鑄。」就不單單是文字技巧上的熔鑄，更是思想的熔鑄，也是生命的熔鑄。

　　關於思想上的熔鑄，明末黃宗羲始修之《宋元學案》，全祖望繼修（黃宗羲學生）時特地增加〈蘇氏蜀學略〉，將蘇氏蜀學稱爲「雜學」，列於《學案》之末，評曰：「老泉文初出，見者以爲《荀子》。……蘇氏出於縱橫之學而亦雜於禪……」〔註7〕全祖望認爲蘇軾父子之學乃出於縱橫家，這種觀點在北宋時蘇軾生前就已經是常見的論調，如《續資治通鑑拾補》記載王安石評論蘇軾：「上（宋神宗）閱轍（蘇

　　詎可以一二人之學而窺其涯涘哉！」說的就是蘇軾用典之博，同時也是熔鑄典籍之廣。王氏文見《集註分類東坡先生詩》（臺北：臺灣商務印書館，影印四部叢刊），頁2。

〔註6〕〔明〕胡應麟《丹鉛新錄》卷二云：「坡公言語妙天下，……。蓋公天才飆發，學海淵泓，而機鋒游戲，得之禪悅，凡不可摹之狀，與甚難顯之情，一入坡手，無不躍然。以故模山範水，隨物肖形；據案占辭，百封各意。凌雲結藻於清眞，動思流韻於婉轉；嬉笑怒罵，無非文章；巷語街談，盡成風雅矣。」說的也是蘇軾熔鑄的特色，其中「嬉笑怒罵，無非文章；巷語街談，盡成風雅」就是「以（化）俗爲雅」的最好解說。

〔註7〕〔清〕黃宗羲、全祖望《宋元學案‧荊公新學略》（北京：中華書局，1986年）卷九十八。〈蘇氏蜀學略〉則置爲卷九十九。

轍）狀，問：『轍與軾何如？觀其學問頗相類。』王安石曰：『臣以嘗論奏，軾兄弟大抵以飛箝捭闔爲事。』」〔註8〕飛箝，即察人之是非語，飛而鉗持之；捭闔，即用言語進行分化、拉攏的遊說之術。意思就是把蘇軾當作縱橫家者流。因此日後攻擊蘇軾之政敵，攻擊理由幾乎無一例外都用「縱橫家」塗抹之。因爲一旦被視爲縱橫家，意味者其人只以利害爲前提，而不顧及仁義道德，其心險詐可推想而知，此一論調遂成爲攻擊蘇軾父子最有力的基礎。三蘇之所以會被視爲縱橫家，從其思想體系來看，雖亦根柢六經，歸本於道德仁義，但卻以貫通經史，深察史實人事，提供濟世之智術而聞名，因爲不諱談智巧利害與實際治術，故而常被視爲戰國縱橫家之流。蘇洵之所以「老泉文初出，見者以爲《荀子》」〔註9〕，與其所著〈幾策〉、〈權書〉、〈衡論〉，皆是剖析情勢，探討智術之說有關。蘇軾亦復如此，如讚許諸葛亮則從風節名義與智謀權略並重著眼，云「西漢之士多智謀，薄於名義；東京之士尙風節，短於權略。兼之者，三國名臣也，而孔明巍然三代王者之佐。」〔註10〕就是這種強調兼具「道德」與「智謀」並重的主張，屢屢被指摘爲縱橫家之輩。但從蘇軾後來的一生行事考察之，蘇軾完全可以確定並非縱橫家者流，他的行事反倒接近儒家「兼濟獨善」之行。全祖望將蘇軾學問視爲出於縱橫家，同時雜有禪家思想的特點，裡頭其實是略帶微詞的，原因就在於《宋元學案》原就是以理學純正與否作爲主要評斷標準，但另一方面卻也顯示出了蘇軾之學與正宗理學之不同處，一純一雜，「雜」在純正理學觀念中雖然礙目，但卻是蘇軾「胸有洪爐，金銀鉛錫，皆歸熔鑄」之後的獨特結果。

關於熔鑄與雜，用來描述蘇軾之學，近代學人錢穆先生曾對蘇

〔註8〕 〔清〕秦緗業、黃以周等編輯《續資治通鑑拾補》卷五，熙寧二年八月條。

〔註9〕 《宋元學案》卷98，頁3237。

〔註10〕 孔凡禮點校《蘇軾文集》（北京：中華書局，1986年）卷六十五〈三國名臣〉，頁2042。（以下註解皆略稱爲《蘇軾文集》，不復繁注）

軾兄弟有如是之觀察及評論：

> 他們會合著老莊佛學和戰國策士乃及賈誼、陸贄，長於就
> 事論事，而卒無所指歸；長於合會融通，乃卒無所宗主。
> 他們推崇老釋，但非隱淪；喜言經世，又不尊儒術。他們
> 都長於史學，但只可說是策論派的史學吧！他們姿性各
> 異，軾恣放，轍澹泊。皆擅文章，學術路徑亦相似。他們
> 在學術上，嚴格言之，似無準繩，而在當時及後世之影響
> 則甚大。好像僅恃聰明，憑常識。僅可稱之曰俗學，而卻
> 是俗學中之無上高明者。他們並不發怪論，但亦不板著面
> 孔作莊論。他們決不發高論，但亦不喜卑之毋甚高論的庸
> 論。他們像並不想要自成一學派，而實際則確已自成一學
> 派。……他們是儒門中之蘇張，又是廟堂中之老莊。非縱
> 橫，非清談，非禪學；而亦縱橫，亦清談，亦禪學。實在
> 不可以一格繩，而自成為一格。〔註11〕

錢賓四先生這段話雖然也同樣帶有儒學正統的評價觀，但較諸《宋
元學案》「蘇氏出於縱橫之學而亦雜於禪」的評論來得更高明、也更
加貼切。在錢賓四的看法中，蘇軾兄弟擅長「合會融通」，融通儒釋
道、縱橫家策士及歷代政論家之政論，但融通的過程有兩個重要特
徵：其一是融通學說化為己用之後，卻不全然依歸其學說根本實踐
處，其二是他們在融通各種學問之餘，善於游處於各種學問之間，
巧妙而和諧地表現出各種學問之共同義理。將學說化為己用之後，
卻不依歸其學說之根本實踐處，所以錢賓四說「推崇老釋，但非隱
淪；喜言經世，卻不尊儒術」，即是蘇軾雖推崇道家、佛教，但終究
並未選擇出世、出家或隱居；喜歡講求經世之學，卻不接受獨尊於
儒術。即使長於史學，卻不是正統史書之學，而是策論派的議論史
學。這樣的結果導致蘇軾之學看起來就像游處在學說之間，「儒門中
之蘇張，又是廟堂中之老莊」貌似儒家，卻又雜有縱橫家蘇秦、張
儀者流的內容；在嚴肅端正的廟堂朝廷之中，卻又有老莊的自然逍

〔註11〕錢穆《宋明理學概述》（臺北：臺灣學生書局，1977 年），頁 29。

遙之心靈與姿態。所以錢賓四認爲蘇氏兄弟看起來合會融通諸多學說，但就其根本卻是什麼學說都不依附、皆不契入，看起來卻又像是全然依附，全都契入，「非縱橫，非清談，非禪學；而亦縱橫，亦清談，亦禪學」，產生這麼獨特的現象。

何以蘇軾在融通諸家學說之後，卻不願歸附於學說根本實踐處呢？又何以在融通各家學說之後，選擇游處於各種學問之間？這兩個問題其實是一體兩面，原因就在蘇軾從各種學說之中乃要尋得一生命安頓之根本，即蘇軾〈江子靜字敘〉所云：「故君子學以辨道，道以求性，正則靜，靜則定，定則虛，虛則明。」〔註12〕此一根本向內可安頓其心，向外可經世濟民。爲了安頓其心，凡可安頓身心之學說皆可收攝入用，凡煩擾亂靈府之板澀規矩、僵硬儀式皆可除卻拋棄〔註13〕；爲了可以經世濟民，凡實用之學，無不可利用之。在錢賓四看來，成了「好像僅恃聰明，憑常識。僅可稱之曰俗學，而卻是俗學中之無上高明者。他們並不發怪論，但亦不板著面孔作莊論。他們決不發高論，但亦不喜卑之毋甚高論的庸論。」這樣似褒似貶的評論，一面貶之爲只是憑恃聰明、常識而成的俗學，一面又不得不承認其是俗學中之無上高明者。在錢賓四氏的似褒似貶之中，恰恰突顯出了蘇軾學說的特徵，在於蘇軾對於各家學說，僅止於接觸與理解，並無深究、開拓的興趣與意願。接觸與理解，只需「恃聰明，憑常識」即可完成。但是這樣的俗學如何能夠變成「俗學中無上高明者」，原因就在於蘇軾將這些學說內容，通過「合會融通」的轉化，形成一種通俗又略帶思想程度的文學創作。然而錢賓四還忽略的一點是，蘇軾的「俗學」除了不發怪論、庸論之外，最

〔註12〕 《蘇軾文集》卷十，頁332。

〔註13〕 蘇軾與程頤之衝突，即顯示蘇軾對於儒家僵硬禮法觀念與儀式之不耐。孫升《孫公談圃》卷上記載：「司馬溫公之薨，當明堂大享朝臣，以致齋不及奠，肆赦畢，蘇子瞻率同輩以往。而程頤固爭，引《論語》：『子於是日哭則不歌。』子瞻曰：『明堂乃吉禮，不可謂歌則不哭也。』頤又諭司馬諸孤不得受弔。子瞻戲曰：『頤可謂燠糟鄙俚叔孫通。』」引自同註1書，頁109。

重要的是蘇軾將此學轉向了個人生命的安頓與涵養。錢賓四將蘇軾「學術」與「文學」區分開來談，但蘇軾卻是刻意將「學術」與「文學」緊密結合者。

評論蘇軾文學或學術，無論是用「熔鑄」、「雜」或「合會融通」，這種融通本身就融合著諸家學說，也融通各種典籍材料，同時也融通著各種文學體式（如以文爲詩、以賦爲詩、以詩爲詞），當然也更融通著了學術與文學之間的界線。

以蘇軾自己的觀點來看，這種融通的結果，其目的都是爲了追求「道」。蘇軾〈送錢塘僧思聰歸孤山敘〉：

> 天以一生水，地以六成之，一六合而水可見。雖有神禹，不能知其孰爲一孰爲六也。子思子曰：「自誠明謂之性。自明誠謂之教。誠則明矣，明則誠矣。」誠明合而道可見。雖有黃帝、孔丘，不能知其孰爲誠孰爲明也。佛者曰：「戒生定，定生慧。」慧獨不生定乎？伶玄有言：「慧則通，通則流。」……錢塘僧思聰，七歲善彈琴。十二捨琴而學書，書既工。十五捨書而學詩，詩有奇語。雲煙葱朧，珠璣的皪，識者以爲畫師之流。聰又不已，遂讀《華嚴》諸經，入法界海慧。……。使聰日進不止，自聞思修以至于道，則《華嚴》法界海慧，盡爲蓬廬，而況書、詩與琴乎。……。聰若得道，琴與書皆與有力，詩其尤也。聰能如水鏡以一含萬，則書與詩當益奇。吾將觀焉，以爲聰得道淺深之候。

〔註14〕

這篇文章即可見蘇軾融通各家思想的特徵，用儒家《易經》「天一生水，地六成之」、《中庸》「自誠明謂之教」一段、佛語「戒生定，定生慧。」目的皆在闡明「求道之工具及過程」與「得道」之關係，可簡稱爲「技」與「道」之間的關係。意即「得道由技」或「由技入道」，得道之後便不復計較「得道之技」的區別、方法和過程。這種過程，無論儒家或佛教思想都是可以互通的。蘇軾此文寫贈給錢塘僧友思聰，言其能彈琴、學書、學詩，然而而琴、書、詩，都是技，但卻能

〔註14〕《蘇軾文集》卷十，頁325。

有所助力於「得道」，也就是說文學藝術之事並不妨礙於尋道，反而還對求道有益。而「得道」之後即如「水鏡」一般，可以「以一含萬」，反過來助益詩書等「技」，意即「技道是可以兩進」的。重點更在於，可以「以一含萬」的「道」，是所有技之根本、之大要。

宋代文人多受儒釋道思想共同影響，蘇軾更是其中最顯著者。蘇軾對儒釋道思想抱持開放態度，逐漸形塑成以儒釋道兼融的思想以立身處世，學者常說蘇軾在立朝爲官時以儒家思想爲主，貶謫外地則見佛道思想抬頭〔註15〕。但仔細考索蘇軾詩歌創作，儒釋道融合的思想卻是不論何時都在詩中紛呈出現，佛道思想與典故更是蘇軾詩作的一大題材來源。蘇軾並不以理論見長，對於儒釋道的思想的闡述與發揮，都不是在於義理的拓寬與加深，而是他吸收了儒釋道的思想，「轉介」化用到文學創作，讓文學作品充滿濃厚的儒釋道風味，其中詩是蘇軾情感表達上最直接、最常用的文學表現形式〔註16〕，也就最能看出儒釋道兼融思想的痕跡，因此本論文鎖定蘇詩作爲主要探討之材料。換言之，本論文所要討論的蘇軾對於「道」的「熔鑄」內涵與「技」（以詩爲主要對象）如何受到「道」的影響，「技」又如何表現「道」，如何做到「技道兩進」。

二、蘇軾對前代詩家的評論與模仿及重塑自我詩歌面貌之過程

從宋人以降，便開始以「天才」來稱呼蘇軾的詩歌表現與成就，以下資料略可窺見一二：

〔註15〕 詳見王水照《蘇軾論稿》〈蘇軾創作的發展階段〉（台北：萬卷樓出版社，1994 年）；王水照、朱剛《蘇軾評論》（南京：南京大學出版社，2004 年），頁 421～437。

〔註16〕 蘇軾對詩歌的情歌抒發及真誠表現的態度，從《蘇軾文集》卷四十九〈謝梅龍圖書〉可以窺見：「言之不足以盡也，則使之賦詩以觀其志。……夫以終身之事而決於一詩，豈其誠發於中而不能以自蔽邪？」、「詩賦將以觀其志，而非以窮其所不能；策論將以觀其才，而非以掩其所不知。」雖然是在談宋代科舉試以詩、策論之事，但卻可側面窺見蘇軾對詩歌的態度。

東坡公詩，天才宏放，宜與日月爭光。凡古人所不到處，
發明殆盡。「萬斛泉源」，未爲過也。〔註17〕（宋代蔡絛《西
清詩話》）

晁以道云：「『指呼市人如使兒』，東坡最得此三昧。其和人
詩，用韻妥帖圓成，無一字不平穩。蓋天才能驅駕，如孫、
吳用兵，雖市井烏合，亦皆爲我臂指，左、右、前、卻，
在我顧盼間，莫不聽順也。前、後集似此類者甚多，往往
有唱首不能逮者。」〔註18〕（宋代朱弁《風月堂詩話》卷上）

坡詩天才高妙，谷詩學力精嚴，坡律寬而活，谷律刻而切。
〔註19〕（元代方回《瀛奎律髓》卷二十一）

東坡作詩，非只不能同孟東野之喫苦，並不能如黃山谷之
刻至，賴有天才，抱萬卷書，以眞氣行之耳。〔註20〕（清代
延君壽《老生常談》）

嘗論東坡七律，固是學問大。然終是天才迥不猶人，所以
變化開合，神出鬼沒，若行乎其所無事。〔註21〕（清代延君
壽《老生常談》）

李昭玘言蘇軾作詩天才宏放之外，還特別指出蘇詩在古人詩歌成就的
基礎上，開拓了新的疆界與領域，雖然李氏並未具體說明蘇軾在「古
人所不到處，發明殆盡」的地方究竟爲何，但卻提示了一個重點，即
是蘇詩在傳統之中尋求、發明「新變」的要素。朱弁言蘇軾的和人詩，
援用原唱詩之韻卻妥貼圓成，字字平穩，歸因於乃天才所致。方回則
從詩之格律的特徵來看蘇黃之別，蘇軾格律寬鬆卻靈活，純任其天才
高妙。延君壽也從天才處，談蘇詩與孟郊、黃庭堅詩之苦吟與刻意不
同，而其天才，加上博覽群書，故能以眞氣行之於詩中。

〔註17〕引自四川大學中文系唐宋文學研究室編《蘇軾資料彙編》（北京：中
　　　　華書局，1994 年），頁 190。
〔註18〕引自同上注書，頁 332～333。
〔註19〕引自同上注書，頁 852。
〔註20〕引自同上注書，頁 1485。
〔註21〕引自同上注書，頁 1484。

　　蘇軾作詩之天才宏放，似無跡可循，無學習之來轍。實則不然〔註22〕。蘇詩仍有一學習模仿的過程，宋代朱弁《曲洧舊聞》卷十即紀錄了當時關於這個問題的討論，有人以蘇軾詩始學劉禹錫的觀點詢問朱弁，朱弁則以親聞蘇軾好友參寥的回答答之：

> 參寥曰：「此陳無己之論也。東坡天才無施不可，以少也實嗜夢得詩，故造詞遣言，峻峙淵深，時有夢得波峭。然無己此論，施於黃州以前可也。坡自元豐末還朝後，出入李、杜，則夢得已有奔逸絕塵之嘆矣。無己……，常云：『此老深入少陵堂奧，他人何可及！』其心悅誠服如此，則豈復守昔日之論乎？」〔註23〕

這段話說的就是蘇詩受到劉禹錫〔註24〕、李白、杜甫等人的影響。又

〔註22〕宋人皆以蘇軾記性奇佳，乃天才所致，實則為刻苦反覆誦習而成，此例可作一佐證。宋代魏了翁《鶴山先生大全文集》卷六十三〈跋公安張氏所藏東坡帖〉載：「朱司農載上，嘗分教黃岡。時東坡謫居黃，……東坡始出，愧謝（朱司農公）久候之意，且云：『適了些日課，失於探知。』坐定，他語畢，公請曰：『適來先生所謂日課者何？』對云：『抄《漢書》。』公曰：『以先生天才，開卷一覽，可終身不忘，何用手抄邪？』東坡曰：『不然，某讀《漢書》，至此凡三經手抄矣。初則一段事，抄三字為題；次則兩字；今則一字。』公離席復請曰：『不知先生所抄之書，肯幸教否？』東坡乃命老兵就書几上取一冊至。公視之，皆不解其義。東坡云：『足下試舉題一字。』公如其言，東坡應聲，輒誦數百言，無一字差缺。凡數挑皆然。公降嘆良久曰：『先生真謫仙才也！』」

〔註23〕引自四川大學中文系唐宋文學研究室編《蘇軾資料彙編》（北京：中華書局，1994年），頁328。

〔註24〕蘇軾詩之學習劉禹錫，實遠不及李、杜，甚至韓、白等人，因此參寥才說這是陳無己（師道）的個人看法，尤其蘇軾謫黃之後的大量詩歌成熟作品，多可見李、杜之影響。也因此本文並未將劉禹錫納入蘇軾學習的對象加以討論。不過，偶爾零星還是可見蘇軾對劉禹錫詩的汲取與化用，如蘇詩「故交雲雨散」（〈除夜病中贈段屯田〉），化用自劉詩「故人雲雨散」（〈請告東歸發霸橋卻寄諸僚友〉）；蘇詩「今朝從公獵，稍覺天宇寬」（〈將至雷勝得過字代作〉），末句話用劉詩「俯觀群動靜，始覺天宇寬」（〈登天壇〉）又如「東陽佳山水，未到意已清」（〈送錢藻出守婺州得英字〉），首句即增字自劉詩「東陽本是佳山水，何況曾經沈隱侯」（〈答東陽于令涵碧圖〉）。凡此種種，其頻率與數量皆遠不及李、杜、韓、白等人，可見參寥所論為

如清代張佩綸《澗于日記》辛卯下卷：

> 余謂東坡之才，不知者動以太白擬之，非也。太白守六朝
> 甚謹，其自開世界，不如子美。坡公則開宋詩世界者，謂
> 其作宋之子美則可，謂其作宋之太白則不可。所作七律，
> 避盛唐而近中唐。姚姬傳云：「東坡天才有不可思議處，其
> 七律只用夢得、香山格調，其妙處豈劉、白所能望哉？」
> 然坡之七律，亦不得云劉、白格調。〔註25〕

除了李、杜、劉之外，又加入了白居易。除此之外，蘇軾對韓愈詩的
刻意模仿，以及遍和陶潛詩之舉，都是值得關注及討論之處。從以上
引文及討論，皆可見評論者談蘇軾出入前代詩家，學習模仿，而後轉
出自我風貌的過程。本論文即在探討蘇軾儒釋道兼融思想與詩歌之關
聯之後，旋即進入具體探討蘇軾如何對前代詩家進行評論，同時選擇
學習與模仿對象，最後重塑出自我詩歌之風貌。

第二節　前人研究成果

　　研究蘇軾的作品實在太多了，關於蘇軾研究的整體概論，大陸相
關整體研究狀況可參見曾棗莊〈論蘇學〉、饒學剛、朱靖華〈二十世
紀蘇東坡文學研究綜述〉兩文，而臺港相關研究狀況可參見衣若芬〈近
五十年（一九四九至一九九九）臺港蘇軾研究概述〉及〈臺港蘇軾研
究論著目錄（一九四九至一九九九）目錄編輯說明〉兩文〔註26〕，後
來曾棗莊、衣若芬等人即以此而基礎編撰《蘇軾研究史》（中國：江

　　是。另宋代王應麟《困學紀聞》卷二十記載：「劉夢得〈何卜賦〉云：
　　『同涉於川，其時在風，沿者之吉，泝者之兇。同藝於野，其時在
　　澤，伊穜之利，乃穉之厄。』東坡詩：『耕田欲雨刈欲晴，去得順風
　　來者怨。』本此意。」即指出蘇詩〈泗州僧伽塔〉一詩的「耕田」
　　兩句，詩意乃化自柳禹錫〈何卜賦〉之文意，此例亦可參看其影響，
　　及詩與文之間相互汲引與化用之情況。
〔註25〕引自同注 15 書，頁 1584。
〔註26〕此四文均收錄王靜芝、王初慶等編著《千古風流——東坡逝世九百
　　年學術研討會》（臺北：洪葉文化，2001 年），頁 867～1004。

蘇教育出版社，2001 年，書中前六章即描述南宋以降至現代，分期
闡述歷代蘇軾研究的成果。七、八兩章則討論歷代對蘇軾書畫的評
價、歷代對蘇軾《易傳》、《書傳》、《論語說》的評價；第九、十、十
一凡三章，則討論日、韓、歐美對蘇軾的研究。），這些文章對蘇軾
研究的全貌、發展、重心及研究學者成果，皆有一鳥瞰式的俯察與整
理，茲不贅述。

　　其中關於蘇軾的思想與詩的研究，曾棗莊〈論蘇學〉一文有兩
段相關者，其一是蘇軾思想的內容，其二是歷代蘇詩研究的狀況。
曾氏認為：「關於蘇軾思想，一般都認為蘇軾是雜家，兼受儒、釋、
道思想的影響，而以儒家思想占主導地位，這在學術界幾乎沒有分
歧。但學術界還普遍認為，蘇軾對儒、釋、道的態度，前後期各不
相同：前期（指貶官黃州以前）主異，認為儒與釋、道是對立的；
後期（從貶官黃州到去世）主同，融合儒、釋、道。這一觀點，南
宋汪應辰就已提出：『東坡初年力闢禪學，其後讀釋氏書，見其汗漫
而無極，……始悔其少作。於是凡釋氏書，盡欲以智慮臆度，以文
字解說。』今人多採此說。」但曾氏並不認同此說，認為「實則蘇
軾一生在政治上都在『辟佛老』，而在其他方面，特別是處世態度方
面，又都在『融合佛老』，它在融其所認為可『融』，辟其所認為不
可不『辟』。」又說：「在治學上，蘇軾後期並未以主要精力研究釋、
道典籍，而仍以主要精力研究儒家典籍。儒家經典他注解了《易》、
《書》、《論語》三部，……而《老子》、《莊子》和佛書，它卻一部
也沒有作過傳注。這充分說明，釋、道思想對蘇軾後期的雖較前期
更顯著，但儒家思想仍占主導地位。說『他的後半生真正接受了禪
宗的思想』是不符合實際的。」〔註27〕

　　儘管曾棗莊認定學術界對蘇軾思想兼受儒、釋、道影響，存有前
後期的差異，而他認為蘇軾對釋、道的接受乃有所抉擇，並且是以儒

〔註27〕 以上三段引文均收錄《千古風流——東坡逝世九百年學術研討會》，
　　　　 頁 878～979。

為主導，來吸納釋、道思想。不過值得注意的是，雖然都說蘇軾兼受儒、道、佛思想影響，但學者研究成果卻經常無力顧及蘇軾的眞實綜合樣貌，如周偉民、唐玲玲《蘇軾思想研究》一書，對於佛道，僅有一章粗粗討論，關於道教的討論更只有兩頁，對蘇軾煉丹之說，更是輕描淡寫：「實質上是他在政治失敗之後一種無可奈何的淡漠情緒的反應，以煉丹談丹的行爲來抑制和沖淡內心的激盪和矛盾，化解心靈中被套上的鎖鍊，讓心態獲得一時的平靜。」〔註28〕

　　而以蘇軾道家、道家思想爲主的研究，鍾來因《蘇軾與道家道教》，對蘇軾道家、道教之思想，從蘇軾的文章或詩詞等材料加以整理及闡釋，多所發揮，貢獻不少。只是該書存有兩個缺失，其一爲書中對於蘇軾與儒、佛之關係，幾乎全都故意視而不見，甚至全力撇清其關係，唯獨獨尊道家、道教，如言「蘇軾早期，雖以儒家思想爲主，但他的離儒家之經、叛儒家之道的色彩頗重。」〔註29〕、「蘇軾幼年、青年，並無近佛、學佛，而只有崇道、學道。一個人的世界觀、人生觀，大凡都在青年時期形成並定型，這一點，古今中外，蓋莫例外。」〔註30〕於是乎全書對於蘇軾接觸佛教的資料皆加以辯駁，幾乎全然否對佛教對蘇軾有任何影響。該書甚至還有專章〈蘇軾與儒佛〉，主旨就是說明蘇軾受儒、佛影響甚少的論證。其二爲過度詮釋，該書凡是蘇軾詩詞句中出現日月，即解釋爲道教之「採日月華」，證據即在於蘇軾曾作過〈採日月華贊〉，於是解釋〈水調歌頭〉：「明月幾時有，把酒問青天……。」該書便言「凡學道崇仙者，都崇拜太陽、月亮。日、月爲陽、陰二極之代表，是道藏中乾、坤的同義詞。道家氣功中有採日月華的重要功法，蘇軾還有『欲收月魄餐日魂，我自日月誰使吞』（〈廣州何道士眾妙堂〉）之崇道明句。故蘇軾對月亮之日思夜想，遠超一般只知嫦娥奔月之類神話的文人。蘇軾此後在〈赤壁賦〉中也寫及月，月成爲蘇軾詩文中的重要題材及意象，其根源皆與此有關。」

〔註28〕周偉民、唐玲玲《蘇軾思想研究》（臺北：文史哲，1996 年），頁 265。
〔註29〕鍾來因《蘇軾與道家道教》（臺北：臺灣學生書局，1990 年），頁 23。
〔註30〕同上注書，頁 74。

〔註31〕將單純的描寫眼前之景,過度牽強附會含有道教意味,很明顯可見過度詮釋的缺失〔註32〕。

　　至於王水照、朱剛《蘇軾評傳》,全面討論蘇軾之家世生平、哲學、史學、政治態度、文藝及美學思想、人生思考與文化性格。全書資料豐富,眼光獨到,多所發揮、論證,高明見解之處頗多。但是討論到蘇軾哲學時,僅從儒學角度來討論蘇軾,至於佛教與道家、道教之關聯,完全付之闕如。這不能不說是相當可惜之闕漏。──之所以造成這種結果,明明知道蘇軾身受儒釋道思想的綜合影響,研究者不是點到為止,就是略而不談,要不就是別有偏重,其原因就在於現代學術分工過細,通儒,未必懂釋道;曉佛,未必通儒道;明道,未必知儒佛。各有偏重,各有所見,也就各有所蔽障。(筆者當然也不是精通儒佛道,但在這些各有專精的研究基礎上,找到融通的方式,企圖去還原蘇軾的本來面貌。再者,蘇軾兼融儒釋道並不在於拓深理論,而是回歸到自我身心的安頓,這樣的安頓本身就帶有修養實踐工夫,從「知」到「行」,有一個抉擇的過程與內容,本論文所要探討的即是這個過程的內容。)

　　因此大陸學者,如「王水照、滕咸惠、陳銘、楊海濤⋯⋯,等又進一步從儒學、道學、佛學與東坡的文學、美學、心理學、文化學、哲學的關係,提出了東坡創作的情感意境、內在超越、天人合一的原則,頓悟的思維方式和認識與情感的統一論,涵詠著東坡人生思考和文化性格的精髓。⋯⋯多數研究者認為東坡儒佛道思想對東坡文藝思想的形成與發展有極大的推動力,使他集宋以前百子諸家文學思想精

〔註31〕同上注書,頁412。

〔註32〕這種觀點仍被繼承襲用,如李慕如《東坡詩文思想之研究》(臺灣師範大學國研所博論,1998年)云:「(東坡)又好於詩文中寫月,如〈水調歌頭〉、〈赤壁賦〉皆寫月。而二十八歲時之〈妒佳月〉亦為東坡早期寫月之代表作。寫月色幽閒,偏為狂雲所遮,求風神速予清掃。末言『使我能永延,約君為莫逆』,即求月為友。蓋道家有採日(陽精)、採月(陰精)之法,則求仙之想,視『我欲乘風歸去』更強。」雖未注明思想出處,其實正是繼承這種過度詮釋的思維。

華之大成，氣勢恢宏，想像奇麗，豪放浪漫，隨意自然，精當超凡，自成一家。」〔註33〕至於臺灣學者研究的部分，有凌琴如《蘇軾思想探討》（臺北：中華書局，1964），曹樹銘〈蘇東坡與道佛之關係（上、下）〉〔註34〕較早注意到蘇軾與佛道的關係，此後學者即多朝此兩方面論析。如劉昭明、王淳美、蔡惠明和李慕如等人多篇論文即以此為重點探討。〔註35〕

　　至於歷代蘇詩研究的狀況，曾棗莊〈論蘇學〉談及歷代編輯、研究蘇詩的狀況與成績，可作為最簡賅的鳥瞰研究材料與研究成績：「蘇軾全集注以南宋和清代的成就為最高。南宋既有分類集注，即舊題王十朋的《百家注分類東坡詩》二十五卷；又有編年注，即施元之、顧禧、施宿合撰的《注東坡先生詩》四十二卷。此書元、明流傳甚少，幾乎失傳。清代注蘇詩成風，自清人宋犖、劭長蘅、馮景等整理出版《施注蘇詩》四十二卷，《續補遺》二卷後，蘇詩編年注很盛行，查慎行、紀昀（輝誠案，《評蘇文忠公詩》）、翁方綱（輝誠案，《蘇詩補注》）、馮應榴、王文誥、沈欽韓（輝誠案，《蘇詩查注補正》），分別在蘇詩編年、考訂、箋注、評點、刊行方面做了大量有益工作，出版了一種又一種的蘇詩編年注本。而查慎行的《初白庵蘇詩補註》、馮應榴的《蘇文忠公詩合注》、王文誥的《蘇文忠公詩編著集成》更是蘇軾注的集大成。（輝誠案，加上孔凡禮

〔註33〕饒學剛、朱靖華〈二十世紀蘇東坡文學研究綜述〉，頁905。

〔註34〕原載《國立中央圖書館館刊（新）》三卷二、三～四期，1970年，頁7～21及頁34～55。

〔註35〕劉昭明〈行仁佛心一文豪──蘇軾在嶺南的佛教因緣〉，收錄《慧炬》三〇四期（1989年10月）頁46～52；王淳美〈東坡謫居黃州時期與釋道關係之研究〉，收錄《南臺工專學報》十五期（1992年3月）頁115～133；蔡惠明〈蘇東坡與佛教因緣〉，收錄《香港佛教》二五五期（1981年8月），頁19；李慕如〈東坡詩文中道家道教思想之玄蘊〉，收錄《中國學術年刊》十八期（1997年3月），頁97～126；李慕如〈東坡與道家道教〉，收錄《屏東師院學報》第十期（1997年6月），頁319～353；李慕如〈談東坡思想生活入禪之啓迪〉，收錄《屏東師院學報》第十一期（1998年6月），頁319～353。

點校的《蘇軾詩集》（中華書局，1982），即成為蘇詩研究的原始資料及注解來源。）

王友勝《蘇詩研究史稿（修訂版）》（北京：中華書局，2010）更是全面整理與論析蘇軾詩歌研究的歷史進程，對存世的歷代有關蘇詩研究史料予以輯錄、考辨和闡釋，旁及年譜、傳記、選錄、評點、注釋和研究著作進行深入研究（書中專節分述歷代蘇軾註解就有：宋代施元之《注東坡先生詩》、王十朋《王狀元集百家注分類東坡先生詩》、清代邵長蘅《施注蘇詩》、查慎行《蘇詩補注》、翁方綱《蘇詩補注》、馮應榴《蘇文忠詩合注》、王文誥《蘇文忠公詩編注集成》。對蘇詩之評論、評點則專節分述了金元代的劉辰翁、方回、王若虛、元好問等人、清代查慎行、汪師韓、紀昀、袁枚、趙翼、方東樹、張道等人，至於宋、明兩代則以一節分述多人之評論。〔註36〕）對歷代研究者所體現出的學術思想、研究方法及文學觀念皆有所探討。對蘇詩歷代文獻資料的發掘、整理與利用，以及歷代研究狀況的呈現，可謂全面且周到。

大陸研究蘇詩方面，饒學剛、朱靖華在〈二十世紀……〉一文：「傳統法研究者認為東坡『以文字為詩，以議論為詩，以才學為詩』是宋詩乃至東坡詩的弊病，而『和陶詩』為平淡詩風之作是不成功的，甚至是失敗的。當今老題新評仍然不少，對其肯定者較多。」〔註37〕而與本論文相關者，略舉數例如王洪《蘇軾詩歌研究》（北京：朝華出版，1993年）認為東坡「以文為詩」，是東坡詩的優點，是藝術自然回歸的表現。棘園〈「質而實綺，癯而實腴」：論蘇軾的和陶詩〉（《南充師院學報》，1981年4月）等人文章認為東坡的「和陶詩」也是一種新的詩風。另外更多學者「通過象徵、比興、博喻、設色、通感、誇張、襯托、白描、時空交錯、點染、互體、用典、聯謎、夢幻、蒙太奇等手法賞析和討論了東坡的政治哲理詩、詠史懷古詩、諷刺詩、

〔註36〕書中關於歷代詩評家之評述資料的整理，實必須歸功四川大學編修《蘇軾資料彙編》之基礎資料的相助。

〔註37〕饒學剛、朱靖華〈二十世紀蘇東坡文學研究綜述〉，頁906。

諧趣詩、贈答詩、寓言詩、俚語詩、山水詩、田園詩、勞作詩、科普詩、題畫詩、挽詩等多種詩體的風格、淵源及時代意義和對後世的影響，發掘了東坡詩的多樣、思理、無界、奇妙的藝術價值。」〔註38〕可說對蘇詩之分類、分項的研究既廣泛又深入。

臺灣研究蘇詩方面，最常採用蘇軾人生歷程分期闡析，因此杭州、黃州、瓊州、嶺南、儋州皆有學位論文論及〔註39〕。與本論相關者，有「和陶詩」研究三本學位論文，宋丘龍《蘇軾和陶詩之比較研究》（東海大學中文所碩論，1977）、陳英姬《中國士人仕與隱的研究——以陶淵明詩文與東坡和陶詩為主》（台灣師大國文所碩論，1983）、金汶洙《蘇軾和陶詩研究》（東海大學中文研究所碩論，1999）。「蘇軾與道家」有姜聲調《蘇軾的莊子學》（台灣師大國文所博論，1998）；「蘇軾與佛教」則有朴永煥《蘇軾禪詩研究》（成功大學歷史語言研究所碩論，1992）、施淑婷《蘇軾文學與佛禪之關係——以蘇軾遷謫詩文為核心》（台灣師大國文所博論，2007）。從上述研究成果看來，明顯是研究詩的單一類別（寓言詩、諷刺詩等）、創作分期（黃州、惠州等）、單一思想（詩與佛、詩與道）的現象。本論文則期望能在這些基礎上，探究一種融合的、綜貫的、活潑生命的蘇軾整體思想與詩歌的關係。

第三節　研究進路與研究方法

蘇軾強調「文章以華采為末，而以體用為本」、「技道兩進」等觀念，其中所謂的「道」、「體用」，甚至是「技」，都顯示出「熔鑄」、

〔註38〕饒學剛、朱靖華〈二十世紀蘇東坡文學研究綜述〉，頁907。
〔註39〕林彩梅《東坡瓊州詩研究》（東吳大學中文研究所碩論，1987年）、羅鳳珠《蘇軾黃州詩研究》（台灣師大國文所碩論，1988年）、劉昭明《蘇軾嶺南詩論析》（台灣師大國文所碩論，1989年）、張尹炫《東坡生平及其嶺南詩研究》（成功大學歷史語言研究所碩論，1989年）、楊佩琪《蘇軾杭州詩研究》（台灣師大國文所碩論，1999年）、鄧瑞卿《蘇軾儋州詩研究》（台灣師大國文系在職進修碩士班，2002年）。

「雜」、「合會融通」等特徵。「道」或「體用」，是如何熔鑄、如何混雜、如何合會融通，最後重塑出自我思想；而「技」又如何熔鑄、如何混雜、又如何合會融通，最後重塑出自我本色。

道與技的關係、道如何影響技，技如何有力於道，都是本論文關注的重心。因為道的熔鑄與重塑關涉乎個體生命之價值的確立、信仰內容的建立、外顯行事的內在依據等等，而技的熔鑄與重塑又關涉乎美學價值的判斷、道的展示方式、技藝的繼承與創新等等。

因此論文即以「熔鑄」、「重塑」與「本色」作為研究蘇軾的一個切入點，在道的熔鑄與重塑，以儒釋道兼融為主要研究範圍，因為儒釋道對蘇軾的生命與創作影響最大；而技的部分鎖定在詩，因為宋詩特徵即是「知性」，蘇軾亦不例外，詩是蘇軾表露感情與思想最常用的文學形式。

本論文的架構也由此展開，第一部分主要討論「道」的熔鑄與重塑：第二、三、四章分別討論蘇軾與儒、釋、道思想的關係，同時討論其思想如何融入於詩中；第五章則討論儒釋道相互融合的思想，以及如何反應於詩中的狀況。第二部分主要討論「技」的熔鑄與重塑：第六、七、八章，分別討論蘇軾如何評論、學習、模仿前代詩家，分別討論了李白、杜甫、韓愈、白居易及陶潛；第九章則討論蘇詩之自我特色。最後第十章，作一本研究的全部總結。

本論文研究方法，除傳統文獻歸納、分析、整理、闡述方法之外，在第一部分「道」的鎔鑄與重塑，特別採用「創作意識」研究方法來進行討論，此一部分特別強調「道」與「技」，即是從創作者的創作角度立言，傳統文學研究者喜歡從文學創作成果（文本）著手，然後再去逆推創作者之思想，但筆者的想法卻是「創作者」是因為有了怎樣的「創作意識」才去進行「創作」，產生「作品」。因此本論文的次序是先討論創作意識之主體的「道」，再去討論「技」。在討論「道」時，一定先討論這樣的「道」是如何產生、怎樣變化，又如何表現於作品之中。再者，此論文所謂的「道」，

並不單純只是「道德修養」而已，紀錄「道」的具體內容之典籍，同時也是文獻、知識、典故、思想，道是一體兩面，同時是道德修養，也是知識涵養，即知即行，也因此蘇軾才認為「技道兩進」，得道不必忘技，技有其表現、呈現道之內容、境界、意涵等等存在之必要。而且蘇軾所熔鑄的道，既是經過選擇，此一選擇方式為何，內容為何，影響創作的過程為何，都必須透過蘇軾對道的完整認識才有可能釐清。

　　第二部分「技」的熔鑄與重塑，特別使用「比較影響」研究方法，傳統的影響比較研究方法著重「數量」分析，如「引用次數」多寡與否以說明其影響深淺程度，本文雖也呈現引用狀況，但並不認同「數量」分析足可說明影響之深淺程度，因此並不以「數量統計」為重，而改以質的方式呈現。也就是說，討論蘇軾如何評論、學習、模仿李白、杜甫、韓愈、白居易、及陶潛詩，尤其是模仿上述諸家詩作時，重視的是明顯可見的「原詩家的全詩」對「模仿者創作之全詩」的影響，而不只注重在支離破碎的用語、用韻、章法、典故之繼承與模仿而已。——而這種「全詩比較影響」之所以可能、之所以準確，一來奠基於紀昀評點《蘇文忠公詩集》屢屢提及此詩「出自某某」、「脫胎某某」，有跡可供追尋，然而紀昀有些明寫出自某某何詩，有些則無，此乃紀昀所作之印象式判斷，然因其學養豐厚故所評幾乎大多可信，只是倘若紀昀未明確說出是出自某某何詩，筆者必須自行將某某原詩集逐一比對，辛苦之餘，若可尋得其詩則喜出過望，若尋覓無功則時有滄海遺珠之憾，亦自嘆學養之疏漏，無能與紀昀心心相印、神領意會。二來為筆者自行體會、研究所得，此一部分與傳統歸納、分析不同，原始材料在翻遍所要進行之比對雙方的詩集也未必尋找的出，更不用說想用電腦檢索，因此必須反覆研讀、思索、比對，方能找出可用之準確材料〔註40〕，進行有意義的比較與分析。

〔註40〕由此更可體會出紀昀之學養豐厚與眼光敏銳。

第二章 蘇軾及其詩對儒家思想的熔鑄

第一節　蘇軾對儒家思想的理解與態度

　　蘇軾自幼讀書開始，即受儒家思想影響甚深，具體表現在對儒學名臣的敬仰與嚮往。《宋史‧蘇軾傳》載：「程氏（軾母）讀東漢〈范滂傳〉，慨然太息，軾請曰：『軾若爲滂，母許之否乎？』程氏曰：『汝能爲滂，吾顧不能爲滂母邪？』」這一件讀書小事，卻側面突顯蘇軾敬仰也願意效法范滂爲了國家、正義、儒行而犧牲一己生命的精神和行動。蘇軾〈上梅直講書〉回憶幼時讀書仰慕對象：「軾七八歲時，始知讀書，聞今天下有歐陽公者，其爲人如古孟軻、韓愈之徒。而又有梅公者從之遊，而與之上下其議論。其後益壯，始能讀其文詞，想見其爲人，意其飄然脫去世俗之樂而自樂其樂也。」〔註1〕即將歐陽脩視作仰慕對象之外，更將之比喻爲儒家代表人物的孟軻、韓愈，敬仰其人等同景仰儒學人物所代表的傳統，因此更從其文詞著作之中，得到一種超脫世俗的「儒家義理」共鳴的喜樂。蘇軾在〈范文正公文集敘〉特別又提及「韓（琦）、范（仲淹）、富（弼）、歐陽（脩），此

〔註1〕　《蘇軾文集》卷四十八，頁 1386。

四人者，人傑也。」其中更稱揚范仲淹是「其於仁義禮樂、忠信孝弟，蓋如饑渴之於飲食，欲須臾忘而不可得，如火之熱，如水之濕，蓋其天性有不得不然者，雖弄翰喜語，率然而作，必歸於是，故天下信其誠，爭師尊之。」〔註2〕都是從儒家強調的仁義禮樂、忠信孝悌、誠信等等，來肯定范仲淹。蘇軾信之、仰之、行動之的都是儒家所建立起的信念。這就不難理解，在任官時，他會寫出「有筆頭千字，胸中萬卷，致君堯舜，此事何難」（〈沁園春〉）這樣帶有儒家理想的抱負與壯志了。

這種對道義的堅持，在初貶黃州時表現的尤爲明顯，蘇軾在黃州作〈與李公擇十七首之十一〉：

> 吾儕雖老且窮，而道理貫心肝，忠義塡骨髓，直須談笑於死生之際，若見僕困窮便相於邑，則與不學道者大不相遠矣。兄造道深，中必不爾，出于相好之篤而已。然朋友之義，專務規諫，輒以狂言廣兄之意爾。兄雖懷坎壈於時，遇事有可尊主澤民者，便忘軀爲之，禍福得喪，付與造物。非兄，僕豈發此！〔註3〕

「道理貫心肝，忠義塡骨髓，直須談笑於生死之際」之慷慨忠義形象，和蘇軾幼時敬仰的范滂、范仲淹形象合而爲一。其中念茲在茲「尊主澤民」，不論在朝與否，凡有機會便可忘軀爲之，都充滿了儒家的積極精神。再者，信中以「學道」相標榜、相砥礪，學道者必然安處順逆。蘇軾另在〈與千之姪二首之一〉：「人苟知道，無適而不可，初不計得失也。」、〈與千之姪二首之二〉：「獨立不懼者，惟司馬君實與叔兄弟耳。萬事委命，直道而行，縱以此竄逐，所獲多矣！」〔註4〕可見學道者，可以萬事委命、直道而行、獨立不懼。

蘇軾對儒家之道的堅持與把握，除了具體的立身處事、忠孝節義之外，他還有更深一層的內在義理的理解與把握。蘇軾曾註解過

〔註2〕 《蘇軾文集》卷十，頁311。
〔註3〕 《蘇軾文集》卷五十一，頁1500。
〔註4〕 《蘇軾文集》卷六十，頁1839～1840。

三部儒家經書，分別為《易傳》、《書傳》、《論語說》〔註 5〕。從這三本著書之中，很能窺見蘇軾對儒家學說的理解，以及儒家思維下的體用觀。其中《易傳》九卷，大體完成蘇軾於初謫黃州之時〔註 6〕，一直到謫居海南時方才全部整理完成。易學原就是蘇軾家學，蘇軾父親蘇洵晚年治易，頗有心得，本有意作傳卻因病殞故未能完成，最終由蘇軾繼承遺命編撰完成〔註 7〕。第二本《書傳》，二十卷。蘇軾曾言「平生欲著一書，少自表見於後世」〔註 8〕，即指此書。第三本為《論語說》五卷，至清代亡佚，清末至今有不少學者做了輯

〔註 5〕 蘇軾終生註解過之經籍僅此三書，可見其對儒家思想的專注與執著，且註解三書時皆在人生最困厄之際（謫黃、謫海南時），論者常謂蘇軾謫居時流露出濃厚佛老思想，卻對蘇軾註解儒家經典之舉視而不見，甚是怪異。蘇軾〈與王佐才二首之一〉（按作於黃州）即說明其作佛教文字有一部分原因是免於再遭受文字之禍：「近來絕不作文，如懺贊引、藏經碑，皆為爲佛教，以爲無嫌，故偶作之，其他無一字也。」另蘇軾治儒家經典，卻不僅止於免遭文字之禍，而是視爲有意於世之舉，並且兄弟倆人分工合作四部經書，一部《論語》，〈滕達道六十八首之二十一〉（按作於黃州）：「某閒廢無所用心，專治經書。一二年間，欲了卻《論語》、《書》、《易》，舍弟已了卻《春秋》、《詩》。雖拙學，然自謂頗正古今之誤，粗有益於世，瞑目無憾也。」再以王安石爲例，王氏雖註解過儒家經典之外，也註解佛典如《維摩詰經注》三卷，《楞嚴經解》十卷，《華嚴經解》等書，此固然是北宋三教融合的現象之一，但對蘇軾而言，他的選擇卻僅止於用單篇文章來討論佛理、佛籍（並且出發點還有一部分原因是出於「無嫌」），至於勞神耗力的全書注解單單只選擇了儒家經典，可見其對儒家思想與價值的判斷、抉擇與肯定。

〔註 6〕 此書在黃州大體即約莫完成，據蘇軾在黃州〈與陳季常十六首之七〉：「易義須更半年功夫練之，乃可出」（《蘇軾文集》卷五十三），及〈上文潞公書〉：「若有所得，遂因先子之學，作易傳九卷」（《蘇軾文集》卷四十八）可知在黃州已大體完成九卷《易傳》。而當時參考資料則有些得自陳季常（慥）家藏之書，〈與陳季常十六首之六〉即云：「欲借易家文字及史記索隱、正義」云云（《蘇軾文集》卷五十三）。

〔註 7〕 蘇轍之孫蘇籀即云：「先曾祖（蘇洵）晚歲讀《易》，玩其爻象，得其剛柔遠近喜怒逆順之情，以觀其辭，皆迎刃而解，作《易傳》，未完，疾革，命二公（蘇軾、蘇轍）述其志。東坡受命，卒以成書。」見《欒城遺言》（叢書集成本）。

〔註 8〕 〈與王定國四十一首〉之二十八，《蘇軾文集》卷五十二，頁 1526。

佚〔註 9〕，輯得一百餘條。這三本書，以《易傳》最為重要，當中體現了蘇軾對儒家思想的理解與掌握，而《書經》主要表現在對上古歷史的闡述，《四庫全書總目提要》對《東坡書傳》即評論為：「軾究心經世之學，明於時勢，又長於議論，於治亂興亡披抉明暢，較他經獨為擅長。」《論語說》則斷裂不全，《東坡書傳》主要以議論史事為主，故以下論說主以《易傳》為主而旁及其餘。

一、察易即道的思路

儒家的《易經》，主要討論在自然變異之中如何尋得不易之理，並以立象、設辭，藉以解釋自然、人事之變化，並以追溯天道不易之本質。蘇軾《易傳》即是透過對《易經》經文的解釋，表達道體、人事變化的看法。蘇軾注經的態度，可從其注《易經》的一段話得其大概：「夫論經者，當以意得之，非於句義之間也。於句義之間，則破碎牽蔓之說，反能害經之意，孔子之言《易》如此，學者可以求其端矣。」（《蘇軾易傳》卷七）〔註 10〕可見蘇軾注經並不注重於訓詁考證，而在於意領神會的理解與申說。蘇軾在注《易》對於道的看法是：

> 聖人知道之難言也，故借陰陽以言之，曰一陰一陽之謂道。一陰一陽者，陰陽未交而物未生之謂也，喻道之似，莫密於此矣⋯⋯。陰陽之未交，廓然無一物，而不可謂之無有，此真道之似也。陰陽交而生物，道與物接而生善。〔註 11〕
> （《蘇軾易傳》卷七）

> 相因而有，謂之生生。夫苟不生，則無得無喪，無吉無凶。方是之時，易存乎其中而人莫見，故謂之道，而不謂之易。

〔註 9〕 《論語說》在清末時張佩倫曾有補輯，但未流傳下來，1992 年卿三祥、馬德富又重作輯遺（前者輯 87 條，後者 50 條），是目前較完整的《論語說》輯本。舒大剛〈蘇軾《論語說》輯補〉又在卿、馬二氏所輯之外，補充輯錄了《論語說》遺說 30 餘條。詳見舒大剛文，原載《四川大學學報》總 114 期，2001 年第 3 期），頁 97～99。

〔註10〕 曾棗莊、舒大剛主編《三蘇全書·經部》第一冊（北京：語言出版社，2001 年），頁 360。

〔註11〕 《三蘇全書·經部》第一冊，頁 351～352。

> 有生有物，物轉相生，而吉凶得喪之變備矣，方是之時，
> 道行乎其間而人不知，故謂之易，而不謂之道。〔註12〕（《蘇
> 軾易傳》卷七）

蘇軾認爲「道」，存在陰陽變化之前，也存在陰陽變化之後，而陰和陽只是古人做爲譬喻之詞，譬喻兩種相接變化的代稱，爲了區別，特將陰陽變化之前稱爲「道」，陰陽變化之後稱爲「易」〔註13〕。再者，道在陰陽變化之前，是無得無喪，無吉無凶，換言之，這種境界即是不易、恆常、無動於心。陰陽變化之後，遂產生物，於是有了吉凶得喪。不過「道」仍究存佈其間，只是人未能察覺，因此才稱作「易」，不叫做「道」。蘇軾認爲惟有察覺到「易」即是「道」，那麼「道與物接而生善」，道與萬物相接觸，自然就能生出善，也就能從「吉凶得喪」之中，尋得善、尋得「無得無喪，無吉無凶」、「陰陽未交而道物未生」的道了。從這裡可知，蘇軾所謂的道，是一種超越「吉凶得喪」的境界（並非趨吉喜得、惡凶厭喪），而「吉凶得喪」恰恰正是人事情感拘執的根由，惟有超越人事情感的拘執，才能獲致「無得無喪，無吉無凶」的境界。如此便形成了蘇軾幾個重要思想特徵，從「變易萬象」察覺「不易之道」、從「吉凶得喪」察覺「無吉凶得喪」、從「情執」到「破情執」，簡言之即「以覺察之心來識變、貞情、悟道」，這種特徵也明顯反映在詩的創作之中。

蘇軾在〈上曾丞相書〉即云：

> 以爲凡學之難者，難於無私。無私之難者，難於通萬物之
> 理。故不通萬物之理，雖欲無私，不可得也。己好則好之，
> 己惡則惡之，是自信則惑也。是故幽居默處而觀萬物之
> 變，今其自然之理，而斷之於中。其所不然者，雖古之所

〔註12〕《三蘇全書・經部》第一冊，頁357。

〔註13〕蘇軾認爲「道」和「易」的名稱，只爲了便於指稱，才稱此名，「夫道之大全，未始有名，而易實開之，賦之以名。以名爲不足，而取諸物以寓其意，以物爲不足，而正言之。」（《蘇軾易傳》卷七）這樣的看法，基本是道家式的說法，即老子《道德經》：「道可道，非常道」、「強名曰道」。又此句「大全」亦出自《莊子》語。

謂賢人之說，亦有所不取。〔註14〕

「幽居默處而觀萬物之變」即是蘇軾的工夫論，從「幽居默處」而「靜」觀萬物之變開始，其最終目的是爲了達到「通萬物之理」（即所謂的「察易即道」），如何從又幽居默處的靜觀萬物之變而察覺萬物之理，其方法即是學習「無私」，無私即是大公，即是不偏私，不私愛，無一己之私情。因爲萬物之理即是「天無私覆，地無私載」，惟有無私才能通達萬物變化之理，通達萬物之理，即是領悟了「道」。這種「以靜觀動」的看法，蘇軾在注《易》亦提及：「據靜以觀物者，見物之正；乘動以逐物者，見物之似。」、「以晦觀明，以靜觀動，則凡吉凶禍福之至，如長短黑白陳乎吾前，是以動靜如此之果也。『介於石』，果於靜；『不終日』，果於動。是故孔子以爲知機也」〔註15〕（《蘇軾易傳》卷二）也就是說能夠以靜觀動、知幾察變、察易即道，如此才能夠「無往而不自得」，蘇軾即稱這種「無往而不自得」的狀態爲「順」〔註16〕。

二、人之性、情與天之道、易的一致性

蘇軾認爲人之所以能「處順」（無往而不自得）、據靜觀物、通萬物之理，都是因爲「存性」。只是蘇軾所定義的性，與孔子以下所說的「性」之觀點皆不相同。

其於《易》也，卦以言其性，爻以言其情，情以爲利，性以爲貞。（《蘇軾易傳》卷一）

情者，性之動也。溯而上至於命，沿而下至於情，無非性者。性之於情，非有善惡之別也，方其散而有爲，則謂之情耳……，其於《易》也，卦以言其性，爻以言其情，……，《易》曰：「大哉乾乎，剛健中正，純粹精也。」夫剛健中正，純粹而精者，此乾之大全也，卦也。及其散而有爲，

〔註14〕〈上曾丞相書〉，《蘇軾文集》卷四十八，頁1379。

〔註15〕《三蘇全書・經部》第一冊，頁196。

〔註16〕「無往而不自得，謂之順。」（《蘇軾易傳》卷七），頁368。

> 分裂四出而各有得焉，則爻也。故曰：「六爻發揮，旁通情
> 也。」以爻爲情，則卦之爲性也明矣。（《蘇軾易傳》卷一）
>
> 性，所以成道而存存也。堯舜不能加，桀紂不能亡，此眞
> 存也。存是，則道義所從出也。（《蘇軾易傳》卷七）

蘇軾藉卦和爻來比喻性和情，認爲卦是一個完整而不變動，因此是
性。爻散爲六，發生變化，因此是情。性不變動，因此是元亨利貞的
貞，貞即貞定；情生變化，因此是「利」，見利而動，利即驅動。性
是貞存本有，堯舜仁君不能增加，桀紂暴君不能減少，亦即性不因外
在善惡而有所改變。但是，性卻是成道之所必須，道義出現之根由。
如此，則很容易導出「性善」論的結果，可是蘇軾卻不是如此，他所
認爲的性，是「非有善惡之別」，不是「性善」，也不是「性惡」，更
不是「善惡混」，也就是說他是不同意孟子、荀子和楊雄的看法。

　　蘇軾在〈孟子辨〉第八條：「人性爲善，而善非性。」即反覆申
論他認爲「性善說」是不確的。

> 子曰：「性相近也，習相遠也。」子曰：「惟上智與下愚，
> 不移。」性可亂，而不可滅；可滅，非性也。人之叛其性，
> 至於桀、紂、盜蹠極矣。然其惡必自其所喜怒，其所不喜
> 怒，未嘗爲惡也。……孟子有見於性，而離于善。易曰：「一
> 陰一陽之謂道，繼之者善也，成之者性也。」成道者性，
> 而善繼之耳，非性也。性如陰陽，善如萬物，物無非陰陽
> 者，而以萬物爲陰陽則不可。故陰陽者，視之不見，聽之
> 不聞，而非無也。……人性爲善，而善非性也。使性而可
> 以謂之善，則孔子言之矣。苟可以謂之善，亦可以謂之惡。
> 故荀卿之所謂性惡者，蓋生於孟子。而揚雄之所謂善惡混
> 者，蓋生於二子也。性其不可以善惡命之故，孔子之言曰：
> 「性相近也，習相遠也」而已。〔註17〕

蘇軾認定的性只是自然之性，並無善惡之分。人的性就如同道之陰
陽，眞存實有，不可聞見，而善只在陰陽相交之後出現，也就是「陰

〔註17〕曾棗莊、舒大剛主編《三蘇全書・經部》第三冊（北京：語言出版
　　　　社，2001 年），頁 254～255。

陽交而生物，道與物接而生善」、「仁者見道而謂之仁，智者見道而謂之智。夫仁智，聖人之所謂善也。善者，道之繼，而指以爲道則不可。今不識其人而識其子，因之以見其人則可，以爲其人則不可。故曰：繼之者善也。」〔註18〕善並非原本就存在於性，是故「人性爲善，而善非性也」，善是從性所實踐出來，是繼之者爲善。蘇軾的論點主要承繼孔子「性相近也，習相遠也」之說，性在人身上，都是自然之性，無所謂善惡之別；而孔子說「惟上智與下愚，不移」，蘇軾將之視爲「才」，而非「性」，才有高低之分，性無善惡之別，蘇軾云：「孔子所謂中人可以上下，而上智與下愚不移者，是論其才也。而至於言性，則未嘗斷其善惡，曰『性相近也，習相遠也』而已。」即是這個道理。

蘇軾嘗作〈孟軻論〉、〈荀卿論〉、〈揚雄論〉、〈韓愈論〉，旨皆在駁斥性善、性惡、性善惡混、性三品說，其中〈揚雄論〉最足以作爲代表：

> 昔之爲性論者多矣，而不能定於一。始孟子以爲善，而荀子以爲惡，揚子以爲善惡混。而韓愈者又取夫三子之說，而折之以孔子之論，離性以爲三品，曰：「中人可以上下，而上智與下愚不移。」以爲三子者，皆出乎其中，而遺其上下。
>
> 夫性與才相近而不同，其別不啻若白黑之異也。聖人之所與小人共之，而皆不能逃焉，是眞所謂性也。而其才固將有所不同。……天下之言性者，皆雜乎才而言之，是以紛紛而不能一也。
>
> 善惡者，性之所能之，而非性之所能有也。且夫言性者，安以其善惡爲哉！〔註19〕

蘇軾認爲，孟荀揚韓諸人認爲性之所以有善惡之別，起因於將「才」混入了「性」。才有上下高低之分，性是沒有上下高低之分，一旦「才」混入了「性」，性也就有了上下高低善惡之別。這和蘇軾的

〔註18〕《蘇軾易傳》卷七，頁255。
〔註19〕《蘇軾文集》卷四，頁110～111。

所認為性是自然之性大不相同，蘇軾認為的性是無上無下，無善無惡，純乎自然，因此飲食男女之欲亦屬自然之性，云「人生而莫不有饑寒之患，牝牡之欲，今告乎人曰：饑而食，渴而飲，男女之欲，不出於人之性也，可乎？是天下知其不可也。聖人無是，無由以為聖；而小人無是，無由以為惡」（〈揚雄論〉），蘇軾認為的「性」是沒有道德價值的判斷意識存乎其中，既存在於聖人，也存在於小人，無善無惡，之所以產生善惡，是起因於性與「外物」的接觸以及「情」的變化，即「聖人以其喜怒哀懼愛惡欲七者御之，而之乎善；小人以是七者御之，而之乎惡。」（〈揚雄論〉）所以蘇軾認為善惡之源是來自於「情」，「情」卻是來自於「性」，「夫有喜有怒，而後有仁義；有哀有樂，而後有禮樂。以為仁義禮樂皆出於情而非性，則是相率而叛聖人之教也。」﹝註20﹞（〈韓愈論〉），所以人之修養工夫正是「御情察性之善」，其目的正是要達到無善無惡之性，而盡萬物之天理，而通達天道，即「聖人之論性也，將以盡萬物之天理，與眾人之所共知者，以折天下之疑。」（〈揚雄論〉）

　　由此看來，蘇軾認為的人之性與情的關係，實則正好搭配著的天的道與易而來，道是無得無喪、無吉無凶，性則是無善無惡；易是陰陽交而生物，情則是性與物交而變化。而善，對於天而言是「道與物接而生善」，對於人而言就是「性與物接而生善」。因為天道易與人的性情是一致的，如此才能夠透過人之性情的貞定而領略到天之道易。

三、虛靜以致道的工夫與循理而動的實學傾向

　　蘇軾將人之性情與天之道易貫通合論，人之性情即可與天之道易產生和合變化，蘇軾注解《易經》乾卦象辭「乾道變化，各正性命」即云：「此所以為貞也，保合太和，乃利貞。貞，正也。方其變化，各之於情，無所不至。反而循之，各直其性以至於命，此所以

﹝註20﹞《蘇軾文集》卷四，頁114～115。

爲貞也。」〔註21〕可見透過貞（正）情直性的工夫，即可正命。此一變化又從「乾道」而起，天道可影響人之性情，反之，人之性情亦可致道。

蘇軾認爲的道，不是憑空追求，必須從變化的萬物中尋得，一方面強調內在心神靜定以致道的修養工夫，另一方面則又強調外在循理而動的實學。蘇軾云「神以靜舍，心以靜充，志以靜寧，慮以靜明。其靜有道，得己則靜，逐物則動」（〈江子靜字序〉）這是爲朋友命字爲「子靜」並申論其意，認爲心神志慮唯有在靜中才能在變動不已的事物中尋得不易的道。蘇軾〈靜常齋記〉：

> 虛而一，直而正，萬物之生芸芸，此獨漠然而自定，吾其命之曰靜。泛而出，渺而藏，萬物之逝滔滔，此獨介然而不忘，吾其命之曰常。無古無今，無生無死，無終無始，無後無先，無我無人，無能無否，無離無著，無證無修。……雖有至人，亦不可聞，聞爲眞聞，亦不可知，知爲眞知。……。況緣跡逐響以希其至，不亦難哉！〔註22〕

文中有大量釋道之語但本質卻完全是蘇軾對於「道」和「性」的儒家式看法的衍伸，道是無得無喪、無吉無凶，擴充來說即是：「無古無今，無生無死，無終無始，無後無先，無我無人，無能無否，無離無著，無證無修」，也就是一個不發生變化的道的狀態。而道是可致、可求、可理解卻不可執著，「致」道的方法便是「靜」，從變易之中貞定出不易的「常」。

蘇軾在〈江子靜字序〉談了一段工夫論：

> 後之學者，始學也既累於仕，其仕也又累於進。得之則樂，失之則憂，是憂樂係於進矣。平旦而起，日與事交，合我則喜，忤我則怒，是喜怒係於事矣。……故君子學以辨道，道以求性，正則靜，靜則定，定則虛，虛則明。物之來也，吾無所增，物之去也，吾無所虧，豈復爲之欣喜愛惡而累

〔註21〕《蘇軾易傳》卷一，頁 141～142。
〔註22〕《蘇軾文集》卷十一，頁 363～364。

其眞歟？〔註23〕

外在之仕進得失、物質悅樂如何牽扯著人內在的憂樂愛欲，這便是人之性與外物相交接而產生的情之變化。所以定情和求性，其實就是致道的途徑，靜定虛明，則是「靜」之工夫的詳細說明。最後就是得做到「物之來也，吾無所增，物之去也，吾無所虧，豈復爲之欣喜愛惡而累其眞歟？」順外物之來去變化，而人卻不受其情變化之累，得「道」之境界。

　　從上述可知，蘇軾強調人必須在物之變化中修養自身，而不是超脫於萬物之外去尋覓道。因此，蘇軾的道便無可避免地傾向實學，〈遺愛亭記〉：「夫君子循理而動，理窮而止，應物而作，物去而復，夫何赫赫名之有哉。」蘇軾認爲人必須在現實世界中，循理而動，與物接觸，入世而積極，直到理窮而後止。這個理，就是「察易即道」之理，蘇軾云：

> 器之用於手，不如手之自用，莫知其所以然而然也。性之
> 於是，則謂之命。命，令也，君之令曰命，性之至者亦曰
> 命。性之至者非命也，無以名之而寄之命也。死生禍福莫
> 非命者，雖也聖智，莫知其所以然而然。君子之於道，至
> 於一而不二，如手之自用，則莫知其所以然而然矣，此所
> 以寄之命也。（《蘇軾易傳》卷一）

這段話是蘇軾對《易‧說卦》「窮理盡性以至於命」的解釋。蘇軾對「命」的看法和「道」和「性」的看法類似，命也只勉強代稱，無形無影，不可捉摸，但實實運行，莫其知所以然，道和性也是如此。又和孟子將「口目耳鼻四肢」之享樂與滿足劃歸於「命」，而將「仁義禮智」劃歸於「性」的看法不同，因爲蘇軾的性是自然之性，命是從性而來，自然也就是自然之命，死生禍福這種自然的規律便是自然之命，是人所不可知，無能爲力者。所以蘇軾認爲的「窮理」便是以靜去觀察事物變易之理，「盡性」即是貞情以求性，而性之自然而至即

_____

〔註23〕《蘇軾文集》卷十，頁332。

是命，性與物而爲情，所以「以至於命」，即是求性之本始狀態與自然而至的狀態，本實狀態是無善無惡、無得無喪，自然而至即產生變化，換言之，就是要在變化之中察覺本始狀態。

這個本始狀態，就是「一」，要達到一都必須透過無執、無心而得，蘇軾云：

> 夫無心而一，一而信，則物莫不能盡其天理，以生以死。故生者不德，死者不怨，則聖人豈不備位於其中哉？吾一有心於其間，則物有僥倖天枉不盡其理者矣。

> 天下之理未嘗不一，而一不可執。(《蘇軾易傳》卷七)

所以蘇軾強調在現實萬物的變化中去察覺道，產生善，必然注重實學，「循萬物之理，無往而不自得，謂之順。」(《蘇軾易傳》卷九)、「使物各安其所，然後厚之以仁。不然，雖欲愛之，不能也。(《蘇軾易傳》卷七)」便從一己的自得自順之域，推而廣之，從「循萬物之理」到「使物各安其所」，才是眞正的仁德了。蘇軾〈答王定國二首〉之一：「某未嘗求事，但事來，即不以大小爲之。在杭所施，亦何足道，但無所愧怍而已。」就是這個觀念下的作爲。〔註24〕

四、道技兩進

蘇軾認爲「循萬物之理，無往而不自得，謂之順。」(《蘇軾易傳》卷九)因爲「循萬物之理」，所以他能在各種實學或藝術類別之間自由自在地觀看、學習與領會；因爲「無往而不自得」，所以他可以一方面向上探索、領悟、掌握道之本體，一方面又能各個實學與藝術之中穿梭遊走、熔鑄、重塑。這樣的看法不斷出現在他的文章中，談到詩文是：

> 所示書教及詩賦雜文，觀之熟矣。大略如行雲流水，初無定質，但常行於所當行，常止於不可不止，文理自然，姿

〔註24〕秦觀〈答簡彬老簡〉評論蘇軾是：「蘇軾之道，最深於性命自得之際；其次則器足以任重，識足以致遠；至於議論文章，乃與世周旋，至粗者也。」大體也就是從這個脈絡說下來的。

態橫生。孔子曰:「言之不文,行之不遠。」又曰:「辭達
而已矣。」夫言止於達意,疑若不文,是大不然。求物之
妙,如繫風捕影,能使是物瞭然於心者,蓋千萬人而不一
遇也。而況能使瞭然於口與手者乎?是之謂辭達。辭至於
能達,則文不可勝用矣。〔註25〕(〈與謝民師推官書〉)

蘇軾理解「辭達」,是合著「文」一起討論。「辭」有達於意和達於口
與手之別,達於意是意會,達於口與手則是語言文字的表達。「辭達」
則是必須兼有兩者,而達於意的意會,不是一般的領會而已,而是對
「道」的領會,因此才說「求物之妙,如繫風捕影,能使是物瞭然於
心者,蓋千萬人而不一遇也」這般困難,「求物之妙」就是「窮萬物
之理」。達於口與手,則是將「達於意」順暢自在地表現於語言文字。
一旦「辭至而能達」,自然「文不可勝用矣」,辭能表現達道之意,則
文意、文章、文采等安排、推敲、講究、修飾,自然隨之而至,「大
略如行雲流水」、「常行於所當行,常止於不可不止」、「文理自然,姿
態橫生」云云,指的就是寫作達到了上述「無往而不自得」的「順」
的狀態。這便是把「辭達」從單純的「文辭通達」提高到「文辭通達
於道」,辭道並兼,才是完整的文。

　　至於書法,蘇軾提出「技道兩進」的看法,蘇軾〈跋秦少游書〉:
少游近日草書,便有東晉風味,作詩增奇麗。乃知此人不
可使閒,遂兼百技矣。技進而道不進,則不可,少游乃技
道兩進也。〔註26〕

「技道兩進」和「辭道並兼」的思路正是一致,書法的技是寫字的技
術,道則是個人內在的涵養,也就是蘇軾認爲的致道工夫,技術鍛鍊
固然重要,但是根本卻仍在致道與否。可見蘇軾既不偏重道,捨棄技;
也不偏重技,捨棄道。技道必須兩進,才是正確之路。

　　同樣的看法也可以用在書畫,蘇軾〈書李伯時山莊圖後〉
居士(按,李龍眠)之在山也,不留於一物,故其神與萬

〔註25〕《蘇軾文集》卷四十九,頁 1418。
〔註26〕《蘇軾文集》卷六十九,頁 2194。

物交，其智與百工通。雖然，有道有藝，有道而不藝，則物雖形於心，不形於手。吾嘗見居士作華嚴相，皆以意造，而與佛合。佛菩薩言之，居士畫之，若出一人，況自畫其所見者乎？〔註27〕

蘇軾認為作畫也是必須「道藝並重」，畫家「其神與萬物交」（性與物交），卻能「不留於一物」（無心），故能致道。但是畫家必須有畫技，才能將致道之感形繪於圖像。

在蘇軾看來，不論何種藝術（文學、書畫等等）或實學（修己治世之學）類型，皆包含著技術在其中，文學是辭、書法是技、繪畫是藝、修己是工夫、治世是是非利害，統言之即是「技」。蘇軾強調技之重要，並不亞於道，致道固然重要，但若沒有「技」的支持，只成為個體之領會，無法表現出來。這樣的看法在〈眾妙堂記〉用一個有趣夢中故事說明：

其（眉山道士張易簡）徒有誦《老子》者曰：「玄之又玄，眾妙之門。」予曰：「妙一而已，容有眾乎？」道士笑曰：「一已陋矣，何妙之有。若審妙也，雖眾可也。」因指灑水薙草者曰：「是各一妙也。」予復視之，則二人者手若風雨，而步中規矩，蓋煥然霧除，霍然雲消。予驚嘆曰：「妙蓋至此乎！庖丁之理解，郢人之鼻斫，信矣。」二人者釋技而上，曰：「子未睹真妙，庖、郢非其人也。是技與道相半，習與空相會，非無挾而徑造者也。子亦見夫蝸與雞乎？夫蝸登木而號，不知止也。夫雞俯首而啄，不知仰也。其固也如此。然至蛻與伏也，則無視無聽，無饑無渴，默化於荒忽之中，候伺於毫髮之間，雖聖知不及也。是豈技與習之助乎？」二人者出。道士曰：「子少安，須老先生至而問焉。」二人者顧曰：「老先生未必知也。子往見蝸與雞而問之，可以養生，可以長年。」〔註28〕

這個故事簡單地概說就是「技與道相半」和「由技入道」的差別。在

────────

〔註27〕《蘇軾文集》卷七十，頁2211。
〔註28〕《蘇軾文集》卷十一，頁361～362。

蘇軾眼中的灑水薙草動作出神入化和《莊子》所說的庖丁解牛（《莊子》庖丁語：「臣之所好者道也，進乎技矣。」）、郢人斤鼻是同樣妙技，自然印證是「由技入道」的結果。但是灑水薙草二人卻認為這三者都只是「技與道相半」、「習與空相會」（前者為道家語，後者為佛教語），並非真妙，並非入道。真正得妙道，是蜩蟬蛻化、雞伏而昂，忘記了形骸，達到了「無視無聽，無饑無渴，默化於荒忽之中，候伺於毫髮之間」的狀態，這種狀態不是技與習所能相助達臻。從蘇軾前後一致的看法來看，他顯然並不否認灑水薙草二人對真妙境界的描述，但他對於入於妙道的功夫，還是堅持「技道並進」的方式。「技道兩進」的看法在〈日喻〉有更明確的解說，蘇軾以南方善於游泳者為喻：「南方多沒人，日與水居也。七歲而能涉，十歲而能浮，十五而能沒矣。夫沒者豈苟然哉！必將有得於水之道者。日與水居，則十五而得其道。」〔註29〕就是在日常中不斷學習技術、不斷體會，隨著年齡增長而終於「得於水之道」。因此，蘇軾認為「道可致而不可求」，可致就是「君子學以致其道」，是具體地讀書去「學」，而不是憑空想像以求道。

技道兩進的觀念，一方面影響（削弱）了蘇軾對抽象道體憑空追求以及抽象理論建構與探討的興趣，一方面轉而具體可掌握的技藝的鍛鍊與講究，並以此結合道，通往向上一路，由技致道，以道輔技，達到技道兩進以致道的目標。也由於「技道兩進」的觀念，得以在各種不同類別的文藝，鍛鍊各種不同之技，但在進道的過程中，卻得以相互融通、熔鑄。其中，又以詩，表現出最大的熔鑄力，他可以熔鑄各種不同類別的技，同時又以致道為追求。不過，蘇軾的詩在技道兩進的觀念下，並不會走向「說理詩」，而是在作詩的過程中有意識地表現各種不同技藝所體現、所獲致、所尋得之道，同時又考慮了技的藝術性。

〔註29〕《蘇軾文集》卷六十四，頁 1981。

第二節　蘇詩對儒家思想的熔鑄

一、貞情返性、察易致道的吸納

　　察易致道，是覺察人間萬事萬物之變化，並藉由此一覺察領悟道體之恆存本有，並以此貞定一己之情，回返無善無惡的本性。蘇軾即時時以這種觀念融入於詩中，〈明日，南禪和詩不到，故重賦數珠篇以督之〉二首其一云：

> 未來不可招，已過那容遣。中間見在心，一一風輪轉。
> 自從一生二，巧歷莫能衍。不如袖手坐，六用都懷卷。
> 風雷生謦欬，萬竅自號喘。詩人思無邪，孟子內自反。
> 大珠分一月，細練合兩繭。累然挂禪床，妙用夫豈淺。
> 〔註30〕

此詩乃蘇軾向南禪長老求惠贈佛珠而作〈乞數珠贈南禪湜老〉，後有詩歌酬和，復作此首。首四句化用佛教經典《金剛經》、《維摩詰經》等語，談一心隨著過去、現在、未來之變化而不斷輪轉，五、六句則化用《莊子》萬象從一變二，終至繁衍無窮無盡，七、八兩句再談心與其隨萬象變化繁衍，不如收視，卷懷六用（即六根之用，眼耳鼻舌身意之功用），九、十句又從大風雷其始也微似細小之咳嗽聲，萬竅號喘起因於風作，由此說明萬象之變化皆起於微末，皆有其本原，因此唯有明瞭本原，方能不受萬象流變之困惑，因困惑而起情之牽動，而其明瞭本源的作法。十、十一句蘇軾特別舉用孔子所言的「思無邪」及孟子所說的「內自反」，去貞定萬象變化。其實孔子說的思無邪，原只用來概說《詩經》的整體特色，「內自反」也只是孟子說「有人於此，其待我以橫逆，則君子必自反也」，當然也可以擴大引伸包含孟子養氣、養心之法，但是蘇軾特地此處採用儒家式的修身方式，正是要取用來講「察易即道」的道理。蘇軾在〈思無邪齋銘〉云：「夫有思皆邪也，無思則土木也，吾何自得道，其惟

〔註30〕孔凡禮點校《蘇軾詩集》（北京：中華書局，1982 年）卷四十五，頁
　　　　2436～2437。（以下皆簡稱《蘇軾詩集》，不復繁注）

有思而無所思乎？於是幅巾危坐，終日不言，明目直視，而無所見。
攝心正念，而無所覺。於是得道，乃名其齋曰思無邪。」這裡頭當
然含有對佛教修行法及思想的融攝，詳見下章節申論。但是這裡也
表現出蘇軾採儒家式觀看流變萬象的思路，要從變易的萬象中察覺
到不易的道體。

　　這種世間變化之理，與觀看變化之心，時常在蘇詩中形成一個鮮
明的對比：

世道如弈棋，變化不容覆。(〈和李太白〉)

天公變化豈有常，明月行看照歸路。(〈奉和成伯大雨中會客解
嘲〉)

意釣忘魚，樂此竿線。優哉悠哉，玩物之變。(〈江郊〉)

無心但因物，萬變豈有竭。(〈和陶影答形〉)

萬象之變化是無窮無盡，無有常期，唯有察覺萬物之變，方能不隨萬
物流變而流變。蘇軾另在〈和子由記園中草木十一首其一〉亦有同樣
看法：

煌煌帝王都，赫赫走群彥。嗟汝獨何爲，閉門觀物變。

微物豈足觀，汝獨觀不倦。牽牛與葵蓼，采摘入詩卷。

吾聞東山傅，置酒攜燕婉。富貴未能忘，聲色聊自遣。

汝今又不然，時節看瓜蔓。懷寶自足珍，藝蘭那計畹。

吾歸於汝處，慎勿嗟歲晚。〔註31〕

此詩蘇軾寫其弟蘇轍從園中草木微觀萬物變化之事。首句寫都城之中
赫赫群彥奔走不息，詩中雖未明言爲何奔走，但從九到十二句約略可
知爲的是功名、富貴、聲色享樂等等，唯獨蘇轍不隨眾汲汲營營，反
而閉門觀看物變，所觀看乃是園中自種的花果，從觀看花果之變化，
悟得不變的本體，那個不變的本體便是詩中所謂「懷寶」，再用文學
的象徵符號指稱爲「藝蘭」，藝蘭可以是眞實得種植蘭花，但在此處
即是象徵美好之德性。因此末兩句才說願意歸附蘇轍，並且不嫌時間
之早晚。這首詩即是從觀看草木之變化，暗寓觀看一切世間種種之變

〔註31〕《蘇軾詩集》卷五，頁202。

化而悟得本心。

蘇軾〈乞數珠贈南禪湜老〉亦有如是觀念：

> 從君覓數珠，老境仗消遣。未能轉千佛，且從千佛轉。
> 儒生推變化，乾策數大衍。道士守玄牝，龍虎看舒卷。
> 我老安能為，萬劫付一喘。默坐閱塵界，往來八十反。
> 區區我所寄，蠖縮蠶在繭。適從海上回，蓬萊又清淺。

〔註32〕

此詩寫天下萬象變化，儒釋道三教皆有觀看其變化悟求不變之法，儒家透過《易經》式的推衍變化，來推定天地之運轉與演變；道家則透過固守玄牝，來觀看天地之變化。（玄牝典出《老子》：「玄牝之門，是謂天地根。」）佛教則透過默坐，來觀看塵界一切成住壞空。此詩可見三教都有共同觀看萬象變化的工夫及修養方法，蘇軾在詩中則自由地在三教之中游走，有時傾向佛教（如此詩），有時又偏向道教，有時又偏向儒家，〈和陶形贈影〉等三首組詩，即是如此：

> 天地有常運，日月無閒時。孰居無事中，作止推行之。
> 細察我與汝，相因以成茲。忽然乘物化，豈與生滅期。
> 夢時我方寂，偃然無所思。胡為有哀樂，輒復隨漣洏。
> 我舞汝凌亂，相應不少疑。還將醉時語，答我夢中辭。

（〈和陶形贈影〉）

第一首乃用道家之說，引《莊子》：「天其運乎，地其處乎，日月其爭於所乎，孰主張是，孰維綱是，孰居無事而推而行是？」說明天地變化，人乘物化而生哀樂。

> 丹青寫君容，常恐畫師拙。我依月燈出，相肖兩奇絕。
> 妍媸本在君，我豈相媚悅。君如火上煙，火盡君乃別。
> 我如鏡中像，鏡壞我不滅。雖云附陰晴，了不受寒熱。
> 無心但因物，萬變豈有竭。醉醒皆夢耳，未用議優劣。

（〈和陶影答形〉）

第二首則用佛教之說，引《圓覺經》：「由寂靜故，十方世界諸如來心

〔註32〕《蘇軾詩集》卷四十五，頁 2432～2433。

於中顯現如鏡中像。」說明萬象變化無窮無盡，形體隨變化終究如火上煙，火盡煙滅，形體亦消逝無蹤。

> 二子本無我，其初因物著。豈惟老變衰，念念不如故。
> 知君非金石，安得長託附。莫從老君言，亦莫用佛語。
> 仙山與佛國，終恐無是處。甚欲隨陶翁，移家酒中住。
> 醉醒要有盡，未易逃諸數。平生逐兒戲，處處餘作具。
> 所至人聚觀，指目生毀譽。如今一弄火，好惡都焚去。
> 既無負載勞，又無寇攘懼。仲尼晚乃覺，天下何思慮。

（〈和陶神釋〉）〔註33〕

第三首則用儒家之說，引《易經·繫辭傳》：「子曰：『天下何思何慮，天下同歸而殊途，一致而百慮，天下何思何慮。』」，並推翻佛道以為人逝之後歸往的「佛國」與「仙山」之說，申論人生之隨萬象變化，不只是形體變老變衰之變化而已，就連念頭也是變化無息、念念生滅，而形體之載勞、思緒之喜懼好惡，都是因外在之追逐與毀譽而起。人之形、影、神，隨著「形」體之變化消逝，「影」亦所無附著，但是「神」既不歸於佛教之佛國、亦不歸於道教之仙山，乃是還諸無思無慮之欲。此一無思無慮之欲，即蘇軾一貫對「道」的描述方式，是「無得無喪，無吉無凶」，無私無慮亦即返回道之中。換言之，這三首詩，即蘇軾藉由形影神來討論三教對於人在萬象變化之中如何「察易即道」的簡易說法，蘇軾真正所相信的並非釋道向外追尋的佛國、仙山，而是儒家式的對於一心之掌握，如何從變化中察覺其中本體之道，如何從變化的情感中察覺無善無惡的性體。而蘇詩的創作本體便是由此發端、展開。

二、循理而動的實學傾向

蘇軾以儒家思維的創作本體，表現在詩歌創作上，與吸收佛道最大的差異就在於「循理而動」，「循理而動」之「動」除了是一己之應物無所而不自得，另一方面則是儒家式由一己而推而廣之，由

〔註33〕《蘇軾詩集》卷四十二，頁2306～2307。

「自得」而讓使他人與萬物也各安其所，然後施之以仁德慈愛，此即蘇軾《蘇軾易傳》所云：「循萬物之理，無往而不自得，謂之順。」（卷九）、「使物各安其所，然後厚之以仁。不然，雖欲愛之，不能也。」（卷七）換言之，即儒家己立立人、己達達人、仁民愛物之理。

蘇軾〈韓退之〈孟郊墓銘〉云：以昌其詩。舉此問王定國，當昌其身耶，抑昌其詩也？來詩下語未契，作此答之〉即可見：

> 昌身如飽腹，飽盡還當飢。昌詩如膏面，為人作容姿。
> 不如昌其氣，鬱鬱老不衰。雖云老不衰，劫壞安所之。
> 不如昌其志，志壹氣自隨。養之塞天地，孟軻不吾欺。
> 人言魏勃勇，股栗向小兒。何如魯連子，談笑卻秦師。
> 慎勿怨謗讒，乃我得道資。淤泥生蓮花，糞壤出菌芝。
> 賴此善知識，使我枯生荑。吾言豈須多，冷暖子自知。
>
> 〔註34〕

此詩從昌身、昌詩、昌氣之各自優劣得失，說到昌志，「志壹氣自隨」之可大可久，說的正是孟子的壹志養氣之法，孟子壹志養氣法，即配合儒家之道與義而養，也就是如何做到己立，己立之後而後立人，因此詩中「何如魯連子，談笑卻秦師」，魯仲連義不帝秦，使秦師自動退兵，都是行義之後產生的大力量。

忠義、報國、濟物、捨生取義、窮則獨善其身，達則兼善天下（以及由此而產生的仕隱衝突與抉擇）……，都是儒家的觀念，蘇軾皆吸納化入詩中。

> 文章工點黷，忠義老研磨。（〈龍尾石硯寄猶子遠〉）
>
> 少壯欲及物，老閑餘此心。（〈次韻定慧欽長老見寄八首〉之七）
>
> 此生歲月行飄忽，晚節功名亦謬悠。（〈次韻周開祖長官見寄〉）
>
> 未成報國慚書劍，豈不懷歸畏友朋。（〈九月二十日微雪，懷子由弟二首其二〉）

〔註34〕《蘇軾詩集》卷三十四，頁 1804～1806。

　　勸我師淵明，力薄且爲己，……望道雖未濟，隱約見津涘。
（〈和止酒〉）

　　吾徒本學道，窮達理素推。（〈送司勳子才丈赴梓州〉）

　　名聲實無窮，富貴亦暫熱，大夫知此理，所以持死節。（〈屈
原塔〉）

前三首詩，都可見蘇軾充滿儒家進取之心，想要報國、恩及萬物、建功立名，雖然因時運未必能夠達成，但是這種積極的心志卻並未改變。第四首則是兼善天下不成轉而獨善其身，第五首則是對窮達之理淡然處之，第六首則對屈原守義節而死表達欽仰之意。

　　蘇軾以儒家爲主體，透過對儒家思想的理解，將人的性、情的關係搭配天之道與易，並以人之「察易即道」的進路以及「虛靜致道」、「循理而動」的功夫論，同時吸納佛教與道教的功夫論，強調技道兩進。因此表現在詩中，一方面表現「易」的萬象變化、情感興動、生滅無常，另一方面則又極力表現「察易即道」的思索、省察與領悟，因此必然留心、留情於萬象之興趣與觀察，卻又必然表現貞定心性的思索，詩作則充滿議論、思辨與省悟。另外，蘇詩也表現儒家積極進取的精神，雖然時運、政治現實的重重打擊之下，出現佛道思想的超然之語，但這只是「虛靜致道」的另一種旁攝方式，其主體思想仍舊是儒家，表現獨善其身的守節、致道之理。

第三章　蘇軾及其詩對道家、
　　　　道教思想的熔鑄

第一節　蘇軾對道家、道教思想的理解與態度

一、幼而好道，終生貫之

　　蘇軾自幼跟隨道士讀書，紹聖年間年老時（六十三歲）謫居海南猶津津回憶，在〈眾妙堂記〉:「眉山道士張易簡，教小學，常百人，予幼時亦與焉。居天慶觀北極院，予蓋從之三年。謫居海南，一日夢至其處，見張道士如平昔，汛治庭宇，若有所待者，曰:『老先生且至。』其徒有誦《老子》者曰:『玄之又玄，眾妙之門。』」〔註1〕可見蘇軾自幼曾隨著道士張易簡在道觀裡讀書。

　　蘇軾對道教的親近與興趣，自幼開始，而且貫穿一生，始終保有對道教之道的追求與渴望，貶居黃州時即云:「古之學者，不憚斷臂剜眼以求道，今若但畏一笑而止，則過矣。軾齠齔好道，本不欲婚宦，爲父兄所強，一落世網，不能自道，然未嘗一念忘此心也。」〔註2〕指出其好道之心，自幼即然，而且本有出世求道之心，甚至

〔註1〕　《蘇軾文集》卷十一，頁 361。
〔註2〕　〈與劉宜翁使君書〉，《蘇軾文集》卷四十九，頁 1415。

不欲婚宦，也認爲苦行求道是可以接受者。到了晚年，猶孜孜念求，在惠州時嘗作〈跋嵇叔夜〈養生論〉後〉：「東坡居士以桑榆之末景，憂患之餘生，而後學道，雖爲達者所笑，然猶賢乎已也。以嵇叔夜〈養生論〉頗中余病，故手寫數本，其一贈羅浮鄧道師。」〔註3〕表現出他對求道之心的殷切與持續。

二、吸收道家的致一全眞、虛明應物以養生

蘇軾對於道家老子和莊子思想，主要的理解是「以清淨無爲爲宗，以虛明應物爲用，以慈儉不爭爲行。」〔註4〕吸納於己身還是以養生爲要，在〈李伯時作老子新沐圖遺道士蹇拱辰趙郡蘇某見而贊之〉稱讚老子並其學說：

> 老聃新沐，晞髮於庭，其心淡然，若忘其形。夫子與回，見之而驚，入而問之，強使自名。曰：豈有已哉，夫人皆然。惟役於人，而喪其天。其人苟忘，其天則全。四肢百骸，孰爲吾纏？死生終始，孰爲吾邊？彼赫赫者，將爲吾溫。彼肅肅者，將爲吾寒。一溫一寒交，而萬物生焉，物皆賴之，而況吾身乎？溫爲吾和，寒爲吾堅，忽乎不知，而更千萬年。葆光誌之，夫非養生之根乎？〔註5〕

贊文雖是蘇軾針對李龍眠（伯時）老子新沐圖而作，但其中對道家思想頗有扼要概說及掌握。老子其心淡然，忘卻形骸，人受役於物，而喪其天全，若人能忘，則能超脫形骸、生死、始終，唯有葆光，才是養生之根。葆光，即隱蔽光輝，不使才智外露，典出《莊子·齊物論》：「注焉而不滿，酌焉而不竭，而不知其所由來，此之謂葆光。」成玄英疏：「葆，蔽也。至忘而照，即照而忘，故能韜蔽其光，其光彌朗。」蘇軾即用莊子之說來解釋〔註6〕。同樣的看法，亦可

〔註3〕 《蘇軾文集》補遺，卷十四。
〔註4〕 〈上清儲祥宮碑〉，《蘇軾文集》卷十七，頁503。
〔註5〕 《蘇軾文集》卷二十二，頁639～640。
〔註6〕 贊文中「彼赫赫者，將爲吾溫。彼肅肅者，將爲吾寒。一溫一寒交，而萬物生焉，物皆賴之，而況吾身乎？」赫赫、肅肅雖典出《莊子·

見蘇軾所作〈靜常齋記〉：

> 虛而一，直而正，萬物之生芸芸，此獨漠然而自定，吾其
> 命之曰靜。
>
> 泛而出，渺而藏，萬物之逝滔滔，此獨介然而不忘，吾其
> 命之曰常。
>
> 無古無今，無生無死，無終無始，無後無先，無我無人，
> 無能無否，無離無著，無證無修。〔註7〕

蘇軾爲齋室命名靜常，乃取《老子》十六章：「致虛極，守靜篤，萬
物並作，吾以觀其復。夫物云云，各歸其根。歸根曰靜，靜曰復命，
復命曰常，知常曰明。」歸根曰敬、復命曰常之意。由觀看萬物之生
逝變化，保持內心之漠然自定及介然不忘，達到「無古無今，無生無
死，無終無始，無後無先，無我無人，無能無否，無離無著，無證無
修」的至道境界，亦是莊子的齊物思想。

　　蘇軾對老莊的興趣，實則莊子遠勝於老子，蘇轍〈亡兄子瞻端
明墓誌〉：「公之於文，得之於天。……既而讀《莊子》，喟然歎息
曰：『吾昔有見於中，口未能言，今見《莊子》，得吾心矣！』乃出
〈中庸論〉，其言微妙，皆古人未喻。」〔註8〕

田子方》：「至陰肅肅，至陽赫赫。肅肅出乎天，赫赫發乎地。」但
其思想卻是蘇軾解釋《易經》：「一陰一陽之謂道」的思路。

〔註7〕　《蘇軾文集》卷十一，頁363～364。

〔註8〕　案，蘇軾喟然歎息而作的〈中庸論〉上中下三篇，並不是針對莊子
學說而作，而是當時受到佛道影響大暢《中庸》論著而發，其論點
即以儒家爲主，將儒家少言、未明說的道，以「中庸」之道說之，
反覆申論儒家的現實道德修養，藉以區分佛道之以「空虛無有」說
道，避免「道之難言也，有小人焉，因其近似而竊其名」，因作〈中
庸論〉：「後之儒者，見其難知，而不知其空虛無有，以爲將有所深
造乎道者，而自恥其不能，則從而和之曰然。相欺以爲高，相習以
爲深，而聖人之道，日以遠矣。」、「其始論誠明之所入，其次論聖
人之道所從始，推而至於其所終極，而其卒乃始內之於中庸。」（〈中
庸論〉上）、「君子之欲誠也，莫若以明。夫聖人之道，自本而觀之，
則皆出於人情。不循其本，而逆觀之於其末，而以爲聖人有所勉強
力行，而非人情之所樂者。

　　蘇軾對《莊子》的看法，主要可見所作〈廣成子解〉﹝註9﹞。「廣成子」原出《莊子‧在宥》其中一段，係黃帝向隱於空同的廣成子詢問如何達於至道，主要圍繞著廣成子解說「黃帝求道的衝突」、「至道內容與長生之法」及「得至道氣象」三個部分。蘇軾的解文即針對原文字句加以詮釋。

　　蘇軾針對「黃帝求道的衝突」，原文為「黃帝立為天子，十九年，令行天下，聞廣成子在於崆峒之山，故往見之。曰：『我聞吾子達於至道。敢問至道之精。吾欲取天地之精，以佐五穀，以養民人，吾又欲官陰陽，以遂群生，為之奈何？』廣成子曰：『而所欲問者，物之質也，而所欲官者，物之殘也。』」蘇軾的解釋是：

> 得道者不問，問道者未得也。得道者無物無我，未得者固將先我而後物。夫苟得道，則我有餘而物自足，豈固先之耶。今乃舍己而問物，惡其不情也。故曰「而所欲問者，物之質也，而所欲官者，物之殘也。」言其情在於欲己長生，而外托於養民人、遂群生也。夫長生不死，豈非物之實，而所謂養民人、遂群生，豈非道之餘乎？

蘇軾認為獲致長生之法，是一己之事，不能託辭於惠養人民群生，一有如此託辭便是私情，這種私情無論是先我後物、先物後我或者捨己問物，都是不得於道。得於道是無物無我，忘卻自我。這樣的看法顯見蘇軾將求道之事劃歸於個人之舉，蘇軾在解釋儒家之道是「無得無喪，無吉無凶」，也帶有道家的味道。

　　在「至道內容與長生之法」中，原文為：「至道之精，窈窈冥

夫如是，則雖欲誠之，其道無由。」（〈中庸論〉中）蘇軾即是將渺不可識的道，回歸到人情日常，由內心之誠明，實踐於日常人情，最後反歸內心之中庸。蘇轍認為這是蘇軾讀了《莊子》而後有此說，但其思維卻完全是儒家式的，亦即將儒家的道融攝了道家的道而談，「信矣中庸之難言也。君子之欲從事乎此，無循其跡而求其味，則幾矣。《記》曰：『人莫不飲食也，鮮能知味也。』」（〈中庸論〉下）只是從其道之難言、無跡可循的共同性而合說而已。蘇轍原文載《欒城後集》，卷二十二。

﹝註9﹞　《蘇軾文集》卷六，頁176～179。

冥；至道之極，昏昏默默。無視無聽，抱神以靜，形將自正。必靜必清，無勞汝形，無搖汝精，乃可以長生。目無所見，耳無所聞，心無所知，汝神將守形，形乃長生。慎汝內，閉汝外，多知為敗。……慎守女身，物將自壯。我守其一以處其和。故我修身千二百歲矣，吾形未常衰。」

蘇軾對上文的詮釋，擇其要分列於下：

> 此窈冥昏默之狀，乃致道之方也。如指以為道，則窈冥昏默者，可得謂之道乎？人能棄世獨居，體窈冥昏默之狀，以入於精極之淵，本有不得於道者也。學道者患其散且偏也，故窈窈冥冥者，所以致一也，昏昏默默者，所以全真也。

> 無視無聽，抱神以靜，則無為也。心無所知，則無思也。必靜必清，無勞汝形，無搖汝精，則無欲也。三者具而形神一，形神一而長生矣。內不慎，外不閉，二者不去，而形神離矣。

> 廣成子以窈冥昏默立長生之本，以無思、無為、無欲去長生之害，又以至陰至陽堅凝之，吾事足於此矣。

蘇軾認為廣成子所說「窈窈冥冥」並非至道，只是致道的方法，其目的是為了達到「致一」之專心，而「昏昏默默」則是為了達到「全真」的過程。廣成子所說的「無視無聽，抱神以靜」、「心無所知」、「必靜必清，無勞汝形，無搖汝精」解為「無為」、「無思」、「無欲」，並據此確立長生之根本為「窈冥昏默」（即蘇軾所說致一全真）、而去除長生之害者為「無思、無為、無欲」。由此看來，蘇軾即將道家的學說轉為具體的修養功夫，於是便與道教的內丹靜坐調息運氣養生之法結合在一起。

在「得至道氣象」，原文為：「彼其物無窮，而人皆以為有終；彼其物無測，而人皆以為有極。……今夫百昌皆生於土而反於土。故餘將去女，入無窮之門，以遊無極之野。吾與日月參光，吾與天地為常。……！人其盡死，而我獨存乎！」

> 物本無終極，其分也成也，其成也毀也。物未嘗有死，故
> 長生者物之固然，非我獨能。我能守一而處和，故不見其
> 分成與毀爾。
>
> 故學道能盡死其人獨存其我者寡矣。可見、可言、可取、
> 可去者，皆人也，非我也。不可見、不可言、不可取、不
> 可去者，是眞我也。近是則智，遠是則愚，得是則得道矣。
> 故人其盡死而我獨存者，此之謂也。

廣成子所說的得至道氣象，即長生得以與日月天地同存，遊於無窮無
盡之域。蘇軾則從「一死生」而說之，「物未嘗有死，故長生者物之
固然，非我獨能。我能守一而處和，故不見其分成與毀爾。」是將生
與死、成與毀視爲一體，唯有「守一而處和」的人，能將生死視爲一
體，不見其成與毀，無毀則無所謂死，故得長生。蘇軾又解釋廣成子
「人其盡死，而我獨存乎」，指的是「不可見、不可言、不可取、不
可去」的眞我，而不是「可見、可言、可取、可去」的人，凡是可見
可言可取可去，都會隨著變化而成毀，唯有掌握不可見、言、取、去
的眞我，才能不隨便化而成毀，也就能不隨成毀的人而成毀，終至獨
存長生。

　　從〈廣成子解〉可以窺見蘇軾對道家之道的理解，首先他將道家
之說劃歸於個人一己之修行，這種修行以致一全眞爲主要求道之法、
以無爲無私無欲之法爲輔，獨存眞我，去除非我，一死生、齊成毀，
則可獲得至道之精。同時又契合道教內丹之法，以長生爲目標，透過
內丹以意導氣之法，同時達到致一全眞、獨存眞我的至道。

三、修習道教內外丹以養生

　　蘇軾終其一生雖未能夠出世求道，但對道教之道的追求始終不
曾停歇。蘇軾修習道教功法，主要遵循內丹，對於道教的外丹，則
半信半疑。內外丹之說，歷代頗有歧異〔註10〕，概而說之，內丹即

〔註10〕陳國符《道藏源流考》考證隋代是以「行氣導引」爲內容，唐宋間
　　　　的《上洞心丹訣》則以「胎息導行」爲內丹，而宋《指歸集序》：「內

是指將人之身體視為一座丹爐，透過存神、吐納、閉息，調養精、氣、神，以結成丹田修練所成之金丹。外丹則是透過外在的丹爐，採用金屬、礦石燒煉出藥物，藉由服用藥物以飛昇成仙。

　　蘇軾修習內丹之法，主要是為了養生。一開始是其弟蘇轍所教，詩題曾云「余觀子由自少曠達天資，近道又得至人養生長年之訣，而余亦竊聞其一二。」〔註11〕後來蘇軾又多與道士交游，習得不少內丹修習之法，逐漸發展出自己的簡要修習之法，貶謫黃州時，曾安慰受「烏臺詩案」連累而遭貶賓州的好友王鞏，即云：

> （軾）近頗知養生，亦自覺薄有所得，見者皆言道貌與往日殊別，更相闊數年，索我閬風之上矣。〔註12〕

> 揚州有侍其太保，官於煙瘴地十餘年。比歸，面色紅潤，無一點瘴氣。只是用磨腳心法，……每日飲少酒調食，令胃氣壯健。安道軟硃砂膏，軾在湖親服數兩，甚覺有益利。可久服。子由昨來陳相別，面色殊清潤，目光炯然。夜中行氣臍腹間，隆隆如雷聲。其所行持，亦吾輩所常論者，但此君有志節能力行耳。粉白黛綠者，俱是火宅中狐狸、射幹之流，願公以道眼看破。〔註13〕

上引首段文字可知蘇軾操持養生之法，自覺有所得，表現在外表與往日殊別，文中所謂閬風即崑崙仙山，意即成仙。第二段文中蘇軾提及的「磨腳心法」即「左右手熱摩兩腳心」〔註14〕，亦屬內丹功法之一；而張安道的「硃砂膏」即是服用丹藥，蘇轍的「夜中行氣

丹之說，不過心腎交會，精氣搬運，存神閉息，吐故納心，或專房中之術，或採日月精華，或服餌草木，或闢穀休妻。」詳見該書（中華書局，1985 年），頁 390。
〔註11〕《蘇軾詩集》卷十五。原詩為「但令朱雀長金花，此別還同一轉車，五百年間誰復在？會看銅狄兩咨嗟。」金花即修成金丹，故能長生，因此有五百年後共看銅人之嘆。
〔註12〕〈與王定國書四十一首〉之八，《蘇軾文集》卷五十二，頁 1517。
〔註13〕〈與王定國書四十一首〉之三，《蘇軾文集》卷五十二，頁 1514。
〔註14〕詳見〈養生訣上張安道〉，蘇軾於此句自注云：「此湧泉穴上徹頂門，氣訣之妙。」另在〈侍其公氣術〉亦提及此法：「兩掌相鄉，熱摩湧泉穴無數，汗出為度。」即雙掌熱磨腳心，讓湧泉穴氣徹頂門。

臍腹間，隆隆如雷聲」即內丹修習「吐納行氣」，「粉白黛綠者，俱是火宅中狐狸、射幹之流」則指「禁防男女之慾」。蘇軾雖偶服丹藥，但始終半信半疑，如曾言「近有人惠丹砂少許，光彩甚奇，固不敢服，然其人教以養火，觀其變化，聊以悅神度日。」〔註15〕即言獲得丹藥卻不敢隨意食用，但有時又對丹藥流露出很濃的興趣，亦嘗云：「或有外丹已成，可助成梨棗者，亦望不惜分惠。」〔註16〕、「大抵道士非金丹不能羽化，而丹材多在南荒，故葛稚川求勾漏令，竟化於廉州，不可不留意也。」〔註17〕兩者都是向人祈討丹藥。對於內外丹之多種說法，蘇軾自己體會而簡要說之即是：「道術多方，難得其要，然軾觀之，唯能靜心閉目，以漸習之，似覺有功。幸信此語，使氣流行體中，癢痛安能近人也。」、「禦瘴之術，惟絕欲練氣一事」〔註18〕蘇軾所行之法即是內丹法之練氣以結金丹。

　　蘇軾寫給學生秦觀的信中，也提及此法：

> 吾儕漸衰，不可復作少年調度，當速用道書方士之言，厚自養煉。謫居無事，頗窺其一二。已借得本州天慶觀道堂三間，冬至後當入此室，四十九日乃出，自非廢放，安得就此。……但擇平時所謂簡要易行者，日夜爲之，寢食之外，不治他事，但滿此期，根本立矣。此後縱復出從人事，事已則心返，自不能廢矣。〔註19〕

這是蘇軾閉關四十九日之法，所謂「簡要易行」者，即是上述之「靜心閉目」、「練氣」、「使氣流行體中」。蘇軾修習內丹之法，主要得自蘇轍所授，蘇轍作有〈養生金丹訣〉，從中約略可得之，其云：

> 予治平末泝峽還蜀，泊舟仙都山下，有道士以《陰眞君長生金丹訣》石本相示，予……試問以燒煉事，對曰：「養生有內外。精氣，內也，非金石所能堅凝；四肢、百骸，外

〔註15〕　〈與王定國書四十一首〉之八，《蘇軾文集》卷五十二，頁1517。
〔註16〕　〈與劉宜翁書〉，《蘇軾文集》卷四十九，頁1416。
〔註17〕　〈與王定國書四十一首〉之八，《蘇軾文集》卷五十二，頁1518。
〔註18〕　〈答王定國四十一首〉之三十二，《蘇軾文集》卷五十二，頁1528。
〔註19〕　〈答秦太虛七首〉之四，《蘇軾文集》卷五十二，頁1535。

也，非精氣所能變化。欲事內，必調養精氣極而後內丹成，
內丹成，則不能死矣。然隱居人間久之，或託尸假而去，
求變化輕舉，不可得也。蓋四大，本外物和合而成，非精
氣所能易也。惟外丹成，然後可以點瓦礫，化皮骨，飛行
無礙矣。然內丹未成，內無交之，則服外丹者多死，譬積
枯草弊絮而眞火其下，無不焚者。」〔註20〕

由上可知蘇轍認爲內丹是從身體之內培養精氣、結成金丹爲主，外丹
則是可以透過服用丹藥而蛻化肢骸皮骨、變化輕舉、尸假飛昇。但是
服用外丹丹藥必須在修習內丹成功之後方能爲之，也就是先內丹，後
外丹的修習次序，不然即有殞身之禍。這也是蘇轍這麼重視內功修習
的主因。文章後半段提及張安道請道人爲之煉養金丹砂一事，云「張
公安道家有一道人，陝人也，爲公養金丹。其法用紫金丹砂，費數百
千，期年乃成。公喜，告予曰：『吾藥成，可服矣。』予謂：『公何以
知其藥成也？』公曰：『《抱朴子》言：藥既成，以手握之，如泥出指
間者，藥眞成也。今吾藥如是，以是知其成無疑矣。』予爲公道仙都
所聞，謂公曰：『公自知內丹成，則此藥可服，若猶未也，姑俟之若
何？』公笑曰：『我姑俟之耶。』」，與蘇軾上文所提「安道軟硃砂膏，
軾在湖親服數兩，甚覺有益利」應是相類丹藥，蘇軾願意嘗試服用，
但蘇轍在這方面便顯得謹愼許多。

　　蘇軾所學之內丹法，另在寄給張安道的〈養生訣〉有更詳細的說
明：

近年頗留意養生。讀書，延納方士多矣，其法數百，擇其
簡而易行者，間或爲之，輒驗。今此法特奇妙，乃知神仙
長生不互，非虛語爾。

每夜以子後（三更三四點至五更以來〔註21〕），披衣起，（只
床上擁被坐亦可）面東若南，盤足，叩齒三十六通，握固
（以兩拇指握第三指，或第四指握拇指，兩手拄腰腹間

〔註20〕蘇轍《龍川略志》卷一。
〔註21〕括號內文係蘇軾自作注語。

也）。閉息（閉息，最是道家要妙處。先須閉息卻慮，掃滅
座相，使心澄湛，諸念不起，自覺出入息調勻，即閉定口
鼻也）。內觀五臟，肺白、肝青、脾黃、心赤、腎黑（常求
五臟圖掛壁上，使心中熟識五臟六腑之形狀）。次想心為炎
火，光明洞徹，丹田中。待腹滿氣極，即徐出氣（不得令
耳聞）。候出入息均調，即以舌接唇齒，內外漱煉津液（若
有鼻液，亦須漱使，不嫌其鹹，煉久自然甘美，此是真氣，
不可棄之也），未得咽。復前法。閉息內觀，納心丹田，調
息漱津，皆依前法。如此者三，津液滿口鼻也即低頭咽下，
以氣送入丹田。須用意精猛，令津與精氣穀穀然有聲，徑
入丹田。又依前法為之。凡九閉息，三咽津而止。然後以
左右手熱摩兩腳心（此湧泉穴上徹頂門，氣訣之妙），及臍
下腰脊間，皆令熱徹（徐徐摩之，使微汗出，不妨，不可
喘足爾），次以兩手摩熨眼、面、耳、項，皆令極熱。仍案
按捏鼻樑左右五七下，梳頭百餘梳而臥，熟寢至明。〔註22〕

這段文字，可見蘇軾修習之盤足靜坐、叩齒握固、閉息內觀、納心丹
田、調息漱津等法，都屬內丹一路，主要功法即以意運氣。蘇軾對此
修練興致之高，除修練之外，尚有理論說之，嘗作〈龍虎鉛汞說〉：

人之所以生死，未有不自坎、離者。坎、離交則生，分則
死，必然之首也。離為心，坎為腎，……龍水，汞也，精
也，血也。出於腎，而肝藏之，坎之物也。虎火，鉛也，
氣也，力也。出於心，而肺主之，離之物也。心動，則氣
力隨之而作。腎溢，則精血隨之而流。如火之有煙，未有
復反於薪者也。世之不學道。其龍常出於水，故龍飛而汞
輕。其虎常出於火，故虎走而鉛枯。此生人之常理也。順
此者死，逆此者仙。〔註23〕

蘇軾將人體之心、腎關係，以八卦之坎、離說之，坎離相交方得生，
心性未有不正（這裡的正並沒有善惡之意，而是自然之性的正常具

〔註22〕《蘇軾文集》卷七十三，頁2335～2336。
〔註23〕《蘇軾文集》卷七十三，頁2331。

有，此即蘇軾一貫強調的性無善無惡的自然之說），而腎過強而溢則產生慾念，這樣的說法即以生理結合心理而說。又說腎之所出是精、血，即龍水、即汞；心之所生是氣、力，即虎火、即鉛，人之學此道就是要讓龍（水）出於火、虎（火）出於水（此處可見蘇軾將外丹所練丹藥常用的材料鉛汞，化入內丹之說），水火相交，方能養生。如何才能水火相交，主要和〈養生訣〉所說大同小異，還是透過以意導氣。

> 有隱者教余曰：「人能正坐，暝目調息，握固心定，息微則徐閉之（達磨胎息法，亦須閉。若如佛經，待其自止，恐卒不能到也）。雖無所念，而卓然精明，毅然剛烈，如火之不可犯，息極則小通之，微則復閉之（方其通時，亦限一息，一息歸之，已下丹田中也），爲之，推數以多爲賢，以久爲功，不過十日，則丹田濕而水上行，愈久愈溫，幾至如烹，上行如水，翁然如雲，蒸於泥丸。……旬日之外，腦滿而腰足輕，方閉息時，則漱而烹之，須滿口而後咽（若未滿，且留口中，俟後次也）。仍以空氣送至下丹田，常以意養之，久則化而爲鉛。」〔註24〕

蘇軾此處認爲人之正坐調息，氣如火下，至丹田，則使丹田之濕水逆而上行，蒸騰而上至泥丸之頭部，如此則水火相交。水火相合，火不過炎，水不漫行，氣力自然調合精血，同樣呼應上文的〈龍虎鉛汞說〉。此即蘇軾所練之內丹功法大要。

蘇軾除了在體內以意導氣之外，亦曾嘗試向外採氣，曾作〈採日月華贊〉：

> 每日採日月華時，不能誦得古人咒語，以意撰數句云：
> 我性眞有，是身本空。四大合成，與天地通。
> 如蓮芭蕉，萬竅玲瓏。無道不入，有光必容。
> 曈曈太陽，凡火之雄。湛湛明月，眾水之宗。
> 我爾法身，何所不充。不足則取，有餘則供。

〔註24〕〈龍虎鉛汞說〉，《蘇軾文集》卷七十三，頁2331～2332。

　　　　取予無心，唯道之公。各忘其身，與道俱融。〔註25〕

採日月華，即是將日視爲火，月視爲水，採此火月水以補充調和一身
之水火，此與〈龍虎鉛汞說〉的看法是一致的。另外蘇軾亦嘗試習龜
息法，其法亦類同採日華之法，每日早旦，引吭東望，嚥之以爲食，
蘇軾認爲可以療飢，又可長生。〔註26〕

　　蘇軾著迷於修習內丹以養生，不過修練的恆心與毅力卻明顯不
足，自言「然吾有大患，平生發此志願百十回矣，皆謬悠無成，意此
道非捐軀以赴之，刳心以受之，盡命以守之，不能成也。」、「深恐易
流之性，不能終踐此言，故先書以報，庶幾他日有慚於弟而不敢變也。
此事大難，不知其果能不慚否？」〔註27〕都可見他修練時操時棄、屢
斷屢續的狀況，不過，這種心情、興趣與渴望卻時時流露寫諸詩中，
成爲詩歌中一個獨特的現象。

四、以儒攝道

　　蘇軾雖然自認對道家、道教的思想、學說，與其本性相合，且深
感興趣。但是他的主體仍然是以儒家的觀點來吸納道家和道教，道
家、道教的思想都必須在儒家的思維和標準下衡量與吸納。對於深有
感悟及共鳴的《莊子》，也是如此，〈莊子祠堂記〉云：

　　　　（莊子）作〈漁父〉、〈盜跖〉、〈胠篋〉，以詆訾孔子之徒，
　　　　以明老子之術。此知莊子之粗者。余以爲莊子蓋助孔子者，

〔註25〕《蘇軾文集》卷二十一，頁 617。
〔註26〕《蘇軾文集》卷七十三〈學龜息法〉記載龜息法之傳說以及蘇軾的
　　　　看法：「洛下有洞穴，深不可測。有人墮其中，不能出，飢甚。見龜
　　　　蛇無數，每旦輒引吭東望，吸初日光，嚥之。其人亦隨其所向，效
　　　　之不已，遂不復飢，身輕力強。後卒還家，不食，不知其所終。此
　　　　晉武帝時事。辟穀之法，類皆百數，此爲上，妙法止於此。能復服
　　　　玉泉，使鉛汞，具體去仙不遠矣。此法甚易知，甚易行。然天下莫
　　　　能知，知者莫能行。何則？虛一而靜者，世無有也。元符二年，儋
　　　　耳米貴，吾方有絕糧之憂，欲與過子共行此法，故書以授之。四月
　　　　十九日記。」
〔註27〕〈龍虎鉛汞說〉，《蘇軾文集》卷七十三，頁 2332。

要不可以爲法耳。

故莊子之言，皆實予而文不予，陽擠而陰助之，其正言蓋
無幾。至於詆訾孔子，未嘗不微見其意。其論天下道術，
自墨翟、禽滑厘、彭蒙、愼到、田駢、關尹、老聃之徒，
以至於其身，皆以爲一家，而孔子不與，其尊之也至矣。
〔註28〕

蘇軾認爲莊子乃是助成孔子者，表現的方式是「實予而文不予」、「陽
擠而陰助之」，也就是表面上的文章是排擠孔子，但是私底的實際用
意卻是助成孔子。蘇軾所持的論點就是從《莊子‧天下篇》：「天下大
亂，賢聖不明，道德不一，天下多得一察焉以自好。」立論，文章中
列舉了墨翟、禽滑厘、彭蒙、愼到、田駢、關尹、老聃，以至於莊子
自己，但卻未列舉孔子，可見莊子認定孔子不是「多得一察焉以自好」
者，蘇軾便以此認爲莊子是尊崇孔子的。這樣的看法，完全是蘇軾以
儒家爲主體來融攝《莊子》。蘇軾即以此觀點斷定《莊子》書中，詆
訾孔子的〈盜跖〉、〈漁父〉和淺陋不入於道的〈讓王〉、〈說劍〉是僞
作〔註29〕，因爲和莊子暗助孔子之說的主旨不合。

　　蘇軾以儒融攝道家、道教，一方面是因爲道家、道教思想在個人
方面固然可以補足儒家對於死生、養生之法的闕如，但另一方在經國
治人、待人處世則蘇軾認爲顯然不及儒家。蘇軾曾作〈上清儲祥宮碑〉
即云：

臣謹按道家者流，本出於黃帝、老子。其道以清淨無爲爲
宗，以虛明應物爲用，以慈儉不爭爲行，合於《周易》「何
思何慮」、《論語》「仁者靜壽」之說，如是而已。自秦、漢
以來，始用方士言，乃有飛仙變化之術，《黃庭》、《大洞》
之法，……下至於丹藥奇技，符籙小數，皆歸於道家，學

〔註28〕《蘇軾文集》卷十一，頁347～348。
〔註29〕「然余嘗疑〈盜跖〉、〈漁父〉，則若眞詆孔子者。至於〈讓王〉、〈說
劍〉，皆淺陋不入於道。反復觀之，得其「寓言」之意，終曰：……
去其〈讓王〉、〈說劍〉、〈漁父〉、〈盜跖〉四篇，以合於〈列禦寇〉
之篇，……莊子之言未終，而昧者剿之以入其言。」同上注引文。

者不能必其有無。然臣嘗竊論之。黃帝、老子之道，本也。
方士之言，末也。修其本而末自應。故仁義不施，則韶濩
之樂，不能以降天神。忠信不立，則射鄉之禮，不能以致
刑措。〔註30〕

蘇軾所理解的道家源自黃老之說，其實並非先秦道家的樣貌，而是漢
代之後的黃老道。他認爲黃老道家主要學說和作法是「清靜無爲」、
「虛明應物」、「慈儉不爭」，但卻是透過儒家《周易》「何思何慮」、《論
語》「仁者靜壽」來類比、解說與接受。這正是「以儒攝道」的思維。
另外蘇軾討論黃老道後來又加入了方士之說、神仙信仰、丹藥奇技、
符籙小數，漸成新的樣貌。最後蘇軾認爲道家、道教之說，主要可吸
收其大根本，即「清靜無爲」、「虛明應物」、「慈儉不爭」，因爲這些
和儒家學說恰可吻合，至於方士之說、神仙信仰、丹藥奇技、符籙小
數都是末節枝微，掌握大本，順應其末自然即可。

蘇軾另在〈議學校貢舉狀〉也有類似看法：

昔王衍好老莊，天下皆師之，風俗凌夷，以至南渡。王縉
好佛，舍人事而修異教，大歷之政，至今爲笑。故孔子罕
言命，以爲知者少也。……今士大夫至以佛老爲聖人，粥
書於市者，非莊老之書不售也。讀其文，浩然無當而不可
窮；觀其貌，超然無著而不可把，豈此眞能然哉？蓋中人
之性，安於放而樂於誕耳。使天下之士，能如莊周齊死生，
一毀譽，輕富貴，安貧賤，則人主之名器爵祿，所以礪世
摩鈍者，廢矣。陛下亦安用之？而況其實不能，而竊取其
言以欺世者哉。〔註31〕

此文原是蘇軾爲反對王安石準備變科舉、興學校而作。以歷史上的
過去舊例來說明在上位者好老莊、好佛的弊病：一個是西晉司徒王
衍，好老莊，結果是清談誤國；一個是唐代宗宰相王縉，好佛，結
果是捨棄人事、大興佛寺、官員大多成爲佛教徒，代宗大歷之政，

───────────────

〔註30〕《蘇軾文集》卷十七，頁503。
〔註31〕《蘇軾文集》卷二十五，頁725。

結果成爲笑柄。蘇軾舉這兩個例子爲例，主要就是從治國、治人的角度而言，老、莊、佛都不適合拿來治國治人。所以蘇軾又用儒家的觀點來看待老莊佛，認爲孔子之罕言性命天道之說，是因爲眞正能理解的人太少，因此才罕言〔註32〕。但是人之常情卻安樂於放誕之說，所以造成老莊佛思想、書籍盛行，更將佛老視爲聖人。於是蘇軾又從現實治國、治人之實學來看待莊子思想，認爲莊子學說齊死生、一毀譽、輕富貴、安貧賤，會使得國君失去駕馭臣民的名器爵祿之效用，也無法以之砥礪臣民。蘇軾這樣的看法，便是從治國、知人的實用角度來看待老莊佛。換言之，蘇軾以儒攝道、佛，大體都是從治國、治民的實用角度去非議佛道，但是在個人方面，則是以儒家的思想爲基礎去吸納佛道對於個人身心性命有益之思想與修練。

第二節　蘇詩對道家、道教思想的熔鑄

蘇軾詩作對於道家、道教典籍〔註33〕及與思想的運用與引用，其意義在於：透過對道家、道教的內丹、養生、長生之術的興趣與操持，一方面表現內心平靜、壽命長生的渴望與追求，另一方面又反過來關照人世之愁苦喜憂、榮辱興滅與生命短暫，試圖藉由一己身心之自由、寧靜、超脫，進而擺落人世之種種牽絆。因此在關照自己困頓時，時常表現出灑落、超邁、曠達之意。

〔註32〕蘇軾〈和陶讀《山海經》〉其九：「談道鄙俗儒，遠自太史走，仲尼實不死，於聖亦何負。」乃據《抱朴子》云周公孔子皆昇仙之說，「（周孔）但以此法不可以訓世，恐人皆知不死之可得，故周孔密自爲之而祕不告人。」這便是把儒家人物給道教化，但其背後思維就是用儒家的重要人物來強化昇仙之說的合理性。

〔註33〕蘇詩經常引用《老子》、《莊子》道家典故之外，亦常以其他道教書典故入詩，詩中明確提及道教典籍就有〈芙蓉城〉：「往來三世空鍊形，竟坐誤讀黃庭經」的《黃庭經》、〈和陶讀山海經十三首〉詩序「余讀《抱朴子》有所感」的《抱朴子》、〈讀道藏〉的《道藏》等等，皆是。

一、內丹操存與「重內丹輕外丹」的思路

蘇軾對於內丹養生之法的興趣，時時將其用語表露在詩中，如金丹：

> 長松怪石宜霜鬢，不用金丹苦駐顏。(〈洞霄宮〉)

> 聞道年來丹伏火，不愁老去雪蒙頭。(〈王子直去歲送子由北歸，
> 往返百舍，今又相逢贛上，戲用舊韻，作詩留別〉)

> 金丹自足留衰鬢，苦淚何須點別腸。(〈聞錢道士與越守穆父飲
> 酒，送二壺〉)

> 茅屋擬歸田二頃，金丹終掃雪千莖。(〈次韻答頓起二首其二〉)

這些詩引用修練有成結成金丹之說，說明其效可駐顏、駐世、掃除白髮。

金丹之外，尚有「黃庭」，據務成子《黃庭內景經》題解：「黃者，中央之色也；庭者，四方之中也。外指事即天中、人中、地中；內指事即腦中、心中、脾中，故曰黃庭。」〔註34〕可見黃庭，外景指的是天、人、地，內景指的即是人體之腦、心、脾，蘇詩中提及黃庭：

> 眞游有黃庭，閉目寓兩景。(〈和陶雜詩十一首其二〉)

> 賴我存黃庭，有時仍丹丘。目聽不任耳，踵息殆廢喉。(〈聞
> 正輔表兄將到，以詩迎之〉)

> 安心守玄牝，閉眼覓黃庭。(〈二月八日，與黃燾僧曇穎過逍遙堂，
> 何道士宗一問疾〉)

第一首詩寫閉目練氣而眞游於黃庭內外兩景（即人之腦心脾與天地和合），第二首則寫操存黃庭，心游丹丘群仙會集之處，三四句典出《列子・仲尼》：「老聃之弟子有亢倉子者，得聃之道，能以耳視而目聽。」及《莊子・大宗師》：「眞人之息以踵，衆人之息以喉。」成玄英疏：「眞人心性和緩，智照凝寂。至於氣息，亦復徐遲。腳踵中來，明其深靜也。」目聽即是見人容態即知其意，踵息則是指呼吸徐緩深沉，兩者都是道家、道教練氣養生的修練之法。第三首

〔註34〕唐代務成子注《上清黃庭內景經》一卷，收錄《道藏精華錄》第九集。

典出《老子》:「玄牝之門,是謂天地之根。」河上公注:「玄,天也,於人為鼻;牝,地也,於人為口。」玄牝對應人身器官之說紛紜,但蘇軾安心閉眼、守玄牝、覓黃庭則是內丹修行無誤。

金丹、黃庭入詩之外,尚有「梨棗」。梨棗,即交梨火棗,原指道家的仙藥。《真誥‧運象二》:「玉醴金漿,交梨火棗,此則騰飛之藥,不比于金丹也。」可知交梨火棗,是騰飛昇仙的仙藥。蘇軾在〈次韻子由病酒肺疾發〉:「真源結梨棗,世味等糠莛。」王文誥輯注引施元之曰:「《真誥》:『右英王夫人,授許長史曰:火棗交梨之樹,已生君心中。猶有荊棘相雜,是以二樹不見。可剪荊棘,出此樹單生。』」火棗交梨生於心中,但有慾望的荊棘相雜,因此需時時培養鍛鍊,可見火棗交梨視為仙藥之外,也被視為內丹修習的成果,意思相近於金丹之說。蘇軾此處即採用內丹之修練成果之說,「真源結梨棗」,本性修行結成道果。

> 寸田滿荊棘,梨棗無從生。(〈留別蹇道士拱辰〉)
>
> 朱顏發過如春酷,胸中梨棗初未栽。(〈西山詩和者三十餘人,再用前韻為謝〉)
>
> 荊棘掃誠盡,梨棗憂不熟。(〈次韻高要令劉湜峽山寺見寄〉)
>
> 仙人與道士,自養豈在繁。但使荊棘除,不憂梨棗慳。(〈和陶歲暮作和張常侍〉)
>
> 收取桑榆種梨棗,祝君眉壽似增川。(〈次韻鄭介夫二首〉其二)

上舉五詩皆是用修練梨棗及剪除慾望荊棘之意。蘇軾透過道教內丹之修習金丹、黃庭、梨棗、剪除荊棘,其用意皆在藉此擺落人事之羈絆糾葛。〈次韻子由病酒肺疾發〉:「真源結梨棗,世味等糠莛。」真源結成梨仙果,自然將世間事味視為糠秕碎草。

換言之,蘇軾結合道家、道教之內丹修練方式,表現於詩,有時用其術語,但真正用意卻又在擺落、超脫外在的種種變化與羈絆。如〈次韻毛滂法曹感雨〉:「迨子閑暇時,種子田中丹,一朝涉世故,空腹容欺謾。」世故即外在之羈絆;〈和陶讀《山海經》〉其十一:「萬

法等成壞，金丹差可恃」，唯有自我練成之金丹可恃，足以應對世間萬法之成壞變化；〈次韻子由清汶老龍珠丹〉：「黃門寡好心易足，荊棘不生梨棗熟。玄珠白璧兩無求，無脛金丹來入腹。」詩中黃門侍郎即蘇轍，梨棗之所以能成，即是內心「寡好易足」，金丹之所以能結，即對玄珠白璧等富貴、物質無所貪求。這些都是透過道家、道家之修煉法、術語，來表達對一身之內可掌握、可鍛鍊、可養生之事的執著與追求，而對身外之物不可掌握、不可陷溺、有害於生的擺落、看淡與超脫。再進一步說，意即道家、道教提供了蘇軾另一種看待自身修煉及外物的方式，這種方式形成了性格的一部分，發之於詩，就有了這種「重內輕外」的表述。

二、求道與隱居之結合與儒道之現實衝突

蘇軾詩時常流露出歸隱心志，這種心志從離開故鄉蜀地開始，一直到去世為止始終存在，歷經宦海浮沉、政治傾軋、官場險惡時只更加強這種歸隱心志。

> 三年無日不思歸，夢裏還家旋覺非。（〈華陰寄子由〉）
>
> 造物知吾久念歸，似憐衰病不相違。（〈次韻沈長官三首其三〉）
>
> 長安自不遠，蜀客苦思歸。莫教名障日，喚作小峨眉。（〈障日峰〉）

這些詩都流露濃濃的思歸隱居之情。但是歸隱一念，在蘇軾身上並不能單純視為儒家式的仕與隱衝突而已，這種歸隱念頭還涉及到出世求道的傾向與渴望。蘇軾在黃州所言：「軾齠齔好道，本不欲婚宦，為父兄所強，一落世網，不能自逭，然未嘗一念忘此心也。」 [註35] 即表露這種心志。〈和子由記園中草木十一首〉其六：「宦遊歸無時，身若馬繫皁，悲鳴念千里，耿耿志空抱，多憂竟何為，使汝玄髮縞。」耿耿之志，便是返鄉隱居求道之志。

> 我今廢學不歸山，山中對酒空三歎。（〈游道場山何山〉）

[註35] 〈與劉宜翁使君書〉，《蘇軾文集》卷四十九，頁1415。

　　茅屋擬歸田二頃，金丹終掃雪千莖。(〈次韻答頓起二首〉)

第一首詩，廢學即指廢棄向學求道之心，而不得歸隱山林；第二首寫
擬算歸隱，備辦茅屋及二頃田，即可安因隱居而練就金丹。二頃田典
出《史記‧蘇秦列傳》：「(蘇秦)：『使我有雒陽負郭田二頃，吾豈能
佩六國相印乎！』」後借指為能供歸隱溫飽之田產。這兩首都是表露
歸隱求道之心。這種求道之心具體表現即在對富貴利祿的看淡：

　　竊祿忘歸我自羞，豐年底事汝憂愁。

　　不須更待飛鳶墮，方念平生馬少游。(〈山村五絕〉其五)

　　我欲歸休瑟漸希，舞雩何日著春衣。

　　多情白髮三千丈，無用蒼皮四十圍。

　　晚覺文章真小技，早知富貴有危機。

　　為君垂涕君知否，千古華亭鶴自飛。(〈宿州次韻劉涇〉)

第一首寫對於竊據祿位而未能歸隱感到羞愧，三、四句則引《後漢書‧
馬援傳》馬援稱其弟馬少游常哀其慷慨多大志，自言「士生一世，但
取衣食裁足，乘下澤車，御款段馬，為郡掾史，守墳墓，鄉里稱善人，
斯可矣。致求盈餘，但自苦爾。」而馬援自憶「當吾在浪泊西里間，
虜未滅之時，下潦上霧，毒氣薰蒸，仰視飛鳶跕跕墜水中，臥念少游
平生時語，何可得也！」即以「飛鳶墮」藉以宦海之沉墜，而以馬少
游為不求仕進、知足求安之象徵。第二首前兩句引《論語‧先進》何
各言爾志章，蘇軾以曾皙自比，期望的生活是「莫春者，春服既成，
冠者五六人，童子六七人，浴乎沂，風乎舞雩，詠而歸。」稱意無求
的生活。第三句話用李白詩「白髮空垂三千丈」寫年老白髮增多，第
四句則化用杜甫〈課伐木〉詩之二：「蒼皮成委積」，倉皮即木也，再
結合《莊子‧人間世》：「櫟，社樹，其大蔽牛，絜之百圍，散木也無
所用，故壽。」蘇軾即以「無用蒼皮四十圍」即謙指自己乃無用之才。
五、六兩句看透文章是小技、富貴存有危機。末句再引《世說新語‧
尤悔》：「陸平原河橋敗，為盧志所讒，被誅，臨刑歎曰：『欲聞華亭
鶴唳，可復得乎？』」華亭鶴唳即為感慨生平，悔入仕途之意。蘇軾

對祿位、富貴乃至文章之看淡之心，常常是以歸隱求道結合在一起。如〈蒜山松林中可卜居，余欲僦其地，地屬金山，故作此詩與金山元長老〉：

> 魏王大瓠無人識，種成何當實五石。
> 不辭破作兩大樽，只憂水淺江湖窄。
> 我材濩落本無用，虛名驚世終何益。
> 東方先生好自譽，伯夷子路並爲一。
> 杜陵布衣老且愚，信口自比契與稷。
> 暮年欲學柳下惠，嗜好酸鹹不相入。
> 金山也是不羈人，早歲聞名晚相得。
> 我醉而嬉欲仙去，傍人笑倒山謂實。
> 問我此生何所歸，笑指浮休百年宅。
> 蒜山幸有閑田地，招此無家一房客。〔註36〕

此詩爲蘇軾欲買地歸隱，前四句用《莊子‧逍遙遊》「魏王貽我大瓠之種」典故，表明自己是「濩落本無用」，只有虛名驚世；第七句至十句則舉東方朔（自譽）、伯夷（清高）、子路（好勇）、杜甫（自比賢臣），說明虛名驚世卻無益；十一、十二則舉柳下惠（去官隱遁、絕欲而尋求至味之道〔註37〕）爲例，說明自己願意效法柳下惠之舉。最後八句，則寫自己期望隱居金山，求道成仙。此詩亦是將歸隱與求道結合爲一，再如〈與葉淳老、侯敦夫、張秉道同相視新河，秉道有詩，次韻二首〉其一：

> 老病思歸眞暫寓，功名如幻終何得。
> 從來自笑畫蛇足，此事何殊食雞肋。
> 憐君嗜好更迂闊，得我新詩喜折屐。
> 江湖粗了我徑歸，餘事後來當潤色。
> 一庵閑臥洞霄宮，井有丹砂水長赤。〔註38〕

〔註36〕《蘇軾詩集》卷二十四，頁1277。
〔註37〕蘇軾〈送岑寥師〉有：「鹹酸雜眾好，中有至味永。」此處云「嗜好酸鹹不相入」即絕慾嗜好，尋求至味之道。
〔註38〕《蘇軾詩集》卷三十三，頁1751。

此詩亦是將功名視爲「畫蛇足」、「食雞肋」，乃多此一舉、食之無味之事，而以徑歸洞簫宮之類的道觀爲願。洞簫宮，乃唐代所建道觀，原名天柱觀，宋大中祥符五年改爲洞簫宮，因林壑深秀，名勝古跡甚多，道教列爲三十六小洞天、七十二福地之一，稱「大滌洞天」〔註39〕，宋代宰相、大臣乞退或免官，常以提舉臨安府洞霄宮繫銜，因此蘇軾才說歸隱閒臥洞簫宮，但它真正在意的又在於「井有丹砂水常赤」，丹砂即深紅礦物，用以化汞煉丹，晉葛洪《抱朴子·金丹》：「凡草木燒之即燼，而丹砂燒之成水銀，積變又還成丹砂。」可見歸隱與修煉丹砂相關。

　　然而，蘇軾如此渴望歸隱，卻終身未能歸隱，時時流露出歸隱的渴望，說明其原因：

　　　　恨無負郭田二頃，空有載行書五車。（〈送喬施州〉）

　　　　五車書已留兒讀，二頃田應爲鶴謀。（〈贈王子直秀才〉）

　　　　三年不顧東鄰女，二頃方求負郭田。（〈臺頭寺送宋希元〉）

　　　　人言適似我，窮達已可卜，早謀二頃田，莫待八州督。（〈借前韻賀子由生第四孫斗老〉）

這些詩都是提到歸隱所欠缺的歸隱之本（如二頃良田可供自給自足），但是歸隱豈一定要有歸隱之本方能歸隱？蘇軾也未必一定認爲如此，如〈歐陽叔弼見訪，誦陶淵明事，歎其絕識，既去，感慨不已，而賦此詩〉：

　　　　淵明求縣令，本緣食不足。束帶向督郵，小屈未爲辱。

　　　　翻然賦歸去，豈不念窮獨。重以五斗米，折腰營口腹。

　　　　云何元相國，萬鍾不滿欲。胡椒銖兩多，安用八百斛。

　　　　以此殺其身，何嘗抵鵲玉。往者不可悔，吾其反自燭。

　　　　〔註40〕

詩中以陶潛與唐代宰相元載做對比，陶潛因生活困窮而出仕，卻因不

爲五斗米折腰而幡然賦歸，難道不曾考慮困窮孤獨無依？而元載有萬
鍾祿位，尚且貪求不足，聚斂胡椒八百斛，終以貪斂無度而遭殺身之
禍。蘇軾此詩即有歸隱未必要有歸隱之資方得歸隱之意。

　　由此觀之，蘇軾的歸隱除了與道家道教修煉之意相關之外，其歸
隱未能遂成的主因，其實還含有儒、道之間的掙扎。流露於詩中，即：
「國恩久未報，念此慚且泚。」（〈自仙遊回至黑水，見居民姚氏山亭，
高絕可愛，復憩其上〉）、「未成報國慚書劍，豈不懷歸畏友朋。」（〈九
月二十日微雪，懷子由弟二首其二〉）、「故山桃李半荒榛，粗報君恩
便乞身。」（〈玉堂栽花，周正孺有詩，次韻〉）、「羨君欲歸去、奈此
未報恩。」（〈寄題梅宣義園亭〉）都是懷抱著儒家出仕報君恩、經世
濟民之意。另在〈和章七出守湖州二首〉其一：

> 方丈仙人出渺茫，高情猶愛水雲鄉。
> 功名誰使連三捷，身世何緣得兩忘。
> 早歲歸休心共在，他年相見活偏長。
> 只因未報君恩重，清夢時時到玉堂。

首句寫對海上方丈神山上的神仙一心嚮往，但是走入功名之域，究竟
何時才能完成早年即有的歸休願望、忘懷世緣，其不能遂願的主因即
是「未報君恩重」，因此只能「清夢時時到玉堂」，玉堂一語，語涉雙
關，宋稱翰林院爲玉堂，神仙居處亦稱玉堂〔註41〕，則玉堂既呼應報
君恩，也呼應歸休從仙之心。

　　於是，蘇軾便懷抱著道家、道教的出世之願、之眼、之心，去從
事儒家入世的事業，進而以出世之心看待入世的功名、富貴、利祿之
興滅、起伏、禍福，表現其入乎其中卻能超乎其外的超然之感。

三、齊物與超然

　　蘇詩吸納莊子思想，最主要是齊物思想。蘇軾在〈次韻柳子玉過
陳絕糧二首〉其二即云：「早歲便懷齊物志，微官敢有濟時心。」蘇

〔註41〕左思〈吳都賦〉：「玉堂對霤，石室相距。」劉逵注：「玉堂石室，仙
　　　　人居也。」收錄《朝明文選》。

軾詩中所說的齊物志，即《莊子・齊物論》所說：

> 是以聖人不由而照之於天，亦因是也。是亦彼也，彼亦是
> 也。彼亦一是非，此亦一是非。果且有彼是乎哉？果且無
> 彼是乎哉？彼是莫得其偶，謂之道樞。樞始得其環中，以
> 應無窮。是亦一無窮，非亦一無窮也。故曰莫若以明。

> 物固有所然，物固有所可；無物不然，無物不可。故爲是
> 舉莛與楹、厲與西施、恢恑憰怪，道通爲一。其分也，成
> 也；其成也，毀也。凡物無成與毀，復通爲一。唯達者知
> 通爲一，爲是不用而寓諸庸。庸也者，用也；用也者，通
> 也；通也者，得也；適得而幾矣。因是已，已而不知其然，
> 謂之道。

莊子認爲人應該從道的角度看，則生死、成毀、美醜（厲與西施）、
大小（莛與楹）、是非、彼此、可不可、然不然等等眾多看是對立的
現象，其實都是相通和合爲一，知曉於此，則知通達道而喜怒不爲施
用。換言之，蘇軾就是透過齊物的思想，超然於物外，保持一心之平
和。

蘇軾在〈答任師中、家漢公〉詩云：「升沈一何速，喜怒紛眾
狙。」、「紛然生喜怒，似被狙公賣。」（〈和黃魯直食筍次韻〉）即
用〈齊物論〉朝三暮四典故，闡述「名實未虧而喜怒爲用」之理。

蘇軾在〈和陶飲酒二十首〉其六、其十二，也有同樣思維：

> 百年六十化，念念竟非是。是身如虛空，誰受譽與毀。
> 得酒未舉杯，喪我固忘爾。倒床自甘寢，不擇菅與綺。
> 我夢入小學，自謂總角時。不記有白髮，猶誦論語辭。
> 人間本兒戲，顛倒略似茲。惟有醉時眞，空洞了無疑。
> 墜車終無傷，莊叟不吾欺。呼兒具紙筆，醉語輒錄之。

〔註42〕

〈和陶飲酒〉其六第六句「喪我」典出《莊子・齊物論》南郭子綦隱
机而坐暢談天籟章，言「今者吾喪我，汝知之乎？」即忘記偏執形骸

的自我。蘇軾用此典，一方面寫醉酒酣迷的樣貌，一方面又寫忘懷偏執形骸與物外種種之心，因此前四句才有念念非是、身如虛空、誰受毀譽之句，一旦忘懷了，毀譽不受、虛實如一、是非不起。再如其十二，第九句「墜車終無傷」，典出《莊子‧達生》：「夫醉者之墜車，雖疾不死，骨節與人同而犯害與人異，其神全也，乘亦不知也，墜亦不知也，死生驚懼不入乎其胸中，是故迕物而不慴。彼得全於酒而猶若是，而況得全於天乎？聖人藏于天，故莫之能傷也。」墜車之所以無傷，是因為神全而死生驚懼不入乎胸中，蘇軾用此典即言醉酒之狀態，另一方面又寫醉酒之得神全、生死驚懼不入胸中。此詩從夢回幼孩誦讀論語寫起，忘記此刻白髮蒼蒼，醒來方才領悟人世顛倒猶如一場兒戲。這兩首詩，都是在談喪我、即由墜車無傷隱含神全、全於天，而擺落一切是非、毀譽、生死驚懼。

蘇軾〈送文與可出守陵州〉：「清詩健筆何足數，逍遙齊物追莊周」，即是追求嚮往莊子逍遙、齊物之境界。〈和穆父新涼書晁補之所藏與可畫竹三首〉其一：「與可畫竹時，見竹不見人，豈獨不見人，嗒然遺其身。其身與竹化，無窮出清新，莊周世無有，誰知此疑神。」見竹不見人，嗒然遺其身，其身與竹化，這些描述都是《莊子‧齊物論》所說的「喪我」，而物我合一。

蘇軾從莊子習得齊物思想，主要是透過道通為一，超然於事物變化之外。如〈題清淮樓〉：「觀魚惠子臺蕪沒，夢蝶莊生塚木秋，惟有清淮供四望，年年依舊背城流。」莊周惠施，人事凋零，只有清淮水年年依舊，一短暫、一恆存，唯有掌握恆存之道體，才能超然於短暫之變化。

第四章　蘇軾及其詩對佛教思想的熔鑄

第一節　蘇軾對佛教思想的理解與態度

一、從漫侮不信到以儒攝佛

　　蘇軾父親蘇洵曾結交蜀地出身的名僧雲門宗圓通居訥和寶月大師惟簡，僧傳將之列爲居訥法嗣。母親程氏亦篤信佛教。父母過世時，蘇軾將其平生愛玩遺物施予佛寺。〈十八阿羅漢頌敘〉中，蘇軾曾記述家中有十八羅漢像，供茶化爲白乳等奇蹟，這些都可見其家庭中一些佛教氣氛。

　　蘇軾弟蘇轍長大後亦是熱切的佛教徒。他在與蘇軾唱酬詩中寫道：「老去在家同出家，楞枷四卷即生涯」、「目斷家山空記路，手披禪冊漸忘情」。蘇軾的繼室王氏閏之亦學佛，熙寧七年（1074 年）從蘇軾，到元祐八年（1093 年）病逝。蘇軾在其生日曾取「金光明經」故事，買魚放生爲壽，並作〈蝶戀花詞〉，中有「放盡窮鱗看圉圉，天公爲下曼陀雨」之句。她死時有遺言，令其子繪阿彌陀佛像供奉叢林，蘇軾請著名畫家李龍眠畫釋迦佛祖及十大弟子像供奉京師，並親爲作〈阿彌陀佛贊〉，說「此心平處是西方」。蘇軾妾朝雲

也學佛，早年拜於泗上比丘義沖門下。後與蘇軾一起到惠州，經常念佛。至紹聖三年（一○九六年）死前彌留時仍誦《金剛經·六如偈》，蘇軾為制銘中有云：「浮屠是瞻，伽藍是依，如汝宿心，惟佛之歸」。《悼朝雲詩》說：「苗而不秀豈其天，不使童烏與我玄。駐景恨無千歲藥，贈行惟有小乘禪。傷心一念償前債，彈指三生斷後緣。歸臥竹根無遠近，夜燈勤禮塔中仙。」〔註1〕

家庭的佛教習俗和氣氛，父母的影響至多只讓蘇軾接觸到了佛教部分形式與內容，並非能夠理解佛教。如在居母喪期間，曾應惟簡之請而作〈中和勝相院記〉，文章極坦率地論述他對佛教苦行、僧老及佛教思想的不以為然，語含譏刺，幾乎完全不留情面，可以說是給「求記文」的惟簡法師難堪：

> 佛之道難成，言之使人悲酸愁苦。其始學之，皆入山林，踐荊棘蛇虺，袒裸雪霜。……茹苦含辛，更百千萬億年而後成。其不能此者，猶棄絕骨肉，衣麻布，食草木之實，……務苦瘠其身，……如是，僅可以稱沙門比丘。

> 治其荒唐之說，攝衣升坐，問答自若，謂之長老。吾嘗究其語矣，大抵務為不可知，設械以應敵，匿形以備敗，窘則推墮混漾中，不可捕捉，如是而已矣。吾遊四方，見輒反復折困之，度其所從遁，而逆閉其塗。往往面頸發赤，然業已為是道，勢不得以惡聲相反，則笑曰：「是外道魔人也。」吾之於僧，慢侮不信如此。〔註2〕

蘇軾此時對佛教認識頗為粗淺，而且充滿誤解。以為僧人入山林、棄骨肉、禁口慾的種種苦行，遠遠超過尋常農工雜役勞作之苦，尋常農工皆無法忍受，但僧人卻樂意為之，依常理推斷，其中顯然有利可圖。蘇軾認定的利就是，僧人貪圖免除政府的繇役，才願意選擇「棄家毀服壞毛髮」之苦。蘇軾對於佛理的認識也充滿無知與誤解，

〔註1〕 以上參見孫昌武《佛教與中國文學》（臺灣東華書局·1989年）第二章〈佛教與中國文人〉，頁147～148。

〔註2〕 《蘇軾文集》卷十二，頁384～385。

說佛理是「荒唐之說」，是「務爲不可知，設械以應敵，匿形以備敗，窘則推墮混漾中，不可捕捉，如是而已矣。」專談空虛、混漾不可知的言論，是「佛之道難成，言之使人悲酸愁苦」，因此蘇軾是「吾之於僧，慢侮不信如此」，甚至遊歷四方時專以言語攻陷僧侶落於詞窮語窘爲樂。甚至又說：「求吾文爲記，豈不謬哉！」這是年少時對佛教佛理幾無所識的蘇軾最坦率的內心之語。

　　蘇軾眞正開始接觸佛教教義，還是蘇軾二十餘歲初入仕擔任鳳翔簽判時，同事王彭（字大年）的介紹與解說，〈王大年哀詞〉有：「嘉祐末，予從事岐下，而太原王君諱彭字大年監府諸軍……。予始未知佛法，君爲言大略，皆推見至隱以自證耳，使人不疑。予之喜佛書，蓋自君發之。」〔註3〕而詩作最初寫到佛教題材的，是嘉祐六年（1061年）所寫的〈鳳翔八觀〉之四，詠唐著名雕塑家在鳳翔天柱寺所塑維摩詰像，詩云：「……今觀古塑維摩像，病骨磊嵬如枯龜。乃知至人外生死，此身變化浮雲隨。世人豈不碩且好，身雖未病心已疲。此叟神完中有恃，談笑可卻千熊羆。當其在時或問法，俯首無言心自知。至今遺像兀不語，與昔未死無增虧。田翁里婦那肯顧，時有野鼠銜其髭。見之使人每自失，誰能與結無言師。見之使人每自失，誰能與結無言師。」〔註4〕

　　自此之後，蘇軾便開始了大量與僧人交遊、造訪佛寺、寫作大量以佛教爲題材的詩文。

　　論者常謂蘇軾仕官表現較傾向儒家思想，貶謫時則常有佛老思想，大體上是依循蘇轍看法而來，在〈亡兄子瞻端明墓誌〉：「既而謫居於黃，杜門深居，馳騁翰墨，其文一變，如川之方至，而轍瞠然不能及矣！後讀釋氏書，深悟實相，參之孔老，博辯無礙，浩然不見其涯也。」蘇轍認爲蘇軾在黃州時，深悟佛教教理，而以孔老參驗之。但蘇軾在黃州所寫〈答畢仲舉書二首〉之一卻云：

〔註3〕　《蘇軾文集》卷六十三，頁1965。
〔註4〕　〈維摩像，唐楊惠之塑，在天柱寺〉，《蘇軾詩集》卷三，頁110～111。

佛書舊亦嘗看，但暗塞不能通其妙，獨時取其粗淺假說以
自洗濯，若農夫之去草，旋去旋生，雖若無益，然終愈於
不去也。若世之君子，所謂超然玄悟者，僕不識也。……
不知君所得於佛書者果何耶？爲出生死、超三乘，遂作佛
乎？抑尚與僕輩俯仰也？學佛老者，本期於靜而達，靜似
懶，達似放，學者或未至其所期，而先得其所似，不爲無
害。僕常以此自疑，故亦以爲獻。來書云處世得安穩無病，
粗衣飽飯，不造冤業，乃爲至足。三復斯言，感嘆無窮。
〔註5〕

這封信也很直捷地表現出蘇軾對佛理的學習態度，他對抽象的超然
玄悟之說並不感興趣，只在乎日常的處世之道（即「處世得安穩無
病，粗衣飽飯，不造冤業，乃爲至足」）；學佛目的也不是爲了「出
生死、超三乘，遂作佛」，只是爲了「靜達」。他所汲取的佛書內容
也大多只是「粗淺假說」。何以如此，因爲蘇軾內心自有一套對世理
掌握的方式，那個方式根源仍然是儒家式的，這樣的思路，從貶謫
惠州時所作〈思無邪齋銘〉序中可以看得更加清楚：

東坡居士問法於子由。子由報以佛語，曰：「本覺必明，無
明明覺。」居士欣然有得於孔子之言曰：「《詩》三百，一
言以蔽之，曰思無邪。」夫有思皆邪也，無思則土木也，
吾何自得道，其惟有思而無所思乎？於是幅巾危坐，終日
不言。明目直視，而無所見。攝心正念，而無所覺。於是
得道，乃名其齋曰思無邪，而銘之曰：

大患緣有身，無身則無病。廓然自圓明，鏡鏡非我鏡。
如以水洗水，二水同一淨。浩然天地間，惟我獨也正。
〔註6〕

蘇轍以佛語「本覺必明，無明明覺」回應蘇軾之問法，其語典出《楞
嚴經》〔註7〕，意指本覺原就爲明，之所以不明，乃心念一動而產

〔註5〕 《蘇軾文集》卷五十六，頁1671～1673。
〔註6〕 《蘇軾文集》卷十九，頁574～575。
〔註7〕 《楞嚴經》卷四：「佛言：『汝稱覺明。爲復性明，稱名爲覺。爲覺

生無明，所以必須以本覺之明來察覺起心動念之無明，而回歸本覺之明。蘇軾理解這樣的佛理，卻是通過孔子所云「思無邪」作為印證〔註8〕，足見其以儒攝佛的思路。即使銘文中充滿了佛教用語，「鏡鏡非我鏡」、「二水同一淨」，但蘇軾的思維卻是以儒家的本體去融攝佛理，所追求的也只是「靜達」而已。

　　蘇軾這種「以儒攝佛」，從〈祭龍井辯才文〉亦可見出：

　　　嗚呼！孔老異門，儒釋分宮，又於其間，禪律相攻。我見大海，有北南東，江河雖殊，其至則同。雖大法師，自戒定通，律無持破，垢淨皆空。講無辯訥，事理皆融，如不動山，如常撞鐘。如一月水，如萬竅風，八十一年，生雖有終，遇物而應，施則無窮。〔註9〕

此處明顯看出蘇軾融通三教的想法，孔老釋說法雖異，但卻有一共同匯通之處。蘇軾以「大海」為喻，三教之說如同江河，終將殊途同歸，匯通到「道」之海中。這個「道」，全然是儒家式的，因為對蘇軾而言，「遇物而應，施則無窮」這種實學傾向，儒家入世的看法還是非常顯著。因此蘇軾對佛教、佛理的取捨便是以儒家標準的前提下做取捨。〈宸奎閣碑〉提到廬山僧懷璉奉詔入住京師十方淨因禪院，召對化成殿，問佛法大意，「璉獨指其妙與孔、老合者，其言文而真，其行峻而通，固一時士大夫喜從之遊。」〔註10〕即頗得蘇軾讚許。

不明，稱為明覺。富樓那言。若此不明名為覺者，則無所明。佛言。若無所明，則無明覺。有所非覺，無所非明。無明又非覺湛明性。性覺必明，妄為明覺。覺非所明。因明立所。所既妄立，生汝妄能。』」

〔註8〕蘇軾另在〈明日南禪和詩不到故重賦數珠篇以督之二首〉之一，有「未來不可招，已過那容遣。中間現在心，一一風輪轉。自從一生二，巧歷莫能衍。不如袖手坐，六用都懷卷。風雷生譬欬，萬竅自號喘。詩人思無邪，孟子內自反。……。」「未來」、「已過」、「現在」即《金剛經》所云過去心、現在心、未來心，現在一心隨萬象變化繁衍，不如收視，卷懷六用（即六根之用，眼耳鼻舌身意之功用），其功夫與儒家孔子所說「思無邪」、孟子所云「內自反」，同樣也是以儒家修養之說來融攝佛教修養工夫。

〔註9〕《蘇軾文集》卷六十三，頁1961。

〔註10〕《蘇軾文集》卷十七，頁501。

蘇軾也以儒家「學思並重」之說，作為佛教徒應該遵循之理，其〈鹽官大悲閣記〉云：

> 孔子曰：「吾嘗終日不食，終夜不寢以思，無益，不如學也。」由是觀之，廢學而徒思者，孔子之所禁，而今世之所尚也。豈惟吾學者，至於為佛者亦然。齋戒持律，講誦其書，而崇飾塔廟，此佛之所以日夜教人者也。而其徒或者以為齋戒持律不如無心，講誦其書不如無言，崇飾塔廟不如無為。其中無心，其口無言，其身無為，則飽食而嬉而已，是為大以欺佛者也。〔註11〕

「齋戒持律」、「講誦其書」、「崇飾塔廟」，在蘇軾看來都是「學」與「為」，而「無心」、「無言」、「無為」都是憑空徒思。憑空徒思即不符合儒家所言「不如學也」，是不符合學思並重的原則，這同時也是蘇軾「道技並重」看法的延伸。

蘇軾即通過儒家式的本體思惟去融攝佛理〔註12〕，接受佛理的前提都是以不違背儒家之說，足以與儒家之說相印證者。

二、作詩不妨佛法

蘇軾常與詩僧交遊，也鼓勵僧人作詩，彼此頗多詩作唱酬往

〔註11〕《蘇軾文集》卷十二，頁387。

〔註12〕這種儒家式的透過學思而後靜達定見，很容易產生出信心，在〈書金光明經後〉：「萬法一致也，我若有見，寓言即是實語；若無所見，實寓皆非。」即以自我定見來看待虛實之相。另在為過世的母親程氏所作〈阿彌陀佛頌〉，序文提到「錢塘圓照律師普勸道俗歸命西方極樂世界阿彌陀佛」，也表現出這種信心：「佛以大圓覺，充滿河沙界。我以顛倒想，出沒生死中。云何以一念，得往生淨土。我造無始業，本從一念生。既從一念生，還從一念滅。生滅滅盡處，則我與佛同。如投水海中，如風中鼓橐。雖有大聖智，亦不能分別。願我先父母，與一切眾生，在處為西方，所遇皆極樂。人人無量壽，無往亦無來。」蘇軾認為起滅死生，循乎自然，人一旦歷經生死起滅，回歸自然，則與佛相同，如投水於大海之中，如風吹入了橐囊，再也無法分別。因此蘇軾不是期望先父母「歸命西方極樂世界」，而是既與佛同，自然可以「在處為西方，所遇皆極樂」、「人人無量壽，無往亦無來」，產生一種極大的信心。

返，乃因蘇軾認為「作詩不妨佛法」，這樣的觀念同樣是「道技兩進」的延伸。蘇軾勸朋友僧參寥即云：「見寄數詩及近編詩集，……筆力愈老健清熟，過於向之所見，此於至道，殊不相妨，何為廢之邪？」〔註13〕

作詩（並非單指佛教偈語詩之謂）何以不妨礙佛法？蘇軾〈送參寥師〉又更詳細的說明：

> 上人學苦空，百念已灰冷。劍頭惟一映，焦穀無新穎。
> 胡為逐吾輩，文字爭蔚炳。新詩如玉雪，出語便清警。
> 退之論草書，萬事未嘗屏。憂愁不平氣，一寓筆所騁。
> 頗怪浮屠人，視身如丘井。頹然寄淡泊，誰與發豪猛。
> 細思乃不然，真巧非幻影。欲令詩語妙，無厭空且靜。
> 靜故了群動，空故納萬境。閱世走人間，觀身臥雲嶺。
> 鹹酸雜眾好，中有至味永。詩法不相妨，此語當更請。

〔註14〕

蘇軾在此詩指出僧人如參寥修行佛法頗為辛苦，內心百念灰冷，猶如《莊子‧則陽》典故中的「夫吹筦也，猶有嗃也；吹劍首者，映而已矣。堯舜，人之所譽也；道堯舜 於戴晉人之前，譬猶一映也。」聲音微小而不可聞，又似焦谷無新生芒穗，了無生機。但是詩作文字卻是「爭蔚炳」、「發豪猛」，與學佛之灰冷、淡泊大異其趣。蘇軾細思之後，方才領悟詩作文字得以深妙，當與體會空與靜有關，因為靜，才得以了悟群動；因為空，才能涵納萬靜。因此詩和佛法都在走入人間，僧者是入世而出世，是「閱世走人間，觀身臥雲嶺」，猶人世之觀閱而回返至觀身，而得到佛法之至味。而詩就在這種內在的體悟之下，既表現至味，也表現了人間的群動與萬靜，也就是在群動與萬靜中尋找至味，又將至味回諸群動與萬靜之中。所以，蘇軾才認為「詩法兩不相妨」〔註15〕。

〔註13〕〈與參寥子二十一首〉之二，《蘇軾文集》卷六十一，頁1860。
〔註14〕《蘇軾詩集》卷十七，頁905～907。
〔註15〕蘇軾〈再遊徑山〉：「嗟我昏頑晚聞道，與世齟齬空多學，靈水先除

　　這種以至味表現於萬象之中，蘇軾在〈書王定國所藏王晉卿畫著色山二首其一〉有「我心空無物，斯文何足關，君看古井水，萬象自往還。」以古井水比喻澄靜清空之心，古井水映照涵攝往還變化的萬象。這種至味，即對佛法空的體會。蘇軾〈和陶擬古九首其六〉：「憂來感人心，悒悒久未和。呼兒具濁酒，酒酣起長歌。歌罷還獨舞，黍麥力誠多。憂長酒易消，脫去如風花。不悟萬法空，子如此心何。」憂愁感心，雖可藉酒消愁，但若不能悟得「萬法皆空」之理，酒退愁即復至。此空之理，蘇軾另在〈龜山辯才師〉云：「此生念念浮雲改，寄語長淮今好在。……羨師遊戲浮漚間，笑我榮枯彈指內。嘗茶看畫亦不惡，問法求詩了無礙。」「此生念念浮雲改」即是身如浮雲，須臾變滅之感，緊扣「遊戲浮漚」、「榮枯彈指」，是人生短暫、興衰一瞬，領悟於此，則「嘗茶看畫亦不惡，問法求詩了無礙」，即從空理再回到萬象之中。領會空理，則詩作「新詩如洗出，不受外垢蒙。清風入齒牙，出語如風松。」（〈僧惠勤初罷僧職〉）。

　　蘇軾認為「詩不妨佛法」實則從「道技兩進」的觀念延伸而來。道可致，則技亦可隨之精進，僧人是致求佛法、修習佛理，是先得道者，而後學技（詩）；詩人則是先學作詩之技，技法習熟復尋求致道之可能，所致之道因人而異，不必然一定是佛理。如同蘇軾〈秀州報本禪院鄉僧文長老方丈〉：「師已忘言真有道，我除搜句百無功。明年採藥天臺去，更欲題詩滿浙東。」「師已忘言真有道」即是悟得佛理而忘言，而「我除搜句百無功」即是詩人詩技純熟卻覓道無功，悟佛理之人倘若寫起詩必然是得道之言，因此才說「明年採藥天臺去，更欲題詩滿浙東」，天臺採藥即是應物觸類而生，不再得道忘言，而是順物而題詩了。又如〈次韻贈清涼長老〉云：「安心有道年顏好，遇物無情句法新」，「安心有道」是修行安心得法，

眼界花，清詩為洗心源濁。」清詩可以洗滌心源之濁，作詩有助於養心，亦可見「詩不妨佛」以及「技道兩進」的觀念。

得法之後能夠遇物而不起情之牽擾，寫出的詩自然清新不俗，因此才說「遇物無情句法新」

　　其實，就佛理而言，佛法亦空，不應執著，詩作當然亦復如是，也不可執著。但是，對蘇軾而言，他重視「道技兩進」，詩作為一種技藝，自然也可以成為表現領悟佛法之技，詩非但不妨佛法，還可以是表現佛法之重要工具。

第二節　蘇詩對佛教思想的熔鑄

　　蘇軾好用佛典，與他接觸佛學、閱讀佛書有關。從他的詩作中，時見直接提及佛典者，如〈次韻子由浴罷〉：「楞嚴在床頭，妙偈時仰讀。返流歸照性，獨立遺所囑。」這是《楞嚴經》；〈和子由四首‧送春〉：「憑君借取法界觀，一洗人間萬事非。」（蘇軾自註云：「來書云，近看此書，餘未嘗見也。」）、「手香新寫法界觀，眼淨不覷登伽女」（〈送劉寺丞赴餘姚〉），這是《法界觀》。詩題〈曹溪夜觀《傳燈錄》，燈花落一僧字上，口占〉、及〈戲贈秀老〉：「天下人總知，流入傳燈錄」，這是《景德傳燈錄》。

　　至於詩作中徵引佛典者，更是不勝枚舉。學者蕭麗華嘗據馮應榴《蘇軾詩集合注》注文，整理統計蘇軾徵引《景德傳燈錄》144次、《楞嚴經》113次、《維摩詰經》78次、《華嚴經》25次、《法華經》38次、《高僧傳》22次、《圓覺經》18次、《金剛經》17次、《大般若涅槃經》10次、《法苑珠林》10次、《阿彌陀經》9次、《四十二章經》4次、《智度論》3次、《心經》3次、《金光明經》2次、《大毘婆娑論》2次、《六祖壇經》2次。〔註16〕

〔註16〕蕭麗華〈東坡詩的《圓覺經》意象與思想〉，原載《佛學研究中心學報》（第十一期，2006年），頁189。另施淑婷《蘇軾文學與佛禪之關係——以蘇軾遷謫詩文為核心》（台師大國研所博士論文），指出蘇軾濡染較深的典籍有「《金剛經》、《六祖壇經》、《楞嚴經》、《維摩詰經》、《華嚴經》、《般若心經》、《金光明經》、《圓覺經》、《佛遺教經》，其次較常提到的有《楞伽經》、《法華經》、《四十二章經》、《蓮

　　論者常謂蘇軾主要受禪宗為主，特別是雲門與臨濟一脈。〔註17〕
又據其所徵引佛典，認為禪宗之外，也受華嚴宗及天臺宗的影響，
如徵引佛典中有《法華經》及《華嚴經》；又受淨土信仰影響，如
徵引佛典中有《金光明經》和《阿彌陀經》。說禪宗者主要言及與
禪師交往與禪定思想，說華嚴宗者主要蘇軾詩有華嚴宗「提倡法界
緣起，以為事無理礙，大小等殊，理有包容，相即相入，萬事萬物
都是一真法界的的體現，因此互相包含，互相反映，無窮無盡。」
〔註18〕或是「從徵引《華嚴經》25 次、《圓覺經》18 次的頻率，東
坡與華嚴思想必有某種程度的縮合。……從佛經來爬梳東坡詩，可
以發現東坡以『人生如夢幻』此一人生主題的重要創造，是結合著
般若空觀與《圓覺經》的『如夢三昧』而來，這也顯出宋代禪宗的
華嚴走向。」〔註19〕……這樣的論說方式皆可找到蘇軾詩作做為印
證，但是去追尋蘇軾詩受到佛教哪一宗派影響，有時難免是一廂情
願的過度附會，因為蘇軾作詩徵引佛典其目的是反過來補足自己的
思惟，如「人生如夢幻」也可能找到道家思想的痕跡，也無法從引
用次數來說明其影響程度，充其量也只能證明蘇軾曾經閱讀過、熟

花經》……，等。其他尚有《阿彌陀經》、《自在菩薩如意陀羅尼經》、
《摩利支經》、《清靜經》……等。除此之外，蘇軾也熟悉禪宗的燈
史、語錄、公案，如《景德傳燈錄》、《僧語錄》、《五燈會元》……
等，可見蘇軾熟習的佛禪典籍相當龐雜。」書中並就蘇軾文章分別
討論了蘇軾與上述所提及之前八本佛籍（從《金剛經》到《圓覺經》，
再加上《景德傳燈錄》）之關係，詳參該書頁 160～185。

〔註17〕黃啓江即主此說，認為大覺懷璉為雲門五世，「蘇軾與懷璉交遊最
久，深讚其為人及學問，曾為作〈宸奎格碑〉以記其事。」又與其
父蘇洵相善的居訥、與蘇軾相善的佛印了元均為雲門僧侶，詳見《北
宋佛教史論稿》（臺北：商務印書館，1997 年），頁 248、252。周裕
鍇亦詳考蘇軾與雲門禪師往來有多位禪師等二十人，詳見《文字禪
與宋代詩學》（北京：高等教育出版社，1998 年），頁 58～62。孫昌
武則詳載「蘇軾與雲門學人關係表」、「蘇軾與臨濟學人關係表」，詳
見《禪思與詩情》（北京：中華書局，1997 年），頁 448。

〔註18〕見孫昌武《佛教與中國文學》（臺北：東華書局，1989 年），頁 154。

〔註19〕蕭麗華〈東坡詩的《圓覺經》意象與思想〉，原載《佛學研究中心學
報》（第十一期，2006 年），頁 189。

悉、喜好引用該書典故，又或者該書之內容適合、方便化用於詩中。

　　蘇軾詩作的佛典運用與引用，其意義應當在於：一、以佛經典故入詩〔註20〕，主要作為與僧人詩作酬酢往返及交遊的共同交際語言，或遊佛寺時所抒發的佛法領會之思，或傷悼僧人亡卒的抒發，佛典釋語必然成為溝通及創作的基礎，再者往返之間也會呼應彼此應對的機鋒，如「優鉢曇花豈有花，問師此曲唱誰家」（〈贈蒲澗長老〉）、「要識吾師無礙處，試將燒卻看嗔無」、「誰信吾師非不睡，睡蛇已死得安眠」〔註21〕、「師來亦何事，枯月掛空碧。是身如浮雲，安可限南北」（〈送小本禪師赴法雲〉）這種機鋒倘要強行附會也可找到禪宗的影子，但是這其實只是蘇軾大量應酬詩自然而然衍伸出來的一部份。

　　其次、以佛典入詩豐富了蘇詩的辭彙、典故和思想。此舉有利亦有弊，其弊在流於議論，或類似說教偈語；其利則在於擴大了詩歌的語彙、典故與思想。

　　第三、以佛典入詩主要表達對心安、靜達與觀空的盼望與領會，而這些同時又可以和儒家、道家的說法結合在一起。蘇詩所徵引佛經典故，背後所寓涵的佛理，多為淺易的佛學知識，即蘇軾所自言「取其粗淺假說以自洗濯」（〈答畢仲舉書〉），因為蘇軾對於佛理的玄妙虛空之說不感興趣，自然對各宗派的異同也不甚感興趣，他感興趣的是如何從釋道中汲取有用的成份作為身心修練及行文作詩的材料與內容。

〔註20〕　學者周裕鍇即認為北宋中葉之後，士大夫不再像前輩儒者那樣意氣用事，致力於排佛老，而是以理性態度重新看待佛教典籍遺產，不再只視為現實的宗教信仰，更將之視為古典的精神傳統、重要的古典文獻。周裕鍇之說詳見鎖著《文字禪與宋代詩學》（北京：高等教育出版社，1998 年），頁 48～50。從這個脈絡來看，就更能知道蘇軾援引佛典入詩的時代風潮與背景，彼時這種吸收與運用佛典的手法正是文化教養的形成過程與文化表現的方式。

〔註21〕　〈子由作二頌，頌石臺長老問公：手寫《蓮經》，字如黑蟻，且誦萬遍，脅不至席二十餘年。予亦作二首〉其一、其二。

一、安 心

蘇軾接近佛學，有時除了避禍的外在環境因素之外，如云：「但多難畏人，不復作文字，惟時作僧佛語耳」〔註22〕（謫居黃州時），最重要的還是為了安心，藉佛理來洗心、靜心、安心，藉以勝禦習氣，如〈黃州安國寺記〉云：

> 至黃，……閉門卻掃，收召魂魄，退伏思念，求所以自新之方，反觀從來舉意動作，皆不中道，非獨今之所以得罪者也。

> 喟然歎曰：「道不足以禦氣，性不足以勝習。不鋤其本，而耘其末，今雖改之，後必復作。盍歸誠佛僧，求一洗之？」得城南精舍曰安國寺，有茂林修竹，陂池亭榭。間一二日輒往，焚香默坐，深自省察，則物我相忘，身心皆空，求罪垢所從生而不可得。一念清淨，染汙自落，表裏儵然，無所附麗。私竊樂之。〔註23〕

「退伏思念，求所以自新之方」即是求自新之道，自新之道在於修習靜坐，藉由深自省察，達到「物我相忘，身心皆空」，一念清淨之後，染汙自落，表裏儵然。這是透過回歸本心，去除外在憂患對內心的牽扯與攪擾。修習地點在佛寺，自然容易被認為帶有佛教色彩（「君家長松十畝陰，借我一庵聊洗心。」〈孔毅父以詩戒飲酒，問買田，且乞墨竹，次其韻〉足見蘇軾靜坐是只要清幽之地即可，未必一定得在佛寺），但蘇軾所求靜心之法，其實皆與儒釋道互通，如說「物我相忘」即道家語，另如〈讀道藏〉詩有云：「至人悟一言，道集由中虛，心閑反自照，皎皎如芙渠」，「道藏」是道教經典，中虛、心閑、自照也是道教靜心法，其說法又和佛教類似；又如〈和潞公超然臺次韻〉：「我公厭富貴，常苦勸業尋。……清風出談笑，萬竅為號吟，吟成超然詩，洗我蓬之心。嗟我本何人，麋鹿強冠襟，身微空志大，交淺屢言深。」「蓬心」典出《孟子‧盡心下》：「山

〔註22〕〈與程彝仲六首〉之六，《蘇軾文集》卷五十八，頁1751。
〔註23〕《蘇軾文集》卷十二，頁391～392。

徑之蹊間，介然用之而成路，為間不用，則茅塞之矣，今茅塞子之心矣。」洗蓬心〔註24〕即是儒家式的靜心之說，因此才說「身微空志大」。；又如〈滕縣時同年西園〉：「人皆種榆柳，坐待十畝陰。我獨種松柏，守此一片心。君看閭里間，盛衰日駸駸。種木不種德，聚散如飛禽。老時吾不識，用意一何深。知人得數士，重義忘千金。」守心、重德、重義，也都是儒家式的靜心之法。也就是說，即使蘇軾詩作中有許多佛教定心之說，但也只能視為一種儒釋道共通的修行法，其本質還是「以儒攝佛」，透過貞定心來觀看流轉變化的萬象。在〈大悲閣記〉即云：「及吾燕坐寂然，心念凝默，湛然如大明鏡。人鬼鳥獸，雜陳乎吾前，色聲香味，交遘邁乎吾體。心雖不起，而物無不接，接必有道。」這也是靜坐，收攝心念澄明如鏡，照見變幻萬象，也都是儒釋道共通修行之法。不過蘇軾透過選取佛教的安心之說入詩，來對應安心外的一切妄心，因妄心而起的個人式的憂患、喜悲、榮辱、執著與生死，蘇軾在〈安國寺浴〉，即表現出這安心以消榮辱之情：

> 老來百事懶，身垢猶念浴。衰髮不到耳，尚煩月一沐。
> 山城足薪炭，煙霧蒙湯穀。塵垢能幾何，倏然脫羈梏。
> 披衣坐小閣，散髮臨修竹。心困萬緣空，身安一床足。
> 豈惟忘淨穢，兼以洗榮辱。默歸毋多談，此理觀要熟。
>
> 〔註25〕

此詩以具體的洗浴身垢，結合抽象的洗條榮辱之感，未洗之身是塵垢，未定之心是困於不知萬緣皆空之理，唯有熟觀空理之後，如同洗浴淨潔，榮辱亦可忘懷，不著於心。

　　蘇軾在〈弔天竺海月辯師三首〉：

〔註24〕洗蓬心亦可解為典出《莊子·逍遙遊》：「惠子謂莊子曰：『魏王貽我大瓠之種，我樹之成而實五石，以盛水漿，其堅不能自舉也。剖之以為瓢，則瓠落無所容。非不呺然大也，吾為其無用而掊之。』莊子曰：「夫子固拙於用大矣。……今子有五石之瓠，何不慮以為大樽而浮乎江湖，而憂其瓠落無所容？則夫子猶有蓬之心也夫！」

〔註25〕《蘇軾詩集》卷二十，頁1034～1035。

欲尋遺跡強沾裳，本自無生可得亡。

今夜生公講堂月，滿庭依舊冷如霜。

生死猶如臂屈伸，情鍾我輩一酸辛。

樂天不是蓬萊客，憑仗西方作主人。

欲訪浮雲起滅因，無緣卻見夢中身。

安心好住王文度，此理何須更問人。〔註26〕

三首弔亡詩，因憑弔之人為佛僧，故在生死之間，多所琢磨。第一首首句從情感發動，欲尋找亡僧舊跡而觸發傷懷，次句則從從逝亡的反面開始思索，既有逝亡則必然有所生發，但如果將生死視為一個整體來看，則其原本就是無生，既是無生就無所謂亡，藉此消除內心的悲懷；三、四兩句則以堂前月依舊，一方面表現物是人非之感，另一方面又藉由堂前月恆恆如常，寄寓講堂之人雖已亡逝，其本體卻也和堂前月一般恆恆如常。第二首首句講生死猶如手臂屈伸一般來回往復，本是自然之轉變，第二具則講鍾情之人卻在生死變化之中難免感到悲哀辛酸，三、四句則化用白居易之詩〔註27〕說明亡僧不是道教之人，故而不會飛升蓬萊仙山，逝後必然是到西方極樂世界了。第三首首兩句，想要探討萬象如浮雲一般起滅的因緣，尚未理會其中因緣，卻已然真實看見了自己如在夢幻中的身骸；三、四兩句則引《世說新語・文學》：「支道林造〈即色論〉，論成，示王中郎。中郎都無言。支曰：『默而識之乎？』王曰：『既無文殊，誰能見賞？』」詩中王文度即王坦，字文度，曾官北中郎將，故又稱王中郎。典故中僧人支道林寫作〈即色論〉，王文度看後卻不發一語，追問下才說「既無文殊，誰能見賞」，此話典出《維摩詰經》：「文殊師利問維摩詰云：『何者是菩薩入不二法門？』時維摩詰默然無言。文殊師利歎曰：『是真入不二法門也。』」王文度的無言，表面是說自己不是文殊菩薩自然無法賞識像維摩詰的支道林，但是

〔註26〕《蘇軾詩集》卷十，頁479～480。

〔註27〕蘇集王注引白居易詩云：「海山不是吾歸處，歸則須歸兜率天。」、「不須惆悵從師去，先請西方做主人。」

另一方面又是暗指自己沉默如維摩詰一樣，但是支道林卻無法像文殊一樣領悟出來「默然無言」才是「真入不二法門」、「見賞」之意，所以「既無文殊，誰能見賞？」反成了貶意，意旨支道林不是文殊，自然無法賞識王文度默然無言的深意。蘇軾運用這個典故，就是著重在王文度領悟了「漠然無言」是「菩薩入不二法門」，因此才說「安心好住王文度」，也就是默然無語，不執著於生死起滅了。

　　蘇軾對於安心的追求，其實就是對本體之澄靜的渴望，在詩中屢屢可見：

　　　　只從半夜安心後，失卻當年覺痛人。(〈錢道人有詩云直須認取主人翁作兩絕戲之〉)

　　　　安心會自得，助長毋相督。(〈次韻子由浴罷〉)

　　　　因病得閒殊不惡，安心是藥更無方。(〈病中遊祖塔院〉)

　　　　欲問雲公覓心地，要知何處是無還。(〈病中獨遊淨慈謁本長老周長官以詩見寄仍邀遊靈隱因次韻答之〉)

　　　　遂令冷看世間人，照我湛然心不起。(〈中秋見月和子由〉)

　　　　散我不平氣，洗我不平心，此心知有在，尚復此微吟。(〈聽僧昭素琴〉)

　　　　我心空無物，斯文定何間，君看古井水，萬象自往還。(〈書王定國所藏王晉卿畫著色山二首其一〉)

從詩中可知，安心之後，便可自得、可湛然澄明、可去除不平之心氣，可消除情感之覺痛、可觀看萬象之往還。

二、觀　空

　　蘇軾認為安心之所以可能，其關鍵就在察覺、領悟萬象變化，「道成一旦就空滅」〈記所見開元寺吳道子畫佛滅度以答子由〉，又如〈吉祥寺僧求閣名〉即云：「過眼榮枯電與風，久長那得似花紅，上人宴坐觀空閣，觀色觀空色即空。」萬象變化迅如風吹電抹，人唯有覺察萬象變化皆空，領悟其中恆恆常存的本體，才有可能收攝因隨變化而起的妄心，心安定下來。

蘇軾〈北寺悟空禪師塔〉，也是申論這個道理：

　　已將世界等微塵，空裏浮花夢裏身。

　　豈爲龍顏更分別，只應天眼識天人。〔註28〕

首句，直指世界之極大與微塵之極小，看似眞實存有的浮花、身骸與虛幻易逝的如夢存在，唯有遍照一切的天眼透視之下，才能察識天人所洞悉宇宙人生之本原。這裡的天眼，即佛教所說五眼之一，能透視六道、遠近、上下、前後、內外及未來等。《大智度論》卷五：「於眼，得色界四大造清淨色，是名天眼。天眼所見，自地及下地六道中眾生諸物，若近，若遠，若麁，若細，諸色無不能照。」而天人，則典出《莊子‧天下》：「不離於宗，謂之天人。」蘇軾藉用天眼，所欲表達的即是看透事物變化知本原，其本原即是人因妄心而所產生的執著。蘇軾也以道眼稱此，在〈怪石供〉：「禪師嘗以道眼觀一切，世間混淪空洞，了無一物，雖夜光尺璧與瓦礫等，而況此石；」其所觀者皆是如此。

　　蘇軾〈答參寥三首之三〉：「自揣省事以來，亦粗爲知道者。但道心屢起，數爲世樂所移奪，恐是諸佛知其難化，故以萬里之行相調伏爾。」所謂「數爲世樂所移奪」即妄心所執，即「妄心如膜退重重」（〈次韻答子由〉），「相調伏」即是觀空定心之謂。

　　蘇軾〈百步洪二首〉之一有更多的討論：

　　我生乘化日夜逝，坐覺一念逾新羅。

　　紛紛爭奪醉夢裡，豈信荊棘埋銅駝。

　　覺來俯仰失千劫，回視此水殊委蛇。

　　君看岸邊蒼石上，古來篙眼如蜂窠。

　　但應此心無所住，造物雖馳如余何。

　　回船上馬各歸去，多言譊譊師所呵。〔註29〕

此詩即流露定心與妄心、迷與悟之間的轉折，「乘化日夜逝」是時間之流變，「紛紛爭奪」、「荊棘埋銅駝」是繁華滄桑一瞬的無常，唯有

〔註28〕《鹽官絕句四首》之二，《蘇軾詩集》卷八，頁393。

〔註29〕《蘇軾詩集》卷十七，頁892。

坐覺一念、此心無所住於物，才能超脫於造物的變化之外。「一念逾新羅」典出《傳燈錄》：「有僧問盛禪師如何是覿面事？師曰：新羅國去也。」眼所見若是迷念，則一念之間可至千里之外，蘇軾由此透見歷史紛爭，人世劫奪，瞬息萬變，一切皆如過眼煙雲，因而要斷除迷念，心無所住，不膠著於現實事物。唯有無論世事如何變化，只有自己在認識本原、安得此心，就能安時處順，無所執著。

　　這種觀空的意識與修習，另在〈過廣愛寺，見三學演師，觀楊惠之塑寶山，朱瑤畫文殊、普賢，其二〉亦可見：

　　　妙跡苦難尋，茲山見幾層。亂峰螺髻出，絕澗陣雲崩。
　　　措意元同畫，觀空欲問僧。莫教林下意，終老歎何曾。

　　　〔註30〕

此詩從訪山、尋寺、賞畫寫起，從畫中的釋迦牟尼佛兩脅士文殊菩薩和普賢菩薩，觸發探求萬象變化之念頭，因此向僧人問覓觀空之法。否則，即使終老林泉之下，只能大歎何曾悟道。

　　觀空，除了觀看萬象萬物變化之外，一己之身也是觀看的對象，因為一己之身也是屬於萬象變化之一。蘇軾〈贈月長老〉：

　　　天形倚一笠，地水轉兩輪。五霸之所運，毫端棲一塵。
　　　功名半幅紙，兒女浪苦辛。子有折足鐺，中容五合陳。
　　　十年此中過，卻是英特人。延我地爐坐，語軟意甚真。
　　　白灰如積雪，中有紅麒麟。勿觸紅麒麟，作灰維那嗔。
　　　拱手但默坐，墻壁方諄諄。今宵恨客多，汙子白氈巾。
　　　後夜當獨來，不煩主與賓。蒲團坐紙帳，自要觀我身。

　　　〔註31〕

此詩從廣闊的存有世界寫起，天空之大形猶如一斗笠，而地水之流變隨著日月兩輪而轉變，歷史上的五霸人物，早已消逝無蹤，猶如毫毛上的一顆塵土。在此時間、空間的流變之中，功名等等都是苦苦執著

〔註30〕〈追和子由去歲試舉人洛下所寄九首〉之三，《蘇軾詩集》卷九，頁460。
〔註31〕《蘇軾詩集》卷三十四，頁1082～1083。

之物，早該看清。詩中描寫與月老老相約，卻因來客眾多無由獨談，但是坐在地爐邊時，讓蘇軾想起一個典故，即《洛陽伽藍記》：「此寺昔日有沙彌常除灰，因入神定，維那輓之，不覺皮連骨離。」詩中除白灰即暗含有去垢之意，用紅麒麟借指火，同時以火燒膚肉暗喻入定後之專一無我的狀態。蘇軾決定改日再來，屆時再不區分主人與賓客，也無須諄諄問道，只需要靜坐蒲團，自觀我身即可。自觀我身，即是觀心之妄動，以及觀我身及萬象變化之根源。

　　萬象變換，緣生不實，蘇軾在詩中便經常以「幻」稱之，

　　　　此生如幻耳。(〈李公擇過高郵，……〉)

　　　　此身自幻孰非夢。(〈次韻滕大夫三首雪浪石〉)

　　　　幻色將空眼先暗。(〈次韻楊次公惠徑山龍井水〉)

　　　　功名如幻何足計，學道有涯真可喜。(〈送沈達赴廣南〉)

　　　　幻色雖非實，真香亦竟空。(〈題楊次公蕙〉)

　　　　老病思歸真暫寓，功名如幻終何得。(〈與葉淳老、侯敦夫、張秉道同相視新河，秉道有詩，次韻二首其一〉)

　　　　四十年來同幻事，老去何須別愚智。(〈戲書〉)

　　　　前夢后夢真是一，彼幻此幻非有二。(〈王晉卿得破墨三昧，又嘗聞祖師第一義，故畫邢和璞、房次律論前生圖，以寄其高趣，東坡居士既作〈破琴〉詩以記異夢矣，復説偈云〉)

這些萬象如實，蘇軾察視為幻，乃以佛教空觀思想，察思之後結果。其特色就是將人所以為的真實長存，刻意置放在一壓縮過後的時間感，以顯見出其短暫、起滅的迅急，在詩中蘇軾也好用「彈指」寫之：

　　　　羨師游戲浮漚間，笑我榮枯彈指內。(〈龜山辯才師〉)

　　　　三過門間老病死，一彈指頃去來今。(〈過永樂文長老已卒〉)

　　　　生成變壞一彈指，乃知造物初無物。(〈次韻吳傳正枯木歌〉)

在虛幻之中，人之榮枯、生死、生成變壞，都在彈指之間起滅。這樣觀空的結果，很容易導向消極出世的看法，因為人生之痛苦喜樂、功業名利，乃至現實社會所承認的一切有價值的東西皆遭到否

定，但是蘇軾卻沒有走向這一條路，走向佛教的出世之路，因為他所選擇的只是佛教的靜坐安心功夫、體會的是觀空的覺察思路，但他真正懷抱的卻是儒家入世的情懷。換言之，蘇軾之可愛，就在於他自由地遊走於出世與入世之間，懷抱出世之心，施行入世之情懷，因為有出世之心，所以作品時時流露超然曠達之意；又因為有入世的情懷，所以常存有人世一切種種的依戀與徘徊。可貴的是，蘇軾在入世的情懷中常以出世清明之心去洞察醒覺，又在出世的曠達中冷眼描述入世的依戀，讓出世之曠達染上情感色彩，讓入世之執迷帶有清明意識。

三、小乘禪

蘇軾吸納佛教靜心、觀空之法，藉以貞定己心，觀看萬象流變之本質，其目的皆是為了補足儒家修心之功夫。即使蘇軾自號居士，但自始至終並未遁入佛門，他對佛門的興趣也僅在一己的修養功夫上，即使蘇軾在詩中，曾經自言皈依佛祖，如「今年洗心歸佛祖」（〈和蔡景繁海州石室〉）或「我老人間萬事休，君亦洗心從佛祖」（〈送劉寺丞赴餘姚〉）等語，但這種「皈依佛祖」之說都只能視為一種方便說法。

蘇軾〈南華寺〉亦云自己是「修行之人」：

> 云何見祖師，要識本來面。亭亭塔中人，問我何所見。
> 可憐明上座，萬法了一電。飲水既自知，指月無復眩。
> 我本修行人，三世積精練。中間一念失，受此百年譴。
> 摳衣禮真相，感動淚雨霰。借師錫端泉，洗我綺語硯。

〔註32〕

此詩所謂修行即收攝一心，了悟萬法一電，亦即觀空之意。詩中引《景德傳燈錄》要識本來面目、引水自知及《楞嚴經》指月無眩之典故及用語，都是用來說明觀空而後定心之意。又從佛教轉世之說，指自己落入人間是因前世一念之差，而遭此譴責。末四句引《景

〔註32〕《蘇軾詩集》卷三十八，頁2060～2061。

德傳燈錄》:「六祖初住曹溪,卓錫泉湧,清涼甘滑,贍足大眾。」借「泉水」以指佛法之洗滌,洗滌因念失而興起的愛欲華麗之綺語。因為綺語乃因心之所向而起,因此「洗綺語」就是「洗心」,洗心之法,便是靜心。

蘇軾這種外儒內佛,藉佛教修心之法以充實自己靜心之法,其作法偏向小乘禪,蘇軾〈次韻定慧欽長老見寄八首之一〉即自云「我是小乘禪」:

> 左角看破楚,南柯聞長滕。鉤簾歸乳燕,穴紙出癡蠅。
> 為鼠常留飯,憐蛾不點燈。崎嶇真可笑,我是小乘僧。
> 〔註33〕

此詩首句用莊子蝸角蠻觸兩國互爭與楚漢相爭最後漢攻破楚,一大爭奪與一小爭奪合寫;次句用《南柯太守傳》繁華富貴興滅與《左傳》藤侯薛侯爭長,一夢中爭奪與一真實爭奪合寫。三、四句寫乳燕和癡蠅皆困於鉤簾、穴紙之物,意指人亦像乳燕與癡蠅一樣,困於物質之爭奪。「穴紙出癡蠅」典出《景德傳燈錄》:「神瓚禪師見蜂子投紙窗欲求出,師曰:『世界如許廣闊不肯出,鑽它故紙?』」又有「古靈見窗上蠅曰:『百年鑽故紙,未見出頭時。』」故以癡蠅出紙寓人之困於故習。五、六兩句寫自己憐惜鼠、蛾這一類小動物、小昆蟲,而故亦留飯餵養、熄燈避趨,這兩句恰恰流露了蘇軾情感的一面。第七句「崎嶇」指曲折之心境,也指曲折之人生境遇(時貶惠州),最後一句直指自己就是「小乘禪」,《景德傳燈錄》:「圭峰云:『悟我空偏真之理而修者,是小乘禪。』」從這首詩,可見蘇軾注重的確實是在個人修心,修習悟我空偏真之理,是小乘禪,雖然他可以悟透觀空世間一切爭奪、利害、成敗、榮華等等,但他並未走出世間之外,而是繫情著人間種種,哪怕是動物昆蟲,因為有情便有了憐惜,有了憐惜,寫起詩來就不會只是全然說理詩或佛偈語。

〔註33〕《蘇軾詩集》卷三十九,頁2114。

　　淨慧琳老及諸僧知，因見致懇。知爲默禱於佛，令巫還中
　　州，甚荷至意。自揣省事以來，亦粗爲知道者。但道心屢
　　起，數爲世樂所移奪，恐是諸佛知其難化，故以萬里之行
　　相調伏爾。(〈與參寥子二十一首〉之十九)) 〔註34〕

此文爲蘇軾貶謫儋州所寫，可見其「道與情起伏」，佛道原就靜心，
但「世樂」(即情之發動，因喜樂哀悲而起的妄心)移奪道心所安定
下來之心，故蘇軾自嘲自解說「萬里貶謫之行」，應是諸佛之道自己
難以馴化，故以貶謫至偏荒之處，藉「苦行」、「苦處」以調伏其心。
這樣「道與情相起伏」的激盪、拉扯，在〈次韻定慧欽長老見寄八首
之四〉：

　　幽人白骨觀，大士甘露滅。根塵各清淨，心境兩奇絕。
　　眞源未純熟，習氣餘陋劣。譬如已放鷹，中夜時掣紲。
〔註35〕

此詩即談道心與習氣(妄心)之起伏。首句典出《楞嚴經》：「優婆
泥沙陀悟白骨微塵歸於空虛，謂之白骨觀也。」第二句典出《維摩
詰經》：「始在佛樹(案，菩提樹)力降魔，得甘露，滅覺道成。」
這兩句都是指佛教人物透過修行而觀空滅絕妄心而成道，因此三、
四句即云其根塵清淨、心境奇絕。但是蘇軾反觀自己內心眞源仍未
觀空滅絕，仍存有陋劣習氣，因此並未純熟。蘇軾在此詩中用了一
個鮮明的譬喻，陋劣習氣猶如已放之鷹，看似高飛已遠，但繫在原
處(藉以喻心)與鷹腳之間的繩子卻未鬆開，時時隨著鷹飛而掣拉
著原處之心。這便是蘇軾內心中的「道與情」的拉扯，道是內心眞
源的純熟安定，情是隨著萬象變化而起的執著，道與情的拉扯在蘇
軾的詩中，一方面表現對情之觀看、覺察與反省，另一方面又反過
來對道之渴望與追求，蘇軾吸納佛教看似要滅情觀空，但實際上卻
是「緣情以感道」，他追求的是道，但在乎卻還是因萬象變化而起
的情之變化，在反反覆覆、起起伏伏收攝貞情定心的過程中，感受

〔註34〕《蘇軾文集》卷六十一，頁 1866。
〔註35〕《蘇軾詩集》卷三十九，頁 2116。

到道之接近與疏離，並以此爲詩歌創作本體之一。

　　所以說，蘇軾學佛原就不是爲了窮究佛理，也不是爲了「出生死，超三乘，遂作佛」，而是「獨時取其粗淺假說以自洗濯」、「本其於靜而達」、「平生學道，專以待外物之變」，主要目的是對一心之靜達以觀看、應對萬象之變化，如此吸收佛教靜心、觀空之法，走向個體悟空之小乘禪，這種方式不是頓悟式的，而是漸悟式的，他在漸悟過程的進進退退中，強烈地感受到道與情的拉扯，道的追求讓他產生超然、灑脫、曠達的姿態與意味，情的拉扯又讓他產生深情、依戀、執著，小乘禪道之個體追求容易走向消極，情之拉扯又讓他積極面向現實世界，就在這種道與情的拉扯與游移之中，迸發出蘇軾看似矛盾卻又融和的詩歌作品，用蘇軾的詩來說明，就是「世間出世間，此道無兩得，故應入枯槁，習氣要除拂。丈夫生豈易，趣舍誌匪石。」（〈聞潮陽吳子野出家〉）在世間與出世之間、在趣與捨之間、在入道與習情之間，大丈夫生存於此一現實世界，選擇何者爲是？蘇軾「以儒攝佛」的結果就是自由游走於世間與出世之間、在趣與捨之間、在入道與習情之間，蘇軾的歌詩創作也就極力表現出這種既衝突又融和又超越的結果，既明曠高遠又依戀徘徊。

第五章　蘇軾及其詩熔鑄儒釋道的詩歌創作特色

第一節　蘇詩熔鑄儒釋道的詩創作觀物之法

　　蘇軾以儒融攝佛道而成的詩歌創作，其創作過程從接觸、觀看事物，透過語言文字將之形成詩，再由詩歌回歸其三教合一的覺察與思索。所以因著內在三教融合的本體思維，表現出獨特的創作思路。

　　首先是蘇軾觀物、接觸物的方式，〈超然臺記〉云：

> 凡物皆有可觀，苟有可觀，皆有可樂，非必怪奇瑋麗者也。餔糟啜醨，皆可以醉；果蔬草木，皆可以飽。推此類也，吾安往而不樂？
>
> 人之所欲無窮，而物之可以足吾欲者有盡，美惡之辨戰於中，而去取之擇交乎前，則可樂者常少，而可悲者常多。
>
> 〔註1〕

蘇軾認為物皆有可觀，因此尋常之物、怪奇瑋麗之物，皆是可觀、可樂之物。形諸於詩，即無論尋常無奇或怪奇瑋麗，皆可入詩。另外，蘇軾觀物並不單純從賞心悅目享樂著眼，而是從人與外物相接處而產生的慾望、價值選擇、取捨糾纏等等形成心為之動搖處著眼，為了免

〔註1〕　《蘇軾文集》卷十一，頁351。

除這種動搖心志的弊病，蘇軾認為必須「遊於物之外」，因為心游於物之內，易受物之拘執與影響；唯有游於物外，心才能不受其影響，而「無所往而不樂」。蘇軾在〈寶繪堂記〉有更詳細的說明：

> 君子可以寓意於物，而不可以留意於物。寓意於物，雖微物足以為樂，雖尤物不足以為病；留意於物，雖微物足以為病，雖尤物不足以為樂。老子曰：「五色令人目盲，五音令人耳聾，五味令人口爽，馳騁田獵令人心發狂。」然聖人未嘗廢此四者，亦聊以寓意焉耳。劉備之雄才也，而好結髦；嵇康之達也，而好鍛鍊；阮孚之放也，而好蠟屐。此豈有聲色臭味也哉，而樂之終身不厭。〔註2〕

「寓意於物」即寄寓心志於外物，而「留意於物」則是留連心志於外物。寓意於物，是以心志為主，因此不受外物牽絆，外物只是心志之寄託所在，心志仍是自由自在、不受拘執；而「留意於物」則以外物為主，心志受困於外物，隨著外物的變化而產生動搖。蘇軾引用老子之言，說明困於五色、五音、五味、馳騁田獵會使人心志搖動，感官受限，接著再舉劉備好結髦、嵇康好鍛鍊、阮孚好蠟屐，說明這些人物都只是寓意於物，而不是留意於物。文章接著又說：

> 凡物之可喜，足以悅人而不足以移人者，莫若書與畫。然至其留意而不釋，則其禍有不可勝言者。……始吾少時，嘗好此二者，家之所有，惟恐其失之，人之所有，惟恐其不吾予也。既而自笑曰：吾薄富貴而厚於書，輕死生而重於畫，豈不顛倒錯繆失其本心也哉？自是不復好。見可喜者雖時復蓄之，然為人取去，亦不復惜也。譬之煙雲之過眼，百鳥之感耳，豈不欣然接之，然去而不復念也。於是乎二物者常為吾樂而不能為吾病。〔註3〕

蘇軾以收藏書畫為例，說明書畫外物，倘若執著藏有，則受役於物，是「留意於物」者，不僅心志搖動，甚至還有凶身破國之禍。蘇軾並反省自己居然可以看輕富貴生死，卻無法釋懷書畫收藏之有無，此為

〔註2〕 《蘇軾文集》卷十一，頁356。
〔註3〕 《蘇軾文集》卷十一，頁356～357。

顛倒本心之舉，由此察覺「留意於物」之非，並進一步思索外物與人接觸，煙雲過眼、百鳥感耳，必須「去而不復念」，才能常保快樂。也就是說，對待外物，是欣然接之，去則不復念，如此才能不留意於物。

　　蘇軾〈大還丹訣〉雖是講道教內丹修習之學，但其中提到觀物之說，實則亦可以作為呼應：

> 凡物，皆有英華軼於形器之外。為人所喜者，皆其華也；形自若也，而不見可喜，其華亡也。故凡作而為聲，發而為光，流而為味，蓄而為力，浮而為膏者，皆其華也。吾有了然常知者存乎其內，而不物於物，則此六華者，苟與吾接，必為吾所取。非取之也，此了然常知者與是六華者蓋嘗合而生我矣。我生之初，其所安在，此了然常知者苟存乎中，則必與是六華者皆處於此矣。其凡與吾接者，又安得不赴其類，而歸其根乎？〔註4〕

蘇軾認為物都有外顯於外、受人喜愛的光華，某些物外顯的是聲音、某些則是光彩、味道、動力、膏腴、形狀等等，但受這些物之光華而吸引，如果是通過內心之了然覺察而後接觸，覺察道物與我之相關，物之光華與我存在之初曾經相聚合生，光華之物便不再只是以其光華吸引我，而是我在透過道體根源為一的思索下將光華之物收攝於一體，如此則物不再單純只是物，而是物我一體了。蘇軾在〈書李伯時山莊圖後〉云：「居士之山也，不留於一物，故其神與萬物交。」〔註5〕不留意於一物，察覺物我合一共通於道，精神才能與萬物交通。所說就是這個道理。

　　蘇軾在〈赤壁賦〉也有類似的觀物方式：

> 蘇子曰：「客亦知夫水與月乎？逝者如斯，而未嘗往也；盈虛者如彼，而卒莫消長也，蓋將自其變者而觀之，則天地曾不能以一瞬；自其不變者而觀之，則物與我皆無盡也，

〔註4〕　《蘇軾文集》卷七十三，頁2328。
〔註5〕　《蘇軾文集》卷七十，頁2211。

> 而又何羨乎？且夫天地之間，物各有主，苟非吾之所有，
> 雖一毫而莫取。惟江上之清風，與山間之明月，耳得之而
> 爲聲，目遇之而成色，取之無禁，用之不竭，是造物者之
> 無盡藏也，而吾與子之所共適。」〔註6〕

水、月兩物從變化的角度看，是無時無刻不變化著，但如果從水、月
的本體去看，月亮始終不曾消長、江水也不曾消逝，總是恆存不變。
因此蘇軾認爲觀物便是要從變化之中找尋其背後不變之理，唯有尋得
並掌握了事物背後不變的本體，人才能自得、自適、自在地觀物，清
風、明月之物無不深具聲色（即上文之英華），無不瞬息變化，但掌
握了萬物背後不變之理，即不影響一心之平和。

　　蘇軾作詩，即以此理來觀物，凡物皆有可觀，皆可入詩，入於
詩則觀物之變，緣物抒情，寄寓於物，而不留意於物，復追尋物外
之理，了然於心〔註7〕而臻於至道。

第二節　熔鑄儒釋道思想下的即物察理、以理貞情

　　蘇軾作詩，因事物而抒情之外，更常因事物而察理。試以託名王
十朋編著之《集註分類東坡先生詩》爲考察對象，該書將蘇軾詩分爲
87 類爲例，有紀行（91 首）、述懷（6 首）、詠史（8 首）、懷古（2
首）、古蹟（37 首）、時事（2 首）、宮殿（17 首）、省宇（8 首）、陵
廟（4 首）、墳塋（3 首）、居室（14 首）、堂宇（41 首）、城郭（2 首）、
壁塢（2 首）、田圃（8 首）、宗族（5 首）、婦女（11 首）、仙道（16
首）、釋老上（40 首）、釋老下（16 首）、寺觀（59 首）、塔（4 首）、
節序（43 首）、夢（10 首）、月（星河附，17 首）、雨雪（46 首）、風
雷（8 首）、山岳（36 首）、江河（10 首）、湖（26 首）、泉石（31 首）、
溪潭（10 首）、池沼（3 首）、舟楫（2 首）、橋梁（3 首）、樓閣（27

〔註6〕《蘇軾文集》卷一，頁 6。
〔註7〕「求物之妙，如系風捕影，能使是物了然於心者，蓋千萬人而不一
　　　　遇也。」（〈與謝民師推官書〉)《蘇軾文集》卷四十九，頁 1418。

首）、亭榭（45 首）、園林（57 首）、果實（9 首）、燕飲上（27 首）、燕飲下（17 首）、試選（8 首）、書畫上（63 首）、書畫下（51 首）、筆墨（9 首）、硯（8 首）、音樂（11 首）、器用（10 首）、燈燭（3 首）、食物（5 首）、酒（12 首）、茶（12 首）、禽（13 首）、獸（4 首）、蟲（2 首）、魚（6 首）、竹（3 首）、木（11 首）、花（79 首）、菜（5 首）、菌蕈（1 首）、投贈（27 首）、戲贈（32 首）、簡寄（59 首）、懷舊上（23 首）、懷舊下（13 首）、尋訪（17 首）、酬答上（59 首）、酬答中（91 首）、酬答下（143 首）、惠貺（35 首）、送別上（39 首）、送別中（75 首）、送別下（56 首）、留別（14 首）、慶賀（15 首）、游賞（56 首）、射獵（5 首）、題詠上（32 首）、題詠下（42 首）、醫藥（3 首）、卜相（2 首）、傷悼（49 首）、絕句（21 首）、歌（10 首）、行（3 首）、雜賦（95 首）。雖然分類未必得當〔註 8〕，但從分類中略舉蘇軾即事物而察理的思路，仍是適當。

　　如居室、堂宇兩類，蘇軾常聯想起人生寄寓天地之理，從居室、堂宇、樓閣而察覺人生短暫、世事滄桑之理：

> 前年開閣放柳枝，今年洗心參佛祖。夢中舊事時一笑，坐覺俯仰成今古。願君不用刻此詩，東海桑田真旦暮。（〈和蔡景繁海州石室〉）

> 吾生本無待，俯仰了此世，念念自成劫，塵塵各有際，下觀生物息，相吹等蚊蚋。（〈遷居〉）

> 他日莫尋王粲宅，夢中來往本何曾。（〈白鶴峰新居欲成夜過西鄰翟秀才二首〉之二）

第一首寫蔡景繁海州石室，原是慶賀新居，但卻是從俯仰古今、滄海桑田的快速變化著眼，而在此變化之中，唯有參佛理者，才能淡然視之，付諸一笑。第二首和第三首皆為遷居新宅，但卻又在新宅中察悟人生如夢、吾生無待之理。蘇軾寫此三類詩，多為觀物察理，

〔註 8〕 如大多詩為酬答類，只因詩中提及他物，便被劃出酬答類，如〈次韻答王忠玉〉，因提及湖便劃歸為「湖」類。

如寫「避世堂」，即云：「隱几頹如病，忘言兀似瘖」、「應逢綠毛叟，扣戶夜抽簪」（〈南溪之南竹林中，新構一茅堂，予以其所處最為深邃，故名之曰避世堂〉），上兩句是莊子的隱几、忘言，下兩句則用道教的綠毛神仙。寫佛寺更是如此，〈秀州僧本瑩靜照堂〉：「貧賤苦形勞，富貴嗟神疲。作堂名靜照，此語子為誰。」、〈海會寺清心堂〉：「南郭子綦初喪我，西來達摩尚求心。此堂不說有清濁，游客自觀隨淺深。」〈虔州景德寺榮師湛然堂〉：「卓然精明念不起，兀然灰槁照不滅。方定之時慧在定，定慧寂照非兩法。妙湛總持不動尊，默然真入不二門。」則是從堂室名稱而直闡佛理。諸如此類，不勝枚舉〔註9〕。

在「樓閣」一類，從此刻完好之樓閣察覺到萬物興廢之理，如「雕欄能得幾時好，不獨憑欄人易老。百年興廢更堪哀，懸知草莽化池台。」（〈法惠寺橫翠閣〉）或從樓閣察覺身世相違，思及仙山之處，如「海上蔥曨氣佳哉，二江合處朱樓開。蓬萊方丈應不遠，肯為蘇子浮江來。江風初涼睡正美，樓上啼鴉呼我起。我今身世兩相違，西流白日東流水。樓中老人日清新，天上豈有癡仙人。三山咫尺不歸去，一杯付與羅浮春。」（〈寓居合江樓〉）

在「亭榭」一類，從亭中舊石聚散而察覺聚散之理，如「嗟此本

〔註9〕 如〈王鞏清虛堂〉開頭四句即針對堂名而講佛教空觀之理：「清虛堂裏王居士，閉眼觀身如止水。水中照見萬象空，敢問堂中誰隱几。……。願君勿笑反自觀，夢幻去來殊未已。」〈趙閱道高齋〉寫隱退之人看待功名富貴之超然心：「功名富貴俱逆旅，黃金知系何人袍。超然已了一大事，持冠而去真秋毫。」〈和鮮于子駿鄆州新堂月夜二首〉則寫歲月繁華一夢：「歲月不可思，駛若船放溜，繁華真一夢，寂寞兩榮朽。」寫〈谷林堂詩〉則從堂室所見景最後寫出「寄懷勞生外，得句幽夢餘，古今正自同，歲月何必書。」勞生之外的興懷安定之理；〈眾妙堂〉開頭四句即寫觀妙歸根之理：「湛然無觀古真人，我獨觀此眾妙門。夫物蕓蕓各歸根，眾中得一道乃存。」又如〈西齋〉前十六句即寫齋內外景象，最後四句又收歸於理：「杖藜觀物化，亦以觀我生。萬物各得時，我生日皇皇。」又如〈吉祥寺僧求閣名〉，則從佛教空觀之理切入：「過眼榮枯電與風，久長那得似花紅。上人宴坐觀空閣，觀色觀空色即空。」

何常，聚散實循環。人失亦人得，要不出區寰。君看劉李末，不能保河關。況此百株石，鴻毛於泰山。但當對石飲，萬事付等閑。」(〈次韻劉京兆石林亭之作，石本唐苑中物，散流民間，劉購得之〉)

　　在「宮殿」一類，從兄弟兩人同時入宮轉對進言朝政得失而察覺隱退之理，如「憂患半生聯出處，歸休上策早招要。后生可畏吾衰矣，刀筆從來錯料堯。」(〈次韻子由五月一日同轉對〉)在「省宇」一類，則從在朝為官察覺到毀譽無常之理，如「紛紛榮瘁何能久，雲雨從來翻覆手。」在「陵廟」一類，從舊廟古跡中察覺興衰之理，如「遲回問風俗，涕泗憫興衰。故國依然在，遺民豈復知。」(〈白帝廟〉)在「古跡」一類，見秦代所流傳的石鼓，而察覺興亡百變之理。如「興亡百變物自閑，富貴一朝名不朽。細思物理坐嘆息，人生安得如汝壽。」(〈石鼓歌〉)在「園林」一類，從自栽種的小圃中五類植物，人參，察覺洗憂恚之理：「開心定魂魄，憂恚何足洗。糜身輔吾生，既食首重稽。」地黃，察覺助成內丹之理：「丹田自宿火，渴肺還生津。願餉內熱子，一洗胸中塵。」枸杞，察覺養生、輕身不老之理：「大將玄吾鬢，小則餉我客。似聞朱明洞，中有千歲質。靈厖或夜吠，可見不可索。仙人儻許我，借杖扶衰疾。」甘菊，在眾花搖落之後猶獨開，察覺生死之理：「揚揚弄芳蝶，生死何足道？」薏苡，可食之禦瘴氣，卻無能禦讒言，察覺超然之理：「伏波飯薏苡，御瘴傳神良。能除五谿毒，不救讒言傷。讒言風雨過，瘴癘久亦亡。兩俱不足治，但愛草木長。」

　　在「月」一類，見月時則察覺自我湛然之心，「遂令冷看世間人，照我湛然心不起。」(〈和子由中秋見月寄子瞻兄〉)在見「雪」時，則反思白髮、憂患，閉目煉丹：「鉛膏染髭鬚，旋露霜雪根。不如閉目坐，丹府夜自暾。誰知憂患中，方寸寓義軒。」(〈正月十八日蔡州道上遇雪，次子由韻二首〉其二)或是從超拔於世的眼光看待塵世之人的擾擾攘攘，如「可憐擾擾雪中人，飢飽終同寓一塵。」

（〈次韻陳履常雪中〉）〔註10〕在聞「風雷」時，則察覺置身浮名、形骸之外：「已外浮名更外身，區區雷電若為神。山頭只作嬰兒看，無限人間失箸人。」（〈唐道人言，天目山上俯視雷雨，每大雷電，但聞雲中如嬰兒聲，殊不聞雷震也〉）在「風雷」一類，處風雨之中則思百年一瞬，無須計較榮辱：「百年一俯仰，寒暑相主客。稍增裘褐氣，已覺團扇厄。……願君付一笑，造物亦戲劇。」（〈次韻王郎子立風雨有感〉）在「山岳」一類，在山丘之中則思繁華落盡，「舞衣歌扇轉頭空，只有青山杳靄中。」（〈次韻王忠玉游虎丘絕句三首〉其三）或洗滌凡心、萬想滅除：「但令凡心一洗濯，神人仙藥不我暇。山中歸來萬想滅，豈復回顧雙飛鴉。」（〈次韻正輔同游白水山〉）

在「江河」一類，見激擾之水，則察覺起生命如流水日夜消逝，唯有反照無住之本心，如「我生乘化日夜逝，坐覺一念逾新羅。紛紛爭奪醉夢裏，豈信荊棘埋銅駝。覺來俯仰失千劫，回視此水殊委蛇。君看岸邊蒼石上，古來篙眼如蜂窠。但應此心無所住，造物雖駛如余何。回船上馬各歸去，多言嘵嘵師所呵。」（〈百步洪〉）又如水中之倒影，察覺出一與多、真實與虛幻之理：「畫船俯明鏡，笑問汝為誰。忽然生鱗甲，亂我鬚與眉。散為百東坡，頃刻復在茲。此豈水薄相，與我相娛嬉。聲色與臭味，顛倒眩小兒。等是兒戲物，水中少磷淄。趙陳兩歐陽，同參天人師。觀妙各有得，共賦泛穎詩。」（〈泛穎〉）在「湖」一類，察覺繁華須臾化為陳跡、興亡瞬息如夢之理，如「浮蛆灩金碗，翠羽出華屋。須臾便陳跡，覺夢那可續。」（〈連日與王忠玉、張全翁遊西湖，訪北山清順、道潛二詩僧，登垂雲亭，飲參寥泉，最後過唐州陳使君夜飲，忠玉有詩次韻答之〉）

在「泉石」一類，從以水養小石察覺人世虛幻如漚泡，如「累

〔註10〕一塵即《續仙傳》所云：「儒謂之世，釋謂之劫，道為之塵也。」

累彈丸間，瑣細成珠琲。閻浮一漚耳，眞妄果安在。我持此石歸，袖中有東海。垂慈老人眼，俯仰了大塊。」（〈文登蓬萊閣下石壁千丈，爲海浪所戰，時有碎裂淘灑，歲久皆圓熟可愛，土人謂此彈子渦也，取數百枚以養石菖蒲，且作詩遺垂慈堂老人〉）從揚州獲得二石，漬於盆水，置諸案前，而察覺本心空明及成仙之念，如「一點空明是何處，老人眞欲住仇池。」（〈雙石〉）〔註11〕又從龍井水洗病眼，察覺幻色將空之理，如「幻色將空眼先暗，勝遊無礙腳殊輕。」（〈次韻楊次公惠徑山龍井水〉）又從莊園之泉流等景致中，察覺功名之中隱伏危機，一身隨造物翻舞澎拜，興起思歸之心，如「絳侯百萬兵，尚畏書牘背。功名意不已，數與危機會。」、「此身隨造物，一葉舞澎湃。田園不早定，歸宿終安在。」（〈韓子華石淙莊〉）又從爭奪畫與石的過程，察覺無心則無物之理，如「明鏡既無臺，淨瓶何用覔。」、「定心無一物，法樂勝五欲。」（〈軾欲以石易畫，晉卿難之，穆父欲兼取二物，穎叔欲焚畫碎石，乃復次前韻，並解二詩之意〉。）

在「木」一類，從種松而察覺長生、成仙之理，如「縱未得茯苓，且當拾流肪。釜盎百出入，皎然散飛霜。槁死三彭仇，澡換五穀腸。青骨凝綠髓，丹田發幽光。白髮何足道，要使雙瞳方。卻後五百年，騎鶴還故鄉。」（〈戲作種松〉）在「花」一類，則從合抱之大的紫薇花察覺事物變化無窮無盡，而人之壽命有盡，如「虛白堂前合抱花，秋風落日照橫斜。閱人此地知多少，物化無涯生有涯。」（〈次韻錢穆父紫薇花二首〉其一）在「草木」一類，從園林各種草木欣欣向榮中又察覺到物生即有物滅的興廢之理，「物生感時節，此理等廢興。飄零不自由，盛亦非汝能。」（〈和子由記園中草木十一首〉其二）在「果實」一類，從吃荔支而察覺人間夢幻之理，如「我生涉世本爲口，一

<hr>

〔註11〕詩有序云：「至揚州，獲二石，其一綠色，岡巒迤邐，有穴達於背；其一玉白可鑒。漬以盆水，置几案間。忽憶在穎州日，夢人請住一官府，榜曰仇池。覺而誦杜子美詩曰：『萬古仇池穴，潛通小有天。』乃戲作小詩，爲僚友一笑。」

官久已輕蓴鱸。人間何者非夢幻，南來萬里真良圖。」(〈四月十一日初食荔支〉)

在「醫藥」一類，從治眼疾（去翳）察覺眼見人生真妄之理，如：「運針如運斤，去翳如拆屋。常疑子善幻，他技雜符祝。子言吾有道，此理君未矚。形骸一塵垢，貴賤兩草木。世人方重外，妄見瓦與玉。而我初不知，刺眼如刺肉。君看目與翳，是翳要非目。目翳苟二物，易分如麥菽。寧聞老農夫，去草更傷穀。鼻端有餘地，肝膽分楚蜀。吾於五輪間，蕩蕩見空曲。如行九軌道，並驅無擊轂。空花誰開落，明月自朏朒。」(〈贈眼醫王生彥若〉)

諸如上述之類，尚可舉出許多，茲不一一贅列。當然，還有更多詩並未觀物察理，而是單純的即事抒情或酬作應答之作，雖然亦偶有即事抒情而察理者，如「舟楫」一類，舟中夜起，形影相弔，而感發此生忽忽之理，如「此生忽忽憂患裏，清境過眼能須臾，雞鳴鐘動百鳥散，船頭擊鼓還相呼。」(〈舟中夜起〉)另在「詠史」一類，從歷史之中察覺興廢之理，如：「獨掩陳編弔興廢，窗前山雨夜浪浪。」(〈和劉道原詠史〉)在「述懷」一類，自抒懷抱而察覺道根深濃：「定是香山老居士，世緣終淺道根深。」(〈軾以去歲春夏侍立邇英，而秋冬之交子由相繼入侍，次韻絕句四首各述所懷〉)

大抵蘇軾觀物多從其存有，而察覺其存有終將變為毀壞，或由毀壞而察覺其終為無物、幻空，或由其存有之一面而察覺其對立面，從而察覺其區別與執著，——如此一來即易走向消極頹放之風，因為人生終究如夢如幻，了無可執。但蘇詩並未如此，主要原因在於他將這些看似無物、虛空的察覺，收歸於一心，置諸於個人心境之涵養，但其本體卻是以儒家之積極奮發精神去融攝佛道於內心以靜察萬物變化，眼觀於事物之成住壞空，心游於世間並世外。表現詩中，即以儒釋道三教融合之道（眼），觀看因事物變化而起之情執，然後以道貞定情。蘇軾屢言「道眼」，即是指此，「聊將試道眼，莫作兩般看。」(〈怡然以垂雲新茶見餉，報以大龍團，仍戲作小詩〉)、「先生來年六

十化，道眼已入不二門。多情好事餘習氣，惜花未忍都無言。留連一
物吾過矣，笑領百罰空罍樽。」（〈花落復次前韻〉）「知君一寸心，可
敵千步垣。流亡自棲止，老幼忘崩奔。得閑閉閣坐，勿使道眼渾。聊
乘應舍筏，直泝無生源。」（〈用舊韻送魯元翰知洺州〉）、「相逢知有
得，道眼清不流。別來未一年，落盡驕氣浮。」（〈子由自南都來陳三
日而別〉）道眼能洞悉道通為一、能去多情好事，不留連於物、能直
泝無生之本源、能落盡浮盈驕氣等等，都是因道而生之心眼，與肉眼
所見所執之物象情執不同，因道眼而直達事物之本原、本體，而使情
有所貞定不迷。如〈陳州與文郎逸民飲別攜手河堤上作此詩〉，

> 白酒無聲滑瀉油，醉行堤上散吾愁。
> 春風料峭羊角轉，河水渺綿瓜蔓流。
> 君已思歸夢巴峽，我能未到說黃州。
> 此身聚散何窮已，未忍悲歌學楚囚。〔註12〕

前四句寫飲酒、醉行、春風、河水，五六句寫分別之途及離愁，末兩
句首句即察覺人生聚散無窮無盡之理，末句便以理貞情，不使情感泛
濫，而言「未忍悲歌學楚囚」。又如〈寓居定惠院之東雜花滿山有海
棠一株土人不知貴也〉：

> 江城地瘴蕃草木，只有名花苦幽獨。
> 嫣然一笑竹籬間，桃李滿山總麤俗。
> 也知造物有深意，故遣佳人在空谷。
> 自然富貴出天姿，不待金盤薦華屋。
> 朱唇得酒暈生臉，翠袖卷紗紅映肉。
> 林深霧暗曉光遲，日暖風輕春睡足。
> 雨中有淚亦悽愴，月下無人更清淑。
> 先生食飽無一事，散步逍遙自捫腹。
> 不問人家與僧舍，拄杖敲門看修竹。
> 忽逢絕艷照衰朽，嘆息無言揩病目。
> 陋邦何處得此花？無乃好事移西蜀？

〔註12〕《蘇軾詩集》卷二十，頁 1017。

寸根千里不易到，銜子飛來定鴻鵠。

天涯流落俱可念，爲飲一樽歌此曲。

明朝酒醒還獨來，雪落紛紛哪忍觸！〔註13〕

此詩以海棠花寓己，表面上寫海棠花之美好嬌姿，實則寓己之美好才華；寫海棠花之流落偏地，實則傷己之貶謫遭遇，同是天涯淪落，傷花亦傷己，徒然飲酒高歌抒愁。從海棠花今日之「嫣然一笑」盛開，到想像明朝「雪落紛紛」之墜花，實則暗寓繁華興衰瞬息之理，故而「哪忍觸」，傷感濃厚，其實亦含有以理貞情之意。又如〈遷居臨亭皋〉：

我生天地間，一蟻寄大磨。區區欲右行，不救風輪左。

雖云走仁義，未免遭寒餓。劍米有危炊，針氈無穩坐。

豈無佳山水，借眼風雨過。歸田不待老，勇決凡幾箇。

幸茲廢棄餘，疲馬解鞍馱。全家占江驛，絕境天爲破。

飢貧相乘除，未見可弔賀。澹然無憂樂，苦語不成些。

〔註14〕

首四句即從遷居中，察覺自我寄生天地之間，猶如一蟻寄居於大磨，只能隨著石磨輪轉，無能改變石磨方向；四到八句言自己雖然堅守仁義，但其中危機四伏，不免於挨寒受餓；九到十六句寫貶謫之餘，居住江畔而得佳山水、又類似歸田；最後四句，「未見可弔賀」典出劉向〈誡子歆書〉：「董生有云：『弔者在門，賀者在閭。』言有憂則恐懼敬事，敬事則必有善功而福至也。又曰：『賀者在門，弔者在閭。』言受福則驕奢，驕奢則禍至，故弔隨而來。」即察覺飢貧看似使人憂愁，但福禍相倚，未必可悲，故而可「澹然無憂樂」，不生苦語了。此即在苦境中，以理來貞定情，不生苦悲之意。

第三節　詩意自由出入儒釋道思想之間

　　蘇軾作詩以道眼觀看事物，其道乃出入三教之間。有時純粹以

〔註13〕《蘇軾詩集》卷二十，頁1036。

〔註14〕《蘇軾詩集》卷二十，頁1053。

儒家之意出之，也時則以道家、道教之意出之，有時則以佛教之意出之，有時則揉雜著儒佛、儒道、道佛、儒佛道之語出之。

　　純以儒家之意出之，如：〈滕縣時同年西園〉

　　　　人皆種榆柳，坐待十畝陰。我獨種松柏，守此一寸心。
　　　　君看閭里間，盛衰日駸駸。種木不種德，聚散如飛禽。
　　　　老時吾不識，用意一何深。知人得數士，重義忘千金。
　　　　西園手所開，珍木來千岑。養此霜雪根，遲彼鸞鳳吟。
　　　　池塘得流水，龜魚自浮沈。幽桂日夜長，白花亂青衿。
　　　　豈獨蕃草木，子孫已成林。拱把不知數，會當出千尋。
　　　　樊侯種梓漆，壽張富華簪。我作西園詩，以爲里人箴。

〔註15〕

此詩以西園種松柏爲例，言人之重義種德之重要。首四句以人皆種榆柳待十畝陰，以寓速成；己則獨種松柏，以寓沉潛久守；五到十二句言閭里間榆柳盛衰駸駸快速，寄寓求速成者則速毀，唯有種松柏之樹，學松柏後凋之德義。後十六句則同寫言種松柏、種德重義之優長，可使園圃繁榮、家世昌盛。

　　以揉雜儒道之意者，如〈故周茂叔先生濂溪〉：

　　　　世俗眩名實，至人疑有無。怒移水中蟹，愛及屋上烏。
　　　　坐令此溪水，名與先生俱。先生本全德，廉退乃一隅。
　　　　因拋彭澤米，偶似西山夫。遂即世所知，以爲溪之呼。
　　　　先生豈我輩，造物乃其徒。應同柳州柳，聊使愚溪愚。

〔註16〕

周敦頤乃儒者，全德廉退，蘇詩卻以道家語形容之，言其爲「造物乃其徒」，典出《莊子·天下篇》：「與造物者爲徒，外死生無終始者爲友。」將儒者之氣象融入、等同道家嚮往之境界，與造物者同遊，超脫生死、忘懷始終之人做友，所謂「造物者」，正是「道」的別名，儒家道家之道，可融通爲一。這樣的作法，在〈司馬君實獨樂園〉亦同：

────────────

〔註15〕《蘇軾詩集》卷十七，頁883。
〔註16〕《蘇軾詩集》卷三十一，頁1666。

青山在屋上，流水在屋下。中有五畝園，花竹秀而野。
花香襲杖履，竹色侵盞斝。樽酒樂餘春，棋局消長夏。
洛陽古多士，風俗猶爾雅。先生臥不出，冠蓋傾洛社。
雖云與眾樂，中有獨樂者。才全德不形，所貴知我寡。
先生獨何事，四海望陶冶。兒童誦君實，走卒知司馬。
持此欲安歸，造物不我捨。名聲逐吾輩，此病天所赭。
撫掌笑先生，年來效瘖啞。〔註17〕

司馬光隱居洛陽，自名其園為獨樂園，絕口不談政事。此詩前十二句即言獨樂園景色及隱居不出之事；後十句即言司馬光隱居埋名不仕而聲名愈揚、天下望其出仕之心愈殷切。中間十三句至十六句，用孟子所言獨樂不若與人，與少樂不若與眾之語，反推求司馬光獨樂之意，卻以道家《莊子‧德充符》：「才全德不形」、《老子》第七十章：「知我者希，則我貴矣」解釋之。以老莊的才全德不形、知我者希，皆言其體悟大道而保全才質，德充於內卻不求彰顯〔註18〕，來解釋儒者司馬光的隱居之理。

揉雜儒佛之意並出者，如〈二樂榭〉：「此間真趣豈容談，二樂并君已是三。仁智更煩訶妄見，坐令魯叟作瞿曇。」二樂指孔子所說「仁者樂山、智者樂水」，即第三句「仁智」，除有儒家之仁智之外，還要加上佛教之呵除妄見，儒佛修養並存，所以最後一句才說「坐令魯叟作瞿曇」，魯叟就是孔子，瞿曇即為佛，《遼史‧禮志六》：「悉達太子者，西域淨梵王子，姓瞿曇氏，名釋迦牟尼。以其覺性，稱之曰佛。」此詩即是將儒佛之意相互融合而作。

揉雜佛道之意者，如〈次韻子由三首‧東亭〉：

仙山佛國本同歸，世路玄關兩背馳。
到處不妨閑卜築，流年自可數期頤。
遙知小檻臨塵市，定有新松長棘茨。

〔註17〕《蘇軾詩集》卷十五，頁732。
〔註18〕關於「才全而德不形」之解說，詳參張輝誠〈《莊子‧德充符》「才全德不形」觀念探析〉，原載《中山女高學報》第一期（2001年，12月），83～92。

　　誰道茅簷劣容膝，海天風雨看紛披。〔註19〕

首句寫道教之仙山與佛教之天國原本就是殊途同歸，世路與入道之玄
關法門卻背道而馳，因此在世路之上不妨悠閒卜居，收斂外馳之意而
歸於市隱靜心，則可安享期頤百歲之壽。此詩即是將道教與佛教之終
極理想仙山與佛國，結合在一起，融合而作。

　　同時揉雜儒佛道之意而出者，如〈題過所畫枯木竹石三首〉：

　　老可能爲竹寫眞，小坡今與石傳神。

　　山僧自覺菩提長，心境都將付臥輪。

　　散木支離得自全，交柯蚴蟉欲相纏。

　　不須更說能鳴雁，要以空中得盡年。

　　倦看澀勒暗蠻村，亂棘孤藤束瘴根。

　　惟有長身六君子，依依猶得似淇園。〔註20〕

此組詩爲蘇軾爲兒子蘇過題畫枯木竹石之作，三首分別寫石、枯
木、竹，再用佛教、道家、儒家之意入詩。第一首寫石，首句老可
指擅畫竹的文與可，次句小坡即是蘇軾之子蘇過，三、四句引《景
德傳燈錄》：「有僧舉臥輪禪師偈云：『臥輪有伎倆，能斷百思想，
對境心不起，菩提日日長。』」蘇軾以山僧自寓，見傳神之石而能
自覺菩提妙智，宛如臥輪禪師一般能斷滅百千思想、對境不起妄
心，菩提妙智日日增長。第二首寫枯木，首句即引《莊子》「散木」、
「支離」典故，散木無用、支離形殘，卻都能自全養身終其天年，
第二句即描寫枯木枝柯盤曲纏結之狀，第三句再引《莊子》典故，
殺雁時有一雁能鳴、一雁不能鳴，終殺不能鳴者。「不須更說能鳴
雁」，即枯木不必再雁一般特別明說自己是有用者，才能免除禍患，
第四句則言只要如此即可得享天年。此首詩即用枯木寓己，結合道
家無用卻得以自全之意。第三首寫竹子，前兩句寫貶謫嶺南已倦看
荒村隨處可見之澀勒竹及棘藤等雜草，後兩句「長身六君子」即六
竿竹也，依依輕柔披拂，如盛產竹的古代淇園，但「六君子」典出

─────────────

〔註19〕《蘇軾詩集》卷四十一，頁2267。
〔註20〕《蘇軾詩集》卷四十三，頁2347。

《禮記‧禮運》：「禹、湯、文、武、成、周公，由此其選也，此六君子者未有不謹於禮者也。」六君子皆爲儒家典型人物，以人寓竹，顯其高標。蘇軾寫這三首組詩，取石無心故能斷滅百想、增長妙智、取枯木無用而能全生盡年、取竹長依依而能高標拔俗，巧妙融合佛、道、儒之意。

蘇軾作詩，廣用三教典籍、典故、術語，儒家的積極奮發、道家的齊物逍遙，道教的長生神仙，佛教的安心無執等等義理之說，自由出入三教融合之意，表現其獨特看待事物、人生之理。

蘇軾熔鑄三教之理，形諸詩歌，自由出入之間，頗近乎游戲。此游戲，並非形骸游樂之戲，而是心靈、精神游樂之戲，隨事物、處境而游乎三教義理之間以自我安頓。上舉〈題過所畫枯木竹石三首〉其二：「散木支離得自全，交柯蚴蟉欲相纏，不須更說能鳴雁，要以空中得盡年。」典出《莊子‧山木》，很可以說明這種心態：

> 莊子行於山中，見大木枝葉盛茂，伐木者止其旁而不取也。問其故，曰：「無所可用。」莊子曰：「此木以不材得終其天年。」夫子出於山，舍於故人之家。故人喜，命豎子殺雁而烹之。豎子請曰：「其一能鳴，其一不能鳴，請奚殺？」主人曰：「殺不能鳴者。」明日，弟子問於莊子曰：「昨日山中之木，以不材得終其天年，今主人之雁，以不材死；先生將何處？」莊子笑曰：「周將處乎材與不材之間。材與不材之間，似之而非也，故未免乎累。若夫乘道德而浮游則不然，無譽無訾，一龍一蛇，與時俱化，而無肯專爲；一上一下，以和爲量，浮游乎萬物之祖，物物而不物於物，則胡可得而累邪！」

樹木不才而得終享天年，雁卻因不才而遭到烹殺，所以莊子自處之道爲「將處乎才與不才之間」，但這種處世之法並非最佳，仍不免乎拘束與勞累；還有更好的處世之法爲浮游乎天地之自然道德、萬物之祖，與時俱化，以和爲量，接觸事物而不爲事物所役使、牽累。倘若落入萬物人倫之情，則不免有離合、成毀等等成敗得失之變化。蘇軾

此詩「散木支離得自全」是不才，而「不須更說能鳴雁」是才，其意頗近「處乎才與不才之間」。這種處乎才於不才之間的游移之意，最適宜用來類比蘇軾游移於三教之義理。

　　蘇軾在貶謫失意之際，則游移至佛道以自我安適；出仕得意之時，則游移爲儒以自任。這是一類。蘇軾平居無論出仕貶官或得意失意與否，見佛僧則說佛語、見道士則說道語、見儒者則言孔孟之語。這又是一類。蘇軾欲顯其通透無執，則常見佛道之語，欲顯其積極奮發，則常見儒家之說。這又是一類。蘇軾隨心所欲，揉雜儒佛道之語而綜合出之，或不見儒佛道之語，但其背後思想卻是儒佛道之迹者。又是一類。總言之，蘇軾熔鑄三教思想，自由游移於三教之間，處乎儒、佛、道之間。這種游移狀態，處於世則有游戲之情，處於出世則有「天游」之意。蘇詩有「游戲暫人間」（〈峽山寺〉）、「斯人定何人，游戲得自在」（〈題文與可墨竹〉）、「羨師游戲浮漚間，笑我榮枯彈指內」（〈龜山辯才師〉）即言人世短暫，榮枯瞬息，能以自在之心游戲於浮漚之世。但這種游戲，猶是莊子所說之游於世，復有向上一路，乃游於天地、造物之初，不受物役。蘇軾在詩中，即用「天游」說之：

　　　　游於物之初，世俗安得知。（〈送張安道赴南都留臺〉）

　　　　眼前勃谿何足道，處置六鑿須天遊。（〈戲子由〉）

　　　　天遊照六鑿，虛空掃充牣。懸知色竟空，那復嗜烏吻。……，
　　　　此生如幻耳，戲語君勿慍。應同亡是公，一對子虛聽。（〈李
　　　　公擇…〉）

「天游」典出《莊子・外物》：「胞有重閬，心有天遊。室無空虛，則婦姑勃谿；心無天遊，則六鑿相攘。」原意爲內心虛空便能無拘無束地順應自然而遊樂，倘若內心不能虛空而游心於自然，則耳目等六竅感官知能便出現紛擾。蘇軾用「天游」典故，將遊戲於世間之情，收歸於天游之心。第一首詩，寫「游於物之初」，即《莊子・山木》：「浮游乎萬物之祖，物物而不物於物，則胡可得而累邪」之意，「物之初」即「物之祖」，游於萬物之初則不受外物役使；第二

首兩句化用《莊子·外物》之意，以天游來克制感官之情感；第三首則揉合道家天游及佛教空觀之說，寫此生之虛幻。

　　游戲與天游，即是蘇軾熔鑄三教之意於詩的最佳描述。游戲於世、游戲於物，故物來物往，目觸耳聽鼻嗅緣情而興，即事而發，六鑿情感紛呈；天游於一心、天游於物外，則物來不住，物物而不物於物，以理定情，以理貞事。此天游之理，並非單純道家之天游，而是揉和儒道佛之理，而游於世間與世外，物內及物外者。

第六章　蘇軾對李白、杜甫詩的熔鑄

　　第一章緒論提及蘇軾作詩模仿、學習李白、杜甫、白居易之外，其實蘇軾也學習韓愈、陶潛，甚至也學習柳宗元〔註1〕、韋應物、孟郊〔註2〕等人，但卻以李、杜、白、韓、陶五人最重要，因為其餘諸家不是不明顯，就是偶一為之（如學孟郊），要不就是被收歸於一詩家之下整體看待（如柳、韋歸於陶）。蘇軾模仿這五詩家，從現存最早的《南行集》來看，就已經可以找到學習「李、杜、白」的明顯痕跡，《南行集》中〈上堵吟〉，紀昀即云：「此首有太白之意。」；〈荊州十首〉，紀昀即云：「此東坡摹杜之作。」而〈新灘〉一詩，紀昀即云：「純是香山門徑。」〔註3〕中期則開始學習韓愈，晚期則學陶潛，因此以下章節安排，則以蘇軾學習之先後歷程為序，先李、杜，既而白、韓，終以陶潛。

〔註1〕蘇軾學習或討論柳宗元其實是歸於陶潛之下而論，如〈題柳子厚詩二首〉之二：「柳子厚晚年詩，極似陶淵明，知詩病者也。」及〈評韓柳詩〉：「柳子厚詩在陶淵明下，韋蘇州上。」（《蘇軾文集》卷六十七，頁2109年）就是這樣的想法，因此柳宗元詩，甚至韋應物詩就被包括在陶潛詩來對待與學習。

〔註2〕如〈讀孟郊詩〉二首，即刻意模仿孟郊詩，其詩之二即云：「我憎孟郊詩，復作孟郊語」。《蘇軾詩集》卷十六，頁796。

〔註3〕紀昀評《蘇文忠公詩集》（台北：宏業書局，1969年影印民國六年掃葉山房手抄本）卷二十五，頁124、119、114。

第一節　蘇軾對李白詩的熔鑄

一、蘇軾對李白的評論

（一）李白其人高氣雄節，其詩飄逸絕群

蘇軾評論李白，目為狂士，頗著眼其生命之飛揚跋扈。對其政治活動的高節與失節之處，曾有過討論：

> 李太白，狂士也，又嘗失節於永王璘，此豈濟世之人哉。而畢文簡公以王佐期之，不亦過乎！曰：「士固有大言而無實，虛名不適於用者，然不可以此料天下士。士以氣為主。方高力士用事，公卿大夫爭事之，而太白使脫靴殿上，固已氣蓋天下矣。使之得志，必不肯附權幸以取容，其肯從君於昏乎！」夏侯湛贊東方生云：「開濟明豁，包含宏大。陵轢卿相，嘲呬豪傑。籠罩靡前，跆籍貴勢。出不休顯，賤不憂戚。戲萬乘若僚友，視儔列如草芥。雄節邁倫，高氣蓋世。可謂拔乎其萃，遊方之外者也。」吾於太白亦云。太白之從永璘，當由迫脅。不然，璘之狂肆寢陋，雖庸人知其必敗也。太白識郭子儀之為人傑，而不能知璘之無成，此理之必不然者也。吾不可以不辯。〔註4〕

蘇軾引畢文簡、夏侯湛〔註5〕之語，說明李白高氣蓋世、睥睨權貴，又有識拔郭子儀的識人之明，由此推斷李白決無可能屈從永王李璘。此一歷史公案曲直，並非本文討論重點〔註6〕，而是蘇軾以李白之生命氣慨、平生行止而「依常理」推斷依附永王一事，當遭脅迫，並非自願。蘇軾如此為李白辨誣，其背後即隱含「詩品與人品合一」的觀

〔註4〕　〈李太白碑陰記〉，《蘇軾文集》卷十一，頁 348～349。

〔註5〕　夏侯湛〈東方朔畫像贊〉一文，唐代顏真卿嘗以大楷書碑，蘇軾曾臨學此碑，〈題顏公書畫贊〉云：「顏魯公平生寫碑，唯東方朔畫贊為清雄，字間櫛比，而不失清遠。」(《蘇軾文集》卷六十九)，頁 2177。

〔註6〕　喬象鍾〈李白從璘事辨〉即針對此事整理古今正反意見，並徵引史料、詩文證明李白實為無罪受誣，主要論點在於李白在永王璘與唐官軍對峙時即逃回家中。該文收錄《李太白研究》(台北：里仁出版社，1984 年)，頁 455～484。

念，設若李白失節，則其詩歌成就再高，畢竟有所瑕疵。因此，蘇軾
評論李白高氣雄節，拔乎其萃，遊於方外，一直到周全其晚節，高度
評價其人格之風標與品格，道理即在此〔註7〕。蘇軾另作有〈書丹元
子所示李太白眞〉，亦從其高氣雄傑的生命行態切入，所引故實亦相
去不遠：

> 天人幾何同一漚，謫仙非謫乃其遊。
> 麾斥八極隘九州，化爲兩鳥鳴相酬。
> 一鳴一止三千秋，開元有道爲少留。
> 縻之不可翓肯求。西望太白橫峨岷，
> 眼高四海空無人。大兒汾陽中令君，
> 小兒天臺坐忘生。生年不知高將軍，
> 手汙吾足乃敢瞋。作詩一笑君應聞。〔註8〕

詩中前七句寫李白的天人之質、高氣雄傑，後七句則寫其際遇及昂
然樣貌。詩中將李白視爲天人，偶入人世，遊乎人間。「兩鳥」分
指李白、杜甫〔註9〕，即倆人皆爲天人所化。既是天人所化，則其

〔註7〕蘇轍在這一點便和其兄蘇軾意見不同，認定李白事永王乃失節之
外，對李白人品、才能、詩品評價亦不高，認爲白詩雖駿發豪放，
但華而不實，好事喜名而已。蘇轍評李白乃以儒家道學角度評斷，〈詩
病五事〉第一病即貶李白而高杜甫，云：「李白詩類其爲人，駿發豪
放，華而不實，好事喜名，不知義理之所在也。語用兵，則先登陷
陣，不以爲難；語遊俠，則白畫殺人，不以爲非。此豈其誠能也哉？
白始以詩酒奉事明皇，遇讒而去，所至不改其舊。永王將竊踞江淮，
白起而從之不疑，遂以放死。今觀其詩，固然。唐詩人李杜稱首，
今其詩皆在。杜甫有好義之心，白所不及也。漢高帝歸豐沛，作歌
曰：『大風起兮雲飛揚，威加海內兮歸故鄉，安得猛士兮守四方。』
高帝豈以文字高世者哉？帝王之度固然，發於其中而不自知也。白
詩反之曰：『但歌大風雲飛揚，安用猛士兮守四方？』其不識理如此，
老杜贈白詩有『細論文』之句，謂此類也哉！」
〔註8〕《蘇軾詩集》卷三十七，頁1994。
〔註9〕「兩鳥」所指有兩說，一說是「李、杜」，一說爲「李白和司馬子微」。
王文誥引「施註」：「引李太白〈大鵬賦序〉：著〈大鵬遇稀有鳥賦〉
以自廣。」又引「查注」：「李太白〈大鵬賦〉云：此二禽已登於寥
廓，而斥鷃之輩空笑於藩籬。」可見認爲「兩鳥」所指爲「李白」
與「司馬子微」。然「一鳴一止三千秋」句，王文誥引「王註」：「韓

心高、眼闊、胸襟廣，故眼高四海、麾斥八極。後七句以李白際遇為主，以三人相知為主，一是李白曾對之有過救命之恩的郭子儀（後封汾陽王、中書令），願意捐官爵以贖坐罪永王璘叛亂的李白；一是曾稱許李白有「仙風道骨，可與神遊八極之表」〔註10〕的天臺山隱士司馬子微。另又以高力士脫靴之事，襯托李白輕視權貴的樣貌。此詩著重於描寫李白的天人遊仙樣貌，自然而然擁有高翔的姿態，將原本人世由下而上的仰視眼光，轉為自由俯視的視野，如此自然大地理空間即因高翔之目光而變得渺小而狹隘，詩句言「麾斥八極隘九州」即是此意。另外也因天人遊仙樣貌而得以突破人世生命有限之目光，從更長的時間尺度來說生命狀態，詩中云「一鳴一止三千秋」亦是此意。這也是蘇軾理解李白人品及詩歌的主要切入方式，高翔，故睥睨低下、目中無人、穿越古今，故飄逸不群。

蘇軾評論李白詩：「李白詩飄逸絕塵，而傷於易。」〔註11〕「飄逸絕塵」與蘇軾評論李白其人「雄節邁倫，高氣蓋世」大體一致，人品與詩品合一而論，即是從這一脈絡下而來。此處所謂「傷於易」，指的應是李白詩歌中過於淺易之詩句，如〈淥水曲〉：「淥水明秋日，南湖採白蘋。荷花嬌欲語，愁殺盪舟人。」〔註12〕〈橫江詞六首〉其一：「人道橫江好，儂道橫江惡。一風三日吹倒山，白浪高於瓦官閣。」〔註13〕這些帶有民歌色彩或閨怨的詩。

蘇軾另從詩史角度來評論李白詩的成就：

退之詩：雙鳥海外來，飛飛到中州。一鳥落城市，一鳥集岩幽。不得相伴鳴，爾來三千秋。……還當三千秋，更起鳴相酬。」又引「次公註」：「退之此詩或以為言佛老，或以為言李杜，今觀先生詩則知其言李、杜矣。」此處乃將「兩鳥」解為李、杜，筆者認為倆說皆可成立，唯東坡此詩之後已提及司馬子微，故此處釋為「李、杜」更可擴大詩意，故採此說。

〔註10〕李白〈大鵬賦〉，收錄瞿蛻園等校注《李太白集校注》（臺北：里仁書局，1981年）卷一，頁1。
〔註11〕〈書學太白詩〉，《蘇軾文集》卷六十七，頁2098。
〔註12〕《李白集校注》卷六，頁444。
〔註13〕《李白集校注》卷七，頁515。

　　予嘗論書，以謂鍾、王之跡，蕭散簡遠，妙在筆畫之外。
至唐顏、柳，始集古今筆法而盡發之，極書之變，天下翕
然以為宗師，而鍾、王之法益微。至於詩亦然。蘇、李之
天成，曹、劉之自得，陶、謝之超然，蓋亦至矣。而李太
白、杜子美以英瑋絕世之姿，凌跨百代，古今詩人盡廢，
然魏、晉以來高風絕塵，亦少衰矣。李、杜之後，詩人繼
作，雖間有遠韻，而才不逮意，獨韋應物、柳宗元發纖穠
於簡古，寄至味於淡泊，非餘子所及也。〔註14〕

這段文字，蘇軾評論東漢以降的詩歌發展簡史，其中隱含了「獨出
一格」、「匯集大成」、「變古出新」等等觀念。在唐代李杜之前，漢、
魏、晉卓越詩人已發展出各自足以辨識的詩歌風格，蘇武、李陵的
天成，曹操、劉楨的自得，陶潛、謝靈運的超然，這些都是「獨出
一格」；到了李杜倆人，融繪古今筆法、揉雜諸多風格於一身，造
就出新的「匯集大成」之風貌，也因此前代詩家的某一風格相形失
色，也逐漸失去後繼之學習者，漸次衰微。李杜之後，後繼詩家在
「匯集大成」之外尋找新的相異風貌，試圖「變古出新」，韋應物、
柳宗元遂發展出簡古淡泊的新風格。在蘇軾的看法中，藝術發展皆
是由各自「獨出一格」者發展出一個個獨特樣貌，經過一段時間之
後，才產生出「匯集大成」者，他們超邁絕倫、凌跨百代，光彩奪
目，但同時也掩蓋了前代「獨出一格」的丰采，意外成為前代「獨
出一格」的消滅者。後之繼者，只能追隨，但難望其項背，因此只
能又「變古出新」，走回前人「獨出一格」的舊路〔註15〕。蘇軾將
李白置於詩歌發展史的高峰，對其推崇可謂備至矣。

　　蘇軾傳世墨跡〈李太白仙詩卷帖〉，抄錄了兩首李白逸詩，蘇軾
推定丹元子所示這兩首詩俱為李白所作，〈記太白詩二首〉之一即
云：「余在都下，見有人攜一紙文書，字則顏魯公也，墨跡如未乾，
紙亦新健。其首兩句云：『朝披夢澤雲，笠釣青茫茫。』此與亦非太

〔註14〕〈書黃子思詩集後〉，《蘇軾文集》卷六十七，頁2124。
〔註15〕依此推論，則後代亦當有「匯集大成」者，此蘇軾自道也。

白不能道也。」〔註16〕文中所說的就是丹元子所示二詩一事，亦即
〈李太白仙詩帖〉最後二句所紀錄的「元祐八年七月十日，丹元復
傳此二詩」。蘇軾抄錄李白此二詩之意義，除了推定李白之作之外，
在書法史上的意義更在於在蘇軾之前甚少有完整抄錄前人詩歌作品
者，而是多以抄錄文章、詞賦為主，蘇軾是首開抄錄詩家詩作之風
氣者。而在詩歌文學上的意義則是，蘇軾揮毫多為題寫書畫之序跋
作品，單獨抄錄詩家詩作為書法作品，可見其對此等作家之的尊崇
與敬仰。現存蘇軾遺跡書作，除了〈李太白仙詩卷帖〉，尚抄錄杜甫
〈橙木詩〉及陶前〈歸去來辭〉，皆可看出蘇軾對這些詩家的景慕之
情。

（上圖為蘇軾〈李太白仙詩卷帖〉，釋文：「朝披夢澤雲，笠釣清茫茫。
尋絲得雙鯉，中有三元章。篆字若丹蛇，逸勢如飛翔。還家問天老，奧
義不可量。金刀割青素，靈文爛煌煌。啖服十二環，奄見仙人房。莫跨
紫鱗去，海氣侵肌涼。龍子善變化，化作梅花粧。贈我累累珠，靡靡明
月光。勸我穿絳縷，繫作裙間襠。挹子以攜去，談笑聞遺香。（第二首）
人生燭上花，光滅巧妍盡。春風繞樹頭，日與化工進。只知雨露貪，不
聞零落盡。我昔飛骨時，慘見當塗墳。青松靄朝霞，縹緲山下村。既死
明月魄，無復玻璨魂。念此一脫灑，長嘯祭昆侖。醉著鷺皇衣，星斗俯
可捫。元祐八年七月十日，丹元復傳此二詩」)

二、蘇詩對李白詩的熔鑄與重塑

　　蘇詩引用、化用、改寫前人詩句，所在多見，原就是詩人援引詩
歌傳統遺留之成果而化為己用的共同歷程，蘇詩援引用李白詩句、詩

〔註16〕《蘇軾文集》卷六十七，頁 2097。

意融入詩中，亦復如此。蘇詩援用李白詩，一句之中一字不易者，如「白髮四老人，何曾在商顏」（〈書王定國所藏王晉卿畫著色山二首〉其一），出自李白「白髮四老人，昂藏南山側」（〈商山四皓〉）；或一句之中僅更動一字者，如「我舞汝凌亂」（〈和陶形贈影〉），出自李白「我舞影零亂」（〈月下獨酌〉）；或增減字數，五言增爲七言，七言減爲五言，前者如「多情白髮三千丈」（〈宿州次韻劉涇〉），增添多情兩字，出自李白「白髮三千丈，緣愁似箇長」（〈秋浦歌〉）；後者如「烹雞酌白酒，相對歡有餘」（〈答任師中、家漢公〉），縮減自「呼童烹雞酌白酒」（〈南陵別兒童入京〉）。又或者化用李白詩意者，如「相迎欲到長風沙」，即化用李白「相迎不道遠，直至長風沙」等等，凡此援用李白詩句者，不復繁引。蘇軾曾云：「詩須要有爲而作，用事當以故爲新，以俗爲雅。」〔註17〕以故爲新，即考量如何將詩歌傳統既有之成果，透過不同方式表現出新的效果。蘇軾援用前人詩句以入詩，正是以故爲新的方式之一。

　　蘇軾亦好仿傚李白作詩常用之「切姓」法。切姓，即詩歌酬酢時刻意引用與與對方同姓之古人典故，典故故事除了有讚美對方之意，還有一層「同姓同宗」之祖宗有榮、後繼有人之意。如此用典，自然增加作詩難度。「李白集中贈、送、酬、答者幾佔十之七八，有所干，常用其姓氏之典事。如〈贈饒陽張司戶璲〉，有「愧非黃石老，安識子房賢」句，取譬以張良與圯下老人之會；〈贈郭季鷹〉，有「河東郭有道，於世若浮雲」句，用東漢郭林宗不應有道之舉；〈口號贈楊徵君〉，有「不知楊伯起，早晚向關西」句，用楊震傳經、號「關西孔子」之事；〈贈溧陽宋少府陟〉，有「宋玉事襄王，能爲〈高唐賦〉」句；則以宋玉之才與貌媚於所致；〈巴陵贈賈舍人〉有「賈生西望憶京華，湘浦南遷莫怨嗟」句，則以賈宜傳長沙王之文與節擬於所獻；〈贈劉都使〉，有「東平劉公幹，南國秀餘芳」，是以建安七子之雄況之；〈贈王漢陽〉，有「天落白玉棺，王喬辭葉

縣」句，是以後漢仙人遺鞋之奇比之；〈贈宣城趙太守悅〉，有「三千堂上客，出入有平原」句，則平原君趙勝復生矣；〈廬山謠寄盧侍御虛舟〉，有「先期汗漫九垓上，願接盧敖遊太清」句，則起《淮南子》神話中人而為友也。」〔註18〕贈詩予張瑤，則用張良典故；贈詩予郭季鷹，則用郭林宗典故；贈詩予楊徵君，則用楊震典故……。都是切姓之法。

蘇軾亦好用此法，〈次韻孔常父送張天覺河東提刑〉，有「脫帽風流餘長史，埋輪家世本留侯」句，蘇軾自注前句「君喜草書而不工，故以此為戲」，自注後句：「張綱，子房七世孫也，犍為武陽人。墓在今彭山，君豈其後耶？」前句典出杜甫〈飲中八仙歌〉：「張旭三盃草聖傳，脫帽露頂王公前。」脫帽風流即用張旭擅草書比之張天覺；後句則用張綱埋輪於洛陽都亭上書彈劾專權之大將軍梁冀，乃不畏權貴，直言正諫之典，並上溯其祖張良，藉以比之張天覺。又如〈張子野年八十五尚聞買妾述古令作詩〉，有「詩人老去鶯鶯在，公子歸來燕燕忙」句，前句用元稹《會真記》張生與鶯鶯典，後句用唐張建典，張建為徐州太守時，娶關盼盼為妾，後張死，盼盼不肯再嫁，獨居燕子樓十餘年，最後不食而死。兩詩句雙典皆故意切合受詩者之姓〔註19〕。又如〈與毛令、方尉遊西菩寺〉二首之一，有「尚書清節衣冠後，處士風流水石間」句，前句用《三國志·魏志·毛玠傳》，指曹魏尚書僕射毛玠，其選用人才皆清正之士；

〔註18〕 此段為張大春師貼於個人網站之作及與筆者私下通信之讀書筆記，徵得大春師同意移錄，未敢掠美，特說明出處。張大春師結論曰：「以上羅列，不足太白集中什一，可知李白之極重氏族郡望，於有唐一代詩人中無出其右者。」乃從氏族郡望探察李白切姓典故之用意，不過到了蘇軾，蘇軾使用此法，自然就少了氏族郡望的用意，而是博觀約取，表現學問與用典精細之心。

〔註19〕 蘇軾這種巧意安排，紀昀甚不以為然，云：「遊戲之筆，不以詩論。詩話以其能切張姓，盛推之，然則案有《萬姓統譜》一部，即人人為作者矣。」（紀評《蘇文忠公詩集》，253頁）此固然是遊戲之筆，但卻強調趣味與命意精巧，關乎學問與詩才。若以《萬姓統譜》說之，則是倒果為因，並非蘇軾之隨手拈來的初衷了。

後句用唐末詩人方干，終身不仕，隱居於會稽鑒湖之濱，以漁釣爲樂，時號「逸士」（義同「處士」）。兩句即以切合同遊兩人之姓，並以兩句讚美縣令毛寶是有清風亮節的毛尚書之後、又將縣尉方武比作高雅處士方干。又如〈次韻孫巨源寄漣水李、盛二著作並以見寄五絕〉之三：「漱石先生難可意（謂巨源），齧氈校尉久無朋（自謂）。應知客路愁無奈，故遣吟詩調李陵（謂李君也）。」〔註20〕首句用《世說新語・俳調》孫楚將「枕石漱流」誤說成「漱石枕流」之典；次句用《漢書・李廣蘇建列傳》蘇武受匈奴單于幽於大窖中，絕飲食，蘇武齧雪與氈毛並咽之。詩中蘇軾自注「謂巨源」即因同姓孫，「自謂」即同姓蘇之意。又如〈和孔君亮郎中見贈〉，有「只恐掉頭難久住，應須傾蓋便深論」，前句用杜甫〈送孔巢父謝病歸游江東兼呈李白〉詩「巢父掉頭不肯住，東將入海隨煙霧」，後句用《孔子家語・致思》：「孔子之郯，遭程子於塗，傾蓋而語終日，甚相親。」兩句皆切合受詩者孔亮之姓。

　　蘇軾仿效李白之切姓作法，在李白是爲了「氏族郡望」，蘇軾襲用此法，自然就沒有氏族郡望之用意，而是博觀約取，表現學問與用典精細之心。

　　蘇軾學習李白古詩最見痕跡，紀昀評點蘇軾〈張近幾仲有龍尾子石硯以銅劍易之〉一詩云：「多用長句而尙不失雅音，頗覺縱橫有氣。長句始於漢樂府，成於鮑明遠，而縱橫變化於太白。不善學之，非萎弱冗沓即生硬粗野，然冗弱之病易見，有筆力人往往以生硬粗野爲豪，則不可救藥矣。」〔註21〕蘇軾原詩爲七言古詩，七言之外穿插九言長句：「我家銅劍如赤蛇，君家石硯蒼璧橢而窪，君持我劍向何許，大明宮裏玉佩鳴衝牙。我得君硯亦安用，雪堂窗下爾雅箋蟲蝦。」或穿插八言、十一言：「君不見秦趙城易璧，指圖睨柱相矜誇；又不見二生妄換馬，驕鳴啜泣思其家，不如無情兩相

〔註20〕《蘇軾詩集》卷十二，頁598。
〔註21〕《蘇文忠公詩編注集成》（臺灣學生書局影印嘉慶二十四年武林韻山堂藏版）卷二十三。

與，永以爲好譬之桃李與瓊華。」這種長句交錯寫法，紀昀以爲出自漢樂府、成於鮑照〔註22〕、而李白使之縱橫變化，李白〈蜀道難〉即以七言爲主，穿插三言、四言、五言、九言：「噫吁戲，危乎高哉！蜀道之難，難於上青天」、「西當太白有鳥道，可以橫絕峨眉巔。地崩山摧壯士死，然後天梯石棧相鉤連。上有六龍回日之高標，下有沖波逆折之回川」、「安能摧眉折腰事權貴，使我不得開心顏！」長短句交錯，變化多端。紀昀認爲蘇軾此詩，多用長句、縱橫有氣，沒有萎弱冗沓之病，也不是用生硬粗野之語充作豪情，頗得太白詩之縱橫變化。又如〈開先漱玉亭〉：「高巖下赤日，深谷來悲風。擘開青玉峽，飛出兩白龍。亂沫散霜雪，古潭搖清空。餘流滑無聲，快瀉雙石䂁。我來不忍去，月出飛橋東。蕩蕩白銀闕，沈沈水精宮。願隨琴高生，腳踏赤鯶公。手持白芙蕖，跳下清泠中。」〔註23〕紀昀稱此詩「近太白」，即指其想像奇絕、豪情仙思而言。〔註24〕

三、蘇詩與受道教影響下的李白詩之比較

蘇軾本身兼受儒道佛影響，他對同樣兼受儒道佛影響的李白有較特殊的領會。李白雖說兼受儒道佛影響，但主要受道家、道家影響最深〔註25〕。雖然他有獨善其身、兼濟天下之志，也對儒家典行人物堯

〔註22〕 鮑照〈擬行路難〉爲擬作樂府舊題，以七言爲主，間雜五言、八言及九言：「君不見少壯從軍去，白首流離不得還，故鄉窅窅日夜隔，音塵斷絕阻河關。朔風蕭條白雲飛，胡笳哀急邊氣寒，聽此愁人兮奈何，登山遠望得留顏，將死胡馬迹，寧見妻子難。男兒生世轗軻欲何道，綿憂摧抑起長嘆。」

〔註23〕 《蘇軾詩集》卷二十三，頁1215。

〔註24〕 又如〈上堵吟〉：「臺上有客吟秋風，悲聲蕭散飄入空，臺邊遊女來竊聽，欲學聲同意不同。君悲竟何事，千里金城兩稚子，白馬爲塞鳳爲關，山川無人空自閒。我悲亦何苦，江水冬更深，魴魚冷難捕。悠悠江上聽歌人，不知我意徒悲辛。」紀昀云：「此首有太白之意。」又從詩意相同處說之。

〔註25〕 李白一生，訪道、尋仙、煉丹、采藥、受道籙、出入道觀、研讀道經、結交道士，談玄論道，不一而足。詩集中，游仙步虛之文、輕舉飛升之詞及贈答酬唱羽士仙翁之作所在多見。與任俠、求仕一樣，

舜孔子有所褒揚，顯現出一種積極的精神，但這方面比較傾向縱橫家，而非傳統儒家。李白對傳統儒生頗多微詞，詩中屢言「黃金散盡交不成，白首爲儒身被輕」(〈答王十二寒夜獨酌有懷〉)、「儒生不及遊俠人，白首下帷復何益」(〈行行遊且獵篇〉)、「撥亂屬豪聖，俗儒安可通」(〈登廣武古戰場懷古〉)、「大儒揮金椎，琢之詩禮間」(〈古風五十九首〉之三十) 一再輕視儒生身分，既乏遊俠豪情，又少開創立功撥亂反正之力。最後一首引詩甚至採用《莊子・外物》:「儒以詩禮發冢，大儒臚傳曰:『東方作矣，事之何若?』小儒曰:『未解裙襦，口中有珠。』《詩》固有之曰:『青青之麥，生於陵陂。生不布施，死何含珠爲?』接其鬢，壓其顪，儒以金椎控其頤，徐別其頰，無傷口中珠。」嘲諷儒者言語口談詩禮，暗地裡卻是揮金椎敲撥死人口中含珠的盜墓之徒。從這些詩句，便可瞭解李白對儒者、儒家的輕視態度了。

　　李白晚年雖對佛教親近，但實不相契，他對佛教的理解，大多建立在道家、道教思想的類比與類推，如〈贈僧崖公〉:

　　昔在朗陵東，學禪白眉空。大地了鏡徹，迴旋寄輪風。
　　攬彼造化力，持爲我神通。晚謁泰山君，親見日沒雲。
　　中夜臥山月，拂衣逃人群。授余金仙道，曠劫未始聞。
　　冥機發天光，獨朗謝垢氛。虛舟不繫物，觀化遊江濆。
　　江濆遇同聲，道崖乃僧英。說法動海嶽，遊方化公卿。
　　手秉玉麈尾，如登白樓亭。微言注百川，亹亹信可聽。
　　一風鼓群有，萬籟各自鳴。啓閉八窗牖，託宿撑電霆。
　　自言歷天台，搏壁躡翠屏。凌兢石橋去，恍惚入青冥。
　　昔往今來歸，絕景無不經。何日更攜手，乘杯向蓬瀛。
〔註26〕

崇道是李白終生視爲重要之舉。李長之《道教徒的詩人李白及其痛苦》及羅宗強〈李白與道教〉一文均對李白游仙訪道的生活事跡有所考述，此不贅述。
〔註26〕《李白集校注》卷六，頁 698～701。

　　此詩李白寫自己接觸、學習佛教的三個僧人，第一個是白眉空，學得「大地了鏡徹，迴旋寄輪風」之旨，前句典自《楞嚴經》：「觀諸世間大地山河如鏡鑑明，來無所黏，過無蹤跡。」後句典出《華嚴經》：「三千大千世界以無量因緣乃成，且如大地依水輪，水依風輪，風依空輪，空無所依。」《智度論》：「三千大千世界皆依風輪爲基。」此二句乃佛教因緣、空觀之說。第二個是泰山君，受傳金仙佛道（如來身金，因稱佛爲金仙），學得「明機發天光，獨照謝垢氛」之旨。第三個則是僧崖，只寫其說法氣勢、雲遊絕景。值得注意的是，李白寫佛教義理，多以道家、道教之理類比，用「虛舟不繫物」、「一風鼓群有，萬籟各自鳴」、「乘杯向蓬瀛」，都是道家、道教典故。換言之，李白對佛教的義理大多經由道家、道教的思想去類推吸收與理解，亦即以道攝佛。這一點和蘇軾極不相同，蘇軾是以儒家去融攝佛、道。

　　也就是說，李白的思想主要是道家、道教，其詩〈奉薦高尊師如貴道士傳道籙畢歸北海〉及〈訪道安陵遇蓋寰爲余造眞籙臨別留贈〉：

　　道隱不可見，靈書藏洞天。吾師四萬劫，歷世遞相傳。
　　別杖留青竹，行歌躡紫煙。離心無遠近，長在玉京懸。

〔註27〕

　　清水見白石，仙人識青童。安陵蓋夫子，十歲與天通。
　　懸河與微言，談論安可窮。能令二千石，撫背驚神聰。
　　揮毫贈新詩，高價掩山東。至今平原客，感激慕清風。
　　學道北海仙，傳書蕊珠宮。丹田了玉闕，白日思雲空。
　　爲我草眞籙，天人慚妙工。七元洞豁落，八角輝星虹。
　　三災蕩璿璣，蛟龍翼微躬。舉手謝天地，虛無齊始終。
　　黃金滿高堂，答荷難克充。下笑世上士，沈魂北羅酆。
　　昔日萬乘墳，今成一科蓬。贈言若可重，實此輕華嵩。

〔註28〕

此二詩，李白自寫受傳道籙於高如貴成爲正式道士、受贈道籙於蓋寰

〔註27〕《李白集校注》卷六，頁 1032。
〔註28〕《李白集校注》卷六，頁 672～673。

之事。道籙，即道教受道之書證，《隋書‧經籍志》：「其受道之法，初受《五千文籙》、次受《洞玄籙》，次受《上清籙》。籙皆素書，記諸天曹官署佐吏之名有多少，又有諸符錯在其間。文章詭怪，世所不識。受者必先潔齋，然後齎金環一，并諸贄幣，以見於師。師受其贄，以籙受之。仍剖金環，各持其半，云以爲約，弟子得籙，緘而佩之。」可見李白乃正式拜師於道士高如貴門下。第一首詩分成三部分，寫蓋寰之學道、贈眞錄及表達感謝之情，其中「丹田了玉闕，白日思雲空」一句，可見蓋寰有內丹之修養，而「下笑世上士，沈魂北羅酆」，則流露出居高臨下的俯視感。

李白對於道體的掌握，曾云「貴道能全眞，潛輝臥幽鄰。探元入窅默，觀化遊無垠。」（〈送岑徵君歸鳴皋山〉）、「得心自虛妙，外物空頹靡。」（〈金門答蘇秀才〉）李白認爲道在於能保全天性之眞，掩藏自我才智，探求玄理，虛妙得心，觀察萬物變化而游心於無邊無際〔註29〕。這樣的說法，主要立基於道家老莊思想，又帶著一點內丹思想。又有〈古風〉其二十五：「世道日交喪，澆風散淳源。……大運有興沒，群動爭飛奔。歸來廣成子，去入無窮門。」首句典出《莊子‧繕性》：「世喪道矣，道喪世矣，世與道交相喪也。」世不知有道可遵循，是世喪道，而有道之士見此，亦無心於用世，故云世道日交喪。大運，即是天運，自然之運轉有興有衰，隨著眾群而飛奔趨迎，不如追隨仙人廣成子，進入無窮之域。廣成子，典出《莊子‧在宥》，乃黃帝向隱於空同的廣成子詢問如何達於至道之法，廣成子曰：「今夫百昌皆生於土而返於土，故吾將去女入於無窮之門以游於無極之野。」唐代詩人唯李白屢將「廣成子」入詩，如「不及廣成子」（〈古風〉之二十八）、「軒師廣成」（〈來日大難〉）、「岧嶤廣成子」（〈贈宣城宇文太守兼呈崔侍御〉）、「思與廣成鄰」（〈送岑徵君歸鳴皋山〉），而蘇軾曾作〈廣成子解〉，亦是一奇妙巧合。不過李白對道體的掌握，雖然

〔註29〕 「觀化遊無窮」（〈贈盧徵君昆弟〉）、「觀化遊無垠」（〈送岑徵君歸鳴皋山〉）、「觀化入寥天」（〈大庭庫〉）都是同樣意思。

有道家及道教內丹修習色彩，但主要的仍是以外丹為主，在〈草創大
還贈柳官迪〉：

> 天地為彙籥，周流行太易。造化合元符，交媾騰精魄。
> 自然成妙用，孰知其指的。羅絡四季間，綿微無一隙。
> 日月更出沒，雙光豈云隻。姹女乘河車，黃金充轅軛。
> 執樞相管轄，摧伏傷羽翮。朱鳥張炎威，白虎守本宅。
> 相煎成苦老，消鑠凝津液。仿佛明窗塵，死灰同至寂。
> 搗冶入赤色，十二周律曆。赫然稱大還，與道本無隔。
> 白日可撫弄，清都在咫尺。北酆落死名，南斗上生籍。
> 抑予是何者，身在方士格。才術信縱橫，世途自輕擲。
> 吾求仙棄俗，君曉損勝益。不向金闕游，思為玉皇客。
> 鸞車速風電，龍騎無鞭策。一舉上九天，相攜同所適。

〔註30〕

大還即大還丹，為丹爐所煉出的丹藥。全詩將煉丹與天地造化合一
來寫，天地為一大洪爐，煉出自然萬物、日月四時，丹爐之內則為
水銀（即姹女〔註31〕）、鉛（即河車）等熔煉，煉出大還丹。因此
丹藥與天地之道相通，所以說「與道本無隔」，服丹藥即可成仙，
成仙即可達道。李白雖習內丹，但以外丹為主，〈題隨州紫陽先生
壁〉、〈冬夜於隨州紫陽先生餐霞樓送煙子元演隱仙城山序〉為一詩
一文，記錄拜入道士胡紫陽之事，云：「吾與霞子元丹，煙子元演，
氣激道合，結神仙交，殊身同心，誓老雲海，不可奪也。歷行天下，
周求名山，入神農之故鄉，得胡公之精術。胡公身揭日月，心飛蓬
萊，起餐霞之孤樓，練吸景之精氣，延我數子，高談混元，金書玉
訣，盡在此矣。」文中敘述李白及朋友三人隨胡紫陽學道的情形，
從「練吸景之精氣」，及詩中所說「喘息餐妙氣，步虛吟真聲，道
與古仙合，心將元化并」，都是吐納、探氣的內丹功法。後來李白

〔註30〕《李白集校注》卷六，頁691。
〔註31〕《參同契》卷下：「河上姹女，靈而最神，得火則飛，不見埃塵。」
蔣一彪集解引彭曉曰：「河上姹女者，真汞也。見火則飛騰，如鬼隱
龍潛，莫知所往。」

又寫〈漢東紫陽先生碑銘〉:「因遇諸眞人,受赤丹陽精石景水母,故常吸飛根,吞日魂,密而修之」,可知爲內丹之修習。李白後仍有詩提及此事,〈憶舊游寄譙郡元參軍〉詩云:「紫陽之眞人,邀我吹玉笙,餐霞樓上動仙樂,嘈然宛似鸞鳳鳴。」胡紫陽,師從李含光,爲司馬承禎再傳弟子。司馬承禎即讚賞年少李白云:「有仙風道骨,可與神游八極之表」的老道士,李白因作〈大鵬遇希有鳥賦〉,以大鵬自寓,以希有鳥比司馬承禎,表明要相偕神游八極。

　　至於外丹,李白頗爲著迷,曾作〈金陵與諸賢送權十一昭夷序〉一文:「吾希風廣成,蕩漾浮世,素受寶訣,爲三十六帝之外臣。即四明逸老賀知章呼余爲謫仙人,蓋實錄耳。而嘗採姹女於江華,收河車於清溪,與天水權昭夷,服勤爐火之業久矣。」〔註32〕嚮往神仙、列籍仙臣、自視謫仙,皆爲道教神仙思想的反應;道教稱水銀爲「姹女」,稱鉛爲「河車」,皆爲煉丹原料,文中言勤爐火之業,即指煉丹藥之事。李白在詩中更是屢言煉丹之事,「願隨子明去,煉火燒金丹」(〈登敬亭山南望懷古贈竇主簿〉)、「終當遇安期,於此煉玉液」(〈遊泰山六首〉之五)、「願遊名山去,學道飛丹砂」(〈落日憶山中〉)、「煉丹費火石,採藥窮山川。」(〈留別廣陵諸公〉)、「閉劍琉璃匣,煉丹紫翠房」(〈留別曹南群官之江南〉)、「棄劍學丹砂,臨爐雙玉童。」(〈流夜郎半道承恩放還兼欣克復之美書懷示息秀才〉)、「十五游神仙,仙游未曾歇。吹笙吟松風,泛瑟窺海月。西山玉童子,使我煉金骨。欲逐黃鶴飛,相呼向蓬闕。」(〈感興八首〉之五)燒金丹、煉玉液、丹砂、煉金骨,都是外丹,藉由服用丹砂而飛昇輕舉。

　　李白〈古風〉四十一首及十九首,

　　　　朝弄紫沂海,夕披丹霞裳。揮手摺若木,拂此西日光。
　　　　雲臥遊八極,玉顏已千霜。飄飄入無倪,稽首祈上皇。
　　　　呼我遊太素,玉杯賜瓊漿。一餐歷萬歲,何用還故鄉。

〔註32〕《李白集校注》卷六,頁1562。

永隨長風去，天外恣飄揚。〔註33〕

西上蓮花山，迢迢見明星。素手把芙蓉，虛步躡太清。

霓裳曳廣帶，飄拂升天行。邀我登雲台，高揖衛叔卿。

恍恍與之去，駕鴻凌紫冥。俯視洛陽川，茫茫走胡兵。

流血塗野草，豺狼盡冠纓。〔註34〕

第一首詩類似遊仙詩，以飛昇隨仙而興的天馬行空想像，這種詩雖然繼承自郭璞遊仙詩〔註35〕，但郭璞的遊仙詩是由下而上的仰望神仙，但李白是自己即是神仙，隨著仙人雲遊於八極，其寫法較偏向屈原的〈離騷〉〔註36〕，不過不能否認的是，李白自身即是想像是神仙，飛昇敖遊於其間。第二首詩，前十句即用遊仙詩體，遐想登上華山最高頂蓮花峰，遭逢仙女，翱翔太空，參拜仙人，飄然同仙。後四句「俯視」而見干戈亂兵，百姓塗炭，叛軍豺狼當道。李白便是常用這種俯視的姿態來觀看萬物。

蘇軾有〈芙蓉城〉，可相互比較。

芙蓉城中花冥冥，誰其主者石與丁。

珠簾玉案翡翠屏，霞舒雲卷千娉婷。

中有一人長眉青，炯如微雲淡疏星。

往來三世空鍊形，竟坐誤讀黃庭經。

天門夜開飛爽靈，無復白日乘雲軿。

俗緣千劫磨不盡，翠被冷落淒餘馨。

因過緱山朝帝廷，夜聞笙簫弭節聽。

飄然而來誰使令，皎如明月入窗櫺。

忽然而去不可執，寒衾虛幌風泠泠。

〔註33〕 《李白集校注》卷六，頁 164～165。

〔註34〕 《李白集校注》卷六，頁 129。

〔註35〕 蕭士贇注曰：「此是遊仙篇，然以比興觀之，亦有深意。」同上注書，頁 166。

〔註36〕 龔鵬程師〈詩話李白〉云「昔人論詩人的兩個類型，一莊一騷，少陵主於騷，李白在莊騷間。……太白近騷，身世爲之；至其近莊，則是自幼培具的生命情調。」此詩亦可視爲近騷之寫作方法一例。原文收錄《李太白研究》（台北：里仁出版社，1984 年），頁 455～484。

仙宮洞房本不扃，夢中同蹋鳳凰翎。
徑度萬里如奔霆，玉樓浮空聳亭亭。
天書雲篆誰所銘，遠樓飛步高冷翎。
仙風鏘然韻流鈴，蓬蓬形開如酒醒。
芳卿寄謝空丁寧，一朝覆水不返瓶，
羅巾別淚空熒熒，春風花開秋葉零。
世間羅綺紛羶腥，此身流浪隨滄溟，
偶然相值兩浮萍，願君收視觀三庭。
勿與嘉穀生蝗螟，從渠一念三千齡，
下作人間尹與邢。〔註37〕

芙蓉城，即傳說中的仙山。詩前有序：「世傳王迥子高與仙人周瑤英遊芙蓉城，元豐三年三月，余始識子高，問之信然，乃作此詩，即其情而歸之正，亦變風止乎禮義之意也。」可知此詩為蘇軾擬想王迥之遊仙城經歷而作。王迥之經歷，乃一夕忽夢隨周瑤英至芙蓉仙城，見殿閣亭樓俱聳，又見一女郎，女郎因留戀於情而無法成仙；又見一美丈夫朝服憑几，庭下有女道士百餘人循次而上；再見一位十五嬌媚女郎，乃周瑤英相愛之人芳卿。夢之隔日，王迥問周瑤英憑几者為誰？神仙之事為何？周瑤英俱不回答〔註38〕。蘇軾此詩前四句寫芙蓉城所見之景，八到十六句寫王迥見女郎留戀於情而無法成仙之事，故有「往來三世空鍊形，竟坐誤讀黃庭經」，即道教經典記載有誤讀黃庭經而謫居下界者，指女郎「無復白日乘雲軿」無法成仙乘雲車之事，因此得「俗緣千劫磨不盡」。十七到廿二句寫見美丈夫之事，蘇軾認為美丈夫即是天帝。廿三句至廿八句寫飛昇至芙蓉城之所見所感。廿九至卅三句則寫王迥離開芙蓉城，最後八句寫返視三庭（道教指人的三個部位，即上、中、下黃庭宮的合稱），戒除色慾（色慾之賊身如蝗螟之賊佳穀），以求長生。蘇軾此詩亦是神仙題材，亦有如李白式的遊仙敘述，「徑度萬里如奔霆，玉樓浮空聳

〔註37〕　《蘇軾詩集》卷十六，頁807。
〔註38〕　《集註分類東坡先生詩》引吳逸注，頁99。

亭亭。天書雲篆誰所銘，邈樓飛步高冷婷」，但蘇軾大多返歸於一心
之關照，「願君收視觀三庭，勿與嘉穀生蝗螟。從渠一念三千齡，下
作人間尹與邢」，藉由反視於心，而長生成道。

　　李白宛若神仙飛遊的觀物方式，如〈廬山謠寄廬侍御虛舟〉：「廬
山秀出南斗傍，屏風九疊雲錦張。影落明湖青黛光，金闕前開二峰
長。銀河倒掛三石梁，香爐瀑布遙相望。迴崖沓嶂凌蒼蒼，翠影紅
霞映朝日。鳥飛不到吳天長，登高壯觀天地間。大江茫茫去不還，
黃雲萬里動風色。白波九道流雪山。」描寫景物繽紛攢簇，皆在目
下，一方面自然與登高所見有關，但更與其懸想自身之飛昇於天空
俯瞰萬山巨壑有關。詩最後「早服還丹無世情，琴心三疊道初成。
遙見仙人綵雲裡，手把芙蓉朝玉京。先期汗漫九垓上，願接盧敖遊
太清。」即又以飛昇作結〔註39〕。蘇軾亦有飛昇游目的觀目方式，
〈登常山絕頂廣麗亭〉：「西望穆陵關，東望琅邪台。南望九仙山，
北望空飛埃。相將叫虞舜，遂欲歸蓬萊。嗟我二三子，狂飲亦荒哉。
紅裙欲仙去，長笛有餘哀。清歌入雲霄，妙舞纖腰回。」俯瞰群山，
思歸蓬萊，響往成仙，但是蘇軾並為像李白那般飄然而去，而又是
反歸一心，「人生如朝露，白髮日夜催。棄置當何言，萬劫終飛灰。」
以一心去觀看造化之流變。

　　李白與蘇軾因內、外丹修習之差異，而導致一個嚮往飛昇、一個
想往飛昇知念然後回歸一心的命意之別，可再從李、蘇同樣寫獨酌的
詩來參看：

　　　　花間一壺酒，獨酌無相親。舉杯邀明月，對影成三人。

〔註39〕〈遊泰山六首〉之一：「登高望蓬瀛，想象金銀台，天門一長嘯，萬
里清風來，玉女四五人，飄搖下九垓，含笑引素手，遺我流霞杯，
稽首再拜之，自愧非仙才，曠然小宇宙，棄世何悠哉。」之三：「平
明登日觀，舉手開云關，精神四飛揚，如出天地間。黃河從西來，
窈窕入遠山，憑崖覽八極，目盡長空閒，偶然值青童，綠發雙雲鬟，
笑我晚學仙，蹉跎凋朱顏，躊躇忽不見，浩蕩難追攀。」都可見居
高臨下之貌，精神四飛揚，如出天地間，曠然小宇宙，皆是這種高
豪之意。

月既不解飲，影徒隨我身。暫伴月將影，行樂須及春。
我歌月徘徊，我舞影零亂。醒時同交歡，醉後各分散。
永結無情遊，相期邈雲漢。〔註40〕（李白〈月下獨酌〉）

翠柏不知秋，空庭失搖落。幽人得嘉陰，露坐方獨酌。
月華稍澄穆，霧氣尤清薄。小兒亦何知，相語翁正樂。
銅爐燒柏子，石鼎煮山藥。一杯賞月露，萬象紛醻酢。
此生獨何幸，風纏欣初泊。逝逃顏跖網，行赴松喬約。
莫嫌風有待，漫欲戲寥廓。泠然心境空，彷彿來笙鶴。
〔註41〕（蘇軾〈十月十四日以病在告獨酌〉）

李白的獨酌是孤寂一人卻將月與影視為伴侶，將孤寂點綴的熱鬧異
常，歌舞零亂、行樂及春、相互交歡，努力在孤寂之靜態中尋找歡
動之快樂，最後再以「相期邈雲漢」作結，其背後又流露出飛昇之
意。而蘇軾的獨酌，是面對翠柏嘉陰，舉杯賞月，擬想萬象紛紛作
陪酬應，感念此生奔波，願逃名利之場，追隨赤松子、王子喬等仙
人。至此又與李白相似，欲飛昇成仙，故云「莫嫌風有待，漫欲戲
寥廓」，欲乘風仙去。但是蘇軾最後兩句再一翻轉，又回到心境虛空
而遊心於寥廓之域。末句「笙鶴」即王子喬故事，典出劉向《列仙
傳》：「周靈王太子晉（王子喬），好吹笙，作鳳鳴，游伊洛間，道士
浮丘公接上嵩山，三十餘年後乘白鶴駐緱氏山頂，舉手謝時人仙去。」
笙鶴即指仙人乘騎之仙鶴，所以蘇軾在獨酌之中，雖也嚮往飛昇成
仙，但他的飛昇和李白不同，李白精神是向外、向上，但蘇軾卻是
向內、向空，李白在靜中嚮往動，蘇是在熱鬧中（小兒亦何知，相
語翁正樂）嚮往靜與空；李白的樂是動態的、外求的（丹藥或出仕）、
及時行樂，蘇軾的樂則是靜態的、內斂的、超然於物外的。

　　李白對於道體的體會主要融合外丹的追求、飛昇的企盼結合在
一起，因此人生之樂感即建立如服丹而後飛昇之及時、迅速為主，
人生有限、及時行樂的想法屢屢出現詩中：「人生得意須盡歡，莫使

〔註40〕《李白集校注》卷六，頁1331。
〔註41〕《蘇軾詩集》卷三十四，頁1807。

金樽空對月」（〈將進酒〉）、「榮盛當作樂，無令後賢吁」（〈春日陪楊
江寧及諸官宴北湖感古作〉）、「且樂生前一杯酒，何須身後千載名」
（〈行路難〉三首之三）人生有限、及時行樂的想法自古即有，但絕
少詩人像李白這樣高舉大纛、自我標榜。蘇軾有時也有這種情意，
如「新詩美酒聊相溫，人生如寄何不樂」（蘇軾〈答呂梁仲屯田〉），
人生如寄，云何不樂，為歡當及時，這種看法與古人皆同，未必是
蘇軾學仿李白者。但比對下列兩詩，則可見其雷同之意：

> 秋露白如玉，團團下庭綠。我行忽見之，寒早悲歲促。
> 人生鳥過目，胡乃自結束。景公一何愚，牛山淚相續。
> 物苦不知足，得隴又望蜀。人心若波瀾，世路有屈曲。
> 三萬六千日，夜夜當秉燭。〔註42〕（李白〈古風〉之二十三）
> 苦熱念西風，常恐來無時。及茲遂淒凜，又作徂年悲。
> 蟋蟀鳴我床，黃葉投我帷。窗前有棲鵬，夜嘯如狐狸。
> 露冷梧葉脫，孤眠無安枝。熠燿亦有偶，高屋飛相追。
> 定知無幾見，迫此清霜期。物化逝不留，我興為嗟咨。
> 便當勤秉燭，為樂戒暮遲。〔註43〕（蘇軾〈秋懷〉二首其一）

李白詩見秋露而興起歲月流逝速疾、人生短暫之悲，蘇軾詩則感秋
風而興起時光急迫、萬物變化一去不返之悲。李白詩以夜秉燭、及
時行樂來化解生命有限和人心的苦不知足；蘇軾詩也勤加秉燭、及
時行樂來化解孤寂與時光迫急。這種秉燭及時行樂在李白詩中常
見，又如〈效古〉二首之一：「快意且為樂，列筵坐群公，光景不
可留，生世如轉蓬，早達勝晚遇，羞比垂釣翁。」流露出早達得意，
快意趁早的心情；李白的及時行樂，功名得意之餘，又以酒助之，
酒醉之樂最為迅疾，又最快可達到類似道家忘我、齊物之樂，「一
樽齊死生，萬事固難審，醉後失天地，兀然就孤枕，不知有吾身，
此樂最為甚。」〔註44〕、「千金買一醉，取樂不求餘」〔註45〕蘇軾

〔註42〕《李白集校注》卷六，頁136。
〔註43〕《蘇軾詩集》卷八，頁383。
〔註44〕〈月下獨酌〉四首之三，《李白集校注》卷二十三，頁1333。。

雖亦偶爾流露出此等心情，如「曷不勸公勤秉燭，老來光景似奔輪」〔註46〕、「須臾便陳跡，覺夢那可續，及君未渡江，過我勤秉燭，一笑換人爵，百年終鬼錄。」〔註47〕時光飛逝，百年終成鬼錄，也當及時行樂。

李白這種重外丹、輕內丹，恰好和蘇軾重內丹、輕外丹相反。外丹重視服丹砂以飛昇成仙，求速成，意在瞬息成仙；內丹重在一心一意之自我鍛鍊，求漸進，意在心志之鍛鍊。表現在詩歌上，李白常有飛昇向上而俯瞰人間的觀物方式，除了遊仙詩之外，其餘詩作也常表現一己之飛昇由上俯視人間萬物的姿態，萬物因此而變得渺小、可親，成仙之後亦可自由穿越時間、穿越古往今來；蘇軾雖然學習李白俯瞰人間的觀物姿態，但更常將這種俯視的姿態表現之後，再收歸於一心之觀看，觀看萬物之興滅得失，藉此超然於物外。如果說李白是由不斷飛升以藐視萬物而超然物外，蘇軾則是不斷反察己心而洞察萬物本質而超然物外。

第二節 蘇軾對杜甫詩的熔鑄

一、蘇軾對杜甫的評論

蘇軾對杜甫的評論，一方面是詩藝上的極度推崇，另一方面則是對其「忠義愛君」的肯定與尊重。前者代表文學上的成就，後者則是人格上的典型。在蘇軾的文學觀點，文學成就是建立在人格典型的基礎之上。

（一）杜詩冠蓋古今，然其文學成就亦僅在於詩

蘇軾對杜詩的成就，推崇備至，認為是古今詩藝之集大成者，

〔註45〕〈擬古〉十二首之五，《李白集校注》卷二十四，頁1377。。

〔註46〕〈次韻述古過周長官夜飲〉，《蘇軾詩集》卷十，頁513。

〔註47〕〈連日與王忠玉，張全翁游西湖，訪北山清順、道潛二詩僧，登垂雲亭，飲參寥泉，最後過唐州陳使君夜飲，忠玉有詩，次韻答之〉，《蘇軾詩集》卷三十二，頁1681。

曾評論：「顏魯公書雄秀讀書，一變古法，如杜子美詩，格力天縱，
奄有漢、魏、晉、宋以來風流，後之作者，殆難復措手。」〔註48〕
又說：「知者創物，能者述焉，非一人而成也。君子之於學，百工之
於技，自三代歷漢至唐而備矣。故詩至於杜子美、文至於韓退之、
書至於顏魯公、畫至於吳道子，而古今之變，天下之能事畢矣。」
〔註49〕蘇軾認爲杜詩是「格力天縱」、是「古今之變，天下之能事畢
矣」，詩藝格高，縱橫變化，莫不賅含。但值得注意的是，蘇軾對杜
詩固然推崇備至，但談到杜甫時總是還同時提到其他人物，如顏眞
卿、韓愈、吳道子，這些人分別是詩人、書法家、文章家和畫家。
換言之，蘇軾追求的典範不光只是詩人，而是一個綜合書畫詩文的
創作者，並不僅僅偏隅於一類。蘇軾曾書錄學生秦觀說過的話，也
很能說明了這種志向與喜好：「秦少游言：『人才各有分限，杜子美
詩冠古今，而無韻者殆不可讀；曾子固以文名天下，而有韻者輒不
工，此未易以理推之也。』」〔註50〕指出杜甫善於作詩，卻拙於寫文
的狀況，在蘇軾門人看來是甚不可解的現象，何以如此？因爲蘇軾
追求並非單一文類的卓越，而是一種全方位、全才式的創作型態。

　　杜甫、韓愈、顏眞卿、吳道子，在蘇軾眼中都是文學藝術某一
類之典範，也是歷代才人不斷累積傳承下而後集大成者，足供學習
與效法，但學習至極，似乎也只能並肩齊駕，難以超越了。蘇軾〈記
潘延之評予書〉：「潘延之謂子由曰：『尋常於石刻見子瞻書，今見眞
跡，乃知爲顏魯公不二。』嘗評魯公書與杜子美詩相似，一出之後，
前人皆廢。若予書者，乃似魯公而不廢前人者也。」〔註51〕正說明
了學顏眞卿書，也只是像，顏書可以越度前人，蘇字卻只神似顏書
而已。

〔註48〕〈書唐氏六家書後〉，《蘇軾文集》卷六十九，頁 2206。
〔註49〕〈書吳道子畫後〉，《蘇軾文集》卷七十，頁 2210。
〔註50〕〈記少游論詩文〉，《蘇軾文集》卷六十八，頁 2136。
〔註51〕《蘇軾文集》卷六十九，頁 2189。

因此，蘇軾對前代典範，一方面有意識的學習，另一方面則有意識地相互融攝。學習以求其似，求其似是爲了達到前代典範在歷史積累、歲月鍛鍊、時代傳承而已然達臻極致的美學標準；相互融攝，在於融攝不同身分，既是詩人，也是文章家、書法家、畫家，這樣綜合創作形象的融攝，在詩文書畫中自由穿梭、游移，形成與唐代截然不同的創作者新樣貌。

（二）杜甫之忠孝愛君、憐憫愛民之情

蘇軾認爲杜詩詩藝固然精巧，但其人格與精神才是詩的眞正核心所在。杜甫保有達則兼善天下，窮則獨善其身，不忘其君之心，忠君愛民，更是蘇軾敬仰推崇之處。蘇軾嘗云：「若夫發乎情，止於忠孝者，其詩豈可同日而語哉！古今詩人眾矣，而杜子美爲首，豈非以其流落飢寒，終身不用，而一飯未嘗忘君也歟？」〔註52〕發於情，入於詩，固然足以動人，但發情若僅止於個人私情，繾綣纏綿，終究小我；然而發乎情而盡乎忠、入於孝，方爲大我。蘇軾認爲杜甫終身不遇、流落飢寒，詩作不但發乎情止於忠孝，又不曾忘君，一意想要報效國家，其精神益發珍貴。

蘇軾認爲杜甫仕途雖不遇，但其濟世之情常縈胸懷，久之亦形之於詩，甚至化爲王臣口吻。曾評論杜甫：

> 子美自比稷與契，人未必許也。然其詩云：「舜舉十六相，身尊道益高。秦時用商鞅，法令如牛毛。」此自是契、稷輩人口中語也。〔註53〕

杜甫〈自京赴奉先縣詠懷五百字〉有「許身一何愚，竊比稷與契」之句，稷與契都是唐虞時代賢臣，輔佐舜治國，教人耕種與教育。蘇軾指杜甫自比稷契，世人未必同意，但心志嚮往，竟至以此輩自任口吻。「舜舉十六相，身尊道益高。」出自杜甫〈述古三首〉，蘇軾認爲此語之敘述者的口吻，已是舜之賢臣輩所得言。

〔註52〕〈王定國詩集敍〉，收錄《蘇軾文集》卷十，頁318。
〔註53〕〈評子美詩〉，《蘇軾文集》卷六十七，頁2104。

是故，蘇軾認為世人學杜詩，容易只得皮毛，「天下幾人學杜甫，誰得其皮與其骨。劃如太華當我前，跛牂欲上驚嶒崒。名章俊語紛交衡，無人巧會當時情。」〔註54〕杜甫詩藝卓越高標，如泰山、華山之高，劣拙的人就像跛足母羊想要仿效，也會經驚訝山勢之高峻。即便學得杜甫的名章俊語，但對當時他的內心之情卻未必能夠領會。這個「無人巧會當時情」的情，蘇軾指的就是杜甫的忠孝愛君、憐憫愛民之情。

蘇軾題跋杜詩，亦多著眼其忠孝愛君、憐憫愛民之處，如：

〈北征〉詩云：「桓桓陳將軍，仗鉞奮忠烈。」此謂陳元禮也。元禮佐玄宗平內難，又從幸蜀，首建誅楊國忠之策。

明皇雖誅蕭至忠，然常懷之。侯君集云「蹭蹬至此」，至忠亦蹭蹬者耶？故子美亦哀之云：「赫赫蕭京兆，今為時所憐。」

〈後出塞〉云：「我本良家子，出師亦多門。將驅益愁思，身廢不足論。躍馬二十年，恐辜明主恩。坐見幽州騎，長驅河洛昏。中夜間道歸，故里但空村。惡名幸脫免，窮老無兒孫。」詳味此詩，蓋祿山反時，其將校有脫身歸國而祿山殺其妻子者，不知其姓名，可恨也。〔註55〕

蘇軾特別舉出杜詩中關於忠臣獻策、靖內，或忠臣被難的句子，並加以說明，有的直揭其名以讚之嘆之，有的則惋惜其名之湮沒。此正是蘇軾看重杜詩中關於忠君忠臣的部分。至於愛民之處，如：

「夔州處女髮半華，四十五十無夫家。更遭喪亂嫁不售，一生抱恨長咨嗟。土風坐男使女立，男當門戶女出入。十有八九負薪歸，賣薪得錢當供給。至老雙鬟只垂頸，野花山葉銀釵並。筋力登危集市門，死生射利兼鹽井。面粧手飾雜啼痕，地褊衣寒困石根。若道巫山女粗醜，何得此有昭君村。」海南亦有此風，每誦此詩，以諭父老，然亦未

易變其俗也。元符二年閏九月十七日。〔註56〕

引詩即〈負薪行〉，爲杜甫遷居夔州所見當地婦女大多未嫁、無夫的狀況，貶謫海南的蘇軾也遇同樣情形，便每頌此詩，告諭當地父老思欲變換民俗，雖然終未成功，但其愛民之情，和杜甫之反應、發現民情而加以凸顯，卻是同出一轍。

（三）杜甫隱微的佛道之心

蘇軾曾評論杜詩：

> 又云：「知名未足稱，局促商山芝。」又云：「王侯與螻蟻，同盡隨丘墟。願聞第一義，回向心地初。」乃知子美詩外尚有事在也。〔註57〕

「知名未足稱，局促商山芝」兩句出自杜甫〈幽人〉，前人視爲遊仙詩，如胡伯敬即云：「此絕妙遊仙詩」〔註58〕，詩中想像寫遊仙生活應是「洪濤隱語笑，鼓枻蓬萊池。崔嵬扶桑日，照耀珊瑚枝。風帆倚翠蓋，暮把東皇衣。」自己未能與之遊，因而發出浩嘆：「知名未足稱，局促商山芝」，後句典出秦朝末年隱居商山的四位老人東園公、綺里季、夏黃公、甪里，世稱「商山四皓」，作歌「漠漠商洛，深谷威夷。曄曄紫芝，可以療飢。皇農邈遠，余將安歸？駟馬高蓋，其憂甚大。富貴而畏人，不若貧賤而輕世。」後《樂府詩集・琴曲歌辭二》，題作《采芝操》。此二句自嘆以詩文聞名不值稱許，隱居又顯得局促受縛、境界不高。但要如何才能不受束縛、升高境界，然而聲明和行跡都是末，唯有入道才是根本，因此才有「內懼非道流，幽人見瑕疵」的自省、自懼之情。

「王侯與螻蟻，同盡隨丘墟。願聞第一義，回向心地初」四句則出自杜甫〈謁文公上方〉。上方，類似今人所言上人，《維摩經》：「汝往上方界，分度四十二恒河沙佛土。」即指文公爲上方界高僧。

〔註56〕〈書杜子美詩〉，《蘇軾文集》卷六十七，頁2118。
〔註57〕〈評子美詩〉，《蘇軾文集》卷六十七，頁2104。
〔註58〕《杜詩鏡詮》（臺北：漢京文化，1980年）卷二十，頁353。

全詩從遠景寫至近景，「野寺隱喬木，山僧高下居。石門日色異，絳氣橫扶疏。窈窕入風磴，長蘿紛卷舒。庭前猛虎臥，遂得文公廬。」再寫進入文方房內進謁之景、之情，「俯視萬家邑，煙塵對階除。吾師雨花外，不下十年餘。長者自布金，禪龕只宴如。大珠脫玷翳，白月當空虛。」最後自我省察，表現對佛教教義的渴求：「甫也南北人，蕪蔓少耘鋤。久遭詩酒汙，何事忝簪裾。王侯與螻蟻，同盡隨丘墟。願聞第一義，回向心地初。金篦刮眼膜，價重百車渠。無生有汲引，茲理儻吹嘘。」仇兆鰲《杜詩詳注》解釋最後十二句為：「末敘來謁之意。上六作悔語，下六作悟語。詩酒為障，簪裾繫情，則此中蕪蔓矣。既知貴賤同歸於盡，須向心地用功。……。詠僧家詩，全用釋典，乃杜公獨步處。」仇氏解釋有兩個重點，其一詩作內涵，主講悔悟，悔詩酒、功名、富貴都只是迷障，悟惟有聽聞第一義真諦，回心反初修持，方為正法；其二則是作詩技巧，用佛教徒，則全用釋典。詩中典故出自《高僧傳》、《法華經》、《華嚴經》、《楞嚴經》、《涅槃經》、《西域記》《廣弘明集》諸書，可見杜甫徵引佛典之繁富。這和杜甫幼時受茹素信佛的姑母撫養之影響頗深，杜甫在三十一歲時為姑母所撰〈唐故萬年縣君京兆杜氏墓誌〉即云：「爰自十載已還，默契一乘之理，絕葷血於禪味，混出處於度門。喻筏之文字不遺，開卷而音義皆達，母儀用事，家相遵行矣。」說得即是姑母對佛理的領悟、佛典的研讀、茹素的戒持。

　　蘇軾引杜甫這兩首詩詩句，言「乃知子美詩外尚有事在也」，此別有事，指的即是儒家性格濃厚的杜甫在道教及佛教的心意，道教成仙，佛教明心見性。如果說，「忠孝愛君、憐憫愛民之情」是儒家性格的自然流露，那麼這兩首詩，蘇軾便認為這是杜甫隱藏在心中幽微的佛道念頭。但有人不以為然，王嗣奭《杜臆》卷五即批評：「『王侯與螻蟻，同盡隨丘墟』，不過襲莊、列語。『願聞第一義，回向心地初』，亦禪門恒談。東坡以此四句，許公得道，此窺公之淺者。余讀公詩，見道語未易屈指，而公亦不自知也。非以學佛得之。平生

饑餓、窮愁，無所不有，天若有意鍛鍊之，而動心思性，天機自露。
如鐵以百煉成鋼，所存者鐵之筋也，千古不磨矣。」王嗣奭的看法
比較像儒家，杜甫原就是以儒家形象自居、傳世，這點蘇軾看法沒
有甚麼不同，但是蘇軾之所以認爲杜甫有隱微的佛道之心，卻不能
只從杜甫本身形象或心中去尋找，反倒是蘇軾自我性格的投射，蘇
軾本身的儒家性格，融攝了佛道思想，於是他才從杜甫的詩中去尋
找、放大、凸出，蘇軾並從中找到一個學習的源頭和對象，大量地
融攝道經籍典故，這也就是浦起龍《讀杜心解》中評此〈謁文公上
方〉一詩說：「詩有似偈處，爲坡公佛門文字之祖」〔註59〕的原因了。

二、蘇詩對杜甫詩的熔鑄與重塑

（一）對杜詩詩句之推敲、領會、懷疑與化用

　　蘇軾對杜甫詩集內容大體是熟稔的。蘇軾曾和友人劉斯立於管城
人家中見到一本冊頁，題名《杜員外詩集》，翻閱之後，蘇軾發現其
中一首逸詩〈聞惠子過東溪〉未曾收錄杜甫詩集中，並發現其中多篇
的詩句有所相異〔註60〕。倘若對杜詩不熟悉，理應無能至此。

　　蘇軾對杜詩的熟稔與興趣，尚表現在對杜詩句的考證上，如云：
　　　杜子美詩云：「自平宮中呂太一。」世莫曉其義，而妄者至
　　　以爲唐時有自平宮。偶讀《玄宗實錄》，有中官呂太一叛於
　　　廣南。杜詩蓋云「自平宮中呂太一」，故下有南海收珠之句。
　　　見書不廣而以意改文字，鮮不爲人所笑也。〔註61〕

〔註59〕浦起龍《讀杜心解》（1978 年，漢京文化事業公司）卷一之三，頁
　　　　75。
〔註60〕〈聞惠子過東溪〉詩云：「惠子白驢瘦，歸溪唯病身。皇天無老眼，
　　　　空谷滯斯人。巖蜜松花熟，山杯竹葉春。柴門了無事，黃綺未稱臣。」
　　　　此一篇，予與劉斯立得之於管城人家葉子冊中，題云《杜員外詩集》，
　　　　名甫字東美。其餘諸篇，語多不同。如「故園楊柳今搖落，安得愁
　　　　中卻盡生」之類也。鳳翔魏起興叔云：「天興人掘得此詩石刻，與此
　　　　少異：『巖蜜松花古，村醪竹葉春。柴門了生事，圍綺未稱臣。』」（〈記
　　　　子美逸詩〉）
〔註61〕〈書子美自平詩〉，《蘇軾文集》卷六十七，頁 2102。

引詩即杜甫〈自平〉詩，係蘇軾讀唐玄宗實錄而發現杜詩集中詩句錯落之誤，將「自平中宮呂太一」訛成「自平宮中呂太一」，兩字之差，其義不可解。如此勘誤，當可想見蘇軾對杜詩的熟稔與愛好程度。

蘇軾好杜詩，不可思議至杜甫曾經入夢，為其解釋〈八陣圖〉詩。

> 僕嘗夢見一人，云是杜子美，謂僕：『世多誤解予詩〈八陣圖〉：『江流石不轉，遺恨失吞吳。』世人皆以謂先主、武侯欲與關羽復仇，故恨不能滅吳，非也。我意本謂吳、蜀唇齒之國，不當相圖，晉之所以能取蜀者，以蜀有吞吳之意，此為恨耳。」此理甚近。然子美死近四百年，猶不忘詩，區區自明其意者，此真書生習氣也。』〔註62〕

結尾處看似玩笑語，實際極為認真剖析〈八陣圖〉背後的確切詩旨，蘇軾可見也不同意世人以為〈八陣圖〉末句為遺恨無法滅吳之說，反倒而是贊成杜甫入夢所說「以蜀有吞吳之意，此為恨耳。」因而以夢語佐證之。

蘇軾曾亦對杜甫〈杜鵑〉一詩頭四句，也有過類似考證：

> 南都王誼伯書江濱驛垣，謂子美詩歷五季兵火，多舛缺離異，雖經其祖父所理，尚有疑闕者。誼伯謂：「西川有杜鵑，東川無杜鵑，涪萬無杜鵑，雲安有杜鵑」，蓋是題下注，斷自「我昔游錦城」為首句。誼伯誤矣。且子美詩備諸家體，非必牽合程度侃侃者然也。是篇句落處凡五杜鵑，豈可以文害辭，辭害意耶！原子美之意，類有所感，託物以發者也。亦六義之比興、《離騷》之法歟！按《博物志》：杜鵑生子，寄之他巢，百鳥為飼之，胡江東（按，胡成〈成都詩〉）所謂「杜宇曾為蜀帝王，化禽飛去舊城荒」。且禽鳥之微，知有尊，故子美云：「重是古帝魂」，又曰「禮若奉至尊」。子美蓋譏當時刺史有不禽鳥若也。唐自明皇以后，

〔註62〕〈記子美八陣圖詩〉，《蘇軾文集》卷六十七，頁2101。

天步多棘，刺史能造次不忘於君者，可一二數也。嚴武在
蜀，雖橫斂刻薄，而實資中原，是「西川有杜鵑」耳。其
不虔王命，負固以自抗，擅軍旅、絕貢賦，如杜克遜在梓
州，爲朝廷西顧之憂，是「東川無杜鵑」耳。至于涪萬、
雲安刺史，微不可考。凡其尊君者謂有也，懷貳者謂無也，
不在夫杜鵑之眞有無。誼伯以爲來東川聞杜宇聲繁而急，
乃始嘆子美跋甕紙上語。又云：子美不應疊用韻。子美自
我作古，疊用韻，無害於爲詩，僕所見如此。誼伯博學強
辯，殆必有以折衷之。〔註63〕

這是蘇軾針對杜甫〈杜鵑〉詩起頭四句疊用杜鵑四語，發出和朋友不
同看法，蘇軾認爲杜甫既非辭窮、亦非詩序，而是自作古，故作疊韻，
借託杜鵑之典而暗寓譏諷刺史之意。這是蘇軾用索隱法，考證杜詩，
認爲以其詩必當有所指涉，故需闡明事實、明晰褒貶之處。蘇軾詩作，
亦常用此法，故有所共鳴之感。

　　蘇軾與杜甫共鳴之處，並非僅止考據，有時甚至是生活上的共
感、共鳴，曾云：

「用拙存吾道，幽居近物情。桑麻深雨露，燕雀半生成。
村鼓時時急，漁舟箇箇輕。杖藜從白首，心跡喜雙清。晚
起家何事，無營地轉幽。竹光圍野色，山影漾江流。廢學
從兒懶，長貧任婦愁。百年渾得醉，一月不梳頭。」子瞻
云：「此東坡居士之詩也。」或者曰：「此杜子美〈屏跡〉
詩也、居士安得竊之？」居士曰：「夫禾麻穀麥，起於神
農、后稷，今家有食廩。不序而取輒爲盜，被盜者爲失主。
若必從其初，則農、稷之物也。今考其詩，字字皆居士實
錄，是則居士詩也，子美安得禁吾有哉！」〔註64〕

這種把杜詩當成自己作品，看似玩笑語，實則是杜詩寫出了蘇軾自我

〔註63〕〈辨杜子美杜鵑詩〉，《蘇軾文集》卷六十七，頁2100。類似記載亦
　　　　可見《苕溪漁隱叢話》前集卷七。
〔註64〕〈書子美屏跡詩〉，《蘇軾文集》卷六十七，頁2103。

的生活與心情寫照，是一種心領神會的共鳴〔註65〕。

有時則是針對杜詩句的批評，嘗云：

> 「減米散同舟，路難思共濟。向來雲濤盤，眾力亦不細。呀
> 帆忽遇眠，飛櫓本無蔕。得失瞬息間，致遠疑恐泥。百慮視
> 安危，分明囊賢計。茲理庶可廣，拳拳期勿替。」杜甫詩固
> 無敵，然自「致遠」以下句，真村陋也。此取其瑕疵，世人
> 雷同，不復譏評，過矣！然亦不能掩其善也。〔註66〕

引詩為杜甫〈解憂〉，蘇軾批評第八句「致遠疑恐泥」以下五句，是
村陋之語，意思是直露其意，過於淺陋，流於直白說理。

蘇軾常書錄杜詩，或考證、或遣悶〔註67〕、或批評，其原因皆
出自對杜詩的喜好。蘇軾傳世書蹟〈橙木詩帖〉即是抄錄杜甫〈堂成〉
一詩，可見蘇軾對杜甫此詩尤其鍾愛之情。

（上圖為蘇軾〈橙木詩帖〉，釋文：「背郭堂成蔭白茆，緣江路熟俯青郊。

〔註65〕 另對詩句的深切親身體會，如：「『兩邊山木合，終日子規啼。』此
　　　　老杜雲安縣詩也。非親到其處，不知此詩之工。」（《蘇軾文集》卷
　　　　六十七〈書子美雲安詩〉）。

〔註66〕 〈記子美陋句〉，《蘇軾文集》卷六十七，頁2104。

〔註67〕 遣悶如：「『崔郎憂病士，書信有柴胡。飲子頻通汗，懷君想報珠。
　　　　親知天畔少，藥味峽中無。歸楫生衣臥，春鷗洗翅呼。酒閘上急水，
　　　　早作恥平途。萬里皇華使，為僚記腐儒。』此杜子美詩也。沈佺期
　　　　〈回波〉詩云：『姓名雖蒙齒錄，袍笏未易牙緋。』子美用『飲子』
　　　　對『懷君』，亦『齒錄』、『牙緋』之比也。廣州舶信到，得柴胡等藥，
　　　　偶錄此詩遣悶。己卯正月十三日，久旱，微雨陰霽，未快。」亦是
　　　　一邊討論其對仗用詞之巧妙，一邊錄詩以遣悶。

楷林礙日吟風葉，籠竹和煙滴露梢。暫下飛鳥將數子，頻來語鷟新巢。
旁人錯比揚雄宅，懶惰無心作解嘲。（案，上為杜甫詩，下為蘇軾案語）
蜀中多楷木，讀如敧仄之敧，散材也，獨中薪耳。然易長，三年乃拱。
故子美詩云：『飽聞楷木三年大，為致溪邊十畝陰。』凡木所庇，其地則
瘠，唯楷不然，葉落泥水中輒腐，能肥田，甚於糞壤，故田家喜種之。
得風，葉聲發發如白楊也，吟風之句，尤為紀實。云籠竹，亦蜀中竹名
也。」案，蘇軾跋語頗可見其鄉情發露、如數家珍之共鳴情態。）

　　蘇軾援引杜甫詩句、詩意融入於自己詩中，屢屢可見。蘇軾援
用杜甫詩，一句之中字字皆同者，如「東阡在何許，寒食江頭路」
（〈伯父〈送先人下第歸蜀〉詩云：「人稀野店休安枕，路入靈關
穩跨驢。」安節將去，為誦此句，因以為韻，作小詩十四首送之〉
其八），次句即出自杜甫詩：「寒食江頭路，風花高下飛」（〈寒食〉）；
蘇詩「願聞第一義，缽飯非所欲」（〈葉教授和溽字韻詩，復次韻為
戲，記龍井之遊〉），首句即出自杜詩「願聞第一義，回向心地初」
（〈謁文公上方〉）；蘇詩「吾儕非二物，歲月誰與度」（〈叔弼云，
履常不飲，故不作詩，勸履常飲〉），次句即出自杜詩「呼號傍孤城，
歲月誰與度」（〈懷鄭十八〉）。或一句之中僅更動一字者，如蘇詩「物
微興不淺」（〈送鄭戶曹賦席上果得榿子〉），改自杜詩「物微意不淺」
（〈病馬〉）；蘇詩「我昔少年日」（〈戲作種松〉），改自杜詩「甫昔
少年日」（〈奉贈韋左丞丈二十二韻〉）；蘇詩「食菊不敢餘」（〈到潁
未幾，公帑已竭，齋廚索然，戲作〉），改自杜詩「食薇不敢餘」（〈草
堂〉）；蘇詩「也擬哭途窮」（〈寒食雨二首〉其二），改自杜詩「不
擬哭途窮」（〈陪章留後侍御宴南樓〉）；蘇詩「不復尋諸孫」（〈用王
鞏韻，送其姪震知蔡州〉），改自杜詩「且復尋諸孫」（〈示從孫濟〉）
等等。或增減字數，五言增為七言，七言減為五言，前者如蘇詩「船
上看山如走馬，倏忽過去數百群」（〈江上看山〉），末句增添「過去」
兩字，出自杜詩「隔河見胡騎，倏忽數百群」（〈前出塞九首〉其五）；
蘇詩「丈人今年二毛初，登樓上馬不用扶」，末句增添「登樓」兩
字，出自杜詩「上馬不用扶，每扶必怒嗔」（〈季薛三郎中〉）。後者

如蘇詩「人間行路難，踏地出賦租」（〈魚蠻子〉），縮減自杜詩「信有人間行路難」（〈將赴草堂〉）；蘇詩「善保千金軀，前言戲之耳」（〈諸公餞子敦，軾以病不往，復次前韻〉），乃縮減杜詩「王孫善保千金軀」（〈哀王孫〉）。又或者化用杜甫詩意者，如蘇詩「讀破萬卷詩愈美」（〈送任伋通判黃州兼寄其兄孜〉）、「讀書萬卷始通神」（〈柳氏二外甥求筆跡二首〉其一），都是化用杜詩「讀書破萬卷，下筆如有神」詩意；蘇詩「問舊驚呼半死生」（〈姪安節遠來夜作三首〉其二），乃化用杜詩「訪舊半為鬼，驚呼熱中腸」（〈贈衛八處士〉）；蘇詩「文章小技安足程」（〈戲子游〉），即化用杜詩「文章一小技，於道未為尊」詩意，凡此援用、化用杜甫詩句、詩意者，不勝枚舉，皆可見蘇軾向杜甫詩歌成果之學習、模仿的痕跡。

（二）杜甫題畫詩對蘇軾之影響

杜甫是唐代詩家中最留意於題畫詩創作的人（另外則屬李白及白居易），創作數量二十餘首也是最多，杜甫的題畫詩多為觀看山水、動植物之圖，前者如〈戲題畫山水圖歌〉、〈奉先劉少府新畫山水障歌〉，後者如〈畫鷹〉、〈韋諷錄事宅觀曹將軍畫馬圖〉、〈戲為雙松圖歌〉等詩。從這些詩題來看，大多觀畫而詠，蘇軾題畫詩也是如此，但略有所不同，蘇軾除了觀畫之外，還題跋於畫上。杜甫純是賞畫、作詩，蘇軾則是賞畫、作詩、題字，多了提筆題寫的參與活動。〔註68〕

〔註68〕張高評先生曾從蘇軾題畫詩論述蘇軾用心於筆墨之外，盡心致力於畫面之生發，與意境之拓展者有四：「（一）平遠迷遠，廣漠無涯；（二）以大觀小，尺幅千里；（三）包孕豐富，象外見意；（四）虛實相成，再創畫境。四者又可歸納為兩種方法：其一，開發遺妍，題畫詩以時間流動突破空間定格，救濟繪畫之局限；就畫本之召喚結構，開發其中之空白處、模糊處、不確定處，如題畫詩對平遠迷遠之詮釋，及虛實相成之解讀。其二，創意造境，題畫詩不以複製畫面為已足，尤其盡心於有限展延無限，因形象生發韻味，如尺幅千里、包孕豐富之經營設計是也。」論述相當精彩，詳參〈蘇軾題畫詩與意境之拓展〉，《成大中文學報》第 22 期（2008 年 10 月），頁 23～60。

　　單純的賞畫作詩，透過主觀的情意與想像，用文字描述所見圖畫的具體形象，卻不僅只著重於重述畫面形象之逼眞、完整，更在於試圖從畫面中表現出畫面所具有的連續時間感（因爲圖畫的時間是凝固的）、動態感（畫面是靜止的）、前後故事性（畫面表現情節的片段），以及最重要的精神內涵（畫面之外所隱含的深刻寓意），以及環繞著畫家、觀畫者（詩家）、擁畫者的各種不同心態及感想，組成了題畫詩創作的全貌。換言之，題畫詩，是由「觀象」（圖畫）而試圖用「文字重現象」，最後「發現意」、「表現意」的過程。

　　杜甫〈韋諷錄事宅觀曹將軍畫馬圖〉〔註69〕一詩，一開頭就專寫畫家曹霸將軍，「國初已來畫鞍馬，神妙獨數江都王，將軍得名三十載，人間又見眞乘黃。曾貌先帝照夜白，龍池十日飛霹靂，內府殷紅瑪瑙盤，婕妤傳詔才人索，盌賜將軍拜舞歸，輕紈細綺相追飛，貴戚權門得筆跡，始覺屛障生光輝，昔日太宗拳毛騧。近時郭家師子花」，說明畫家之來歷，極力描寫其畫作之傳神、之受歡迎、之難得；接著重述所觀畫作之具體內容，「今之新圖有二馬，復令識者久歎嗟，此皆戰騎一敵萬，縞素漠漠開風沙，其餘七匹亦殊絕，迥若寒空動煙雪，霜蹄蹴踏長楸間，馬官廝養森成列，可憐九馬爭神駿，顧視清高氣深穩」，極寫九馬之特性、神態；然後再寫擁畫者之心意「借問苦心愛者誰，後有韋諷前支遁」，借《世說新語》支遁「貧道重其神駿耳」稱揚擁畫者韋諷之高雅；最後，筆調突然轉變，從畫馬說至眞馬，「憶昔巡幸新豐宮，翠華拂天來向東，騰驤磊落三萬匹，皆與此圖筋骨同，自從獻寶朝河宗，無復射蛟江水中，君不見金粟堆前松柏里，龍媒去盡鳥呼風。」因馬之憑藉，由虛轉實，寫至天子巡幸、萬馬隨從之事。

　　蘇軾〈韓幹馬十四匹〉，即受杜甫此詩影響。（韓幹是曹霸學生，杜甫另有詩〈丹青引贈曹將軍霸〉云：「弟子韓幹早入室，亦能畫馬窮殊相，幹爲畫肉不畫骨，忍使驊騮氣凋喪。」）蘇軾開頭即切入圖

象,「二馬並驅攢八蹄,二馬宛頸鬃尾齊,一馬任前雙舉後,一馬卻避長鳴嘶,老髯奚官騎且顧,前身作馬通馬語。後有八匹飲且行,微流赴吻若有聲,前者既濟出林鶴,後者欲涉鶴俯啄。最後一匹馬中龍,不嘶不動尾搖風」,簡略描數十四匹馬的各種姿態,並想像其動態、聲音;然後再寫畫家及題畫詩人,「韓生畫馬眞是馬,蘇子作詩如見畫」,最後才發出題畫詩人的感慨:「世無伯樂亦無韓,此詩此畫誰當看?」

　　蘇軾和杜甫重現圖象的方式相似,但最後的觀畫者的心情卻有所不同,這種不同在於杜甫在觀畫時經常抒發了自我的情感投射(思君、愛國),蘇軾卻常是落在藝術文化上的評價與商榷。杜甫題畫馬圖,時常是從馬寫到「時危安得眞致此,與人同生亦同死」(〈題壁畫馬歌〉)的「時危」家國之感,蘇軾則是從馬寫到「鞭箠刻烙傷天全,不如此圖近自然」(〈書韓幹「牧馬圖」〉或「皇天不遣言,兀與圖畫同」(〈和叔盎畫馬〉),前者關於繪畫的自然、逼眞等討論,又如:「丹青弄筆聊爾耳,意在萬里誰知之。幹惟畫肉不畫骨,而況失實空留皮。煩君巧說腹中事,妙語欲遣黃泉知。君不見韓生自言無所學,廄馬萬匹皆吾師。」(〈次韻子由書李伯時所藏韓幹馬〉)講得也是作畫技巧的商榷。杜甫題畫鷹圖,先描述圖上之鷹形象,最後又賦予個人情感投射,爲家國除害的期望與憂思:「干戈少暇日,眞骨老崖嶂,爲君除狡兔,會是翻韝上。」、「何當擊凡鳥,毛血灑平蕪」(〈畫鷹〉)、「梁間燕雀休驚怕,亦未搏空上九天」(〈姜楚公畫角鷹歌〉)、「緬思雲沙際,自有煙霧質,吾今意何傷,顧步獨紆鬱」(〈畫鶻行〉);蘇軾題畫鷹圖,卻是「莫學王郎與支遁,臂鷹走馬憐神駿。還君畫圖君自收,不如木人騎土牛。」(〈雲師無著自金陵來,見余廣陵,且遺余「支遁鷹馬圖」。將歸,以詩送之,且還其畫〉)言其畫鷹馬無益,有損修行。何以有此差異,原因就是蘇軾另有題跋於畫作之上的參與活動,此一題寫活動,有時須顧慮到畫作是他人的,必須就畫論畫,而不能就論抒一己之情懷;但杜甫並未題畫,因此

常藉畫作詩，澆自己胸中的塊壘。

　　當然，蘇軾也有因圖景而發詩個人情感的時候，恰好可拿來和杜甫的題畫詩一併比較，甚至還可再加上李白的討論：

　　　堂上不合生楓樹，怪底江山起煙霧。
　　　聞君掃卻赤縣圖，乘興遣畫滄洲趣。
　　　畫師亦無數，好手不可遇。
　　　對此融心神，知君重毫素。
　　　豈但祁岳與鄭虔，筆跡遠過楊契丹。
　　　得非懸圃裂，無乃瀟湘翻。
　　　悄然坐我天姥下，耳邊已似聞清猿。
　　　反思前夜風雨急，乃是蒲城鬼神入。
　　　元氣淋漓障猶溼，真宰上訴天應泣。
　　　野亭春還雜花遠，魚翁瞑蹋孤舟立。
　　　滄浪水深青溟闊，敧岸側島秋毫末。
　　　不見湘妃鼓瑟時，至今斑竹臨江活。
　　　劉侯天機精，愛畫入骨髓。
　　　自有兩兒郎，揮灑亦莫比。
　　　大兒聰明到，能添老樹巔崖裏。
　　　小兒心孔開，貌得山僧及童子。
　　　若耶谿，雲門寺。
　　　吾獨胡為在泥滓，青鞋布襪從此始。〔註70〕
　　（杜甫〈奉先劉少府新畫山水障歌〉）

　　　峨眉高出西極天，羅浮直與南溟連。
　　　名公繹思揮彩筆，驅山走海置眼前。
　　　滿堂空翠如可掃，赤城霞氣蒼梧煙。
　　　洞庭瀟湘意渺綿，三江七澤情洄沿。
　　　驚濤洶湧向何處，孤舟一去迷歸年。
　　　征帆不動亦不旋，飄如隨風落天邊。
　　　心搖目斷興難盡，幾時可到三山巔。

―――――――――――――

〔註70〕《杜詩鏡詮》卷三，頁71。

西峰崢嶸噴流泉，橫石蹙水波潺湲。

東崖合沓蔽輕霧，深林雜樹空芊綿。

此中冥昧失晝夜，隱几寂聽無鳴蟬。

長松之下列羽客，對坐不語南昌仙。

南昌仙人趙夫子，妙年歷落青雲士。

訟庭無事羅眾賓，杳然如在丹青裏。

五色粉圖安足珍，真仙可以全吾身。

若待功成拂衣去，武陵桃花笑殺人。

（李白〈當塗趙炎少府粉圖山水歌〉）〔註71〕

江上愁心千疊山，浮空積翠如雲煙。

山耶雲耶遠莫知，煙空雲散山依然。

但見兩崖蒼蒼暗絕谷，中有百道飛來泉。

縈林絡石隱復見，下赴谷口為奔川。

川平山開林麓斷，小橋野店依山前。

行人稍度喬木外，漁舟一葉江吞天。

使君何從得此本，點綴毫末分清妍。

不知人間何處有此境，徑欲往買二頃田。

君不見武昌樊口幽絕處，東坡先生留五年。

春風搖江天漠漠，暮雲卷雨山娟娟。

丹楓翻鴉伴水宿，長松落雪驚醉眠。

桃花流水在人世，武陵豈必皆神仙。

江山清空我塵土，雖有去路尋無緣。

還君此畫三歎息，山中故人應有招我歸來篇。〔註72〕

（蘇軾〈書王定國所藏「煙江疊嶂圖」〉）

三首都是七言古詩，都是題寫山水圖畫之詩，三首都是極力用文字重
現圖畫內容、用想像讓圖畫產生時間感、動態感，仿若作者置身圖中
的臨場感，將客觀的圖和主觀的意融合為一，讓真實的存在和虛構的
圖象疊合一處，傾向作詩時期望「詩中存畫」以及「詩中闢畫」，「詩

〔註71〕《李白集校注》卷八，頁543。

〔註72〕《蘇軾詩集》卷三十一，頁1607。

中存畫」是透過詩人的觀看與選擇，剪裁並描述畫中的圖像，「詩中闢畫」則是詩人藉畫表達觀畫者、畫家或擁畫人的心意。因此「題畫詩」的相同處，大多都表現在「詩中存畫」的共同性，其差異性就在於「詩中闢畫」的不同。看到山水，三詩人用詩表現畫作內容的方法，極為接近，將圖畫描繪地歷歷如在眼前，但「詩中闢畫」卻有所不同了，李白看山水圖是想到功成隱退成仙之樂，杜甫和蘇軾則是身在官場中，想退而不可得的猶豫之情。

　　題畫詩，是兩種不同創作形式的交流，一個是圖像的畫，一個是文字的詩。杜甫在題畫詩的創作很難看出有甚麼具體影響蘇軾之處，因為題畫詩的創作在唐代，保留下來的零星數量創作，只是看出杜甫在數量上較多，可能有一定的喜好、涵養和此等創作活動。到了宋代，題畫詩的創作活動顯然比唐代活躍，是文人間的一種文化活動，當然這和蘇軾同時也是詩人及書法家身份有關。只是值得注意的是，宋人題畫詩多為五、七言絕律，像這樣七古長章寫題畫詩，確實是杜甫和蘇軾的共同特色。

（三）蘇軾對杜甫連章詩的學習

　　杜甫好作連章詩，一題連作兩首以上的詩，竟達一百首以上之多，一題同作三首、四首、五首、六首亦所在多見，甚至有的連作七首（〈江畔獨步尋花七絕句〉）、九首（〈絕句漫興九首〉）、十首（〈遊何將軍山林十首〉、〈夔州歌十首〉）、十二首（〈河北節度入朝十二首〉、〈解悶十二首〉、〈復愁十二首〉）、二十首（〈秦州雜詠二十首〉）。

　　蘇軾亦好作連章詩，連章詩作也超過百首以上，一題同作兩三四五首以上所在多見，也有作到七首（〈贈孫莘老七絕〉）、八首（〈雷州八首〉、〈濠州七絕〉）、十首（〈荊州十首〉、〈次韻楊公濟奉議梅花十首〉），甚至直作到二十一首（〈次韻子由岐下詩二十一首〉）、三十首（〈和文與可洋川園池三十首〉）。

　　連章詩，一題數作，題目固定，連章之中，便有材料組織、謀篇佈局、層次結構，甚至及韻腳安排等講究。蘇軾作連章詩，頗受杜甫

影響，多有模仿杜甫連章詩的作法。其中〈荊州十首〉〔註73〕，便是最明顯的詩作。

> 遊人出三峽，楚地盡平川。北客隨南賈，吳檣間蜀船。
> 江侵平野斷，風卷白沙旋。欲問興亡意，重城自古堅。
>
> （其一）
>
> 南方舊戰國，慘淡意猶存。慷慨因劉表，淒涼爲屈原。
> 廢城猶帶井，古姓聚成村。亦解觀形勝，昇平不敢論。
>
> （其二）
>
> 楚地闊無邊，蒼茫萬頃連。耕牛未嘗汗，投種去如捐。
> 農事誰當勸，民愚亦可憐。平生事遊惰，那得怨兇年。
>
> （其三）
>
> 朱檻城東角，高王此望沙。江山非一國，烽火畏三巴。
> 戰骨淪秋草，危樓倚斷霞。百年豪傑盡，擾擾見魚蝦。
>
> （其四）
>
> 沙頭煙漠漠，來往厭喧卑。野市分麕鬧，官帆過渡遲。
> 遊人多問卜，傖叟盡攜龜。日暮江天靜，無人唱楚辭。
>
> （其五）
>
> 太守王夫子，山東老俊髦。壯年聞猛烈，白首見雄豪。
> 食雁君應厭，驅車我正勞。中書有安石，慎勿賦離騷。
>
> （其六）
>
> 殘臘多風雪，荊人重歲時。客心何草草，里巷自嬉嬉。
> 爆竹驚鄰鬼，驅儺聚小兒。故人應念我，相望各天涯。
>
> （其七）
>
> 江水深成窟，潛魚大似犀。赤鱗如琥珀，老枕勝玻璨。
> 上客舉雕俎，佳人搖翠篦。登庖更作器，何以免屠刲。
>
> （其八）

〔註73〕〈荊州〉是蘇軾年輕時（25歲）五言律詩代表作，作於宋仁宗嘉祐五年，時蘇軾在蜀守母喪，終制還朝，父子三人取水路出三峽抵達荊州。王文誥案語：宋仁宗嘉祐五年（1060年）庚子正月，自荊州陸行，二月至京師，合六年辛丑七月作。

北雁來南國，依依似旅人。縱橫遭折翼，感惻爲沾巾。

平日誰能把，高飛不可馴。故人持贈我，三嗅若爲珍。

（其九）

柳門京國道，驅馬及春陽。野火燒枯草，東風動綠芒。

北行連許鄧，南去極衡湘。楚境橫天下，懷王信弱王。

（其十）〔註74〕

十首連章，各有主題，前後呼應：首章描寫荊州地理、風光，轉入歷史興亡之感；二章承首章意，直寫荊州歷史人物之興亡，最後轉入「地理」實學之自我肯定；三章又承第一章「楚地盡平川」及第二章「亦解觀形勝」，指出荊州土地廢耕、無人勸耕之現況；四章又續首、二章之「興亡意」，寫荊州五代之歷史興亡故事；五章承首章「北客隨南賈」，而寫荊州熱鬧來往之行人樣貌；六章橫空插入寫荊州太守一章，結尾末句「離騷」綰合二章及五章末句之「屈原」、「楚辭」，又遠綰十章末句「懷王信弱王」；七章寫荊人重歲時節慶，引起鄉思；八章寫食荊州江魚；九章寫食雁；十章總結，又呼應首章，寫荊州地理形勢、風光，末尾再轉入「歷史」興亡之感（戰國）。〈荊州〉全詩，以地理空間爲經，歷史時間爲緯，起章及末章以空間起，結以歷史，接著四章古今交錯（三五章敘今，二四首論古），接著四章寫人我之情（六七章寫太守及荊人、七八章寫我），全首結構嚴密，前後呼應，描景詠史弔古，議論自具其中，一面肯定自我才學，一面惋惜楚地空好，卻無人能振起之。

　　〈荊州〉連章的布局結構，主要學自杜甫，紀昀即云：「篇章字句多含古法，此東坡刻意模杜之作，意思純是〈秦州雜詩〉。」〔註75〕另在第六首（太守王夫子）按語：「綰結得好，夾此一首，章法生動，從杜公〈遊何氏山林〉詩『萬里戎王子』一首得法。」先從後者說，紀昀所云〈遊何氏山林〉即〈陪鄭廣文遊何將軍山林十首〉，全詩十章，前七首多寫山林，忽插入「萬里戎王子」（異花）一章，楊倫評

〔註74〕《蘇軾詩集》卷二，頁62〜68。

〔註75〕《蘇文忠公詩編註集成》卷二，頁1598。

曰：「十首全寫山林便覺呆板，忽詠一物，忽憶舊遊，自是連章錯落法。」蘇軾〈荊州〉第六章前五首多泛寫荊州風土史地人物，至第六章忽專詠一人，學用的正是這種「連章錯落法」。

杜甫〈秦州雜詩〉〔註76〕，浦起龍云：「初謂雜詩無倫次，及仔

〔註76〕杜甫〈秦州雜詩二十首〉：
　　滿目悲生事，因人作遠遊。遲回度隴怯，浩蕩及關愁。
　　水落魚龍夜，山空鳥鼠秋。西征問烽火，心折此淹留。（其一）
　　秦州城北寺，傳是隗囂宮。苔蘚山門古，丹青野殿空。
　　月明垂葉露，雲逐渡溪風。清渭無情極，愁時獨向東。（其二）
　　州圖領同穀，驛道出流沙。降虜兼千帳，居人有萬家。
　　馬驕朱汗落，胡舞白題斜。年少臨洮子，西來亦自誇。（其三）
　　鼓角緣邊郡，川原欲夜時。秋聽殷地發，風散入雲悲。
　　抱葉寒蟬靜，歸山獨鳥遲。萬方聲一概，吾道竟何之。（其四）
　　南使宜天馬，由來萬匹強。浮雲連陣沒，秋草遍山長。
　　聞說真龍種，仍殘老驌驦。哀鳴思戰鬥，迥立向蒼蒼。（其五）
　　城上胡笳奏，山邊漢節歸。防河赴滄海，奉詔發金微。
　　士苦形骸黑，林疏鳥獸稀。那堪往來戍，恨解鄴城圍。（其六）
　　莽莽萬重山，孤城山谷間。無風雲出塞，不夜月臨關。
　　屬國歸何晚？樓蘭斬未還。煙塵獨長望，衰颯正摧顏。（其七）
　　聞道尋源使，從天此路回。牽牛去幾許，宛馬至今來。
　　一望幽燕隔，何時郡國開。東征健兒盡，羌笛暮吹哀。（其八）
　　今日明人眼，臨池好驛亭。叢篁低地碧，高柳半天青。
　　稠疊多幽事，喧呼閱使星。老夫如有此，不異在郊迥。（其九）
　　雲氣接崑崙，涔涔塞雨繁。羌童看渭水，使客向河源。
　　煙火軍中幕，牛羊嶺上村。所居秋草靜，正閉小蓬門。（其十）
　　蕭蕭古塞冷，漠漠秋雲低。黃鵠翅垂雨，蒼鷹饑啄泥。
　　薊門誰自北，漢將獨征西。不意書生耳，臨衰厭鼓鼙。（其十一）
　　山頭南郭寺，水號北流泉。老樹空庭得，清渠一邑傳。
　　秋花危石底，晚景臥鐘邊。俯仰悲身世，溪風為颯然。（其十二）
　　傳道東柯谷，深藏數十家。對門藤蓋瓦，映竹水穿沙。
　　瘦地翻宜粟，陽坡可種瓜。船人相近報，但恐失桃花。（其十三）
　　萬古仇池穴，潛通小有天。神魚人不見，福地語真傳。
　　近接西南境，常懷十九泉。何時一茅屋，送老白雲邊。（其十四）
　　未暇泛滄海，悠悠兵馬間。塞門風落木，客舍雨連山。
　　阮籍行多興，龐公隱不還。東柯遂疏懶，休鑷鬢毛斑。（其十五）
　　東柯好崖谷，不與眾峰群。落日邀雙鳥，晴天養片雲。
　　野人矜險絕，水竹會平分。采藥吾將老，兒童未遣聞。（其十六）
　　邊秋陰易夕，不復辨晨光。簷雨亂淋幔，山雲低度牆。

細尋繹，煞有條理。二十首只是悲世、藏身兩意。其前數首悲世語居多，其後數首藏身語居多。惟其值世多事，是以爲身謀隱也。至如首尾兩章，固顯然爲起結照應矣。」〔註77〕這是從大體而言，若細論之，則第一章起論，二三四章寫秦州形勢景觀，五六七八九十及十一章則寫秦州邊事之危，十二章至十七章則寫自己卜居之事，十八十九章又寫擔憂邊事，二十章總結之。也就是寫景、悲世、我思（卜居藏身）交錯而寫。蘇軾〈荊州〉亦仿效此法，同樣是寫景、弔古、我思（食魚雁而興起免禍之意）交錯而寫，因此紀昀才說：「純是〈秦州雜詩〉」的緣故。

　　除此之外，蘇軾〈荊州〉的韻腳安排及變化，亦學習杜甫〈秦州雜詩〉。劉中和曾指出〈秦州雜詩〉韻腳的刻意安排與變化：「凡作一題多首之連章詩，所押之韻，必須轉換，今人多忽略此點。譬如第一首押『東』，第二首押『冬』，第三首又押『東』，連續讀來，殊覺單調，杜詩即無此弊。其秦州雜詩二十首，第一首押『尤』，第二首押『東』，第三首押『麻』，第四首押『支』，第五首押『陽』，第六首押『微』，便多變化而不單調，直到十三首方再押『麻』。」〔註78〕續檢其韻，第七首以後，所押韻字分別爲「刪」、「灰」、「青」、「元」、「齊」、先」、「麻」、「先」、「刪」、「文」、「陽」、「微」、「寒」、「支」。所重複者僅「麻」、「陽」、「微」、「支」，意即以不重複爲用韻原則。蘇軾〈荊州〉十首，用韻分別爲「元」、「諄」、「先」、「麻」、「之」、「豪」、「支」、「齊」、「眞」、「陽」，完全未重複用韻也。

鸜鵒窺淺井，蚯蚓上深堂。車馬何蕭索，門前百草長。（其十七）
地僻秋將盡，山高客未歸。塞雲多斷續，邊日少光輝。
警急烽常報，傳聞檄屢飛。西戎外甥國，何得近天威。（其十八）
鳳林戈未息，魚海路常難。候火雲峰峻，懸軍幕井乾。
風連西極動，月過北庭寒。故老思飛將，何時議築壇。（其十九）
唐堯眞自聖，野老複何知。曬藥能無婦，應門亦有兒。
藏書聞禹穴，讀記憶仇池。爲報駑行舊，鶺鴒在一枝。（其二十）

〔註77〕蒲起龍《讀杜心解》（臺北：鼎文書局，1979 年），頁 334。
〔註78〕見劉中和《杜詩研究》（臺北：益智書局，1976 年），頁 20。

蘇軾其他連章詩，亦受杜甫影響，如紀昀又云〈中隱堂詩〉五首，「亦是摹杜〈何氏山林〉諸作」，查慎行亦說蘇軾〈新年五首〉是「格律純學少陵，第三首亦是杜語。」〔註79〕其餘如蘇軾詠庭園的連章詩（如〈次韻子由岐下詩二十一首〉、〈和文與可洋川園池三十首〉），也可看到受杜甫〈遊何將軍山林十首〉安排庭園景物次序、融情寫景之影響；蘇軾〈六月二十七日望湖樓醉書五絕〉，也受到杜甫〈絕句漫興九首〉在氣候、動物、植物、抒懷安排的影響；蘇軾〈秋興三首〉，更是明顯受到杜甫〈秋興八首〉對於悲秋傷暮、報國無成、思鄉懷歸的影響。

蘇軾固然在某些單獨詩篇中能夠看出受到杜甫影響的地方，如紀昀就說蘇軾的〈倦夜〉是「通首俱得少陵神味」，說〈荔枝嘆〉是「貌不襲杜而神似之，出沒開闔純乎杜法」，說〈訪張山人得山中字二首〉是「章法從工部〈尋張氏隱居二首〉得來，篇章字句都入古法。」〔註80〕，但這些都只是零星出現。不過，連章詩就不同，

〔註79〕《蘇文忠公詩編註集成》卷四，。

〔註80〕案，杜甫〈題張氏隱居二首〉之一：「春山無伴獨相求，伐木丁丁山更幽。澗道餘寒歷冰雪，石門斜日到林丘。不貪夜識金銀氣，遠害朝看麋鹿遊。乘興杳然迷出處，對君疑是泛虛舟。」此詩章法，上四句寫景，下四句則寫情。若再細分之，首句張氏，次句隱居，三四句切隱居，言路之僻遠；五六句切張氏，言人之廉靜。末二句說得賓主兩忘，情與境俱化。而蘇軾〈訪張山人得山中字二首〉其一：「魚龍隨水落，猿鶴喜君還，舊隱丘墟外，新堂紫翠間。野麋馴杖履，幽桂出榛菅，灑掃門前路，山公亦愛山。」蘇軾此詩章法即學自杜甫，上四句亦寫遷居處，下四句寫張山人。若再細分之，首句遷居處，次句張山人，三四句切遷居處，言遷居之環境；五六句切張山人，言其人之悠懷。末二句言到訪，賓主皆歡。杜甫〈題張氏隱居二首〉之一：「之子時相見，邀人晚興留，霽潭鱣發發，春草鹿呦呦。杜酒偏勞勸，張梨不外求，前村山路險，歸醉每無愁。」此詩前四句敘事兼寫景，後四句寫情。若細分之，前兩句敘事，三四句寫景，五六句寫宴客之樂，末兩句寫盡歡醉歸。蘇軾〈訪張山人得山中字二首〉其二：「萬木鎖雲龍，天留與戴公，路迷山向背，人在灃西東。薺麥餘春雪，櫻桃落晚風，入城都不記，歸路醉眠中。蘇軾此詩前四句敘事敘事兼寫景，

蘇軾很明顯得受到杜甫的影響，表現出來就在於連章詩的大量創作、連章詩的結構安排、題材次序、材料選擇、情意內容、韻腳講究等等方面。除此之外，連章詩還有一個重要特徵，同題多首連作，也是騁才的一種表現，杜甫的連章詩，主要以抒懷寫景為主，但到了蘇軾，連章詩除了學習杜甫的書懷寫景之外，還多了一份騁才之意，這從蘇軾的連章詩多為唱和詩，強調和韻、步韻，便可知一二。

三、蘇詩與受儒家影響下杜甫詩之比較

　　唐代詩家，多受儒、佛、道思想共同影響，杜甫亦不例外。但是杜甫雖然受道教、佛教影響，但他的思想最顯著且貫通一生的還是儒家。

　　杜甫青年時期曾與李白同至王屋山尋訪道士華蓋君，欲學長生之術。天寶三年（744）送給李白的詩〈贈李白〉：「二年客東都，所歷厭機巧。野人對羶腥，蔬食常不飽。豈無青精飯，使我顏色好。苦乏大藥資，山林跡如掃。李侯金閨彥，脫身事幽討。亦有梁宋遊，方期拾瑤草。」〔註81〕瑤草就是仙藥，即漢代東方朔〈與友人書〉：「相期拾瑤草，吞日月之光華，共輕舉耳。」這次訪道，可惜華蓋君已死，兩人失望而歸，杜甫晚年作〈憶昔行〉、〈昔遊〉仍津津追憶此事〔註82〕。另在天寶四年（745），〈贈李白〉：「秋來相顧尚飄蓬，

　　後四句寫景兼抒情。細分之，前兩句寫景兼敘事，三四句敘事，五六句寫景，末兩句寫盡歡醉歸。
〔註81〕《杜詩鏡銓》卷一，頁40。
〔註82〕〈憶昔行〉：「憶昔北尋小有洞，洪河怒濤過輕舸，辛勤不見華蓋君，艮岑青輝慘么麼，千崖無人萬壑靜，三步回頭五步坐。秋山眼冷魂未歸，仙賞心違淚交墮，弟子誰依白茅室，盧老獨啟青銅鎖，巾拂香餘擣藥塵，階除灰死燒丹火。懸圃滄洲莽空闊，金節羽衣飄婀娜，落日初霞閃餘映，倏忽東西無不可。松風澗水聲合時，青兕黃熊啼向我，徒然咨嗟撫遺跡，至今夢想仍猶佐。祕訣隱文須內教，晚歲何功使願果，更討衡陽董鍊師，南浮早鼓瀟湘柁。」〈昔遊〉：「昔謁華蓋君，深求洞宮腳，玉棺已上天，白日亦寂寞。暮升艮岑頂，巾几猶未卻，弟子四五人，入來淚俱落。余時遊名山，發軔在遠壑，良覿違夙願，含淒向寥廓。林昏罷幽磬，竟夜伏石閣，王喬下天壇，微月映皓鶴。晨

未就丹砂愧葛洪。痛飲狂歌空度日，飛揚跋扈為誰雄。」其中「未就丹砂愧葛洪」即指求道煉丹一事。可見杜甫早期嚮往求道昇仙，和李白之生命性格頗有相關與共鳴之處。後來杜甫詩中也多次寫到丹砂〔註83〕等道教所重視的長生之藥，但整體而言，仍比不上和佛教的關係來得深，杜甫曾作詩〈秋日夔府詠懷奉寄鄭監李賓客一百韻〉即云：「本自依迦葉，何曾藉偓佺。」〔註84〕迦葉，為釋迦摩尼佛的弟子，禪宗視之為傳承佛法的地一代祖師，西土二十八祖之始祖；偓佺，即古代傳說仙人之名，漢代劉向《列仙傳·偓佺》：「偓佺者，槐山採藥父也，好食松實，形體生毛，長數寸，兩目更方，能飛行逐走馬。」〔註85〕杜甫即用迦葉借指佛教禪宗，用偓佺借指道教，兩句詩的意思就是「原本就親近佛教，雖也接觸道教，但不曾入道籍。」說的就是佛教影響來的比道教多的情況。

杜甫與佛教關係，學者孫昌武有一簡要描述：「杜甫在青年時期即傾心禪宗。他在〈秋日夔府詠懷奉寄鄭監李賓客一百韻〉長律中回憶說：『身許雙峰寺，門求七祖禪。落帆追宿昔，衣褐向真詮。』這裡雙峰寺指黃梅東西山寺，是五祖弘忍傳法地；『七祖禪』指『東山法門』標榜的神秀一系禪法。他早年在〈夜聽許一誦詩愛而有作〉中就說過：『許生五台賓，業白出石壁。余亦師粲可，身猶縛禪寂。何階子方便，謬引為匹敵。離索晚相逢，包蒙欣有擊。』這裡說許生從淨土宗聖地五台山石壁玄中寺來，自己本來修慧可、僧粲一系的禪法，受到許生的啟發而轉向淨土。在〈秋日夔府詠懷〉詩裡，他又寫

溪嚮虛駃，歸徑行已昨，豈辭青鞋胝，悵望金匕藥，東蒙赴舊隱，尚憶同志樂。休事董先生，於今獨蕭索，胡為客關塞，道意久衰薄。妻子亦何人，丹砂負前諾，雖悲鬢髮變，未憂筋力弱，扶藜望清秋，有興入盧霍。」兩詩都表現了訪求道士而失之交臂的惆悵。

〔註83〕如晚年所作〈風疾舟中伏枕書懷三十六韻奉呈湖南親友〉：「葛洪尸定解，許靖力還任，家事丹砂訣，無成涕作霖。」

〔註84〕《杜詩鏡銓》卷十六，頁287。

〔註85〕蘇軾〈山坡陀行〉亦曾提及「偓佺」，視為飛仙：「仙人偓佺自言其居瑤之圃，一日一夜飛相往來不可數。」《蘇軾詩集》卷四十八，頁2646。

到『本自依迦葉』、『晚聞多妙教』的話。他入蜀以後的詩中表現的心境，顯然受佛教影響不小。」〔註86〕可見杜甫親近佛教主要是禪宗及淨土思想。

　　杜甫詩中關於佛教者，主要有兩類，其一是結交佛門僧人、其二爲遊歷佛寺。如乾元元年（758）所作〈因許八寄旻上人〉：「不見旻公三十年，封書寄與淚潺潺。舊來好事今能否，老去新詩誰與傳。棋局動隨尋澗竹，袈裟憶上泛湖船。聞君話我爲官在，頭白昏昏只醉眠。」〔註87〕乃回憶開元十九年（731）游吳越時之事，其時已結交旻上人，三十年後依然保持聯繫。又如開元二十四年（736）求舉落第、浪遊齊趙時，曾作〈巳上人茅齋〉，末二句爲「空忝許詢輩，難酬支遁詞。」〔註88〕典出《世說新語・文學》支遁於山陰講《維摩經》，而許詢爲都講之事，以此典故借代巳上人與杜甫曾討論佛理之是。另在至德二年（757），杜甫身陷安史叛軍佔領的長安，曾作〈大雲寺贊公房四首〉，稱讚贊公「道林才不世，慧遠德過人。」（之二），將贊公比擬爲支遁和慧遠；又云「把臂有多日，開懷無愧辭。……湯休起我病，微笑索題詩」（之一），則贊公比擬爲南朝善詩僧人湯惠休，同時透露兩人之間的詩文唱和、相契無間之意。後來杜甫逃難至蜀，在蜀中遊覽寺院，結交僧人，寫了不少佛教相關之詩作。寶應元年（762）冬在梓州作〈謁文公上方〉詩（即蘇軾所言「乃知子美詩外尚有事在也」的其中一首），詩中流露出對佛理的嚮往、探求心法的盼望（詳見本節一所述）。廣德元年（763），杜甫在梓州遊歷遊歷牛頭、兜率、惠義諸寺。〈上兜率寺〉云：「兜率知名寺，眞如會法堂。江山有巴蜀，棟宇自齊梁。庾信哀雖久，周顒好不忘。

〔註86〕孫昌武《佛教與中國文學》（臺北：臺灣東華書局，1989年），頁91～92。孫氏的觀點多繼承自郭沫若《李白與杜甫》（北京：人民文學出版社，1971年）及呂澂〈杜甫的佛教信仰〉（收錄《哲學研究》，1986年）。

〔註87〕《杜詩鏡銓》卷四，頁95。

〔註88〕《杜詩鏡銓》卷一，頁38。

白牛車遠近，且欲上慈航。」詩中末四句即以逢亂傷時的庾信、好佛不倦的周顒，借以自比。而「白牛車」爲佛教語，用以比喻佛法之大乘，即《法華經‧譬喻品》所云：「牛車爲大乘，即菩薩乘。」《六祖壇經‧機緣品》亦云：「無念念即正，有念念成邪；有無俱不計，長御白牛車。」詩末兩句即以「白牛車」、「慈航」爲喻，實踐禪意，親近佛法，脫離苦海。從以上詩例，可見杜甫親近僧侶、遊歷佛寺，形諸於詩則常刻意採用釋典佛理（在這一點上和蘇軾雷同），也就是說在詩歌題材上倘若和佛教有關，杜甫便常刻意用佛理釋典入詩，一方面和佛教人物、環境有關，另一方面也和杜甫閱讀廣博有關，「釋典道藏，處處有故實供其驅使，故能盡態極妍，所謂讀破萬卷，下筆有神，良非虛語。」〔註89〕

杜甫雖然親近佛教，但於佛教根本處，實不相契，更無捨家出世之念。杜甫〈別李祕書始興寺所居〉：「重聞西方止觀經，老身古寺風泠泠。妻兒待我且歸去，他日杖藜來細聽。」、〈謁眞諦寺禪師〉：「問法看詩妄，觀身向酒慵。未能割妻子，卜宅近前峰。」都流露出無法捨斷，且愛護家庭、妻兒的心情。可見杜甫雖然曾表白投身佛門、遁入空門的願望，但事實上並未認眞實行，在於他始終懷抱著積極入世、經世濟民的理想，持續不懈地追求實現抱負的途徑。佛教思想只是杜甫儒家積極用世之道的補充和困頓失意時的支援力量之一。〔註90〕

杜甫始終都是以儒者自居，談起自己家世，便說：「遠自周室，

〔註89〕楊倫語，見《杜詩鏡銓》卷九，頁171。

〔註90〕關於佛教對杜甫思想的補充和支持，孫昌武有一闡述：「儒家修、齊、治、平、仁義道德的理想在杜甫意識中一直占著主導地位。這樣，佛教思想一方面成爲他儒家積極用世之道的補充，另一方面又在他困頓失意時給予安慰。就前一方面說，佛教的慈悲觀念、眾生平等意識、爲實現道義的大無畏犧牲精神等等，都成爲他的奮鬥的支持和鼓舞；佛家高蹈超越的風格，對世俗權威的鄙視，以至禪宗實現心性自由的要求，又使他得到懷疑和批判正統觀念和習俗的支持，……就後一方面說，杜甫在懷念君國、『沉鬱頓挫』的志向受到挫折的時候，佛教幫助他維護心靈那一片自由明淨的天地，治療精神上的創傷。」詳見孫昌武《佛教與中國文學》（臺北：臺灣東華書局，1989年），頁91～92。

迄於聖代，傳之以仁義禮智信，列之以公侯伯子男。」（〈唐故萬年縣
君京兆杜氏墓誌〉）、「自先君恕、預以降，奉儒守官，未墜素業矣。」
（〈進雕賦表〉）都是強調家世是以仁義禮智信等儒家觀念傳承，歷代
祖先亦是「奉儒守官」。杜甫詩中也常以「儒」自居，即使政治的坎
坷、生活的失意，詩中的「儒」字常有自傷、自嘲、自抑之意，「紈
褲不餓死，儒冠多誤身」（〈奉贈韋左丞丈二十二韻〉）、「有儒愁餓死，
早晚報平津」（〈奉贈鮮于京兆二十韻〉）、「兵戈猶在眼，儒術豈謀身」
（〈獨酌成詩〉）、「儒生老無成，臣子憂四藩」（〈客居〉）、「社稷纏妖
氣，干戈送老儒」（〈舟中出江陵南浦奉寄鄭少尹審〉）、「儒術于我何
有哉，孔丘盜蹠俱塵埃」（〈醉時歌〉）、「江漢思歸客，乾坤一腐儒」
（〈江漢〉）等等，在自傷、自嘲、自抑之中，其實也隱含著自己對儒
者身分的珍重與自負之意，亦即自己在困頓境遇仍能堅守儒者信念與
價值觀，杜甫晚年所作詩：「臥疾淹爲客，蒙恩早廁儒」（〈大曆三年，
春白帝城放船出瞿塘峽，久居夔府，將適江陵漂泊，有詩凡四十韻〉）
就流露出這種對儒官、儒者身份的珍惜與重視之情。

　　杜甫即將這種儒家信念貫穿於詩歌之中，具體實踐儒家詩教，將
儒家文學傳統下的道德理想、現實精神、政治原則和諷喻比興的詩歌
藝術手法發揚到了極致。晚唐人孟棨即評論杜甫：「杜逢祿山之難，流
離隴蜀，畢陳於詩，推見至隱，殆無遺事，故當時號爲詩史。」〔註91〕
即說明了杜詩這種現實精神、道德理想。而蘇軾也是從這個角度來學
習與效法杜甫，蘇軾一方面從人格上來讚揚杜甫的忠孝愛君、憐憫愛
民之情，並且一生效之同樣也是忠孝愛君、憐憫愛民，《宋史・蘇軾
傳》即云：「軾自爲舉子至出入侍從，必以愛君爲本，忠規讜論，挺
挺大節，群臣無出其右。」甚至窮愁潦倒之際，蘇軾亦常自比爲杜甫，
如〈東坡八首〉其七：「我窮交舊絕，三子獨見存。從我於東坡，勞餉
同一飧。可憐杜拾遺，事與朱阮論。吾師卜子夏，四海皆弟昆。」其

〔註91〕孟棨《本事詩》〈高逸第三〉收錄丁福保輯《歷代詩話續編》下冊（北
　　　　京：中華書局，1983 年），頁 15。

中「可憐杜拾遺，事與朱阮論」，乃化用杜詩「梅熟許同朱老喫，松高擬對阮生論」(〈絕句四首〉之一)〉蘇軾即以朱、阮喻友，而以杜甫自喻。另一方面蘇軾也效法杜詩的道德理想、現實精神、政治原則和諷喻比興的詩歌藝術手法。如蘇軾作〈荔支嘆〉：「十里一置飛塵灰，五里一堠兵火催。顛阬仆谷相枕藉，知是荔支龍眼來。」詩中的批判精神即繼承杜甫〈病橘〉：「憶昔南海使，奔騰獻荔支，百馬死山谷，到今耆舊悲。」〔註92〕所以紀昀才說：「貌不襲杜，而神似之，出沒開闔，純乎杜法。」又如杜甫有〈麗人行〉，蘇軾則有〈續麗人行〉：

> 三月三日天氣新，長安水邊多麗人，態濃意遠淑且眞，肌理細膩骨肉勻，繡羅衣裳照暮春，蹙金孔雀銀麒麟。頭上何所有？翠爲匐葉垂鬢脣；背後何所見？珠壓腰衱穩稱身。就中雲幕椒房親，賜名大國虢與秦。紫駝之峰出翠釜，水精之盤行素鱗，犀箸厭飫久未下，鸞刀縷切空紛綸。黃門飛鞚不動塵，御廚絡繹送八珍，簫鼓哀吟感鬼神，賓從雜遝實要津。後來鞍馬何逡巡，當軒下馬入錦茵。楊花雪落覆白蘋，青鳥飛去銜紅巾。炙手可熱勢絕倫，慎莫近前丞相嗔！〔註93〕(杜甫〈麗人行〉)

> 深宮無人春日長，沉香亭北百花香，美人睡起薄梳洗，燕舞鶯啼空斷腸。畫工欲畫無窮意，背立東風初破睡，若教回首卻嫣然，陽城下蔡俱風靡。杜陵飢客眼長寒，寒驢破帽隨金鞍，隔花臨水時一見，只許腰肢背後看。心醉歸來茅屋底，方信人間有西子，君不見孟光舉案與眉齊，何曾背面傷春啼。〔註94〕(蘇軾〈續麗人行〉)

杜甫〈麗人行〉純以清新明麗的語言，鋪陳揚厲的手法，白描楊氏姊妹在水邊的嫻淑意態、優美體態、高雅姿態和麗服美態，以及受寵奢華、侈麗自奉的情狀。同時運用含蓄手法，寓含譏諷之情於客觀敘述之中，透過情節和場面的描繪，將愛憎之情顯露而出。蘇軾〈續麗人

〔註92〕《蘇軾詩集》卷三十九。
〔註93〕《杜詩鏡銓》卷二，頁54。
〔註94〕《蘇軾詩集》卷十六，頁811。

行〉則假想杜甫於水邊望見楊氏背面欠身之景，也以白描手法，描寫麗人慵懶身姿〔註95〕，一方面極寫其美，另一方面卻以賢婦作爲對比，皆爲正面舉案齊眉之姿，不曾有背面傷春啼之舉，意旨遙續杜詩〈麗人行〉的譏諷之意。

　　而杜、蘇之間最大之不同，在於杜詩以仁民愛物爲心，以致君堯舜爲志，汲汲世用，努力不懈，但是仕途坎坷，復遭逢「安史之亂」，流亡逃難，漂泊西南、江湘，人生的悲苦，讓杜詩轉入沉鬱頓挫。蘇軾雖也經歷政治困頓，起落不定，甚至遠謫海島，但是蘇軾和杜甫比起來畢竟仍還有任官、得意之時，再加上蘇軾兼受佛道影響較深，相較杜甫接受佛道影響較淺的緣故，蘇軾的詩歌便和杜甫的沉鬱頓挫不同，他順勢自然地轉向佛道之中尋得自適、超脫之法，因此形成截然不同的曠達之風。

〔註95〕「春睡初醒的美人，窈窕的背影令人一見傾心，窮愁潦倒的詩人，只緣遠觀，就已心醉神迷，東坡幽了杜甫一默之後，筆鋒一轉，想到寂寥的深宮內人恐怕還是羨慕尋常百姓相敬如賓，恩愛度日吧？將梁鴻、孟光夫婦舉案其眉的故事對照杜甫〈麗人行〉裡譏刺的楊國忠、虢國夫人不倫作爲，更具嘲諷之意。」學者衣若芬將蘇詩中的麗人釋爲深宮內人，意亦可通。詳參《觀看、敘述、審美——唐宋題畫文學論集》（臺北：中研院文哲所，2004年），頁237。

第七章　蘇軾對白居易、韓愈詩的熔鑄

第一節　蘇軾對白居易詩的熔鑄

一、蘇軾對白居易的評論

（一）出處老少、安分寡求粗似樂天

　　蘇軾曾經自比白居易，作一詩，題曰「予去杭十六年而復來，留二年而去。平生自覺出處老少，粗似樂天，雖才名相遠，而安分寡求，亦庶幾焉。」〔註1〕認爲自己和白居易的平生遭遇（出處老少）及生命性格（安分寡求）相似。

　　據《新唐書》、《舊唐書》載，白居易在朝任左拾遺，直言進諫，忤上不悔。拜左贊善大夫，因言盜殺武元衡之事，遭貶江州司馬。久之，徙忠州刺史。之後又轉中書舍人，言不見聽，乃丐外遷，爲杭州刺史，始築堤捍錢塘湖，溉田千頃。後又以秘書監召還，遷刑部侍郎，

〔註1〕　全詩題爲〈予去杭十六年而復來，留二年而去。平生自覺出處老少，粗似樂天，雖才名相遠，而安分寡求，亦庶幾焉。三月六日，來別南北山諸道人，而南下天竺惠淨師以醜石贈行，作三絕句〉，《蘇軾詩集》卷三十三，頁1761。

終以刑部尚書致仕，隱居洛陽，七十五歲卒。蘇軾在朝任官亦是直言忠諫，亦曾因烏臺詩案而遭貶黃州（白居易貶忠州刺史，曾在忠州城東山坡種花，並命名為「東坡」，作〈東坡種花二首〉、〈步東坡〉、〈別種東坡花樹兩絕〉等詩；蘇軾貶黃州，在雪堂東邊山坡墾植，自號「東坡居士」，兩者有其關聯），亦曾擔任杭州刺史，亦曾築堤疏洪。蘇軾時在詩中流露隱居心願，又恰好與白居易晚年致仕相吻合。白居易「行在獨善、志在兼濟、終身奉道」的志向也與蘇軾人生志向同出一轍，白居易晚年隱居洛陽，與佛教僧人往來，亦是蘇軾平生樂意從事者。蘇軾另有一詩〈軾以去歲春夏侍立邇英，而秋冬之交子由相繼入侍，次韻絕句四首，各述所懷〉其四：「微生偶脫風波地，晚歲猶存鐵石心，定似香山老居士，世緣終淺道根深。」蘇軾自注：「樂天自江州司馬除忠州刺史，旋以主客郎中知制誥，遂拜中書舍人。軾雖不敢自比，然謫居黃州，起知文登，召為儀曹，遂忝侍從，出處老少大略相似，庶幾復享此翁晚節閒適之樂焉。」〔註2〕官場起落、遭貶復起，都是白蘇兩人共有遭遇，而白居易晚節閒適之樂，更是蘇軾所盼望者，故詩云：「出處依稀似樂天，敢將衰朽較前賢，便從洛社休官去，猶有閑居二十年。」或是「我似樂天君記取，華顛賞遍洛陽春」說的就是對這種生活的渴盼。

　　白居易的出處，並不僅止於貶官、復用的官場遭遇，更是個人立身處世的原則，白氏〈與元九書〉云：「古人云：『窮則獨善其身，達則兼濟天下。』僕雖不肖，常師此語。大丈夫所守者道，所待者時。時之來也，為雲龍為風鵬，勃然突然，陳力以出；時之不來也，為霧豹為冥鴻，寂兮寥兮，奉身而退。進退出處，何往而不自得哉。故僕志在兼濟，行在獨善，奉而始終之則為道，言而發明之則為詩。」白居易這種行在獨善其身，志在兼濟天下，終身奉行正道，完全是儒家性格，也因為這種性格，詩歌自然成了「言志載道」的工具。

　　白居易的安分寡求，表現在對功名利祿與物質的知足之中，其

─────────────

〔註2〕　《蘇軾詩集》卷二十八，頁1505。

詩文中屢提及官職及俸祿變遷，如擔任校書郎時「俸錢萬六千，月給亦有餘」、擔任左拾遺「月慚諫紙二千張，歲愧俸錢三十萬」、任太子賓客分司「俸錢八九萬，給受無虛月」、任太子少傅「月俸百千官二品，朝廷雇我做閒人」，退休（致仕）後領取半俸「全家遁此曾無悶，半俸資身亦有餘」「壽及七十五，俸佔五十千」〔註3〕，從月俸一萬六千錢，至月俸百千（十萬），甚至退休俸五萬，白居易都流露出知足常樂的心態。即使遭貶謫至江州司馬，〈與元九書〉仍說：「今雖謫在遠郡，而官品至第五，月俸四五萬，寒有衣、饑有食，給身之外施及家人，亦可謂不負白氏之子矣！」因爲知足常樂，不怨不尤。蘇軾遭貶黃州，廩入既絕，痛自節儉，「每月朔，便取四千五百錢，斷爲三十塊，掛屋樑上。平旦，用畫叉挑取一塊，即藏去叉。仍用大竹筒別貯用不盡著，以待賓客。」節儉之餘，也是不怨不尤，自有一股樂天氣味。另撰〈節飲食說〉：「東坡居士自今以往，早晚飲食，不過一爵一肉。有尊客盛饌，則三之，可損不可增。有招我者，預以此告之。主人不從而過是，乃止。一曰安分以養福，二曰寬胃以養氣，三曰省費以養財。」在困頓的環境中，體會到「安分寡求以養福」，而所效法之白居易亦復如是。

（二）白俗淺易與高妙

　　蘇軾〈祭柳子玉文〉曾以「元輕白俗，郊寒島瘦，嘹然一吟，眾作卑陋」〔註4〕，借元稹、白居易、孟郊、賈島詩的偏失，來極力稱揚戚友柳子玉。故而蘇軾評論「白俗」，只能視爲蘇軾對白居易歌的一個缺失的評斷，而非全體風貌的看法。

　　蘇軾在廬山曾見唐代詩人徐凝〈瀑布〉詩，其中有句「一條界破青山色」，蘇軾以爲塵陋，云徐凝「又僞作樂天詩稱美此句，有『賽

〔註3〕 洪邁《容齋隨筆》，收錄於陳友琴《白居易資料彙編》（中華書局，2003 年），頁 120。洪邁對此評論爲「立身廉清」之舉，云：「白樂天仕宦，從壯至老，凡俸祿多寡之數，悉載於詩。雖波及他人，亦然。其立身廉清，家無餘積，可以蓋見矣。」
〔註4〕 《蘇軾文集》卷六十三，頁 1938。

不得』之語。」然後說「樂天雖涉淺易，然豈至是哉！」這裡說白居易的「雖涉淺易」，可見並非全然「淺易」〔註5〕。

「淺易」和「俗」是一體兩面，因為白氏詩歌的目的是希望能通俗諷世，故而選擇淺易方式的表現。從白居易〈與元九書〉一文可知，白居易思欲上溯《詩經》諷喻傳統，挽救「上不以詩補察時政，下不以歌洩導人情」，矯正歷代詩家嘲風雪、弄花草，缺乏現實諷喻的精神，躬自挺身接續唐代以降陳子昂感遇詩、鮑防感興詩、杜甫〈新安吏〉、〈石壕吏〉、〈潼關吏〉、〈塞蘆子〉、〈留花門〉之章、「朱門酒肉臭，路有凍死骨」之句以後的現實諷諭詩風。白氏在文章中說「每讀書史多求理道，始知文章合為時而著，歌詩合為事而作」，「有可以救濟人病裨補時闕而難於指言者，輒詠歌之」，此即後來白氏所提倡的「新樂府詩」的核心思維。白氏繼承《詩經》諷諭傳統，其語言亦頗承襲之，《詩經》十五國風多為各地民歌，白氏作詩亦以淺易為主，目的就是為了通俗。〈與元九書〉說及娼妓傳唱引以為高、以及「自長安抵江西，三四千里，凡鄉校佛寺逆旅行舟之中，往往有題僕詩者」、「士庶僧徒孀婦處女之口，每每有詠僕詩者。」皆可見白詩在當時受歡迎的盛況。白詩之所以熱烈流傳於民間，主要還是其文字淺顯易曉，據《冷齋夜話》：「白樂天每作詩，令一老嫗解之，問曰：『解否？』嫗曰解，則錄之；不解，則易之。故唐末之詩近於鄙俚也。」〔註6〕

不過蘇軾也曾說「白公晚年詩極高妙」，據趙令時《侯鯖錄》：

〔註5〕趙翼《甌北詩話》卷四對於白詩淺易之說有不同見解，是蘇軾論白俗之後，後繼詩家繼承蘇說而批評白詩的另一種看法：「中唐詩以韓、孟、元、白為最。韓、孟尚奇警，務言人所不敢言；元、白尚坦易，務言人所共欲言。試平心論之，詩本性情，當以性情為主。奇警者，猶第在詞句間爭難鬥險，使人蕩心駭目，不敢逼視，而意味或少焉。坦易者多觸景生情，因事起意，眼前景、口頭語，自能沁人心脾，耐人咀嚼。」

〔註6〕相同的內容亦見於宋彭乘的《墨客揮犀》。參見陳友琴編《白居易資料彙編》，中華書局，2003年版。頁162。

「東坡云：『白公晚年詩極高妙。』余請其妙處，坡云：『如「風生古木晴天雨，月照平沙夏夜霜」，此少時不到也。』」蘇軾引白居易兩句詩出自〈江樓夕望招客〉，原詩爲：「海天東望夕茫茫，山勢川形闊復長。燈火萬家城四畔，星河一道水中央。風吹古木晴天雨，月照平沙夏夜霜。能就江樓消暑否，比君茅舍校清涼。」寫暮色中登上江樓所望之山水城景。第三聯乃以「晴天雨」描摹「風吹古木」的聲音，以「夏夜霜」描摹「月照平沙」的景象，意思是晚風吹過古木而發出瑟瑟聲響，好似此刻天晴卻有降雨的聲響；月光照映在平坦的沙地上反射潔白之光，好似此時是夏天卻降生秋天之霜。風吹古木之聲可比雨聲，古木落葉之狀彷如雨點，雖然實際上並未下雨；鋪灑在沙地上的月光，皎潔晶瑩，宛如霜雪，實際上已沒有下霜，但是雨和霜，都是爲了凸顯夏夜之清涼。兩句意境清新、想像別致、新穎，因此蘇軾評爲「高妙」。

二、蘇詩對白居易詩的熔鑄與重塑

（一）蘇軾仿效白詩之淺易遣辭、諷諭及排律

　　蘇詩援引、化用白居易詩句、詩意融入詩中者。襲用或略加更動、增刪其詩語者，如「不知何所樂，竟夕獨酣歌」（〈乘舟過賈收水閣，收不在，見其子，三首〉其一），出自白居易「客去有餘趣，竟夕獨酣歌」（〈效陶潛體詩十六首並序〉其八）；又如「有客扣我門，繫馬門前柳」（〈和陶擬古九首〉其一），出自白居易「繫馬門前柳」（〈留李固言〉）；又如「枝上稀疏地上稠」（〈再次韻答田國博部夫還二首〉其二），乃改自白居易「枝上稀疏地上多」（〈落花〉）；又如「江上秋風無限浪」（〈次韻蔣穎叔〉），乃改自白居易「秋風江上浪無限」（〈江南遇天寶樂叟〉）；「忘懷杯酒逢人共」（〈次韻答邦直、子由五首〉其一），增改自白居易「逢人共杯酒」（〈病游即事〉）；「繞郭荷花一千頃」（〈泛舟城南，會者五人，分韻賦詩，得「人皆

苦炎」字四首〉其一），改自白居易「繞郭荷花三十里」（〈餘杭〉）；
又如「雲泉勸我早抽身」（〈李頎秀才善畫山，以兩軸見寄，仍有詩，
次韻答之〉），乃化用白居易「宜當早罷去，收取雲全身」（〈自題寫
真〉）詩意；又如「野火燒枯草，東風動綠芒」（〈荊州十首〉其十），
乃化用白居易「野火燒不盡，春風吹又生」（〈春草〉）詩意；又如「人
未放歸江北路，天教看盡浙西山」（〈與毛令方尉遊西菩寺〉）〔註7〕，
乃學自白居易「幾度欲移移不得，天教拋擲在深山」〔註8〕；又如
「共成一百七十歲，各飲三萬六千觴」（〈贈張刁二老〉）〔註9〕，乃
學自白居易「人生一百歲，通計三萬日」（〈對酒〉）全以數字作對；
又如「我哀籃中蛤，閉口護殘汁，又哀網中魚，開口吐微濕，剖腸
彼交病，過分我何得」（〈岐亭五首〉其二），乃化用白居易「獸中
刀鎗多怒吼，鳥遭羅弋盡哀鳴，羔羊口在緣何事，闇死屠門無一聲」
（〈禽蟲十二章〉之六）禁屠之詩意；又如「百尺長松澗下摧，知
君此意為誰來，霜枝半折孤根出，尚有狂風急雨催」（〈觀子美病中
作，嗟歎不足，因次韻〉），乃化用白居易「不知秋雨意，更遣欲如
何」（〈雨中題衰柳〉）詩意……，諸如此類，詳見蘇軾詩集中之注
解，不復一一條列。唯此，可見蘇軾模仿、學習白居易的痕跡。

　　蘇軾雖然稱白詩淺易白俗，但其實自己作詩時也曾經仿效其淺
易白俗的語言。蘇軾〈新灘〉詩：「扁舟轉山曲，未至已先驚。白
浪橫江起，槎牙似雪城。番番從高來，一一投澗坑。大魚不能上，
作腮灘下橫。小魚散復合，瀺灂如遭烹。鸕鶿不敢下，飛過兩翅輕。

〔註7〕　查士標云：「三、四句（案，即所引兩句），香山得意句。」即指明
　　　　蘇軾此二句乃化用白詩而得。
〔註8〕　〈木蓮樹生巴峽山谷間，巴民亦呼為黃心樹，大者高五丈，涉冬不
　　　　凋，身如青楊，有白文，葉如桂，厚大無脊，花如蓮，香色豔膩皆
　　　　同，獨房蕊有異。四月初始開，自開迨謝，僅二十日。忠州西北十
　　　　里，有鳴玉谿，生者穠茂尤異。元和十四年夏，命道士毋丘元志寫，
　　　　惜其遐僻，因題三絕句云〉之三。
〔註9〕　紀昀即云：「三、四句乃香山野調。」

白鷺誇瘦捷，插腳還欹傾。區區舟上人，薄技安敢呈。只應灘頭廟，賴此牛酒盈。」〔註10〕此詩爲蘇軾早年（24 歲）所作，宋仁宗嘉祐四年（1059）從故鄉眉山至荊州時作成，全詩描寫扁舟浪高之險景，語言平易，簡潔明快。紀昀即云：「純是香山門徑。」可見其模仿白詩的痕跡。又如〈聽僧昭素琴〉：「至和無攫醳，至平無按抑。不知微妙聲，究竟從何出。散我不平氣，洗我不和心。此心知有在，尚復此微吟。」〔註11〕此詩爲蘇軾 39 歲所作，同樣是文字簡易，紀昀即云：「絕似香山。」

　　蘇軾亦學習白居易之諷諭詩。白氏之諷諭詩，即以淺俗之語敘事而寓譏諷之意，自云：「僕志在兼濟，行在獨善，奉而始終之則爲道，言而發明之則爲詩。謂之諷諭詩，兼濟之志也。」可見諷諭詩是白居易針砭時弊、兼濟天下的一種方式，而白氏之諷諭詩最大的特徵，還是在其語言之淺易。蘇軾〈魚蠻子〉即是學白氏諷諭詩之出語淺易者：

江淮水爲田，舟楫爲室居。魚蝦以爲糧，不耕自有餘。
異哉魚蠻子，本非左衽徒。連排入江住，竹瓦三尺蘆。
於焉長子孫，戚施且侏儒。擘水取魴鯉，易如拾諸途。
破釜不著鹽，雪鱗芼青蔬。一飽便甘寢，何異獺與狙。
人間行路難，踏地出賦租。不如魚蠻子，駕浪浮空虛。
空虛未可知，會當算舟車。蠻子叩頭泣，勿語桑大夫。

〔註12〕

此詩作於宋神宗元豐五年，蘇軾貶謫黃州之作，詩中透過魚蠻子（即漁夫）之水上生活，自給自足，不受新法保甲、青苗等法之戕害〔註13〕，

〔註10〕《蘇軾詩集》卷一，頁 41。
〔註11〕《蘇軾詩集》卷十二，頁 576。
〔註12〕《蘇軾詩集》卷二十一，頁 1124。
〔註13〕《蘇文忠公詩編注集成》卷二十一，頁 2557。查註引《老學庵筆紀》：「張芸叟作〈漁父〉詩：『家在耒江邊，門前碧水連，小舟勝養馬，大罟當耕田，保甲原無籍，青苗不著錢，桃源在何處，此地有神仙。』」王文誥案爲時張芸叟至黃州，蘇軾爲作此。可見魚蠻子不受新法保

不受賦租之催迫。詩末最後四句筆鋒一轉，如此愜意生活將來未必不會被像桑弘羊一般爲國斂財的大臣所發現而徵稅，用「蠻子叩頭泣，勿語桑大夫」的叩頭動作及叮嚀之語，反諷出新法之擾民、苛刻與慘酷。全詩以敘述爲主，直敘其事，用語簡易，神似白氏諷諭詩。紀昀即云此詩：「香山一派，宛然秦中吟也。」白居易〈秦中吟〉，前有序：「貞元、元和之際，予在長安，聞見之間，有足悲者。因直歌其事，命爲〈秦中吟〉。」即是聞見足悲之事，因事抒之，寄寓譏諷，〈與元九書〉云：「聞〈秦中吟〉，則權豪貴近者相目而變色矣。」可見主要針對權豪貴近者之劣跡而進行批評〔註14〕。蘇軾此詩即模仿白居易〈秦中吟〉的寫法，即事敘說，最後方才筆鋒一轉，託事寄諷。主題類似〈秦中吟〉之〈重賦〉，抨擊賦斂之重；作法雷同〈秦中吟〉之〈輕肥〉、〈歌舞〉、〈買花〉三詩，皆是大量正面描述詩題之意，最後數句急轉直下，轉出諷喻〔註15〕。蘇軾〈異鵲〉詩，亦是如此：

> 昔我先君子，仁孝行於家。家有五畝園，么鳳集桐花。
> 是時烏與鵲，巢鷇可俯拏。憶我與諸兒，飼食觀群呀。

甲、青苗法之迫害。

〔註14〕 〈秦中吟〉十首，如〈議婚〉對婚姻重門戶、錢財進行批評，對貧家女難以出嫁寄予同情之意、〈重賦〉對官員巧立名目，大肆對百姓搜刮聚斂進行批評、〈傷宅〉對達官貴人大興土木，營造園第等奢侈行爲進行批評、〈傷友〉對朋友之道今不如古表示感傷、〈不致仕〉諷刺愛富貴、戀君恩而年高不退休者、〈立碑〉諷刺了立碑誇耀門第，歌功頌德之風、〈輕肥〉極言內臣生活之豪奢，結尾以「是歲江南旱，衢州人食人」之強烈對比出貧富差距、〈五弦〉則以以音樂喻人，俗人好今不好古、〈歌舞〉描述一邊是朱門車馬窮奢極侈，另一邊則是無辜囚犯凍死於獄中、〈買花〉針對買昂貴牡丹花揭露出當時豪奢習尚，詩末用「田舍翁」的歎息作結：「一叢深色花，十戶中人賦」。所謂「權豪貴近者相目而變色」，主因即在此。

〔註15〕 如〈輕肥〉前十四句極言內臣生活之豪奢，最後兩句才轉出「是歲江南旱，衢州人食人！」又如〈歌舞〉前十六句極言富貴歌舞之樂，最後兩句轉出「豈知閿鄉獄，中有凍死囚」之譏諷意。〈買花〉亦前十四句極言長安買花之盛況，最後六句才轉出諷喻：「有一田舍翁，偶來買花處，低頭獨長歎，此歎無人喻：一叢深色花，十戶中人賦。」

　　里人驚瑞異，野老笑而嗟。云此方乳哺，甚畏鳶與蛇。
　　手足之所及，二物不敢加。主人若可信，眾鳥不我遐。
　　故知中孚化，可及魚與豭。柯侯古循吏，悃愊真無華。
　　臨漳所全活，數等江干沙。仁心格異族，兩鵲棲其衙。
　　但恨不能言，相對空楂楂。善惡以類應，古語良非誇。
　　君看彼酷吏，所至號鬼車。〔註16〕

此詩前有序：「熙寧中柯侯仲常，通守漳州，以救饑得民，有二鵲棲其廳事，訖侯之去，鵲亦送之，漳人異焉，為賦此詩。」是故此詩蘇軾從自幼飼食鵲鳥之經驗，寫至柯侯循吏仁心格物，鵲鳥因而棲息廳衙，最後兩句筆鋒一轉，「君看彼酷吏，所至號鬼車」，從循吏寫至酷吏，從鵲鳥寫至鬼車（惡鳥），直揭諷喻之意。又如蘇軾〈山村五絕〉，其三「老翁七十自腰鐮，慚愧春山筍蕨甜，豈是聞韶解忘味，邇來三月食無鹽。」即是暗諷鹽法峻嚴，百姓飲食無鹽；其四：「杖藜裹飯去匆匆，過眼青錢轉手空，贏得兒童語音好，一年強半在城中。」則是諷刺青苗法之貸錢，百姓浮費之景。蘇軾諷刺新政、時弊、酷吏，即事為詩，寄諷其中，所用的方法多為白居易諷喻詩之作法，語言簡易，詩末寄託譏諷。

　　蘇軾五言排律之作法，亦可見模仿白居易之排律詩。蘇軾〈壬寅二月有詔令郡吏分往屬縣減決囚禁，十三日受命出府，至寶雞、虢、郿、盩厔四縣，既畢事，因朝謁太平宮，而宿於南溪溪堂，遂並南山，而西至樓觀、大秦寺、延生觀、仙遊潭。十九日迺歸，作詩五百言，以記凡所經歷者，寄子由〉，即仿效白居易〈東南行一百韻寄通州元九侍御、澧州李十一舍人、果州崔二十二使君、開州韋大員外、庾三十二補闕、杜十四拾遺、李二十助教員外、竇七校書〉，蘇詩云：

　　遠人罹水旱，王命釋俘囚。分縣傳明詔，循山得勝遊。
　　蕭條初出郭，曠蕩實消憂。薄暮來孤鎮，登臨憶武侯。
　　崢嶸依絕壁，蒼茫瞰奔流。半夜人呼急，橫空火氣浮。

天遙殊不辨，風急已難收。曉入陳倉縣，猶餘賣酒樓。
煙煤已狼藉，吏卒尚呀咻(1)。雞嶺雲霞古，龍宮殿宇幽(2)。
南山連大散，歸路走吾州。欲往安能遂，將還爲少留。
回趨西虢道，卻渡小河洲。聞道磻溪石，猶存渭水頭。
蒼崖雖有跡，大釣本無鉤(3)。東去過郿塢，孤城象漢劉。
誰言董公健，竟復伍孚仇。白刃俄生肘，黃金漫似丘(4)。
平生聞太白，一見駐行騶。鼓角誰能試，風雷果致不。
巖崖已奇絕，冰雪更雕鎪。春旱憂無麥，山靈喜有湫。
蛟龍懶方睡，瓶罐小容偷(5)。二曲林泉勝，三川氣象侔。
近山麰麥早，臨水竹篁修(6)。先帝膺符命，行宮畫晃旒。
侍臣簪武弁，女樂抱箜篌。秘殿開金鎖，神人控玉虯。
黑衣橫巨劍，被髮凜雙眸(7)。邂逅逢佳士，相將弄彩舟。
投篙披綠荇，濯足亂清溝。晚宿南溪上，森如水國秋。
繞湖栽翠密，終夜響颼颼(8)。冒曉窮幽邃，操戈畏炳彪(9)。
尹生猶有宅，老氏舊停輈。問道遺蹤在，登仙往事悠。
馭風歸汗漫，閱世似蜉蝣。羽客知人意，瑤琴繫馬鞦。
不辭山寺遠，來作鹿鳴呦。帝子傳聞李，巖堂仿像猴。
輕風幝幔卷，落日髻鬟愁。入谷警蒙密，登坡費挽摟。
亂峰攢似槊，一水淡如油。中使何年到，金龍自古投。
千重橫翠石，百丈見遊儵。最愛泉鳴洞，初嘗雪入喉。
滿瓶雖可致，洗耳嘆無由(10)。忽憶尋蟆培，方冬脫鹿裘。
山川良甚似，水石亦堪儔。惟有泉旁飲，無人自獻酬(11)。

〔註17〕

此詩爲五言排律，共一百句，從蘇軾序文及自注中〔註18〕，可知此詩

〔註17〕《蘇軾詩集》卷三，頁122。

〔註18〕蘇詩原注文爲(1)「十三日宿武城鎮，……。」(2)「縣有雞爪峰、
龍宮寺。」(3)「十四日，自寶雞行至虢。……」(4)「十五日至郿
縣，……。」(5)「是日晚，自郿起至清秋鎮宿。……」(6)「十
六日至盩厔，以近山地美，氣候殊早。縣有官竹園，十數里不絕。」
(7)「十七日，寒食。自盩厔東南行二十餘里，朝謁太平宮二聖御
容。……。」(8)「是日與監宮張杲之泛舟南溪，遂留宿於溪堂。」
(9)「十八日，循終南而西，縣尉以甲卒見送。……」(10)「是日

寫二月十三日受命出府、下縣，至十九日之間途中所見、所遊、所感之景物與事情，一路雜述沿途風土，最後收束於回憶昔與蘇轍同遊蛤蟆培之事。如此作法，紀昀稱之：「大段似香山東南行，而五百字一氣相生，不見窘束，不及紛雜，筆力殊不可及。」可見蘇軾乃仿效白居易〈東南行一百韻……〉，白詩前五十六句：

> 南去經三楚，東來過五湖，山頭看候館，水面問征途。
> 地遠窮江界，天低極海隅。飄零同落葉，浩蕩似乘桴。
> 漸覺鄉原異，深知土產殊。夷音語嘲哳，蠻態笑睢盱。
> 水市通闤闠，煙村混舳艫。吏徵漁戶稅，人納火田租。
> 亥日饒蝦蟹，寅年足虎貙。成人男作丱，事鬼女為巫。
> 樓闇攢倡婦，隄長簇販夫。夜船論鋪貨，春酒斷鎓酤。
> 見果皆盧橘，聞禽悉鷓鴣。山歌猿獨叫，野哭鳥相呼。
> 嶺徼雲成棧，江郊水當郭。月移翹柱鶴，風汎颭檣烏。
> 鼉礙潮無信，蛟驚浪不虞。黿鳴江擂鼓，蜃氣海浮圖。
> 樹裂山魈穴，沙含水弩樞。喘牛犁紫芋，羸馬放青菰。
> 繡面誰家婢，鵶頭幾歲奴。泥中采菱芡，燒後拾樵蘇。
> 鼎膩愁烹鼊，盤腥厭膾鱸。鍾儀徒戀楚，張翰浪思吳。
> 氣序涼還熱，光陰旦復晡。身方逐萍梗，年欲近桑榆。
> 渭北田園廢，江西歲月徂。憶歸恆慘澹，懷舊忽踟躕。

〔註19〕

白居易此詩亦是一路雜述東南行之所見風土如何，因情景而轉入懷舊。可見蘇軾作詩時學習白詩之痕跡。

　　蘇軾之和陶詩，在某種程度亦與白居易有關。四十一歲的白居易曾在元和八年丁母憂時作〈效陶潛體詩十六首〉，後又作〈訪陶公舊宅〉，詩序云：「余夙慕陶淵明為人，往歲渭上閒居，嘗有效陶體詩十六首。」此一組詩主要表達不受世網羈絆，追求人生之自由自在，嚮往無拘無束的自然境界，如其三：「朝飲一杯酒，冥心舍

遊崇聖觀，……。」（11）「昔與子由遊蝦蟆培，方冬，洞中溫溫如二三月。」
〔註19〕《白香山詩集》（臺北：世界書局，1961 年）卷十六，頁 167。

元化，兀然無所思，日高尚閒臥。暮讀一卷書，會意如嘉話，欣然
有所遇，夜深猶獨坐。又得琴上趣，安弦有餘暇，復多詩中狂，下
筆不能罷。唯茲三四事，持用度晝夜，所以陰雨中，經旬不出舍。
始悟獨往人，心安時亦過。」此詩語言文字仿效陶詩之質樸，詩意
亦仿效陶詩之安閑自得。唐宋詩家喜好陶詩者不少，但像白居易如
此以十六首詩效陶潛體者，是絕無僅有；蘇軾更進一步，遍和陶詩，
裡頭也有白居易的影響，如蘇軾〈劉景文家藏樂天〈身心問答三
首〉，戲書一絕其後〉：「淵明形神自我，樂天身心相物，而今月下
三人，他日當成幾佛？」即說陶潛有〈形影神〉三詩，白居易有身
心問答之〈自戲三絕句〉，蘇軾乃將兩人與自己會合一處，用李白
〈月下獨酌〉詩意，說明三人之志趣相投，以及用「成佛」指稱三
人之間都有親佛之思想。由此可知，蘇軾喜愛陶詩、遍和陶詩，也
可說是在白居易效陶詩十六首的啟發下，更進一步的發展。

三、蘇詩與受儒家影響下的白居易詩之比較

　　白居易一生，約以元和九年貶江州司馬為界，前期志在兼濟，積
極用事，深具儒家性格；後期獨善其身，知足保合，有佛道氣息。這
樣貶官起復的政治經歷、儒佛道思想的兼併，皆與蘇軾十分雷同，但
細論之又有所不同。

　　白居易早年以儒自居，排斥佛教，對道教成仙之說亦頗存譏
諷。其排佛言論可見〈策林‧議釋教（僧尼）〉一文，從「況僧徒
月益，佛寺日崇；勞人力於土木之功，耗人利於金寶之飾；移君親
於師資之際，曠夫婦于戒律之間。」乃針對佛教不事生產，改易風
俗而反對之；又云：「臣聞：天子者，奉天之教令；兆人者，奉天
子之教令。令一則理，二則亂。若參以外教，二三孰甚焉！」則是
從國家治理角度而言，認為佛教將影響統治者的治權，因此必須加
以反對。至於譏諷道教成仙之說，則可見〈新樂府‧海漫漫〉一詩：
「海漫漫，直下無底傍無邊，雲濤煙浪最深處，人傳中有三神山，

山上多生不死藥，服之羽化爲天仙。秦皇漢武信此語，方士年年採藥去，蓬萊今古但聞名，煙水茫茫無覓處。海漫漫，風浩浩，眼穿不見蓬萊島，不見蓬萊不敢歸。童男卝女舟中老，徐福文成多誑誕，上元太一虛祈禱，君看驪山頂上茂陵頭，畢竟悲風吹蔓草，何況玄元聖祖五千言。不言藥，不言仙，不言白日升青天。」對於古代出海尋仙山採藥之事，盼想服藥飛升成仙之人，從具體史實之結果（求仙者終究不免一死）給予最直接的譏諷，再引老子道德經之言，否認仙藥成仙之說。但是元和十年貶謫江州之後，開始接觸佛道，「千藥萬方醫不得，唯應閉目學頭陀。」（〈眼暗〉）「猶覺醉吟多放逸，不如禪坐更清虛」（〈改業〉）也開始接近道家，「唯看老子五千字，不踏長安十二衢」（〈村居寄張殷衡〉），也對道教丹丸有所興趣，「長悲東郭千家冢，欲乞西山五色丸」（〈尋王道士藥堂因有題贈〉）。漸漸從早年讀儒書履儒行的儒者，過渡到「知足而守中」的儒道兼容，以及「近歲將心地，回向南宗禪」（〈贈李杓直〉）的棲佛自處。到了晚年，白居易隱居洛陽，爲和尚所作碑銘、塔銘，及與僧人交往之詩甚多，「官職三分歸洛下，交遊一半在僧中」（〈喜照密閑實四上人見過〉）、「薄食當齋戒，散班作隱淪，佛容爲弟子，天許作閑人。」（〈閑臥〉）可見其棲心梵釋之意。白居易有〈和知非〉一詩：

> 因君知非問，詮較天下事。第一莫若禪，第二無如醉。
> 禪能泯人我，醉可忘榮悴。與君次第言，爲我少留意。
> 儒教重禮法，道家養神氣。重禮足滋彰，養神多避忌。
> 不如學禪定，中有甚深味。曠廓了如空，澄凝勝於睡。
> 屏除默默念，銷盡悠悠思。春無傷春心，秋無感秋淚。
> 坐成眞諦樂，如受空王賜。既得脫塵勞，兼應離慚愧。
> 除禪其次醉，此說非無謂。一酌機即忘，三杯性咸遂。
> 逐臣去室婦，降虜敗軍帥。思苦膏火煎，憂深扃鎖祕。
> 須憑百杯沃，莫惜千金費。便似罩中魚，脫飛生兩翅。
> 勸君雖老大，逢酒莫迴避。不然即學禪，兩途同一致。

〔註20〕
此詩略帶遊戲性質，將儒佛道從個人修養角度作一比較，儒家重視禮法，可以類推向外；道家重視養神，爲道日損，多所避忌。但儒道之自我修養實不如學佛教禪定之法，可以令精神澄凝曠廓，屏除情感之妄動，領會眞諦之樂。白居易另有〈感悟妄緣題如上人壁〉，爲一生之信仰作一反省：「自從爲駿童，直至作衰翁，所好隨年異，爲忙終日同，弄沙成佛塔，鏟玉謁王宮，彼此皆兒戲，須與即色空。有營非了義，無著是眞宗，兼恐勤修道，猶應在妄中。」將出仕任官、參禪修道等同兒戲，化解虛妄營求之心，感悟色空無著之意。白居易另有〈池上閒吟二首〉之二：「非道非僧非俗吏，褐裘烏帽閉門居」、「雖未定知生與死，其間勝負兩何如。」這種「非道非僧非俗吏」的自我認識，對於生死問題的究察，恰恰正是出入三教之後棲止於佛禪的看法，入儒佛道又否定之，即佛教之諸法非法之觀念，並以此作爲自我身心安頓之處，亦即「余早棲心釋梵，浪跡老莊」（〈病中詩十五首〉序）。換言之，白居易從早年的儒家思想，中年轉而接觸佛道，晚年棲止於佛禪。這與蘇軾早年信道、又以儒爲主，中年接觸佛學，晚年兼融三教之說，略有不同。

從白居易早年儒家思想濃厚，志在兼濟，常以直道自居，時時見諸吟詠：

　　君以明爲聖，臣以直爲忠。（〈賀雨〉）

　　至寶有本性，精剛無與儔，可使寸寸折，
　　不可繞指柔，願快直士心，將斷佞臣頭。（〈李都尉古劍〉）

　　直從萌芽拔，高自毫末使，四面無附枝，
　　中心有通理，寄言立身者，孤直當如此。（〈雲居寺孤桐〉）

　　我有鄙介性，好剛不好柔，
　　勿輕直折劍，猶勝曲全鉤。（〈折劍頭〉）

　　正色摧強御，剛腸嫉喔咿，常憎持祿位，不擬保妻兒，

〔註20〕《白香山詩集》卷二十二，頁 252。

養勇期除惡，輸忠在滅私，……道將心共直，言與行兼危。
（〈代書詩一百韻寄微之〉）

危言抵閹寺，直氣折鉤軸，不忍曲作鉤，乍能折爲玉，……
只要明是非，何曾虞禍福。（〈合夢遊春詩一百韻〉）

這是元和時期充滿兼濟天下之志的白居易，正直自持、自律，甚至
以直取人的概況。詩中流露正直剛強之性格，講求言行端正，心道
共直，明辨是非，不憂禍福，不委屈求全。白氏諷諭詩還有〈有木
八章並敘〉，其前七章分別詠弱柳、櫻桃、枳橘、杜梨、野葛、水
檉、凌霄，諷諭「佞順婐婀，圖身忘國」、「色仁行違，先德後賊」、
「外狀恢弘，中無實用」、「附離權勢，隨之覆亡」等等「其初皆有
動人之才，足以惑眾媚主，莫不合於始而敗於終」者，最後第八章
則以「風影清似水，霜枝冷如玉，獨占小山幽，不容凡鳥宿。……
重任雖大過，直心終不曲，縱非梁棟材，猶勝尋常木」的丹桂自比。
蘇軾亦復如是，常以直道自居，形諸詩歌：「從來直道不辜身」（〈常
潤道中，有懷錢塘，寄述古五首其一〉）、「才高多感激，道直無往
還」（〈淩虛臺〉）、「嗟我本狂直，早爲世所捐」（〈懷西湖寄晁美叔
同年〉）、「反觀皆自直，相詆竟誰諛」（〈和晁美叔老兄〉）等等，這
種以直自許、自居、自期的，源出於儒家之共同思想，但以此標榜，
見諸詩歌，在唐代詩家中唯以白居最爲顯著，而蘇軾亦復如此。

　　白居易中年接觸佛道之後，作有〈中隱〉詩，表達大隱隱於市，
小隱隱於野之外的中隱隱於官的看法，詩云：

大隱住朝市，小隱入丘樊。丘樊太冷落，朝市太囂喧。
不如作中隱，隱在留司官。似出復似處，非忙亦非閒。
不勞心與力，又免饑與寒。終歲無公事，隨月有俸錢。
君若好登臨，城南有秋山。君若愛遊蕩，城東有春園。
君若欲一醉，時出赴賓筵。洛中多君子，可以恣歡言。
君若欲高臥，但自深掩關。亦無車馬客，造次到門前。
人生處一世，其道難兩全。賤即苦凍餒，貴則多憂患。

唯此中隱士，致身吉且安。窮通與豐約，正在四者間。

〔註21〕

白居易的中隱觀念，乃出自清閒無事、衣食無缺、全身免禍的現實面考量。大隱小隱各有其缺失，大隱於朝市過於喧囂，小隱於丘樊則過於冷清，因此不如中隱隱於留司官，留司官乃唐代中央官員留在陪都洛陽任職者，公事清閒不似在首都長安任職者，白居易形容此等生活為介於出仕、隱居之間，有出仕的俸祿與享樂，也享有隱居的安寧與靜謐，卻沒有任官的心力繁忙勞累與小隱飢寒交迫的困擾。中隱是在貴賤之中尋得最適合的安身立命之處。蘇軾亦嘗有中隱之說，不過他的中隱是隱居不成之後的退一步考量，而不是像白居易一樣視為主要考量，〈六月二十七日望湖樓醉書五絕〉其五，即云：「未成小隱聊中隱，可得長閑勝暫閑，我本無家更安往，故鄉無此好湖山。」便是這樣歸隱不成姑且中隱隱於官的觀念。蘇軾另有〈中隱堂詩〉五首：

去蜀初逃難，遊秦遂不歸。園荒喬木老，堂在昔人非。
鑿石清泉激，開門野鶴飛。退居吾久念，長恐此心違。

徑轉如修蟒，坡垂似伏鼇。樹從何代有，人與此堂高。
好古嗟生晚，偷閑厭久勞。王孫早歸隱，塵土污君袍。

二月驚梅晚，幽香此地無。依依慰遠客，皎皎似吳姝。
不恨故園隔，空嗟芳歲徂。春深桃杏亂，笑汝益羈孤。

翠石如鸚鵡，何年別海壖。貢隨南使遠，載壓渭舟偏。
已伴喬松老，那知故國遷。金人解辭漢，汝獨不潸然？

都城更幾姓，到處有殘碑。古隧埋蝌蚪，崩崖露伏龜。
安排壯亭榭，收拾費金貲。岣嶁何須到，韓公浪自悲。

〔註22〕

此組詩是蘇軾為岐山縣宰王紳之長安故居中隱堂而作，詩前有敘：「岐山宰王君紳，其祖故蜀人也。避亂來長安，而遂家焉。其居第

〔註21〕《白香山詩集》卷二十二，頁255。
〔註22〕《蘇軾詩集》卷四，頁165。

園圃，有名長安城中，號中隱堂者是也。予之長安，王君以書戒其子弟邀予遊，且乞詩甚勤，因爲作此五篇。」五首詩敘述其堂屋之由來、屋園風光景物，並由此抒發時光流逝、世事滄桑之感，值得注意的是蘇軾當然知曉中隱之意，但他卻未以此立論，反倒抒發其「退居」（退居吾久念）、「歸隱」（王孫早歸隱）之志。這是白、蘇思想的差異之處。蘇軾任官時便以儒家思想兼濟天下之志行之，歸隱則嚮往道教之修道隱居生活，甚少有隱於官的考量。明袁中道即云：「昔子瞻亦自以爲出處老少，同乎樂天，蓋庶幾此翁晚年閑適之樂。而老爲逐人，卒漂泊於蜒屋獠洞之中，竟不得與樂天同樂，蓋有故矣。樂天當朋黨甫動時，即奉身而退，爲散官、爲分司，而子瞻自元祐以後，徘徊公卿間，如食蔗，然曾不爲引决之計，故宜未幾而禍生也。樂天懷知足之情，而子瞻多干世之意。」（〈白蘇齋記〉）就是從白居易知足而急流勇退的心志，蘇軾勇於入世、干世之意，這種干世之意在袁中道看來是一種缺失，但另一角度看反倒是白居易懂得全身而退，而蘇軾則是勇於行義，南宋費袞即云，大凡貶謫之臣多謹言愼行，以免再次召謗罹禍：「至東坡則不然，其在惠州也，程正輔爲廣中提刑，東坡與之中外，凡惠州官事，悉以告之。……又與廣帥王敏仲書，薦道士鄭守安，……凡此等事，多涉官政，亦易指以爲恩怨，而坡奮然行之不疑，其勇於爲義如此。謫居尙爾，則立朝之際，其可以死生禍福動之哉？」（〈梁溪漫志〉卷四）便是從蘇軾的勇於行義的角度看待蘇軾干事的正面積極意義。

　　換言之，白居易從儒家的兼濟天下，而後轉爲獨善其身，追求心安（如〈種桃杏〉：「無論海角與天涯，大抵心安即是家」），講究知足（如〈郡齋暇日憶廬山草堂……〉「吾道尋知止」），晚年又轉入佛道，棲止於釋，在禪定修習中獲取身心的自足自適以及對人生憂患的超越；而蘇軾之嚮往白氏，看似以隱退全身免禍爲念，但實際上卻又不然，蘇軾以儒兼攝佛道，對於人生憂患常泰然處之，葛立方即云：「白樂天好爲知理者，而於仕宦升沉之際悲喜輒繫之。……

東坡謫瓊州有詩云：『平生學道眞實意，豈與窮達俱存亡。』要當如是爾。」（《韻語陽秋》卷十一）所謂白氏於仕宦升沉而喜悲隨之，蘇轍有一具體的事例說明，並加以批評：「樂天每閑冷衰病發於詠嘆，輒以公卿投荒僇死不獲其終者解，余亦鄙之。」〔註23〕白居易的中隱也好、閑退也好、面對人生憂患也好都帶有一種世俗性的現實考量及避禍意識，得之則喜，不得則悲；反觀蘇軾面對人生憂患，多能泰然處之，勇於面對，化悲觀爲樂觀，在曠達之中化解外在的困景、生命悲慨與蒼涼情韻，閃現出更爲博厚的生命情調。所以，白居易是現實性的全身避禍考量而從儒遁入佛道，而蘇軾則是理想堅持型的援佛道入儒去面對各種現實。

第二節　蘇軾對韓愈詩的熔鑄

一、蘇軾對韓愈的評論

（一）對韓愈尊儒的肯定

　　蘇軾雖然在對「性」的看法與韓愈不同，他認爲的性是無善無惡（詳見第二章），韓愈認爲的性則是區分爲三品，有上中下之分，因此蘇軾對之有所批評。在〈揚雄論〉，蘇軾分析韓愈根據《論語》孔子所說：「唯上智與下愚不移」而認爲「中人可以上下，而上智與下愚不移。」因此將性區爲上中下三品，是混同了才與性之後造成的結果：

> 嗟夫，是未知乎所謂性者，而以夫才者言之。夫性與才相
> 近而不同，其別不啻若白黑之異也。聖人之所與小人共之，
> 而皆不能逃焉，是眞所謂性也。而其才固將有所不同。……
> 天下之言性者，皆雜乎才而言之，是以紛紛而不能一也。
> 孔子所謂中人可以上下，而上智與下愚不移者，是論其才
> 也。而至於言性，則未嘗斷其善惡，曰「性相近也，習相

〔註23〕〈書白居易集後二首〉，《欒城後集》卷二一。

遠也」而已。韓愈之説，則又有甚者，離性以爲情，而合
才以爲性。是故其論終莫能通。〔註24〕

在蘇軾看來，性之所以被視爲有善惡之別，是因爲混同了「才」，性
是沒有善惡之別，「才」方有善惡之別。蘇軾並引孔子「性相近」之
説，認爲孔子並無將性區分爲善惡，只是相近，因此後學之人（如
孟子性善説、荀子性惡説、楊雄善惡混、韓愈性三品説）都是違背
孔子之説，其主因就是將有善惡的「才」，混同了無性無惡的性而產
生的結果。蘇軾認爲的才即是才智，才智乃天生而有好壞善惡之別，
至於性則是天性，是自然之性，乃人與萬物皆同，有其天生自然而
然的本質，所以蘇軾才以樹木作爲比喻：「今夫木，得土而後生，雨
露風氣之所養，暢然而遂茂者，是木之所同也，性也。而至於堅者
爲轂，柔者爲輪，大者爲楹，小者爲桷。桷之不可以爲楹，輪之不
可以爲轂，是豈其性之罪耶？」樹木得水而生長，是木頭自然之本
性，而樹木生長之後而產生不同的軟硬大小，這便是木頭的才質。
人也是如此，饑渴寒飲，飲食男女才是人之本性，喜怒愛惡則是情，
善惡良莠則是才。蘇軾將性是爲自然之性，一方面是回歸孔子「性
相近」説之外，另一方面則是試圖將人之性與萬物之性會合一起，
人和萬物之性都是無善無惡，如此通透人之性之後，才能盡萬物之
性，云「聖人之論性也，將以盡萬物之天理，與眾人之所共知者，
以折天下之疑。」就是這個道理。

　　蘇軾在〈韓愈論〉，也是對性的看法不同，而對韓愈有所批評，
但裡頭多加了情的討論：

儒者之患，患在於論性，以爲喜怒哀樂皆出於情，而非性
之所有。夫有喜有怒，而後有仁義；有哀有樂，而後有禮
樂。以爲仁義禮樂皆出於情而非性，則是相率而叛聖人之
教也。〔註25〕

蘇軾認爲喜怒哀樂雖是情，但也是從性而出，喜怒哀樂本身並無善惡

〔註24〕《蘇軾文集》卷四，頁110。
〔註25〕《蘇軾文集》卷四，頁113。

之別，關鍵在於能否駕馭喜怒哀樂而產生善或產生惡。這和韓愈認為的「性也者，與生俱生也；情也者，接於物而生也。」也是明顯不同。蘇軾在〈潮州韓文公廟碑〉另有討論：

> 蓋嘗論天人之辨，以謂人無所不至，惟天不容偽。智可以欺王公，不可以欺豚魚；力可以得天下，不可以得匹夫匹婦之心。故公之精誠，能開衡山之雲，而不能回憲宗之惑。能馴鱷魚之暴，而不能弭皇甫鎛、李逢吉之謗。能信於南海之民，廟食百世，而不能使其身一日安於朝廷之上。蓋公之所能者，天也。其所不能者，人也。〔註26〕

蘇軾認為天人之際的關係，天道和人性其實相同，天道和人性都是無善無惡，因此人之精誠，便可以天道互通。蘇軾即以此觀念來評論韓愈，韓愈生平一些看似不同尋常之異事（開衡山之雲、馴鱷魚之暴），蘇軾皆以精誠感天而解釋之；而對於人主之疑惑與小人之毀謗，則屬人之性情氾濫而無所不至以解釋之。因此，人之精誠以通天，是可以修養而得之路：而人之性情氾濫而無所不至，則屬於「萬象變化」的一部分。這樣的看法呼應著蘇軾認為人之性與情與天之道與易的配合。

　　蘇軾即使在性、情的看法與韓愈相異，但他對韓愈尊儒的壯志與壯行，生命的堅毅、忠勇、精誠，文道的歷史傳承感則多所嘉許。在〈潮州韓文公廟碑〉云：

> 匹夫而為百世師，一言而為天下法，是皆有以參天地之化，關盛衰之運。……自東漢以來，道喪文弊，異端並起，歷唐貞觀、開元之盛，輔以房、杜、姚、宋而不能救。獨韓文公起布衣，談笑而麾之，天下靡然從公，復歸於正，蓋三百年於此矣。文起八代之衰，而道濟天下之溺，忠犯人主之怒，勇奪三軍之帥。豈非參天地，關盛衰，浩然而獨存者乎？〔註27〕

蘇軾特意將韓愈置諸儒學史上討論，肯定其在東漢以降道喪文弊之

〔註26〕《蘇軾文集》卷十七，頁508。
〔註27〕《蘇軾文集》卷十七，頁508。

餘，至唐而獨力振衰起敝，寫作承載儒道之文章，宣揚儒家之道，昂
然獨存，在儒學史上貢獻多矣。

（二）韓詩豪放奇險有餘，溫麗靖深不足

蘇軾曾將韓愈與柳宗元、陶淵明並列評論，云：「柳子厚詩在陶
淵明下，韋蘇州上。退之豪放奇險則過之，而溫麗靖深不及也。所貴
乎枯澹者，謂其外枯而中膏，似澹而實美，淵明、子厚之流是也。若
中邊皆枯澹，亦何足道。佛云：『如人食蜜，中邊皆甜。』人食五味，
知其甘苦者皆是，能分別其中邊者，百無一二也。」〔註28〕蘇軾認爲
在詩歌創作上，運用的文字、意象、遣詞等等屬於外、屬於邊，詩意、
內容、餘韻等等屬於中，文字等的枯澹淺易，必須搭配詩意的膏美餘
韻，才是理想的詩歌表現方式。在這個美學標準下，蘇軾認爲韓愈在
詩歌文字等外在的表現出豪放奇險之風，超過了柳、陶詩的平易，但
是在詩意之溫麗靖深則顯然不足。

蘇軾將韓愈的奇險詩風，視爲韓愈「倔強」所造成，即其生命
性格自然而然形成如此詩風，蘇軾曾云：「書李太白詩云：『遺我鳥
跡書，飄然落巖間。其字乃上古，讀之了不閑。』戲謂柳生，李白
尚氣，乃自招不識字，可一大笑。不如韓愈倔強，云「我寧屈曲自
世間，安能隨汝巢神仙」也。」〔註29〕又有詩云：「平生倔強韓退
之」（〈與葉淳老、侯敦夫、張秉道同相視新河，秉道有詩次韻二首〉
之二）倔強使氣，尚奇追險，正是蘇軾從韓愈的生命性格去理解其
詩風產生的原因。

二、蘇詩對韓愈詩的熔鑄與重塑

韓愈詩以奇險見稱，趙翼《甌北詩話‧韓昌黎詩》云：「韓昌
黎生平所心摩力追者，唯李、杜二公。顧李、杜之前，未有李、杜，
故二公才氣橫恣，各開生面，遂獨有千古。至昌黎時，李、杜已在

〔註28〕〈評韓柳詩〉，《蘇軾文集》卷六十七，頁2109。
〔註29〕〈書韓柳詩〉，《蘇軾文集》卷六十七，頁2116。

前，縱極力變化，終不能再闢一徑。惟少陵奇險處，尚有可推擴，故一眼覷定，欲從此闢山開道，自成一家。此昌黎注意所在也。然奇險處亦自有得失。蓋少陵才思所到，偶然得之，而昌黎則專以此求勝，故時見斧鑿痕跡。」指出韓愈詩學李白、杜甫〔註30〕，在李、杜集詩歌之大成之後，朝奇險詩風奮力邁進，以期卓然成家，有別於李、杜。韓愈之奇險詩風，表現在好用僻字晦詞、好押險韻，造盤空硬語，標新立異，講究新奇為美；同時好用散文句法、章法入詩，以文為詩，出入詩文之間，造成參差錯落、整齊中見散句的效果，極力形塑雄健壯麗與高古奇瑰之效果。這與蘇軾追求平淡詩風大異其趣，但蘇軾亦曾嘗試模仿韓詩之奇險詩句〔註31〕。

韓愈有〈陸渾山火和皇甫湜用其韻〉，蘇軾則有〈雲龍山觀燒得雲字〉模效之。韓詩云：

皇甫補官古賁渾，時當玄冬澤乾源。山狂谷很相吐吞，
風怒不休何軒軒。擺磨出火以自燔，有聲夜中驚莫原。
天跳地踔顛乾坤，赫赫上照窮崖垠。截然高周燒四垣，
神焦鬼爛無逃門。三光弛隳不復暾，虎熊麋豬逮猴猿。
水龍鼉龜魚與黿，鴉鴟雕鷹雉鵠鵷。燖炰煨爊孰飛奔，

〔註30〕韓愈屢在詩中稱揚李杜，洪邁《容齋四筆》卷三〈韓公稱李杜〉即云：「《新唐書・杜甫傳贊》曰：『昌黎韓愈於文章重許可，至歌詩，猶推曰：「李杜文章在，光焰萬丈長。」誠可信云。』予讀韓詩，其稱李杜者數端，聊疏於此。〈石鼓歌〉曰：「少陵無人謫仙死，才薄將奈石鼓何？」〈酬盧雲夫〉云：「高揖群公謝名譽，遠追甫白感至誠。」〈薦士〉曰：「勃興得李杜，萬類困陵暴。」成（〈調張籍〉）、〈醉留東野〉曰：「昔年因讀李白杜甫詩，常恨二人不相從。」〈感春〉曰：「近憐李杜無檢束，爛漫長醉多文辭」唐志所引，蓋凡用之。」另又如〈城南聯句〉云：「蜀雄李杜撥」等等，都可見韓愈對李、杜的推崇與敬仰，故對李、杜詩之學習乃出自真心喜愛之情。

〔註31〕蘇軾習用、化用韓愈詩句者，如「所至為鄉里，事賢友其人」（〈用前韻再和孫志舉〉）末句乃出自韓詩「我來亦以幸，事賢友其人」（〈酬裴十六功曹巡府西驛塗中見寄〉）；又如「幽懷不可寫，歸夢君家倩」（〈梅花〉），末句乃改自韓詩「幽懷不能寫，行此春江潯」（〈幽懷〉）；又如「浮雲無根蔕，黃潦能須臾」（〈送范純粹守慶州〉），首句乃改自韓詩「浮雲柳絮無根蔕」等等。

祝融告休酌卑尊。錯陳齊玫闒華園，芙蓉披猖塞鮮繁。
千鐘萬鼓咽耳喧，攢雜啾嚘沸篪塤。彤幢絳旃紫纛幡，
炎官熱屬朱冠褌。髹其肉皮通髀臀，頹胸垝腹車掀轅。
緹顏靺股豹兩鞬，霞車虹靷日轂輇。丹蕤縓蓋緋繙巾，
紅帷赤幕羅脤膰。盉池波風肉陵屯，谽呀鉅壑頗黎盆。
豆登五山瀛四尊，熙熙釂酬笑語言。雷公擘山海水翻，
齒牙嚼齧舌齶反。電光礔磻頳目暖，項冥收威避玄根。
斥棄輿馬背厥孫，縮身潛喘拳肩跟。君臣相憐加愛恩，
命黑螭偵焚其元。天闕悠悠不可援，夢通上帝血面論。
側身欲進叱於閽，帝賜九河湔涕痕。又詔巫陽反其魂，
徐命之前問何冤。火行於冬古所存，我如禁之絕其飧。
女丁婦壬傳世婚，一朝結讎奈後昆。時行當反慎藏蹲，
視桃著花可小騫。月及申酉利復怨，助汝五龍從九鯤。
溺厥邑囚之崑崙。皇甫作詩止睡昏，辭誇出真遂上焚，
要余和增怪又煩。雖欲悔舌不可捫。

此詩始則言火勢之盛，次則言祝融之御火，其下則言水火相剋相濟之說也。自第五句「攤磨出火以自燔」至「焯炮煨爊孰飛奔」極言火勢盛況，描寫山上起火，風吼山翻，天撼地動，鳥獸鬼怪奔逃，萬物焦灼，光怪陸離之狀；自「祝融告休酌卑尊」至「縮身潛喘拳肩跟」則馳騁想像，以擬人及白描為主，描寫祝融火神馳騁縱橫、車乘儀隊之狀，聲色兼俱，一方面用火神之盛大扈從僚屬隊伍烘托盛大山火情狀，另一方面用大量紅色色彩之物以描寫紅火，如火神僚屬之霞車、紅帷、赤幕，所穿著之紅衣褲、以及鮮豔繁盛之火齊玫、芙蓉花等直接形容火色。最後自「命黑螭偵焚其元」以下，藉黑螭與天帝的對話，大行議論，說明水火依時而生，相生相剋之理。韓愈此詩造語險怪，僻字叢出（疂、暵、鶒、韃、靺、盉、谽……）」，想像奇絕。蘇軾〈雲龍山觀燒得雲字〉：

丁女真水妃，寒山便火耘。隕霜知已殺，坯戶聽初焚。
束縕方熠耀，敲石俄氤氳。落點甘泉烽，橫煙楚塞氛。
窮蛇上喬木，潛蛟蹕浮雲。驚飛墮傷雁，狂走迷癡麏。

谷蟄起蜩燕，山妖竄夔魖。野竹爆哀聲，幽桂飄冤芬。
悲同秋照蟹，快若夏燎蚊。火牛入燕壘，燧象奔吳軍。
崩騰井陘口，萬馬皆朱幩。搖曳驪山陰，諸姨爛紅裙。
方隨長風卷，忽值絕澗分。我本山中人，習見匪獨聞。
偶從二三子，來訪張隱君。君家亦何有，物象移朝曛。
把酒看飛爐，空庭落繽紛。行觀農事起，畦壟如纈紋。
細雨發春穎，嚴霜倒秋蕡。始知一炬力，洗盡狐兔群。
〔註32〕

此詩從燒山火耘寫起，接次描寫火煙燦爛之狀，然後轉入典故，最後抒寫觀燒山之於所得之理。其中描寫火煙始生而後喧騰之狀，自「束縕方熠耀」至「幽桂飄冤芬」句止，飛禽走獸、山妖驚慌竄逃之狀，皆與韓詩之構思相似；又此詩刻意仿效韓詩迭用僻字（魖、夔、幩、曛、纈、蕡），造成奇險效果。唯有二處相異者，描寫火勢之後，韓詩轉以祝融之神話想像，蘇詩則轉入歷史典故之鋪陳；詩末結意，韓詩結以火水依時相生之理，蘇詩繼承之外，又結以火燒狐兔群寄寓對狐群狗黨之徒的疾恨。

蘇軾學韓詩最顯著之處其實在於「以文為詩」，趙翼《甌北詩話》即云：「以文為詩，自昌黎始，至東坡亦大放厥詞，別開生面，成為一代之大觀。」韓愈為古文、詩歌大家，喜將散文之虛詞、句法、章法、議論融通入詩。韓愈〈石鼓歌〉乃以文為詩之名篇，而蘇軾則有〈石鼓〉仿效之。韓詩云：

張生手持石鼓文，勸我試作石鼓歌。
少陵無人謫仙死，才薄將奈石鼓何？
周綱陵遲四海沸，宣王憤起揮天戈。
大開明堂受朝賀，諸侯劍珮鳴相磨。
搜於岐陽騁雄俊，萬里禽獸皆遮羅。
鐫功勒成告萬世，鑿石作鼓墮嵯峨。
從臣才藝咸第一，揀選撰刻留山阿。

〔註32〕《蘇軾詩集》卷十七，頁895。

雨淋日炙野火燎，鬼物守護煩撝呵。
公從何處得紙本，毫髮盡備無差訛。
辭嚴義密讀難曉，字體不類隸與蝌。
年深豈免有缺畫，快劍斫斷生蛟鼉。
鸞翔鳳翥眾仙下，珊瑚碧樹交枝柯。
金繩鐵索鎖紐壯，古鼎躍水龍騰梭。
陋儒編詩不收入，二雅褊迫無委蛇。
孔子西行不到秦，掎摭星宿遺羲娥。
嗟予好古生苦晚，對此涕淚雙滂沱。
憶昔初蒙博士徵，其年始改稱元和。
故人從軍在右輔，為我度量掘臼科。
濯冠沐浴告祭酒，如此至寶存豈多。
氈包席裹可立致，十鼓祇載數駱駝。
薦諸太廟比郜鼎，光價豈止百倍過。
聖恩若許留太學，諸生講解得切磋。
觀經鴻都尚填咽，坐見舉國來奔波。
剜苔剔蘚露節角，安置妥帖平不頗。
大廈深簷與蓋覆，經歷久遠期無佗。
中朝大官老於事，詎肯感激徒媕婀。
牧童敲火牛礪角，誰復著手為摩挲。
日銷月鑠就埋沒，六年西顧空吟哦。
羲之俗書趁姿媚，數紙尚可博白鵝。
繼周八代爭戰罷，無人收拾理則那。
方今太平日無事，柄任儒術崇丘軻。
安能以此上論列，願借辨口如懸河。
石鼓之歌止於此，嗚呼吾意其蹉跎。

此詩寫石鼓之發掘卻未受朝廷重視，韓愈力諫朝廷保護石鼓卻不獲
回應，因而興發感懷。先從石鼓來歷寫起，次寫石鼓之文字與價值，
三寫發現石鼓的經過和建議留置太學及建議不獲採納，最後以感慨
作結。全詩不避同字、不避同式，如開頭四句，石鼓二字凡三見，
正是古文之書寫習慣。又好用虛字入詩，如之、於、此、其、以、

豈，以虛字入詩，也以古文寫法入詩之痕跡；又用散文句法入詩，如「才薄將奈石鼓何」、「嗟予好古生苦晚，對此涕淚雙滂沱」、「石鼓之歌止於此，嗚呼吾意其蹉跎」等等，都是用古文之句法融入於詩；同時又好用僻詞，如遮羅、撝呵、掎摭、臼科、媕婀、則那等等，造成奇崛峭硬之效果。全詩至「嗟予好古生苦晚」開始至最後一句，橫出議論，結合自我身世之感，追述之外，夾敘夾議，流露出惆悵惋惜之情，議論處寫得蒼涼沉鬱，哀歎石鼓之不遇，同時也嗟歎寒儒的卑微。

蘇軾〈石鼓〉詩云：

> 冬十二月歲辛丑，我初從政見魯叟。
> 舊聞石鼓今見之，文字鬱律蛟蛇走。
> 細觀初以指畫肚，欲讀嗟如箝在口。
> 韓公好古生已遲，我今況又百年後。
> 強尋偏旁推點畫，時得一二遺八九。
> 我車既攻馬亦同，其魚維鱮貫之柳。
> 古器縱橫猶識鼎，眾星錯落僅名斗。
> 模糊半已似瘢胝，詰曲猶能辨跟肘。
> 娟娟缺月隱雲霧，濯濯嘉禾秀稂莠。
> 漂流百戰偶然存，獨立千載誰與友。
> 上追軒頡相唯諾，下揖冰斯同鷇𪃟。
> 憶昔周宣歌鴻雁，當時籀史變蝌蚪。
> 厭亂人方思聖賢，中興天為生者耇。
> 東征徐虜闞虓虎，北伏犬戎隨指嗾。
> 象胥雜沓貢狼鹿，方召聯翩賜圭卣。
> 遂因鼓鼙思將帥，豈為考擊煩矇瞍。
> 何人作頌比嵩高，萬古斯文齊岣嶁。
> 勳勞至大不矜伐，文武未遠猶忠厚。
> 欲尋年歲無甲乙，豈有名字記誰某。
> 自從周衰更七國，竟使秦人有九有。
> 掃除詩書誦法律，投棄俎豆陳鞭杻。

當年何人佐祖龍，上蔡公子牽黃狗。

登山刻石頌功烈，後者無繼前無偶。

皆雲皇帝巡四國，烹滅強暴救黔首。

六經既已委灰塵，此鼓亦當遭擊剖。

傳聞九鼎淪泗上，欲使萬夫濬水取。

暴君縱欲窮人力，神物義不汙秦垢。

是時石鼓何處避，無乃天公令鬼守。

興亡百變物自閑，富貴一朝名不朽。

細思物理坐嘆息，人生安得如汝壽。〔註33〕

此詩亦以散文章法寫成，先寫親見石鼓之事，次寫石鼓文字之模糊缺損，三寫石鼓之鑄造經過，四寫石鼓之留傳於世的久長，最後亦以感慨作結。詩中大量以散文句法入詩，起句「冬十二月歲辛丑，我初從政見魯叟」即以散文句法開篇，錯縱出之，直至詩末「細思物理坐嘆息，人生安得如汝壽」亦以散文句法結束，以散齊句相濟，達到鬆緩與緊密之節奏；又大量使用散文虛字，如之、以、方、亦、已、其、此、乃、斯、相等等，虛字實字相間，造成迭宕文氣密佈於詩中；又多遣用僻字闢詞，如瘐、頡、者，闞、㗅、瞍、杻、鬱律、戲毅、虩虎、矇瞍等，避熟就生，形成盤空硬語、峭硬奇險之詩句。全詩自「憶昔周宣歌鴻雁」起，轉入敘述，間雜議論，以周、秦之重文與毀文做對比，得出「興亡百變物自閑」之理。蘇軾此詩明顯看出韓愈〈石鼓歌〉以文為詩的影響，詩題相同，詩法雷同，也是大量用散文之虛字、句法入詩，也刻意用僻字僻詞，也刻意密佈議論。

　　蘇軾另亦學韓愈之押險韻。韓愈喜用險韻，押韻時刻意用艱僻字，使人驚其險峻卻又能化艱僻為平妥，無湊韻之弊。歐陽修《六一詩話》云：「余獨愛其工於用韻也。蓋其得韻寬，則波瀾橫溢，泛入傍韻，乍還乍離，出入回合，殆不可拘以常格，如〈此日足可惜〉之類是也。得韻窄則不復傍出，而因難見巧，愈險愈奇，如〈病中贈張十八〉之類是也。余嘗與聖俞論此，以謂譬如善馭良馬者，

〔註33〕《蘇軾詩集》卷三，頁97。

通衢廣陌，縱橫馳逐，惟意所之。至於水曲蟻封，疾徐中節，而不少蹉跌，乃天下之至工也。聖俞戲曰：『前史言退之為人木強，若寬韻可自足而輒傍出，窄韻難獨用而反不出，豈非其拗強而然與？』坐客皆為之笑也。」〔註34〕韓愈〈此日足可惜〉一詩，共一百四十句，押陽韻，雜入庚、青，兼及東、冬、江，皆是寬韻，正是歐陽修所說「得韻寬」，反而泛入旁韻，出入回合之意；至於〈病中贈張十八〉一詩，凡四十四句，多押險韻僻字，如扛、杠、摐、厖、肛、哤、瀧、岇等字。《唐宋詩醇》即云：「此篇當就用韻處玩其苦心巧思，大略以軍事進退為比，皆就韻之所近而詞義乃各得其儔。如前有『高陽』一喻，而後之『窮龐』乃以類從，不為強押。凡解斾回軍，約降吐款，前後俱一線穿成。於此見長篇險韻，定須慘澹經背，不可恃才鹵莽也。」可見韓愈好押險韻，以顯其才力之雄。蘇軾亦偶學韓愈好作險韻以炫奇逞才〔註35〕，如〈雪後書北台壁二

〔註34〕《歐陽文忠公集》卷一二八。

〔註35〕蘇軾詩集次韻、用韻、依韻之作隨處可見，次韻是應答詩與贈詩同押原韻字且先後次第相同，用韻則是應答詩用贈詩原韻字但先後次序不必相同，依韻是應答詩與贈詩同押一韻但不用贈詩原字。除此之外，尚有「戲用其韻」，「戲韻其韻」與「用韻」並不相同，亦與次韻不盡相同，乃應答詩每句末字不論用韻與否，皆與贈詩相同，這並非慣例，乃蘇軾一時興起遊戲為之，故云「戲用其韻」。蘇軾「戲用其韻」諸詩例，原贈詩大多遺佚，僅存一首可知其面貌，即孔武仲〈謁蘇子瞻因寄〉：「華嚴長者貌古奇，紫瞳燁燁雙秀眉，顏如桃花兩侍兒，問其姓名自不知。囁嚅欲吐新奇辭，豈亦有虎來護持。維摩高臥盡○機，蓬山藏史策馬馳。二豪兀坐渾如癡，錯認醍醐是酒巵，誰將此景付畫師。」蘇軾有和詩〈偶與客飲，孔常父見訪，方設席延請，忽上馬馳去，已而有詩，戲用其韻答之〉云：「揚雄他文不皆奇，獨稱觀瓶居井眉。酒客法士兩小兒，陳遵張竦何曾知。主人有酒君獨辭，蟹螯何不左手持。豈復見吾衡氣機，遣人追君君絕馳。盡力去花君自痴，醍醐與酒同一巵，請君更問文殊師。」蘇軾此詩每句末字皆用孔武仲原詩之末字。原詩押支韻一韻到底，答詩亦押相同末字一韻到底。蘇軾「戲用其韻」之詩，多為古詩，且多押仄聲字，如〈病中，大雪數日，未嘗起，觀虢令趙薦以詩相屬，戲用其韻答之〉，乃五言古詩，押去聲霰韻；〈聞公擇過雲龍張山人，輒往從之，公擇有詩，戲用其韻〉，乃五言古詩，押入聲職韻；〈迨

首〉，第一首韻押鹽韻，屬窄韻；後一首韻押麻韻，末韻句爲「老病自嗟詩力退，空吟冰柱憶劉叉」，卻用了「叉」這樣的險字，造語自然，無趁韻之弊。蘇轍〈次韻子瞻病中大雪〉即云：「吾兄筆鋒健，詩俊不可和，雪中思清絕，韻惡愈難柰……。」李之儀〈觀東坡集〉：「今朝又讀東坡集，記得原州鞫獄時，千首高吟虜欲徧，幾多強韻押無遺，故知才氣原無敵，獨有心期老不欺，淚盡九原無路見，冰霜他日看青枝。」〔註36〕都是說蘇軾高吟筆健，連「韻惡」、「強韻」等險惡勉強之韻，全都拘束不住其詩才大筆，蘇軾〈迨作《淮口遇風詩》，戲用其韻〉即云：「君看押強韻，已勝郊與島。」可見蘇軾頗以押險韻爲樂以及自豪之處。

　　由上可見，蘇軾對韓詩的學習與仿效，主要在於以文爲詩及押險韻，至於僻字僻詞，則偶一爲之，並未氾濫。以文爲詩，讓蘇詩瀰漫散文句法，充滿知性議論；押險韻則出於游戲心態，藉以逞才炫學。

三、蘇詩與受儒家影響下的韓愈詩之比較

　　韓愈以捍衛儒家思想爲己任，〈進學解〉即云：「觝排異端，攘斥佛老。」韓愈著〈原道〉、〈原人〉等文，論佛道二教之弊，又上〈諫佛骨表〉以佛教爲夷狄之法，後又撰〈與侍郎孟簡書〉攻擊佛教。

　　韓愈雖學習李、杜，但杜甫對韓愈的影響比李白來得更大，原因就在於韓愈與杜甫都尊儒有關。韓愈學李白，乃學習其雄奇筆力、學

作〈淮口遇風詩〉，戲用其韻〉，乃五言古詩，押上聲皓韻；〈戲用晁補之韻〉，乃七言古詩，前四句鮮押支韻，末四句驀轉押入聲屋韻。由此可知，蘇軾所謂「戲用其韻」主要針對古詩而言，因爲近體詩或古體詩次韻之作都不同押每句末字，僅同押須押韻字而已，故蘇軾「戲韻其韻」僅是一種實驗，而且僅用於古體詩之實驗，這種實驗當然帶著遊戲心態，因此才說「『戲』用其韻」；至於多押仄聲韻，乃直接承襲贈詩每句末原字，仄韻原就是窄韻，如此作詩難度更高，乃蘇軾見仄韻古詩，一時興起趁機騁其才力，作遊刃有餘之勢態。詳見張輝誠〈因難見巧、反常合道——蘇軾戲諧詩研究〉（收錄《河南大學文學院學術研討會論文集》，2010年），頁54。
〔註36〕《蘇軾資料彙編》，頁24。

其豪放詩思與寬闊氣魄，即使如此，韓愈思想終究以尊儒爲主，關注現實人生，與聖賢道德爲伍。因此無論其詩歌如何豪雄奇險，終究難以像李白受道教深刻影響而飄逸風揚，翔天翱海，神游於六合之外、八荒之上。韓愈終究從杜詩入，又從杜詩出，從奇險處開拓，創奇崛雄奇詩風，以文爲詩，創自由章法；以議論爲詩，創知性哲理風氣之先。

韓愈認爲文章目的是「扶樹教道，有所明白」，是明儒家之道；詩則是「抒懮娛悲，雜以瑰怪之言，時俗之好，所以諷於口而聽於耳也。」〔註37〕韓愈要以文章將已喪失的古聖賢之道興復起來，因此文章寫得明白易曉的古文自然成了最好工具，而詩主抒懷宣情，強調融合瑰怪與時俗之新奇與良善時俗之抉擇，朗然於口而入聽於耳，領會於心。如此詩歌比文章多了抒情性與音樂性。韓愈〈韋侍講盛山十二詩序〉：「韋侯讀六藝之文，以探周公孔子之意；又妙能爲辭章，可謂儒者。夫儒者之於患難，苟非其自取之，其拒而不受於懷也，若築河堤以障屋霤；其容而消之也，若水之於海，冰之於夏日；其翫而忘之以文辭也，若奏金石，以破蟋蟀之鳴，蟲飛之聲，……未幾，果有以韋侯所爲十二詩遺余者，其意方且以入谿谷，上巖石，追逐雲月，不足日爲事。讀而歌詠之，令人欲棄百事，往而與之游，不知其出於巴東以屬朐朏也。」即是「抒懮娛悲」的具體註解。如此則有意忽視詩歌的社會功能（不同於強調社會功能的白居易），但卻顯現詩歌的藝術形式的特色，韓愈主張橫空盤硬語，「險語破鬼膽，高詞媲皇墳」（〈醉贈張秘書〉）以創新硬語來替代陳言軟語，就是在這個拋卻詩歌的社會功能所走出的另一條新路。

不過，蘇軾本身兼攝三教，對韓愈尊儒之說亦頗有微詞，認爲韓愈「其爲論甚高，其待孔子、孟軻甚尊，而拒楊、墨、佛、老甚嚴，此其用力，亦不可謂不至也。然其論至於理而不精，支離蕩佚，

〔註37〕〈上兵部李侍郎書〉，《韓愈全集校注》頁 2501。

往往自叛其說而不知。」〔註38〕蘇軾認為韓愈自叛其說，就在於兩人對於性的看法不同，韓愈將性分為三品、且將喜樂哀樂歸為情，將情與性分割；但蘇軾認為性是無善無惡，情也是從性而出。因此蘇軾認為「韓愈欲以一人之才，定天下之性，且其言曰：『今之言性者，皆雜乎佛、老。』愈之說，以為性之無與乎情，而喜怒哀樂皆非性者，是愈流入於佛、老而不自知也。」〔註39〕認為韓愈「離性存情」，是將人之性與情二分，排除於性之外，如此一來則與佛、老之無情、滅情相通，因此自叛其說而不知。其實蘇軾自己本身融通三教，他對三教之間的義理把握，主要是通過儒家完成，因此他的思想顯得較具包容性，所以他對韓愈高揭儒家正統、嚴斥佛老之說，一方面極力讚揚，稱許韓愈是「文起八代之衰，道濟天下之溺」，一方面又批評他是「流入於佛、老而不自知」。蘇軾從性之觀念指出韓愈之流入於佛、老，看似要標明儒與佛道之清楚界限，但實際上恰恰相反，他是要標明儒家思想之特點有與佛老義理所不可覆蓋、包容者，反藉此作為吸收佛老的起點與特點。

　　蘇軾對於韓詩豪放奇險之風，雖然偶有學習仿效，但畢竟不相應，蘇軾〈題柳子厚詩二首〉云：「詩須要有為而作，用事當以故為新，以俗為雅。好奇務新，乃詩之病。」韓愈詩風追求的正是好奇務新，以新為美，避免陳言濫語，這和蘇軾的詩歌美學追求平易恰恰相反，蘇詩的新是在如何從既有之「故」翻出「新」，而非出奇為新；是從通俗之「俗」翻出典雅之「雅」，而非有意避除俗言俗語。但是蘇軾還是學習了韓愈「以文為詩」的特點，融入散文之句法、虛字、議論於詩，搭配自己平易簡易詩風，形成自我的特色。

〔註38〕〈韓愈論〉，《蘇軾文集》卷四，頁113。
〔註39〕〈揚雄論〉，《蘇軾文集》卷四，頁110。

第八章　蘇軾對陶潛詩的熔鑄

第一節　蘇軾對陶淵明的評論

一、確立陶潛名士轉換文學家的身份

　　蘇軾對於陶潛的重新確立身分，在文學史上是一個重要事件。陶潛在文學史上地位的隆降起伏，身份認同的變化現象，一直要到宋代蘇軾，才終於得到確定與揄揚。宋代文風與唐代相異，走向知性反省精神〔註1〕，與唐代注重感性抒情不同，在表現上趨向平易疏淡的風格〔註2〕，也以此作為文學審美標準，如此一來，陶詩文的質直文風恰恰與之契合，陶詩文在宋代備受稱揚也就不難理解。

　　陶淵明在南北朝即被史家刻意塑造成名士形象。到了唐代，陶淵明名士形象和文學家形象一直在起伏消長著〔註3〕。到了北宋，理解陶淵明的轉變大抵以蘇軾為分水嶺，蘇軾之前仍是著重在陶的隱士形象，如徐鉉〈送刁桐廬序〉：「陶彭澤，古之逸民也，猶曰：『聊

〔註1〕 詳見龔師鵬程《江西詩社宗派研究》、《詩史本色與妙悟》等書說法。
〔註2〕 詳見張高評《宋詩之傳承與開拓》、《宋詩之新變與代雄》、《會通化成與宋代詩學》等書說法。
〔註3〕 詳見張輝誠〈從名士到文學家──南北朝至北宋文人對陶淵明形象接受的變化〉，原載《歷史月刊》218期（2006年3月），頁84～90。

欲絃歌以爲三徑之資。』是知清眞之才，高尙其事，唯安民利物可以易其志，人之業也」〔註4〕、林逋〈省心錄一則〉：「陶淵明無功德以及人，而名節與功臣、義士等，何耶？蓋顏子以退爲進，寧武子愚不可及之徒歟？」〔註5〕、梅堯臣〈送永叔歸乾德〉：「淵明節本高」〔註6〕都屬此類。也有如唐代人物在仕隱衝突中以仕爲主的看法，如歐陽修〈偶書〉：「吾見陶靖節，愛酒又愛閒，二者人所欲，不問愚與賢，奈何古今人，遂此樂猶難，……官高責愈重，祿厚足憂患，暫惜不可得，況欲閒長年。」〔註7〕、文同〈讀淵明集〉：「也待將身學歸去，聖時爭奈正升平。」〔註8〕都是看重陶淵明隱士的形象。

但到了蘇軾之後，陶淵明則完全確立了陶的文學家形象，以文學家形象涵括了隱士形象。

蘇軾喜愛陶詩文主因是政治上的不得意，困頓謫居生活略與淵明雷同，蘇軾曾於元豐四年作過〈歸去來集字詩〉十首，雖僅是集字改作，但已經開啓研讀、改作陶詩的先聲〔註9〕，接著又於元豐五年二月寫下以陶淵明〈遊斜川〉詩爲應和對象的詞作〈江城子〉（夢中了了醉中醒），又於三月作〈哨遍〉（爲米折腰，因酒棄家）〔註10〕一詞，檃括陶淵明〈歸去來詞〉。蘇軾和陶之作，始於元祐七年（1092），時蘇軾在穎州，和作飲酒二十首，此後未有和作；至紹聖二年（1094），始大肆和陶，時蘇軾在惠州〔註11〕。紹聖四年

〔註4〕 《陶淵明研究資料彙編》（臺北：明倫出版社，1970年），頁23。
〔註5〕 同注4引書，頁23。
〔註6〕 同上注4引書，頁23。
〔註7〕 同上注4引書，頁25。
〔註8〕 同上注4引書，頁26。
〔註9〕 蘇軾〈集歸去來詩十首〉其有序云：「予喜讀淵明歸去來辭，因集其字爲十詩，令兒曹誦之，號歸去來集字云。」
〔註10〕 〈哨遍〉：「陶淵明賦〈歸去來〉，有其詞而無其聲。余治東坡，築雪堂於上，人俱笑其陋。獨鄱陽、董毅夫過而悅之，有卜鄰之意。乃取〈歸去來〉詞，稍加檃括，使就聲律，以遺毅夫。使家僮歌之，時相從於東坡，釋耒而和之，扣牛角而爲之節，不亦樂乎。」
〔註11〕 蘇軾〈和陶歸園田居六首〉前有一序：「三月四日（案，紹聖二年），游白水山佛跡巖，……歸臥既覺，聞兒子過誦淵明〈歸園田居〉詩

（1095），蘇軾再貶儋州，追和不斷，可知蘇軾改陶、和陶之作大多在黃、惠、儋三州，其間乃蘇軾平生最爲艱苦之時。

蘇軾偏愛陶集至「輒取讀，不過一篇，唯恐讀盡後，無以自遣耳」（〈書淵明羲農去我久詩〉）、「吾於詩人，無所甚好，獨好淵明詩」（〈與蘇轍書〉），故而念茲在茲的就是針對前人批評陶詩文之意見作反駁，如蕭統云陶淵明〈閑情賦〉卒無勸諫之意，是白璧微瑕者，蘇軾便反駁說「淵明〈閑情賦〉，正所謂『國風』好色而不淫，正使不及〈周南〉，與屈、宋所陳何異？而統乃譏之，此乃小兒強作解釋者。」（〈題文選〉）杜甫說「陶潛避俗翁，未必能達道，觀其著詩集，頗亦恨枯槁。」蘇軾即反駁：「〈飲酒〉詩云：『客養千金軀，臨化消其寶。』寶不過軀，軀化則寶亡矣。人言靖節不知道，吾不信也。」（〈書淵明隱酒詩後〉）、「所貴枯澹者，謂其外枯而中膏，似澹而實美，淵明、子厚之流是也。」（〈評韓柳詩〉）在蘇軾眼中看似枯槁、枯澹的陶詩其實內裡卻是膏腴豐美。王維說陶淵明是忘大守小、沈約說他守節不臣異朝、韓愈說他隱居乃未遭遇明時，蘇軾卻不這麼認爲，云：「陶淵明欲仕則仕，不以求之爲嫌；欲隱則隱，不以去之爲高；飢則扣門而乞食，飽則雞黍以延客。古今賢之，貴其眞也。」（〈書李簡夫詩集後〉）蘇軾認爲陶淵明擇仕選隱本來就沒有任何目的，唯順其眞心罷了。蘇軾如此替陶淵明辯解，自然將其文學地位拉抬至無以復加之境，甚至比稍早已將陶視爲晉宋間第一詩人的僧人思悅〔註12〕，還更進一步，直接認爲「曹、劉、鮑、謝、李、杜，皆莫及也。」是魏晉南北朝隋唐詩壇第一人。

蘇軾這樣的偏愛，重新拉抬陶淵明的文學成就。宋人在歐陽修、蘇東坡的提倡宣揚之下，承繼了中唐古文運動的餘響，詩文走向平易

六首，乃悉次其韻。始余在廣陵和淵明〈飲酒〉二十首，今復爲此，要當盡和其詩乃已耳。」可見蘇軾大量遍和陶詩乃在紹聖二年，時貶爲寧遠軍節度副使惠州安置。

〔註12〕思悅〈書陶集後〉：「梁鍾記室嶸評先生之詩，爲古今詩人隱逸之宗。今觀其風致孤邁，蹈厲淳源，又非晉、宋間作者所能造也。」

風格，並以之作爲審詩量文的標準，所以蘇軾評論陶淵明詩文是「外枯而中膏，似澹而實美」（〈評韓柳詩〉）、「詩質而實綺，癯而實腴」（〈與蘇轍書〉），這是時代美感下的新標準，這樣的看法遂成爲宋人欣賞陶詩文的主流意見，如秦觀云：「陶潛、阮籍之詩長於沖澹」（〈韓愈論〉）、楊時云：「陶淵明詩所不可及者，沖澹深粹，出於自然」、曾紘云：「余嘗評陶公詩語造平淡而寓意深遠，外若枯槁，中實敷腴，眞詩人之冠冕也。」（〈論陶一則〉）從平易沖澹的審美角度重新檢視質直的陶詩文，突然和整個時代文學新風潮冥合契入，陶淵明的文學家形象忽然鮮明確立起來，成爲時代的美學新典範。由此看來，北宋（特別是蘇東坡之後〔註 13〕）才眞正確立了陶淵明在文學史上的地位。

二、對陶潛人格的嚮往

　　而蘇軾對於陶潛的喜愛，除了文學之外，同時亦在其人格的雙重認同上：

> 然吾于淵明，豈獨好其詩也哉？如其爲人，實有感焉。淵明臨終，疏告儼等：「吾少而窮苦，每以家弊，東西游走。性剛才拙，與物多忤，自量爲己必貽俗患，黽勉辭世，使汝等幼而饑寒。」淵明此語，蓋實錄也。吾眞有此病而不早自知，平生出仕，以犯世患，此所以深愧淵明，欲以晚節師範其萬一也。〔註14〕（〈與蘇轍書〉）

蘇軾乃從個人生命之性格與經歷印證陶潛人格，同是「性剛」〔註15〕、同是「與物多忤」、同是「自貽俗患」，故而對其詩歌之表現，深得其隱含之餘韻，謂陶詩爲「質而實綺，癯而實腴」，從看似質癯的詩句

〔註13〕張戒《歲寒堂詩話》卷下即云：「陶淵明柳子厚之詩，得東坡而後發明。」引自四川大學中文系唐宋文學研究室編《蘇軾資料彙編》（北京：中華書局，1994 年），頁 300。

〔註14〕〈與子由六首〉之五，《蘇軾佚文彙編》卷四。

〔註15〕蘇軾〈錄陶淵明詩〉寫錄陶詩〈飲酒〉其九之後云：「予嘗有云：『言發於心而衝於口，吐之則逆人，茹之則逆予，以謂寧逆人也，故卒吐之。』與淵明詩意不謀而合。」可見倆人性剛之例證。

中探得綺腴的詩意餘韻。蘇軾所云：「所貴乎枯澹者，謂其外枯而中膏，似澹而實美，淵明、子厚之流是也。」亦是同樣意思。

　　蘇軾更將陶潛之事典屢屢形諸於詩，如「淵明獨清眞，談笑得此生」（〈和陶飲酒二十首〉其三）、「疾惡逢伯厚，識眞似淵明」（〈贈朱遜之〉）、「靖節固昭曠，歸來侶蓬蒿」（〈題李伯時淵明東籬圖〉）、「不識陶靖節，定非風塵格」（〈富陽道中〉）言其清眞、高曠、高風清塵之格調；「淵明初亦仕，絃歌本誠言，不樂乃徑歸，視世羞獨賢」（〈和陶貧士七首并引〉其二）「君不見拋官彭澤令，琴無絃，巾有酒，醉欲眠時遣客休」（〈和蔡準郎中見邀遊西湖三首〉其二）、「流傳幾處到淵明，臥枕綸巾酒新漉」（〈歐陽晦夫惠琴枕〉）、「彭澤漫知琴上趣，邯鄲深得枕中仙」（〈琴枕〉）、「早晚淵明賦歸去，浩歌長嘯老斜川」（〈和林子中待制〉）、「淵明賦歸去，談笑便解官」（〈送曹輔赴閩漕〉）言其率性舉止與出仕而後歸隱之志；「自非陶靖節，誰識此閑趣」（〈雨中過舒教授〉）、「五字當還靖節，數行誰似高閑」（〈再和二首〉其二）、「只應陶靖節，會聽北窗涼」（〈綠筠亭〉）「想像斜川遊，作詩寄彭澤」（〈遊桓山、會者十人、以春水滿四澤夏雲多奇峰爲韻、得澤字〉）「閑吟遶屋扶疎句，須信淵明是可人」（〈廣陵後園題扇子〉）、「世無陶靖節，此樂知者少」（〈待旦〉）皆言其精神閑適之樂；「淵明求縣令，本緣食不足」（〈歐陽叔弼見訪、誦陶淵明事、歎其絕識、既去、感慨不已、而賦此詩〉）、「豈比陶淵明，窮苦自把鋤」（〈答任師中、家漢公〉）、「但恐陶淵明，每爲飢所迫」（〈次韻王郎子立風雨有感〉）「淵明端乞食，亦不避嗟來」（〈和陶乞食〉）則言其生活之困苦處境；「淵明吾所師，夫子乃其後」（〈陶驥子駿佚老堂二首〉其一）、「胡不歸去來，滯留愧淵明」（〈湯村開運鹽河雨中督役〉）、「且待淵明賦歸去，共將詩酒趁流年」（〈寄黎眉州〉）、「我欲作九原，獨與淵明歸」（〈和陶貧士七首并引〉其一）、「淵明得此理、安處故有年，……但恨不早悟，猶推淵明賢」（〈和陶怨詩示龐鄧〉）則言對陶潛人格及處世的效法與嚮往之情；「淵明作詩意，妙相非俗

慮」（〈和陶詠二疏〉）、「畫我與淵明，可作三士圖，學道雖恨晚，賦詩豈不如」（〈和陶讀山海經并引〉其一）則言對陶詩詩意的讚揚與從事和陶詩之因緣。由上列之詩例可知蘇軾對於陶潛之生活經歷、歸隱心志、精神閑適之自由、物質生活之困苦、詩意之深味皆有所體會與認識，正如所言「然吾于淵明，豈獨好其詩也哉？如其為人，實有感焉。」

　　而蘇軾傳世書跡〈歸去來辭帖〉，特別錄寫陶潛〈歸去來辭〉全文，對其人品、其詩文、其出處進退、其率真之敬仰，也就可以略窺一二了。

（上圖蘇軾〈歸去來辭帖〉局部，釋文略）

第二節　蘇詩對陶潛詩的熔鑄與重塑

一、生命實感處境的共鳴與跨時空對話

　　蘇軾起初對陶潛的詩，未必真心認同，偶爾還對某些詩句，頗顯露嘲笑之意，如〈書淵明歸去來序〉〔註16〕便提到：「余偶讀淵明〈歸去來辭〉云：『幼稚盈室，瓶無儲粟。』乃知俗傳信而有徵。使瓶有儲粟，亦甚微矣。此翁平生只於瓶中見粟也耶？」竟將此事與另三事相題並論「俗傳書生入官庫，見錢不識。或怪而問之。生曰：『固知其為錢，但怪其不在紙裏中耳』」、「《馬後紀》：宮人見大

〔註16〕《蘇軾文集》卷六十六，頁2077。

練，反以爲異物。」、「晉惠帝問饑民：何不食肉糜？」然後說：「細思之，皆一理也。聊爲好事者一笑。」這是對陶潛「不識瓶儲水、甕儲米」生活常識的調侃。又如〈書淵明飲酒詩後〉，便說：「正飲酒中，不知何緣記得此許多事。」意思是飲酒之餘，如何記得、理會「顏生稱爲仁，榮公言有道，屢空不獲年，長饑至於老，雖留身後名，一生亦枯槁，死去何所知，稱心固爲好，客養千金軀，臨化消其寶，裸葬何必惡，人當解意表」這麼多道理。另如舉「陶詩云：『但恐多謬誤，君當恕醉人。』此未醉時說也，若已醉，何暇憂誤哉！然世人言醉時是醒時語，此最名言。」意亦類同。再如〈書淵明乞食詩後〉更直言：「淵明得一食，至欲以冥謝主人，此大類丐者口頰也。哀哉！哀哉！非獨余哀之，舉世莫不哀之也。飢寒常在身前，聲名常在身後，二者不相待，此士之所以窮也。」從這些例子看來，蘇軾早先對於陶詩頗帶有一點嘲笑的意味。

　　唯有等到蘇軾貶謫之後，身世與處境產生共鳴，方才逐漸體會出陶詩深趣，〈書唐氏六家書後〉便云：「永禪師書骨氣深穩，體兼眾妙，精能之至，反造疏淡。如觀陶彭澤詩，初若散緩不收，反覆不已，乃識其趣。」〔註17〕陶詩初看便是「散緩不收」，散則不周密、不嚴謹、不集中，緩則不高不亢，故會有許多上述所言之缺失，但陶詩之深趣卻必須在反復不已的閱讀與體會中方才顯出，這是外顯文字與內涵精神的不一致性，外顯文字的不周密、不嚴謹、不集中、不高不亢，卻未必等同於內涵精神的深趣深穩、飽和與否。如同智永禪詩的書法一樣，表現出來外顯形象的是舒淡，但其內涵精神卻是骨氣深穩，技巧是體兼眾妙。對蘇軾而言，陶潛的詩的文字樣貌，正是達到類似智永書法內涵飽滿、技巧兼擅，卻刻意選擇了或者也可以說自然而然表現出一種疏淡、散緩的面貌，不再推敲講究於詩歌文字的典麗隆重。

　　如此便可理解，蘇軾說：「學道雖恨晚，賦詩豈不如」（〈和陶讀山海經〉其一）在蘇軾看來陶潛詩的內涵精神，統言之爲「道」，即

〔註17〕《蘇軾文集》卷六十九，頁2206。

是陶潛之立身處世、念之奉之行之的最高信念及人生道理。學道恨晚，蘇軾要學的是要像陶潛一樣欲仕則仕、欲退則退的真性情，安貧樂道的自得自適；賦詩豈不如，可見陶潛詩的珍貴處並非文字而是內涵，蘇軾即便有自信可以在遣詞造句、寫詩作歌的文字功力，超越前賢，可是人不幾道，徒詩奈何？所以蘇軾的和陶詩，其文學意義在於透過和陶詩的過程，遠慕前賢，呼應彼此相似的生命處境，追躡散緩不收的文字表現，達臻深趣而幾於道。

蘇軾「和陶詩」，大多有序，詩序中可見出其刻意以當下之生命實感處境，呼應陶潛的生命實感處境。陶潛有〈讀山海經〉詩，蘇軾和之，則是「淵明讀〈山海經〉十三首，其七皆仙語，余讀《抱朴子》有所感，用其韻賦之。」同為閱讀有感、同為馳騁仙境想像之語。陶潛有〈貧士〉詩慨歎貧窮，蘇軾和詩的詩序云：「余遷惠州一年，衣食漸窘，重九伊邇，樽俎蕭然，乃和淵明〈貧士〉七篇。」這是生活困境的呼應與共鳴。陶潛有〈止酒〉詩，蘇軾和詩的詩序云：「余時病痔呻吟，子由亦終夕不寐。因誦淵明詩，勸余止酒。乃和原韻，因以贈別，庶幾真止矣。」這是身體不適而戒酒的共感。陶潛有〈停雲〉詩寫憶念親友，蘇軾和詩的詩序云「自立多以來，風雨無虛日，海道斷絕，不得子由書。乃和淵明〈停雲〉詩以寄。」這是抒發想念兄弟之情。陶潛有〈九日閑居〉，蘇軾和詩的詩序云：「明日重九，雨甚，展轉不能寐。起坐索酒，和淵明一篇，醉熟昏然，殆不能佳也。」這是時間日期相同的實感共鳴。諸如此類，不勝一一列舉。換言之，都是相同或類似的生命實感經驗，所產生的共鳴。

蘇軾和陶詩，起乎共鳴，在乎的是跨時空的交流與對話，而非「擬作」以亦步亦趨為滿足，因而雖偶有調用、模仿陶詩的語言、意象、口吻，依循韻腳，但仍只是借陶詩之詩旨、詩意、詩情而自抒己意、己情罷了。所以蘇軾選擇了一個已然逝去的異代詩人、詩作做為大量和詩的對象，而非同時代真實活存的詩人，這樣的選擇本身就是一個美學認同、詩藝肯定、價值判斷的結果；透過跨時空

的交流，蘇軾展開對話，有時是彼此呼應、有時是前後補充、有時是上下追問、有時甚至是懷疑，這種一而再、再而三的正正反反的追和，都是爲了更爲清楚逼近而後確立自己的信念與堅持，而終究幾近於道。

　　蘇軾和陶詩，隨處可見與陶潛對話的之處，「青天無今古，誰知織鳥飛，我欲作九原，獨與淵明歸」、「淵明初亦仕，絃歌本誠言，不樂乃徑歸，視世羞獨賢」、「誰謂淵明貧，尚有一素琴。心閑手自適，寄此無窮音」 （〈和陶貧士〉七首其一、其二、其三、）說的都是陶潛的眞性情、樂貧、高雅。但這樣的對話，大多是爲了引出自己的懷抱、處境與感慨，所以〈和陶貧士〉的最後一首：「我家六兒子，流落三四州，辛苦更不識，今與農圃儔，買田帶脩竹，築室依清流，未能遣一力，分汝薪水憂。坐念北歸日，此勞未易酬。我獨遺以安，鹿門有前脩。」[註18] 就完全是自抒懷抱與處境之心情。又陶潛原詩〈擬古九首〉之五「東方有一士」：

> 東方有一士，被服常不完。三旬九遇食，十年著一冠。
> 辛苦無此比，常有好容顏。我欲觀其人，晨去越河關。
> 青松夾路生，白雲宿簷端。知我故來意，取琴爲我彈。
> 上弦驚別鶴，下弦操孤鸞。願留就君住，從今至歲寒。
>
> [註19]

陶潛寫前往拜訪東方一士，其人生活貧困，辛苦異常，但容顏卻光鮮佳好，並爲之彈琴，陶潛情願親近留住。極言其物質缺乏絲毫無損於容顏之良好、精神之暢旺。蘇軾讀完此詩，便直言，這是陶潛之夫子自道：「此東方一士，正淵明也，不知從之游者誰乎？若了得此一段，我即淵明，淵明即我也。」換言之，在蘇軾看來，這是主（東方一士）、客（陶潛）看似二分經由會面而遇合，實是主客合一卻故作分合之語。因此蘇軾的〈和陶東方有一士〉：

> 瓶居本近危，甑墜知不完。夢求亡楚弓，笑解適越冠。

[註18] 《蘇軾詩集》卷三十九，頁 2140。
[註19] 逯欽立校注《陶淵明集》（臺北：里仁書局，1985 年），頁 112。

> 忽然反自照，識我本來顏。歸路在腳底，殽潼失重關。
> 屢從淵明游，雲山出毫端。借君無絃物，寓我非指彈。
> 豈惟舞獨鶴，便可躡飛鸞。還將嶺茅瘴，一洗月闕寒。

〔註20〕

蘇軾在陶潛尋訪東方一士實則自我確認的基礎上，深入呼應、補充及發揮，陶潛成了蘇軾具體的「東方一士」，他要借陶潛的「無弦琴」，來寄寓一樣也不執著黏滯於物的「非指彈」。如果說陶潛的〈東方有一士〉是一個向外追尋實則向內自我確認的過程，那麼蘇軾的〈和東方有一士〉，則是向外追尋然後自我確認之後，再尋求超越、解脫物我拘束之道者。「夢求亡楚弓，笑解適越冠」，亡楚弓而楚人得之或人得之的大小胸懷，皆可歸之於夢；適越售冠卻見越人斷髮紋身一無所用的失望感，可以一笑解之。這種超越、解脫，可以使「危居」、「墜毀」的險境心情，得到安適，所以從淵明遊，下筆有雲山意，但是超越的輕靈飛越感「豈惟舞獨鶴，便可躡飛鸞」和清新的解脫感「還將嶺茅瘴，一洗月闕寒」，卻都是蘇軾所獨有。

　　又如陶潛〈桃花源詩〉，詩序描寫一漁夫偶入陶花源之事，或以為仙境，或指為人世，虛虛實實，假假真真，煞有其事，以至於後世眾說紛紜，莫衷一是。蘇軾的看法就純從「人世」考之，桃花源就是與塵世阻隔、難以交通之境，並非眾所傳聞的仙境，「世傳桃源事多過其實，考淵明所記，止言先世避秦亂來此，則漁人所見，似是其子孫，非秦人不死者也。又云殺雞作食，豈有仙而殺者乎？」又從人世所發現的偏遠之地的事實證明桃花源是真實存在，而且所在多有，不僅限於桃花源一地，「舊說南陽有菊水，水甘而芳，民居三十餘家，飲其水皆壽，或至百二三十歲。蜀青城山老人村，有見五世孫者，道極險遠，生不識鹽醯，而溪中多枸杞，根如龍蛇，飲其水故壽，近歲道稍通，漸能致五味，而壽亦益衰。桃源蓋此比也歟，使武陵太守得而至焉，則已化為爭奪之場久矣。嘗思天壤之間若此者甚衆，不獨桃

〔註20〕《蘇詩詩集》卷四十一，頁 2266。

源。」（〈和陶桃花源詩〉序）因此，蘇軾的〈和陶桃花源詩〉：

> 凡聖無異居，清濁共此世。心閒偶自見，念起忽已逝。
> 欲知真一處，要使六用廢。桃源信不遠，藜杖可小憩。
> 躬耕任地力，絕學抱天藝。臂雞有時鳴，尻駕無可稅。
> 苓龜亦晨吸，杞狗或夜吠。耘樵得甘芳，齕齧謝炮制。
> 子驥雖形隔，淵明已心詣。高山不難越，淺水何足厲。
> 不知我仇池，高舉復幾歲。從來一生死，近又等癡慧。
> 蒲澗安期境，羅浮稚川界。夢往從之游，神交發吾蔽。
> 桃花滿庭下，流水在戶外。卻笑逃秦人，有畏非真契。

〔註21〕

蘇軾雖然在詩序極力證明陶潛詩中的桃花源是真存實有，但在和詩中桃花源卻不再是真存實有了，而是一個心靈嚮往的象徵，不是靠身軀的形體抵達，而是依賴心靈的依歸。這種心靈境界的狀態就是「心閒」、「神交」、「真一」、「一生死」，大量用道家典故說明生死合一、自然、心齋的觀念。最後，更說「卻笑逃秦人，有畏非真契」，針對陶潛詩序的描寫，提出了懷疑甚至反駁和看法，在陶潛的詩序中，桃花源人畏懼與外人相接，是畏懼「王稅」（「秋熟靡王稅」），但蘇軾的桃花源指的是心靈境界，心有畏懼，則失其安定澄靜，便不是真的契合於道了。

　　由此可知，陶潛詩正是蘇軾作詩的一個重要觸媒，一個討論的起點，對話的開端。透過唱和陶潛詩，蘇軾重新闡述了陶潛對於仕隱、人生、理想、悲喜的抉擇與判斷，既而發抒自我的認同與呼應，完成一場跨時空的對話、創造一個新鮮的古今追和的新文學形示。

二、追和陶詩及其文學現象的意義

　　蘇軾追和陶潛詩，至每首逐一遍和，可謂史無前例，蘇軾亦頗以此自豪，曾云：「古之詩人有擬古之作矣，未有追和古人者也，追和古人則始于吾。」〔註22〕可見「追和」與「擬古」並不相同，「擬古」

〔註21〕《蘇軾詩集》卷四十，頁2196。
〔註22〕陶潛詩，「篤意真古，詞興婉愜」，在南北朝就已經吸引了一些著名

是刻意模仿古人風格，遣用相同題材、內容，甚至調度類似的語詞、口吻，講究亦步亦趨，務求形似意近爲主，期在以模擬者的聲腔口吻再現爲目標；但「追和」則顯然不同，在前人留下的詩題、詩旨、句數、格式、韻腳之下接受規範與限制，但卻不以模仿古人聲口爲主，即使有時也模仿古人風格，或也遣用相同題材、內容，甚至也調度類似的語詞、口吻，但卻不講究亦步亦趨、也不追求形似意近、更不期望模擬者聲腔重現爲主，反倒是藉由追和的過程，去突顯自己的情意、志向，最終確認自己的完整樣貌。

擬古和追和這兩種創作方式，本身過程都存在著文學認同、美學抉擇以及生命嚮往的價值判斷，蘇東坡說：「吾于詩人，無所甚好，獨好淵明之詩。淵明作詩不多，然其詩質而實綺，癯而實腴。自曹、劉、鮑、謝、李、杜諸人皆莫及也。吾前後和其詩凡一百有九，至其得意，自謂不甚愧淵明。」、「然吾于淵明，豈獨好其詩也哉？如其爲人，實有感焉。」、「此所以深愧淵明，欲以晚節師範其萬一也。」〔註23〕裡頭「獨好淵明詩」（文學認同）、「淵明……詩質而實綺，癯而實腴」（美學抉擇）、「如其爲人，實有感焉」、「以晚節師範其萬一」（生命嚮往），便是這種價值判斷下的產物。但是擬古，原就以逼肖原作樣貌爲主，因此所謂好壞標準便以「肖似」與否爲主；追和，便是以突顯自我爲主，好壞標準便是「出新意」與否，所以蘇軾說：「至其得意，自謂不甚愧淵明」，此處所謂得意，便不單單是滿意而已，更是得出「新意」之謂也。

再者，蘇軾追和陶詩，是先從集改陶潛〈歸去來辭〉成爲十首古詩，又以類似追和的方式將陶詩〈游斜川〉作爲呼應對象寫成詞作〈江城子〉（夢中了了醉中醒），又檃括陶淵明〈歸去來辭〉而成

詩人注意，並起而效仿，如鮑照〈學陶彭澤體〉、江淹〈擬陶徵君田居〉，開啓後代仿作的先風。又如唐代白居易也有〈效陶潛體詩十六首〉，宋人蔡紫芝《竹坡詩話》即云：「古今詩人，多喜效淵明體者。」

〔註23〕〈與子由六首之五〉，《蘇軾佚文彙編》卷四。

詞作〈哨遍〉（爲米折腰，因酒棄家）〔註24〕，這些都是早期實驗階段，嘗試用不同方式來重新處理自己偏好的文學成果，重新加工，在不同文體上變化出新，從舊材料翻出新樣貌。一直到了晚年（紹聖四年，1095），終於確立並完成了遍和陶詩的決心與作品。這個遍和陶詩的過程，當然一定有上述的價值判斷，但同時又是一個形式上的自覺創新。

　　蘇軾在這個追和形式上的自覺創新，其文學現象的意義和價值就在於：蘇軾如何從一個舊有的文學材料（作品），透過改寫、改作、變換文類，最終透過「追和」的方式，找到最不泥於古，最適宜突顯自我面貌，又能避免改寫、改作、變換文類所產生的拘泥、呆板、隔閡等缺失。更重要的是，找到一個生命感相近的對象，進行追和、呼應與對話。

三、蘇軾和陶詩之肖似與否與本色

　　蘇軾和陶詩，正如上述其內涵主要在於對陶潛生命格調及實感處境的共鳴與呼應；而在詩藝上之主要考量則在於追求陶詩的平淡古樸之風。蘇軾和陶詩之整體特徵爲少用典故，不事雕琢，罕用華麗辭藻，情感樸素眞摯，格調清新明快。這些特徵與蘇軾之非和陶詩相比，明顯少了縱筆快意、奇氣縱橫、俳諧怒罵、以文爲詩、好用典故等等，可見刻意模倣陶詩之樸實平淡詩風。這種刻意在文字表現上講求平淡，在平淡中追求字外的悠長韻味，即是蘇軾所云：「凡文字少小時須令氣象崢嶸，采色絢爛，漸老漸熟乃造平淡，其實不是平淡，絢爛之極也。」文字的講究是從絢爛華麗而反璞歸眞，造於平淡。

　　蘇軾和陶詩，如此刻意模仿陶潛詩風，在後人看來，自然出現

〔註24〕〈哨遍〉：「陶淵明賦〈歸去來〉，有其詞而無其聲。余治東坡，築雪堂於上，人俱笑其陋。獨鄱陽、董毅夫過而悅之，有卜鄰之意。乃取〈歸去來〉詞，稍加檃括，使就聲律，以遺毅夫。使家僮歌之，時相從於東坡，釋耒而和之，扣牛角而爲之節，不亦樂乎。」

肖不肖似的討論。有的認爲並不相似，如南宋陳善《捫虱新話》：「東坡亦嘗和陶詩百餘篇，自謂不甚愧淵明，然坡詩亦微傷巧，不若陶詩體合自然也。」即從蘇軾和陶詩之不夠自然、傷於巧飾來區別之；南宋朱熹《朱子語類》云：「淵明詩之所以爲高，正在不待安排，胸中自然流出。東坡乃篇篇句句依韻而和之，雖其高才似不費力，然已失其自然之趣矣。」也是從自然流露與否來區別之；南宋衛宗武《林丹岩吟編序》云：「嘗論坡翁有和陶篇，概亦相類，而卒不如優孟之學叔敖，何也？靖節違世特立，游神羲黃，蓋將與造物爲徒，故以其淡然無營之趣，爲悠然自得之語，幽邃玄遠，自詣其極，而非用力所到。猶庖丁之技，進於道矣。詩云乎哉？坡之高風邁俗，雖不減陶，而抱其宏偉，尚欲有所施用，未能忘情軒冕，茲其擬之而不盡同歟？」〔註25〕則是從陶淵明處世之「違世特立」、「淡然無營之趣」，與蘇軾「欲有所施用，未能忘情軒冕」，視爲蘇軾和陶詩無法似同原詩的主因〔註26〕。

有的則認爲蘇軾之和陶，主要追求的僅在於總體平淡詩風之相近，並非要每一首詩都「置之陶集，幾不可辨」〔註27〕，更不是要做到句句逼肖淵明〔註28〕，而是顯現各自之精神面貌與特色，如王若虛

〔註25〕衛宗武《秋聲集》卷五（四庫全書珍本初集，文淵閣本）。

〔註26〕此實是陶、蘇倆人時代及政治環境不同，未可如此議論優劣，蘇軾〈和陶始作鎮軍參軍經曲阿〉即云：「江左古弱國，強臣擅天衢，淵明墮詩酒，遂與功名疏。我生值良時，朱金義當紆，天命適如此，幸收廢棄餘。獨有愧此翁，大名難久居，不思犧牛龜，兼取熊掌魚。北郊有大賞，南冠解囚拘，春言羅浮下，白鶴返故廬。」即明白指出陶潛在劉裕專擅朝政，見事不可爲，故放意詩酒，刻意疏隔功名；而蘇軾自己則是生當盛世，理應有所抱負，紆朱懷金，位居高位。倆人一處亂世、一處盛世，出處進退自然有所不同。但是在貶謫廢棄之餘，不免仍嚮往陶潛之隱居心志。

〔註27〕紀昀評蘇詩〈和陶貧士〉之語，《蘇軾詩集》卷三十九，頁2136。

〔註28〕今人高雲鵬從紀昀對「東坡和陶詩」的評點考察得出：〈和陶歸園田居六首〉其三評爲「極平淺，而有深味，神似陶公」、〈和陶貧士七首〉其五：「置之陶集幾不可辨」、〈和陶遊斜川〉：「有自然之樂，形神俱似陶公」。這三首「似陶」的作品依次作於紹聖二年、紹聖三年、

《濊南詩話》：「東坡和陶詩，或謂其終不近，或以爲實過之，是皆非所當論也。渠亦因彼之意以見吾亦云爾，何嘗心競而較其勝劣邪？故但觀其眼目旨趣之何如，則可矣。」即是說明蘇軾透過和詩之過程，主要是爲了表現自我的旨趣。又如施補華《峴傭說詩》云：「東坡五古，好和韻疊韻，欲以此見長，正以此見拙。……陶詩多微至語，東坡學陶，多超脫語，天分不同也。」即從陶詩多隱微深至語、蘇詩多曠達超脫語的各自特色說起。

蘇軾和陶詩之肖似與否的討論，王文誥有一總結之討論，云：

> 公之和陶，但以陶自託耳。至於其詩極有區別，有本不求和，適於陶相似者；有借韻爲詩，置陶不問者；有毫不經意，信口改一韻者。若飲酒、山海經、擬古、雜詩，則篇幅太多，無此若干作意，勢必雜取詠古紀遊諸事以足之，此雖和陶而有與陶絕不相干者，蓋未嘗規規於學陶也。……誥謂公和陶詩，實當一件事作，亦不當一件事作，須識此意，方許談詩。每見詩話及前人所論，輒以此句似陶，彼句非陶，爲牢不可破之説。使陶自和其詩，亦不能逐句皆似原唱，何見之鄙也！……子由作敘，以陶爲拙，公刪去之。蓋其意既以陶自託，又豈肯與之較事功，論優劣哉。」

〔註29〕

在王文誥看來，蘇軾之和陶詩，主要在於自託。蘇軾在陶詩原有之題

紹聖三年。而作於紹聖二年的〈和陶讀山海經〉，紀昀評爲：「十三首音節頗古，而意境局促，少悠然自得之致。蓋東坡善於用多，不善於用少；善於弄奇，不善於平實。」作於紹聖三年的〈和陶移居二首〉其二：「綰合有致，此種是東坡本色。」這兩首詩顯然是「不似陶」者。即使是同作於紹聖四年的四首〈和陶停雲〉，情況也各不相同。〈和陶停雲〉其一「頗有陶意」，其四卻「自用本色」。可見，「似陶」與「不似陶」的作品在創作時間上存在著交叉，蘇軾的「和陶詩」並沒有體現出越來越向陶詩靠攏的傾向。這說明「和陶詩」不似原詩並不是因爲蘇軾力所不能及，而是他主觀上沒有刻意追求「似陶」使然。詳見高雲鵬〈蘇軾的「枯淡」論研究——兼論「東坡和陶詩」的文化史意義〉，原載《渤海大學學報：哲社版》2008年第6期。

〔註29〕《蘇文忠公詩編註集成》卷三十九〈和陶歸園田居六首〉後注，。

目、題材、內容與文字表現之追和，並非墨守陳規亦步亦趨，而是自由出入於陶詩之間，即使彼此有所相似，也是偶然得之，不是刻意求同。

當然，王文誥認爲蘇軾某些似陶的詩作是偶然得之的說法，不無可議，蘇軾和陶詩之相似者有些原本就是刻意爲之，只是後人強行區分何首、何句相似不相似，確實是膠柱鼓瑟、不通大體之說。明人許學夷云：「子瞻和陶詩，篇篇次韻，既甚牽繫，又境界各別，旨趣亦異。」〔註30〕即談到蘇和陶詩關於和詩與陶原詩之間的境界有所別、旨趣亦有所別；清人紀昀也說：「斂才就陶，而時時亦自露本色，正如褚摹蘭亭，頗參己法，正是其善於摹處。明七子之摹古，不過雙鉤填廓耳。」〔註31〕指出蘇軾和陶詩雖斂才仿效陶詩，但亦參用己法，時露本色。近人宋丘龍即將蘇軾和陶詩逐首比較並劃分爲四類，仿陶、本色、相間、借韻。仿陶即是蘇詩與陶形神相契者，本色即是蘇詩有一貫高曠、放逸、逞才、好議論、詼諧及雜以釋道思想者，相間則是間雜陶意及蘇詩本色，借韻則是藉陶詩之韻，寫自身之塊壘而與陶詩無涉者。〔註32〕丘氏將蘇軾和陶詩與陶詩逐首比較，較諸前人的籠統說法，有更完整的分析與論據。

不過值得注意的是，王文誥說「公之和陶，但以陶自託耳。」蘇軾藉陶詩要自託什麼呢？蘇軾嘗云：「陶淵明欲仕則仕，不以求之爲

〔註30〕許學夷《詩源辯體》（北京：人民文學出版社，1987年）後集《攝要》卷一，頁383。

〔註31〕《紀評蘇文忠公詩集》卷三十五。

〔註32〕《蘇東坡和陶淵明詩之比較研究》（台灣，台灣商務印書館，1985年），頁231～232。丘氏劃分仿陶者有〈和陶飲酒詩〉第一、四首，〈和陶歸園田居〉第三首，〈和陶詠貧士〉第一、三、五、七首，〈和陶時運〉，〈和陶游斜川〉，〈和陶雜詩〉第一首等詩；劃爲本色者有〈和陶飲酒〉第十二、十三、二十首，〈和陶歸園田居〉第一、二首，〈和陶雜詩〉第二首，〈和陶勸農〉，〈和陶形影神〉，〈和陶雜詩〉之二，〈和陶詠二疏〉，〈和陶詠三良〉，〈和陶詠荊軻〉，〈和陶桃花源詩〉等詩；借韻者如〈和陶讀《山海經》〉，〈和陶雜詩〉，〈和陶擬古〉等詩；相間者即是除了前三類之外者。

嫌，欲隱則隱，不以去之爲高，饑則叩門而乞食，飽則雞黍以延客，古今賢之，貴其眞也。」無非就是秉持自然率眞的性情，不以出仕爲嫌，不以隱居爲高，可仕可隱，自由無拘。但反觀蘇軾本身，直道入仕，宦海升沉無悔，滿心盼歸，卻身不由己，進退仕隱之間，頗多糾纏。蘇轍嘗云：「淵明不肯爲五斗米一束帶見鄉里小人，而子瞻出仕三十餘年，爲獄吏所折困，終不能悛，以陷於大難，乃欲以桑榆之末景，自托於淵明，其誰肯信之？」（〈東坡先生和陶淵明詩引〉）即指出蘇軾與陶潛的生命性格差異處，陶潛可以率性隱退，蘇軾出仕三十餘年，淪落於獄中、幾陷於大難，猶不肯稍改其直道入仕之性格，而晚年卻要「自託於淵明，其誰肯信之？」其實這兩者並不違背，即便蘇軾生命性格與陶潛相異，亦不妨礙其對陶潛生命性格的敬仰與嚮往，蘇軾詩云：「但恨不早悟，猶推淵明賢。」（〈和陶怨詩楚調示龐主簿、鄧治中〉）、「我不如陶生，世事纏綿之」（〈和陶飲酒二十首〉其一）蘇軾即使不能像陶潛那樣率性歸隱、回歸自然，皆無妨於他對這種率性行爲雖不能至、然心嚮往之的企慕。亦即蘇軾所云：「欲以晚節師範其萬一」、「師淵明之雅放，和百篇之新詩」（〈和陶歸去來兮辭并引〉），也就是說，蘇軾師效陶潛人格是因，是所以跡，而和陶詩則是果，是跡。從這個角度看，更能理解蘇軾和陶詩，逼肖與否並非在於文字平淡相似與否，更在於精神的逼肖與嚮往上。

第三節　蘇詩與受儒、道影響下的陶潛詩之比較

　　陶潛早年服膺儒術，後又參入道家思想，他雖親近佛教人物（如廬山的慧遠），但對佛教思想並不相契，從未將佛典釋語形諸詩文。

　　陶潛早年對儒家思想的執著，從「少年罕人事，游好在六經」（〈飲酒〉第十六首）、「先師有遺訓，憂道不憂貧」（〈癸卯歲始春懷古田舍二首〉），可見儒學對他的影響；他對孔子學說的評價，云「羲農去我久，舉世少復眞。汲汲魯中叟，彌縫使其淳。鳳鳥雖不至，禮樂暫得

新。」（〈飲酒〉第二十首）亦可見對儒家思想的欽仰。陶潛早前亦有入世建功立業之理想，「憶我少壯時，無樂自欣豫。猛志逸四海，騫翮思遠翥。」（〈雜詩十二首〉第五首）只是最後「有志不獲騁」（〈雜詩十二首〉第二首）而選擇固窮守志，「寧固窮以濟意，不委屈而累己，既軒冕之非榮，豈縕袍之為恥？誠謬會以取拙，且欣然而歸止，擁孤襟以畢歲，謝良價於朝市。」（〈感士不遇賦〉）選擇欣然歸止田園。

　　陶潛對佛教、道教之看法，主要見於〈形影神〉組詩，詩前有一序：「貴賤愚賢，莫不營營以惜生，斯甚惑焉。故極陳形影之苦，言神辨自然以釋之。好事君子，共取其心焉。」

> 天地長不沒，山川無改時。草木得常理，霜露榮悴之。
> 謂人最靈智，獨復不如茲。適見在世中，奄去靡歸期。
> 奚覺無一人，親識豈相思。但餘平生物，舉目情悽洏。
> 我無騰化術，必爾不復疑。願君取君言，得酒莫苟辭。
> （〈形贈影〉）

〈形贈影〉主談壽命有限，及時飲酒行樂之說，具詩人之情趣。

> 存生不可言，衛生每苦拙。誠願游崑華，邈然茲道絕。
> 與子相遇來，未嘗異悲悅。憩蔭若暫乖，止日終不別。
> 此同既難常，黯爾俱時滅。身沒名亦盡，念之五情熱。
> 立善有遺愛，胡可不自竭。酒云能消憂，方此詎不劣。
> （〈影答形〉）

〈影答形〉則談生命有限，飲酒雖可消憂，卻不如立善遺愛人間更有價值，具儒家之抱負。

> 大鈞無私力，萬物自森著。人為三才中，豈不以我故。
> 與君雖異物，生而相依附。結託既喜同，安得不相語。
> 三皇大聖人，今復在何處。彭祖愛永年，欲留不得住。
> 老少同一死，賢愚無復數。日醉或能忘，將非促齡具。
> 立善常所欣，誰當為汝譽。甚念傷吾生，正宜委運去。
> 縱浪大化中，不喜亦不懼。應盡便須盡，無復獨多慮。

（〈神釋〉）〔註33〕

〈神釋〉則談生命有限，飲酒行樂消憂反致傷生，立善遺愛可受何人稱譽，不如委運自然，縱浪大化，生命當盡即接受當盡之到來，無復多慮，多慮徒復傷生，具道家之超脫。三首詩都是面對生命有限與面對死亡之心態的看法，〈形贈影〉是藉外物（酒）以化解生命有限之苦悶，〈影答形〉則是透過發揚生命價值及道德意義（立善遺愛）以充分利用短暫生命之侷限，〈神釋〉則是透過領悟人與天地同為一自然運行的部分，生死存滅乃自然流轉之現象，藉以化解戀生惡死之情緒〔註34〕。〈形贈影〉、〈影答形〉、〈神釋〉三首的立論基礎，皆是生命有限，反對長生之說，「我無騰化術，必爾不復疑」「誠願游崑華，邈然茲道絕」「三皇大聖人，今復在何處，彭祖愛永年，欲留不得住。老少同一死，賢愚無復數」都是不相信飛昇成仙，長生不老之說〔註35〕。而〈神釋〉：「應盡便須盡，無復獨多慮」，則是反對佛門慧遠所提倡「形盡神不滅」之說〔註36〕。所以〈形影神〉組

〔註33〕逯欽立校注《陶淵明集》（臺北：里仁書局，1985年），頁35～37。

〔註34〕陳寅恪則從「自然與名教」的角度來探討這組詩，認為〈形贈影〉是「淵明非舊自然說之言也」，〈影答形〉是「託為是名教者非舊自然說之言也」，〈神釋〉是「舊自然說與名教說之兩非，要新自然說之耀指在委運任化，夫運化亦自然也。」並將陶詩視為新自然說，認為「新自然說不似舊自然說之養此有形之生命，或別學神仙，惟求融合精神於運化之中，即與大自然為一體。」其說亦可參，詳見陳寅恪〈陶淵明之思想與清談之關係〉，收錄於《金明館叢稿初編》。

〔註35〕陶潛〈連雨獨飲〉：「運生會歸盡，終古謂之然，世間有松喬，於今定何間？」也是否定赤松子、王子喬等神仙之說。陶潛〈讀山海經十三首〉有數首提及對長生的嚮往，如「丹木生何許？乃在崟山陽，黃花復朱實，食之壽命長。白玉凝素液，瑾瑜發奇光，豈伊君子寶，見重我軒黃。」（其四）「自古皆有沒，何人得靈長，不死復不老，萬歲如平常，赤泉給我飲，員丘足我糧，方與三辰游，壽考豈渠央。」（其八）主要是針對《山海經》內的故事而發揮遐想，是「泛覽周王傳，流觀山海圖」，隨之騁其仙游想像，並非真實相信神仙之說。

〔註36〕逯欽立認為〈形影神〉詩乃反對慧遠〈沙門不敬王者論‧出家二〉的「形盡神不滅論」的觀點，其云：「道教重形，佛門重神，彼此適為相反，於此并知慧遠形盡神不滅之論，不特為佛教張目，亦且為

詩恰是批判佛教、道教而肯定道家自然之說的哲理詩。

　　蘇軾〈和陶形影神〉，亦以陶詩原意附和之：

　　　　天地有常運，日月無閒時，孰居無事中，作止推行之。

　　　　細察我與汝，相因以成茲，忽然乘物化，豈與生滅期。

　　　　夢時我方寂，偃然無所思，胡為有哀樂，輒復隨漣洏。

　　　　我舞汝凌亂，相應不少疑，還將醉時語，答我夢中辭。（〈形贈影〉）

蘇詩〈形贈影〉寫形影相因相成，醒時同在，醉時同舞共歡，夢時則看似寂然無所思，實則哀樂交集，唯有將醉中之相契樂語，回答夢中之哀樂，乃醉時語似真，夢中辭似幻，而形骸似真，身影似幻，但在道家物化〔註37〕之觀念下，形與影，真實與夢虛，乃可相互變置調換，故以醉歡之語，融通形與影（形可為影，影可為形），也融通真實與夢虛。

　　　　丹青寫君容，常恐畫師拙，我依月燈出，相肖兩奇絕。

　　　　妍媸本在君，我豈相媚悅，君如火上煙，火盡君乃別。

　　　　我如鏡中像，鏡壞我不滅，雖云附陰晴，了不受寒熱。

　　　　無心但因物，萬變豈有竭，醉醒皆夢爾，未用議優劣。

　　　　（〈影答形〉）

蘇詩〈影答形〉則寫影雖依託形骸而生，卻不似形骸有消盡壞滅之時、遭受寒熱之苦，意即形與影雖是相依兩存，但形滅而影不滅，則是兩分。影是因物而生，物滅而影又隨他物而生，隨萬變而無窮無盡，故對形而言，醉醒皆如夢，終當消滅，並無優劣之分。

　　　　二子本無我，其初因物著，豈惟老變衰，念念不如故。

　　　　知君非金石，安足長托附，莫從老君言，亦莫用佛語。

　　暗斥道家（案，指道教），淵明形神俱滅之說，則兼就當時知佛道兩家而一切反之。」其說可參，詳見逯欽立〈形影神詩與東晉之佛道思想〉，收錄《史語所集刊》第十六期（1948年1月），頁211～228。

〔註37〕即《莊子・齊物論》：「昔者莊周夢為蝴蝶，栩栩然蝴蝶也，自喻適志與，不知周也。俄然覺，則蘧蘧然周也。不知周之夢為蝴蝶與，蝴蝶之夢為周與？周與蝴蝶則必有分矣。此之謂物化。」

　　仙山與佛國，終恐無是處，甚欲隨陶翁，移家酒中住。

　　醉醒要有盡，未易逃諸數，平生逐兒戲，處處餘作具。

　　所至人聚觀，指目生毀譽，如今一弄火，好惡都焚去。

　　既無負載勞，又無寇攘懼，仲尼晚乃覺，天下何思慮。

　　（〈神釋〉）〔註38〕

蘇詩〈神釋〉則是寫忘形影而全神之意，形影皆無法常存、亦無仙山佛國可長生永存，唯有無思無慮、焚去好惡，全神養生。

　　陶詩〈形贈影〉重在及時行樂，蘇和詩則重在乘物化以化解哀樂；陶詩〈影答形〉重在立善遺愛，蘇和詩則重在形影兩分，影不似形之消滅壞變；陶詩〈神釋〉重在人與天地皆自然運行之部分，蘇和詩則重在無私無慮，全神養生。陶潛以〈形影神〉申論道家自然之說，反對佛道兩教之「形滅神不滅」、「神仙」說，蘇軾的和詩也是刻意如此，故詩云：「莫從老君言，亦莫用佛語，仙山與佛國，終恐無是處。」通過對陶詩的理解，刻意呼應了陶詩之反對佛、道之說，而回歸到儒家無思無慮之說，「仲尼晚乃覺，天下何思慮」，這樣儒家兼有道家的看法。

　　蘇軾之和陶，固然依循陶詩之思想，如陶詩「吾生夢幻間，何事紲塵羈」（〈飲酒〉第八首）、「人生似幻化，終當歸空無」（〈歸園田居〉第四首），蘇詩「醉醒皆夢耳」（〈和陶影答形〉）、「夢幻去來」（〈和陶停雲四首〉其四），又或者「人間何者非夢幻」（〈四月十一日初食荔支〉）、「那知夢幻軀」（〈再過常山和昔年留別詩〉）也是人生如夢幻一瞬的短暫感，陶潛用「寓形宇內復幾時，何不委心任去留」、「聊乘化以歸盡，樂乎天命復奚疑」（〈歸去來兮辭〉）委心乘化和樂天知命終化解自我生命的苦悶，但蘇軾則用隨時閃現其三教融和的自我解脫思想，如〈和陶飲酒二十首〉其十三：「醉中雖可樂，猶是生滅境。云何得此身，不醉亦不醒。癡如景升牛，莫保尻與領，黠如東郭俊兔，束縛作毛穎。乃知嵇叔夜，非坐虎文炳。」

〔註38〕《蘇軾詩集》卷四十二，頁2304～2307。

即兼具佛教及道家思想，生滅境乃佛教名相，依因緣和合而生，依因緣離散而滅；詩意的主要內容「云何得此身，不醉亦不醒」卻是道家莊子的「處於材與不材之間」之意的衍伸，無材如劉景升之牛不免長成之後遭宰殺以享軍士，有材如東郭兔亦不免遭殺戮取毛作毫穎，又如嵇康爲土木形骸，不自藻飾，似得忘形之境，亦不免遭譖被害，仍落入生滅境。紀昀評點此詩即云：「參以禪悅，全然本色。」除了禪悅之外，亦可見融合著道家莊子之思想而成。又如〈和陶讀《山海經》〉十三首，皆以讀《抱朴子》之感想和之，不免充斥許多道教思想，如「金丹不可成，安期渺雲海，誰謂黃門妻，到道乃近在。尸解竟不傳，化去空餘悔。丹成亦安用，御氣本無待。」（其十）、「鄭君故多方，元翁所親指，奇文二百篇，了未出生死。素書在黃石，豈敢亂跪履，萬法等成壞，金丹差可恃。」則大談道教煉丹之說之說。

換言之，陶潛是以儒家兼攝道家，從「猛志逸四海，騫翮思遠翥」到「有志不獲騁」最後選擇固窮以守志，回歸自然之境，安頓自我身心；蘇軾之欣賞陶潛的生命情調也是這種從「外向猛志」斂藏「回歸自我」所好及自然平和之樂，──不同的是，這種自足愉悅之樂，陶潛歸諸道家自然之樂，而蘇軾則歸諸儒釋道三教之樂。

第九章　蘇詩本色

第一節　本　色

　　蘇軾雖天才傑出，但其詩之創作仍是從模仿過程中逐漸尋得自我面貌、特色。前三章所討論過的模仿、學習了李白、杜甫、韓愈、白居易、陶潛等詩技、詩風、語言、佈局、用韻等等，摹仿太白時是「筆有仙氣，自是太白後身」〔註1〕，摹仿杜甫時亦「字字深穩，句句飛動，……句句似杜。」〔註2〕摹仿韓愈時是「力摹昌黎而氣機流走處，仍是本色耳。」〔註3〕摹仿白居易常能「絕似香山」〔註4〕摹仿陶潛也能「斂才就陶，而時時亦自露本色。」〔註5〕據紀昀觀察，蘇軾摹仿上述五人之外，亦摹仿其餘古人〔註6〕，貌存唐音亦所在多

〔註1〕　查慎行評蘇詩〈寄吳德仁兼簡陳季常〉，紀評《蘇文忠公詩集》（台北：宏業書局，1969 年影印民國六年掃葉山房手抄本）卷二十五，頁 511。

〔註2〕　紀昀評蘇詩〈次韻張安道讀杜詩〉，紀評《蘇文忠公詩集》卷六，頁 183。

〔註3〕　紀昀評蘇詩〈僧清順新作垂雲亭〉，紀評《蘇文忠公詩集》卷九，頁 237。

〔註4〕　紀昀評蘇詩〈聽僧朝素琴〉，紀評《蘇文忠公詩集》卷九，頁 237。

〔註5〕　紀昀評蘇詩〈和陶飲酒二十首〉，紀評《蘇文忠公詩集》卷三十五，頁 669。

〔註6〕　如紀昀評蘇詩〈讀孟郊詩二首〉即云刻意模仿東野體：「二首即作東野體，如昌黎、樊宗師諸例，意謂東野體，我故能為之，但不為耳。

見「不失古格，亦不脫古格」〔註7〕、「直逼唐人」〔註8〕、「但存唐人聲貌而無味可咀」〔註9〕，同時在摹仿過程之中，逐漸顯露、確定自我詩歌之本色。

據紀昀的觀察，蘇詩有幾個重要自我本色〔註10〕：一曰情眞深至，一曰參以道喜禪悅，一曰意境恣逸獨闢，一曰氣機疏暢，一曰巧喻與博喻，一曰窄韻巧押。前三者乃屬詩意之安排與講究，後三者則屬詩技之鍛鍊與表現。

情眞深至方面，蘇詩〈潁州初別子由〉及〈東府雨中別子由〉兩詩，紀昀分別評論：「曲折之至而爽朗如話，蓋情眞而筆又足，遂成絕調。」〔註11〕、「愈瑣屑愈眞至，愈曲折愈爽朗，此篇爲興到之作，清空如話，情味無窮。」〔註12〕乃觀察到蘇軾喜從瑣屑日常生活之細節中去表現情感，看似瑣屑、看似曲折，但瑣屑之中卻能以具體而明顯的細節深刻表現出抽象而隱微的感情。

參以道喜禪悅方面，所指即爲詩中詩意表現受道家、道教或佛教

然東坡以雄視百代之才，而往往傷率、傷慢、傷放、傷露者，正坐不肯爲郊、島一番苦吟功夫耳。」紀評《蘇文忠公詩集》卷十六，頁342。

〔註7〕 紀昀評蘇詩〈次韻子由初到陳州二首〉，紀評《蘇文忠公詩集》卷六，頁179。

〔註8〕 紀昀評蘇詩〈遊鶴林招隱二首〉其二，紀評《蘇文忠公詩集》卷十一，頁262。

〔註9〕 紀昀評蘇詩〈南康望湖亭〉，紀評《蘇文忠公詩集》卷三十八，頁720。又如評蘇詩〈虔州八境圖八首〉其二，云「此首純是唐音。」乃因其詩爲「濤頭寂寞打城還，章貢臺前暮靄寒，倦客登臨無限思，孤雲落日是長安。」首句化用劉禹錫〈石頭城〉：「山圍故國周遭在，潮打空城寂寞回」，末句則化用李白〈登金陵鳳凰臺〉：「總爲浮雲能蔽日，長安不見使人愁。」故云純是唐音。

〔註10〕 「本色」一詞，在紀昀的觀念，爲蘇軾有別於前代諸家詩人面貌，亦有別於宋代其餘詩家樣貌，是蘇軾個人所獨具之詩歌特徵。換言之，即是紀昀詩歌觀念下的詩歌價值評斷。「本色」一詞如何形成文學批評術語及其流變，可參見龔師鵬程《詩史、本色與妙悟》（臺北：台灣學生，1993年），頁93～136。

〔註11〕 紀評《蘇文忠公詩集》卷六，頁185。

〔註12〕 紀評《蘇文忠公詩集》卷三十七，頁703。

之思想影響而表現出曠達、超越、解脫之喜樂。蘇詩〈游惠山〉有「吾生眠食耳，一飽萬想滅」句，紀昀評曰：「蘇詩純用本色。」〔註13〕此處所說之本色，即指參以禪悅之意，另如蘇詩〈和陶飲酒二十首〉其十三：「醉中雖可樂，猶是生滅境……。」紀評：「參以禪悅，全然本色。」〔註14〕又如〈和陶飲酒二十首〉其十二：「人間本兒戲，顛倒略似茲，惟有醉時真，空洞了無疑，墜車終無傷，莊叟不吾欺。」紀評：「此全是本色」〔註15〕換言之，紀昀認為蘇軾在詩中融入釋道思想，乃蘇詩本色之一。

　　在意境恣逸獨闢方面，蘇詩〈和子由澠池懷舊〉有「人生到處知何似，應似飛鴻踏雪泥。泥上偶然留指爪，鴻飛那復計東西。」紀評曰：「意境恣逸，則東坡本色。」〔註16〕蘇軾此詩除巧喻之外，更獨創「雪泥鴻爪」之意境，前無古人，因此紀昀視為東坡本色。蘇詩〈次韻子由浴罷〉，有「老雞臥糞土，振羽雙瞑目」句〔註17〕，紀昀評曰：「從莊子鵬鷃意化出，分明郭子元注中語也。此境東坡獨闢，前無古人。」意指詩中「老雞臥糞土，振羽雙瞑目」化用《莊子‧逍遙游》：「有鳥焉，其名為鵬，背若太山，翼若垂天之雲，摶扶搖羊角而上者九萬里，絕雲氣，負青天，然后圖南，且適南冥也。斥鴳笑之曰：『彼且奚適也？我騰躍而上，不過數仞而下，翱翔蓬蒿之間，此亦飛之至也，而彼且奚適也？』此小大之辯也。」而郭象注中語則為「夫小大雖殊，而放於自得之場，則物任其性，事稱其能，各當其分，逍遙一也，豈容勝負於其間哉！」「苟足於其性，則雖大鵬無以自貴於小鳥，小鳥無羨於天池，而榮願有餘矣。故小大雖殊，逍遙一也。」而郭象注解莊子鵬鷃之意，乃在於形體之大小雖有不同，但只自足於性分〔註18〕、自得於其本情，任性自得，

───────────

〔註13〕紀評《蘇文忠公詩集》卷十八，頁390。

〔註14〕紀評《蘇文忠公詩集》卷三十五，頁671。

〔註15〕紀評《蘇文忠公詩集》卷三十五，頁672。

〔註16〕紀評《蘇文忠公詩集》卷三，頁131。

〔註17〕紀評《蘇文忠公詩集》卷四十一，頁793。

〔註18〕郭象認為萬物生而具有各自本性，即「物各有性，性各有極。」(〈逍

所感受之精神逍遙仍是一致的。因此蘇軾在此詩所造「老雞臥糞
土，振羽雙瞑目」之意境，是以莊子鵬鷃意象加入郭象注解之意而
改造出的老雞，藉此自比，意為老雞臥糞土之上，環境雖惡，姿態
甚低，卻能振羽雙瞑目，任性而自得，精神逍遙〔註19〕。紀昀認為
此等詩境乃東坡獨創，視為本色。又如〈和陶園田居六首〉其二末
兩句「春光有佳句，我醉墮渺莽。」紀評：「淡宕竟住好，此種是
東坡獨造。」〔註20〕因全詩「窮猿既投林，疲馬初解鞍，心空飽新
得，境熟夢餘想。江鷗漸馴集，蜑叟已還往，南池綠錢生，北嶺紫
筍長。提壺豈解飲，好語時見廣，春光有佳句，我醉墮渺莽。」從
「窮猿投林」、「疲馬解鞍」的譬喻起，接著自抒心空境熟之感受與
收穫，接寫春光諸景物，最後兩句春光佳美如佳句，但詩人卻沉醉
（雙寫飲酒之醉及沉醉春光之醉）其間而墮入迷渺蒼莽之中。不直
言春光之佳美，而言自我之沉醉其間，紀昀認為收束淡宕悠閒自
在，乃東坡獨造之詩境〔註21〕。

遙遊〉注）如大鵬能高飛，蜩與學鳩只能低飛，椿木長壽，朝菌短
命，皆為本性之表現。而個體之本性各有分限，即「本性之分」，簡
稱「性分」，萬物之「性分」皆為自然生成。人亦如此，即「天性所
受，各有本分，不可逃，亦不可加」（〈養生主〉注）因此，人須「各
安其所分」，唯有「各安其分」，才能獲得自由，達到「逍遙遊」的
境界。為了使人安於「性分」，郭象提出「自足其性」，即各自以其
「性分」為滿足，不必向外求索。

〔註19〕蘇軾此詩「老雞臥糞土，振羽雙瞑目」之意象，從蘇軾〈眾妙堂記〉：
「子亦見夫蜩與雞乎？夫蜩登木而號，不知止也。夫雞俯首而啄，
不知仰也。其固也如此。然至蛻與伏也，則無視無聽，無饑無渴，
默化於荒忽之中，候伺於毫髮之間，雖聖知不及也。是豈技與習之
助乎？」說的就是「無視無聽，無饑無渴，默化於荒忽之中，候伺
於毫髮之間」的境界。

〔註20〕紀評《蘇文忠公詩集》卷三十九，744。

〔註21〕蘇軾〈石炭〉詩，紀昀即云：「微嫌其剽而不留。」恰為反例。〈石
炭〉詩：「君不見前年雨雪行人斷，城中居民風裂骭，濕薪半束抱衾
裯，日暮敲門無處換。……南山栗林漸可燒，北山頑礦何勞鍛，為
君鑄作百鍊刀，要斬長鯨為萬段。」三四兩句乃襲用杜甫〈秋雨嘆
三首〉其二：「城中斗米換衾裯，相許寧論兩相直。」其作法又似白
居易詩之淺易直露，故紀昀說其「剽」、「不留」。

在氣機疏暢方面，紀昀認為蘇軾「五言長律皆流走有氣」〔註22〕、「七律駿快者多」〔註23〕、「氣機疏暢，東坡七律之本色」〔註24〕，五言長律（為超過八句之排律），七律之所以流走有氣、駿快、氣機舒暢，在於蘇詩「字字刻劃，句句變化，雲煙離合，不可端倪。」及「奇氣坌湧，無一語不警拔，而無一毫粗獷之氣。」〔註25〕換言之，就是蘇軾在長篇工整講究對仗深穩的律詩中，能夠嚴密遣詞造句，卻又能夠自然而無矯揉造作之狀，詩中瀰漫奇恣兀傲縱橫之氣。

在巧喻與博喻，即擅於在詩中巧用比喻，並且將博喻一法發揮到淋漓盡致。紀昀評蘇詩〈游徑山〉云：「入手便以喻起，耳目一新，東坡慣用此法。與『船上看山如走馬』設譬略同，而工拙相去遠矣。」〔註26〕「船上看山如走馬」即蘇軾〈游徑山〉一詩開頭：「眾峰來自天目山，勢若駿馬奔平川。中途勒破千里足，金鞭玉鐙相迴旋。」以動態的駿馬奔騰來比喻山勢；蘇詩〈江上看山〉：「船上看山如走馬，倏忽過去數百群。前山槎牙忽變態，後嶺雜沓如驚奔。」亦是以動態之奔馬來比喻山勢。又如蘇詩名作〈飲湖上初晴後雨二首〉其二，有「欲把西湖比西子，淡粧濃抹總相宜」句，紀昀即評曰：「二詩本色却佳。」〔註27〕即是以善於用比喻視為蘇詩之本色之一〔註28〕。又如「預知垂歲盡，有似赴壑蛇」（〈守歲〉）

〔註22〕紀昀評蘇詩〈臥病彌月聞垂雲花開順闍黎以詩見招次韻答之〉，紀評《蘇文忠公詩集》卷三十二，頁607。

〔註23〕紀昀評蘇詩〈行宿泗間見徐州張驥次舊韻〉，紀評《蘇文忠公詩集》卷三十五，頁679。

〔註24〕紀昀評蘇詩〈次韻林子中春日新隄書事見寄〉，紀評《蘇文忠公詩集》卷三十五，頁666。

〔註25〕紀昀評蘇詩〈白水山佛跡巖〉，紀評《蘇文忠公詩集》卷三十八，頁730。

〔註26〕紀昀評蘇詩〈游徑山〉，紀評《蘇文忠公詩集》卷七，頁206。

〔註27〕紀昀評蘇詩〈飲湖上初晴後雨二首〉，紀評《蘇文忠公詩集》卷九，頁230。

〔註28〕蘇詩〈次韻張安道讀杜詩〉有「誰知杜陵傑，名與謫仙高，掃地收千軌，爭標看兩艘」等句，亦善於運用比喻，紀昀評曰：「騰挪處全用比。」紀評《蘇文忠公詩集》卷六，頁183。

即用疾走的驚蛇比喻時光之飛逝,將抽象擬人化;「春還宮柳腰支活,水入御溝鱗甲動」(〈用前韻答西掖諸公〉)即用舞姿之柔腰與閃動的魚鱗比喻楊柳款動和水波漣漪;又如「君材有如切玉刀,見之凜凜生寒毛」(〈送李公恕赴闕〉)將友人之剛正才德與裁成後備的氣度比喻為切玉刀;又如「夢繞雲山心似鹿,魂驚湯火命如雞」(〈予以事繫御史臺獄,獄吏稍見侵,自度不能堪,死獄中,不得一別子由,故作二詩授獄卒梁成,以遺子由,二首〉其二)即把驚魂惶惑的心情比喻為雲山之中的驚鹿與湯火之下的雞;又如「生死猶如臂屈伸,情鍾我輩一酸辛」(〈弔天竺海月辯師〉)即以手臂之屈伸比喻生命之短暫與變化之迅疾;又如「治生不求富,讀書不求官。譬如飲不醉,陶然有餘歡。」(〈送千乘、千能兩姪還鄉〉)即用飲酒未醉的微醺來比喻淡薄富貴、陶然自樂的心態;又如「我似老牛鞭不動,雨滑泥深四蹄重,汝如黃犢走卻來,海闊山高百程送。」(〈過於海舶,得邁寄書、酒。作詩,遠和之,皆粲然可觀。子由有書相慶也,因用其韻賦一篇,並寄諸子姪〉)即用老牛陷入泥塗比喻自己沉重、進退困難的老態,而用健牛可走高山比喻年輕後輩的勇健有為。這些都能看出蘇軾在詩中所運用新鮮而貼切的比喻,不落俗套,推陳出新。

　　至於博喻,蘇詩〈百步洪二首〉其一有「長洪斗落生跳波,輕舟南下如投梭。水師絕叫鳧雁起,亂石一線爭磋磨。有如兔走鷹隼落,駿馬下注千丈坡。斷絃離柱箭脫手,飛電過隙珠翻荷。四山眩轉風掠耳,但見流沫生千渦。」開頭兩句,寫長洪為亂石所阻,激起跳波,用一個譬喻寫輕舟如投擲梭子飛速穿越其間;接著兩句寫水手大聲呼叫,野鴨驚惶飛起,但見一線急流與亂石互相撞擊、磋磨,接次四句,送用七個譬喻,形容洪水急湍如狡兔疾走、鷹隼猛降、駿馬奔馳而下千丈險坡,而水上輕舟則如斷弦離柱、如飛箭脫手、如飛電之過隙、如荷葉上水珠翻跳。又如〈求焦千之惠山泉詩〉:「茲山定空中,乳水滿其腹,遇隙則發見,臭味實一族,淺深各有

值，方圓隨所蓄，或爲雲沟湧，或作線斷續，或鳴空洞中，雜佩間琴筑，或流蒼石縫，宛轉龍鸞鼕。」也連用了四個比喻從不同角度刻劃山泉水的流動，山泉冒湧像沟湧的雲、山泉斷斷續續不絕像絲線、山泉在洞穴中鳴響、山泉流經石縫之聲像龍鸞鼕吟。——蘇軾這種博喻之法，紀昀即視爲蘇詩本色之一。查慎行亦云：「連用比擬，古無此法，自先生創之。」〔註29〕但其實博喻之法，古人早已有之，錢鍾書《宋詩選注》舉《詩經》的〈柏舟〉、〈斯干〉，《莊子·天運篇》及韓愈的〈送石處士序〉、〈送無本師〉等詩文爲例，說明「博喻」自古即有，只是蘇詩「四句裡七種形象，錯綜俐落，襯得《詩經》和韓愈的例子都呆板滯鈍了。」換言之，蘇詩只是運用此法但後出轉精而已。

　　在窄韻巧押方面，蘇詩〈與頓起、孫勉泛舟，探韻得未字〉，全詩押韻處爲緯、喟、慰、味、蝟、畏、胃、餼、費、貴、狒、氣、未、魏、沸、諱。紀昀評曰：「窄韻巧押，東坡長技，昌黎亦能押窄韻，而自然則遜矣。」〔註30〕指蘇軾之巧於押險韻，自然合度，遠勝韓愈之同樣之押險韻。另如蘇詩〈次韻張安道讀杜詩〉，紀評：「難韻巧押。」〔註31〕蘇詩〈送楊孟容〉，紀評：「以窄韻見長。」〔註32〕蘇詩〈送陳睦知潭州〉，紀評：「窄韻巧押，綽有餘力。」〔註33〕蘇詩〈渼陂魚〉，紀評：「窄韻巧押，神鋒駿利，東坡本色。」〔註34〕都可見蘇軾押險韻，巧妙合度之處。

　　由上述紀昀的觀察，東坡本色在於情眞深至、參以道喜禪悅、意境恣逸獨闢、氣機疏暢、巧喻與博喻之妙用、窄韻巧押。其中窄韻巧押，可見明顯是受了韓愈影響而後出專精；博喻亦是繼承前人

〔註29〕紀評《蘇文忠公詩集》卷十七，頁364。
〔註30〕紀評《蘇文忠公詩集》卷十七，頁364。
〔註31〕紀評《蘇文忠公詩集》卷六，頁183。
〔註32〕紀評《蘇文忠公詩集》卷二十八，549。
〔註33〕紀評《蘇文忠公詩集》卷二十七，頁535。
〔註34〕紀評《蘇文忠公詩集》卷五，頁172。

之成果而匠心獨運、推陳出新；而巧喻之妙用，富於聯想，精於比附，確為蘇軾長技；而氣機疏暢則頗受李、杜之影響，流溢縱橫之氣於詩中；而意境恣逸獨闢及參以道喜禪悅，顯然是蘇軾受佛道思想之影響下所縱意獨到之處；而情真深至則為其真實感情之流露與捕捉。固然，紀昀認為東坡本色乃在於詩意及詩藝的超越古人、突出自我面貌為主。但是此處我們更在意的是，蘇軾如何從古人的詩藝中提煉出養份，作為自己詩藝的沃土，又如何從儒釋道思想中熔鑄出獨特的詩歌面貌。

第二節　反　轉

　　紀昀所謂參以道喜禪悅，實則應當包含著儒以及釋道思想融和之後的思想反映，表現在詩中，呈現出東坡詩的本色面貌。

　　蘇詩兼有儒釋道思想者，本論文在二、三、四、五章已申論之，此處另要補充的是蘇詩中不用儒釋道三家之典故，卻隱微雜有三教思想，僅僅以意象出之，融合三教之思想而無跡者，亦為其獨特之特色。如〈和子由澠池懷舊〉：「人生到處知何似？應似飛鴻踏雪泥。泥上偶然留指爪，鴻飛那復計東西。老僧已死成新塔，壞壁無由見舊題。往日崎嶇還記否，路長人困蹇驢嘶。」〔註35〕此詩作於嘉祐六年（1061），這一年蘇軾二十六歲，首次寫及佛教題材的〈鳳翔八觀〉之四，詠鳳翔天柱寺的維摩詰像，也從同事王彭（字大年）的介紹與解說接觸到佛法，所以詩中前四句人生猶如「雪泥鴻爪」之喻，過往足跡一切成空，即隱含著佛教的空觀觀念；但是從蘇轍原詩〈懷澠池寄子瞻兄〉：「相攜話別鄭原上，共道長途怕雪泥。歸騎還尋大梁陌，行人已渡古崤西。曾為縣吏民知否，舊宿僧房壁共題。遙想獨遊佳味少，無言騅馬但鳴嘶。」可知蘇轍寫此詩時正留在京城侍奉父親，策論列於下等、官職未能赴任，送兄長蘇軾赴任，在

〔註35〕《蘇軾詩集》卷三，頁96。

鄭州相別之後，離愁加上失意，瀰漫在詩中的便是留戀過往人生道路的回憶眷戀，流露出現實面的苦悶與徬徨。蘇軾的「雪泥鴻爪」之喻，從鴻飛雪印不復計東西，是虛空之意，但從鴻飛的意象，卻又充滿著勇健積極向上之意，安慰蘇轍對於現實的困頓、人事的存有、往日的崎嶇，都會隨著時間而消逝，只有積極面對未來，飛鴻向前，同樣帶有儒家自強不息之意。又如〈次韻江晦叔二首〉其二：「鐘鼓江南岸，歸來夢自驚，浮雲時事改，孤月此心明。雨已傾盆落，詩仍翻水成，二江爭送客，木杪看橋橫。」〔註36〕此詩為建中靖國元年（1101）蘇軾北歸經過虔州所作，後世評家如胡仔即指此詩「浮雲時事改，孤月此心明」兩句，為「語意高妙，有如參禪悟道之人，吐露胸襟，無一毫窒礙也。」〔註37〕即從參禪悟道之人而言。

　　除此之外，蘇軾常於詩中流露出的「反轉力量」。——每每在詩中描述生命之挫折處、困頓處、失意處、悲傷處，抒發苦悶、悲傷、痛苦的情緒之後，在詩末總是極力反轉，從苦悶悲傷痛苦之中反轉而上，轉出樂觀、曠達、安適之意。這種反轉的力量與姿態，正是源於其儒釋道思想融和之後所產生的生命調適力量。蘇軾遭貶謫時如此，居官時亦復如是。

　　如貶居黃州時，作〈次韻孔毅父久旱已而甚雨三首〉其一云：「我雖窮苦不如人，要亦自是民之一。形容可似喪家犬，未肯耶耳爭投骨。倒冠落幘謝朋友，獨與蚊雷共圭蓽。故人嗔我不開門，君視我門誰肯屈。可憐明月如潑水，夜半清光翻我室。風從南來非雨候，且為疲人洗蒸鬱。褰裳一和快哉謠，未暇飢寒念明日。」〔註38〕即描述自我窮苦之狀、宛如喪家犬的容貌、朋友不肯屈從過訪的孤獨，但最後六句卻從大自然的明月清光、涼風好雨，反轉出愉悅心情。又如〈寄

〔註36〕《蘇軾詩集》卷四十五，頁 2445。
〔註37〕《苕溪漁隱叢話・後集》卷二十六。
〔註38〕《蘇軾詩集》卷二十一，頁 1121。

周安孺茶〉：「地僻誰我從，包藏置廚簏。何嘗較優劣，但喜破睡速。況此夏日長，人間正炎毒。幽人無一事，午飯飽蔬菽。困臥北窗風，風微動窗竹。乳甌十分滿，人世真局促。意爽飄欲仙，頭輕快如沐。昔人固多癖，我癖良可贖。為問劉伯倫，胡然枕糟麴。」〔註39〕寫其謫居生活無人相從之孤獨，但是從飲茶感到飄飄欲仙，困臥北窗而覺微風搖動屋外竹子的美感，都是從日常生活瑣事當中反轉出愉悅、開朗的心情。這種反轉的力量，正來自於心中，蘇軾此時其所作〈與子明兄〉即云：「吾兄弟俱老矣，當以時自娛。世事萬端，皆不足介意。所謂自娛者，亦非世俗之樂，但胸中廓然無一物，即天壤之內，山川草木蟲魚之類，皆是供吾家樂事也。」〔註40〕（心）胸中廓然無一物，毀譽得失不縈於懷，如此大自然之一切種種皆可為欣賞得樂之物，人也就無入而不自得。所以形諸詩歌，即透過此一思想而作一反轉向上的轉變〔註41〕。

　　如貶居惠州時，以下諸作名詩皆表現出這種反轉之精神。

　　　白頭蕭散滿霜風，小閣藤床寄病容。

　　　報道先生春睡美，道人輕打五更鐘。（〈縱筆〉）

　　　秋來霜露滿東園，蘆菔生兒芥有孫。

　　　我與何曾同一飽，不知何苦食雞豚。（〈擷菜〉）

　　　羅浮山下四時春，盧橘楊梅次第新。

　　　日啖荔支三百顆，不辭長作嶺南人。（〈食荔支二首〉其二）

〈縱筆〉一詩，首兩句寫白髮蒼蒼，小樓病容之天涯淪落憔悴感，後兩句卻又反轉而上，寫春睡濃美之怡然可樂；〈擷菜〉則寫謫居食物

〔註39〕《蘇軾詩集》卷二十一，頁 1162。

〔註40〕〈與子明兄〉，《蘇軾文集》卷六十，頁 1832。

〔註41〕蘇軾同時期詩作〈東坡〉：「雨洗東坡月色清，市人行盡野人行，莫嫌犖确坡頭路，自愛鏗然曳杖聲。」也是從雨後清月等大自然景色之中，得到喜悅之情，再從險峻不平的上坡路比喻崎嶇坎坷的前程與命運，復作一反轉，找到安然自適之道，艱難之中尚有鏗鏘有力的生命力昂然面對。這種想法，其時在此前早已有之，蘇軾三十八歲任官杭州曾作〈再游徑山〉：「平生未省出艱險，……兩足慣曾行犖确」差別之在於當時生命的挫折不如後來深重。

僅餘自行所種之菜，詩前有一序，可見其困乏景狀：「吾借王參軍地種菜，不及半畝，而吾與過子終年飽菜，夜半飲醉，無以解酒，輒擷菜煮之。味含土膏，氣飽風露，雖粱肉不能及也。人生須底物而更貪耶，乃作四句。」〔註42〕意即所食之物，除了菜之外，別無他物，此詩前兩句寫秋天菜園中菜蔬增衍叢生，後兩句容易轉入貧困之慨歎，但蘇軾精神又反轉向上，從同樣皆可飽足之觀點，不必像豪奢人物一般吃進山珍海味；〈食荔支〉一詩亦是如此，謫居惠州之苦悶，都在最後兩句反轉而上，找到「日啖荔支三百顆」的喜樂，反轉了理所當然沉入悲苦的辛酸。這種反轉的力量，從作於惠州之書信可見其內心想法，「某睹近事，已絕北歸之望，然中心甚安之，未說妙理達觀，但譬如元是惠州秀才，累舉不第，有何不可！」〔註43〕面對困頓，仍能保持心中安適，尚且不用以「妙理達觀」解說，只是轉念一想，就能安頓身心。這種轉念一想，又如「某到貶所半年，凡百粗遣，更不能細說，大略只似靈隱天竺和尚退院後，卻住一個小村院子，折足鐺中，罨糙米飯便吃，便過一生也得。其餘瘴癘病人，北方何嘗不病？是病皆死得人，何必瘴氣！但苦無醫藥，京師國醫手裡死漢尤多。」〔註44〕轉念一喻，譬如惠州秀才累舉不第，合該長留惠州；譬如退院和尚卻住小村院子，粗食簡單便過一生，如何有瘴氣生死之懼念〔註45〕。這種轉念一想，就是反轉的力量使然〔註46〕。

〔註42〕《蘇軾詩集》卷四十，頁2201。

〔註43〕〈與程正甫七十一首〉之十三，《蘇軾文集》卷五十四，頁1593。

〔註44〕〈與參寥子二十一首〉之十七，《蘇軾文集》卷六十一，頁 1864～1865。

〔註45〕又如：「夫南方雖好為瘴癘地，然死生有命，初不由南北也。……，定居之後，杜門燒香，閉目清坐，念五十九年之非耳。」亦是同樣觀念。（〈與吳秀才三首〉之二，《蘇軾文集》卷五十七，頁1738。）

〔註46〕蘇軾居惠州嘗作〈與孫志康〉：「今北歸無日，因遂自謂惠人，漸作久居計，正使終焉，亦有何不可。」（《蘇軾文集》卷五十六）因此所作〈和陶歸園田居六首〉其一：「環州多白水，際海皆蒼山，以彼無盡景，寓我有限年。東家著孔丘，西家著顏淵，市為不二價，農為不爭田。周公與管蔡，恨不茅三間，我飽一飯足，薇蕨補食前。

又如貶居儋州，有〈過子忽出新意，以山芋作玉糝羹，色香味皆奇絕。天上酥陀則不可知，人間決無此味也〉一詩：「香似龍涎仍釅白，味如牛乳更全清。莫將南海金虀膾，輕比東坡玉糝羹。」〔註47〕乃在粗食之中尋得自適之樂，山芋所作之玉糝羹勝過南海金虀膾〔註48〕，皆爲一心之反轉所致。又如〈六月二十日夜渡海〉最後兩句名詩：「九死南荒吾不恨，茲游奇絕冠平生。」將貶謫海外南荒的苦悶，又全反轉成平生最奇絕的游玩與經歷。這種反轉向上的精神，蘇軾作於海南之文〈試筆自書〉云：「吾始至海南，環視天水無際，淒然傷之曰：『何時得出此島耶？』已而思之，天地在積水之中，九州在大瀛海中，中國在四海中之中，有生孰不在島者？覆盆水於地，芥浮于水，蟻附於芥，茫然不知所濟。少焉水涸，蟻即徑去，見其類，出涕曰：『幾不復與子相見！』豈知俯仰之間，有方軌八達之路乎？念此可以一笑。」〔註49〕自己到了天水無際的海南島，擔憂不得出島之苦悶，忽轉念一想，天地、九州、中國無不在海水之中，又以螞蟻依附於芥葉而漂浮於水上，一小一大之對比，頗近似莊子齊物與逍遙之思想，有就是這種思想讓詩文及人格都產生一種反轉向上的力量〔註50〕。

門生饋薪米，救我廚無煙，斗酒與隻雞，酣歌餞華顛。禽魚豈知道，我適物自閑，悠悠未必爾，聊樂我所然。」全首詩皆流露出反轉而愉悅的心情，不以偏遠荒僻、物質缺乏爲苦，反以山水家美、人情淳樸爲喜。又如〈白鶴山新居鑿井四十尺，遇盤石，石盡乃得泉〉：「今朝僮僕喜，黃土復可摶，晨瓶得雪乳，暮甕停冰湍。我生類如此，何適不艱難。一勺亦天賜，曲肱有餘歡。」生命何處不艱難，一勺水之微物亦是天賜，亦值珍惜，也流露出這種隨處知足的心情。

〔註47〕《蘇軾詩集》卷四十二，頁 2316。

〔註48〕《太平廣記》卷二三四引舊題唐代顏師古《大業拾遺記·吳饌》：「收鱸魚三尺以下者作乾膾，浸漬訖，布裹瀝水令盡，散置盤內，取香柔花葉，相間細切，和膾撥令調勻，霜後鱸魚，肉白如雪，不腥，所謂金虀玉膾，東南之佳味也。」亦省作蘇詩中所謂之「金虀膾」者。

〔註49〕宋朱弁《曲洧舊聞》卷五引東坡戊寅（1098 年）九月十二日之文，收錄《蘇軾佚文彙編》卷五。

〔註50〕清末林紓評論蘇軾，云：「東坡之居惠、居儋耳，皆萬無不死之地。

　　蘇軾這種反轉的力量，並非只存在貶謫黃、惠、儋州時期，而是在這些時期更加明顯、更加難能可貴。這種在詩歌之中的反轉力量，在其他時期亦可見之，如〈除夜野宿常州城外二首〉其二：「南來三見歲云徂，直恐終身走道途，老去怕看新曆日，退歸擬學舊桃符。煙花已作青春意，霜雪偏尋病客鬚，但把窮愁博長健，不辭最後飲屠蘇。」〔註51〕此詩作於熙寧六年（1073），三十九歲時任杭州通守，從宦遊道途寫至老去怕看象徵時間流逝的曆日，又寫退歸卻未可完成的心志，再寫客居病容偏又鬢髮生白，至此彷彿要轉入悲苦自憐，但最後兩句又反轉向上，「但把窮愁博長健，不辭最後飲屠蘇」，末句典出《荊楚歲時記》：「（正月一日）長幼悉正衣冠，以次拜賀，進椒柏酒，飲桃湯，進屠蘇酒……次第從小起。」意即年紀最老大才得以最後飲用屠蘇酒，則「但把窮愁博長健」一句，意味無論遭遇、生活、政治環境等等如何窮愁不得意，都要勇於面對，保持身心之健康、年齡壽長。又如〈喬太博見和復次韻答之〉：「百年三萬日，老病常居半，其間互憂樂，歌笑雜悲歡。顛倒不自知，直為神所玩，須臾便堪知，萬事風雨散。」〔註52〕此詩作於熙寧八年（1075），四十歲時任密州太守，討論人一生之中，老病居半、憂樂相參，迷戀其中而不自知，唯有堪知、領悟其中之情感糾葛，才能從萬事萬物中超脫而出，感受到猶如風停雨散之清明澄

而東坡仍有山水之樂。……東坡氣壯，能忍貧而喫苦，所以置之煙瘴之地，而獨雍容。」（《古文辭類纂選本》卷九，評〈超然臺記〉）即從〈超然臺記〉「見余之無所往而不樂者，蓋游於物之外也。」申論蘇軾謫居惠、儋之樂之雍容，皆因能游於物之外的緣故。蘇軾在儋州所作〈贈鄭清叟秀才〉：「霜風掃瘴毒，冬日稍清美，年來萬事足，所欠唯一死，淡然兩無求，滑淨空棐几。」〈別海南黎民表〉：「我本海南民，寄生西蜀州，忽然跨海去，譬如事遠游。」〈鬱孤臺〉：「吾生如寄耳，嶺海亦閒遊。」〈和陶西田穫早稻〉：「人間無正味，美好出艱難，早知農圃樂，豈有非意干。」對於謫居海島，流露出生死無畏、閒遊自在，艱難之中發掘美好的精神。

〔註51〕《蘇軾詩集》卷十一，頁534。
〔註52〕《蘇軾詩集》卷十三，頁613。

靜。蘇軾亦將這種精神稱之為「佳處」，如〈次韻子由書王晉卿畫山水二首〉其二：「賴我胸中有佳處，俗駕今隨水不回。山人昔與雲俱出，一樽時對畫圖開。」〔註53〕此詩作於元祐六年（1091），蘇軾五十六歲，時為翰林學士，胸中有佳處，可以超脫世俗之累，優游於圖畫藝術之中；而〈和陶王撫軍座送客〉：「胸中有佳處，海瘴不能腓。三年無所愧，十口今同歸。汝去莫相憐，我生本無依。相從大塊中，幾合幾分違。莫作往來相，而生愛見悲。悠悠含山日，炯炯留清輝。懸知多夜長，不恨晨光遲。夢中與汝別，作詩記忘遺。」〔註54〕此詩作於紹聖五年（1098），蘇軾六十三歲，時貶居儋州，也是稱胸中有佳處，此佳處即是心之所定能超越世俗之憂樂者，亦即以此精神反轉而上，因此海潮瘴氣不能侵害、離合無須過憂、無須執著往來之幻相，將分別之愁苦反轉為山日清輝之朗朗清麗。再再都可見蘇軾透過儒釋道思想融合之後的精神樣貌，反轉向上，而非沉淪於下。

　　蘇軾即如此熔鑄儒釋道思想，收攝於一心之安寧澄定，進可兼濟天下，退可獨善其身，立於天地之間，何其自在安適，坦然自得。蘇軾即以如此心境，融為詩句，博採眾家之長技，結合自我之情感、思想，重塑出蘇軾之自我獨特詩風與樣貌。

〔註53〕《蘇軾詩集》卷三十三，頁 1771。
〔註54〕《蘇軾詩集》卷四十二，頁 2326。

第十章 結 論

一、蘇軾熔鑄儒釋道思想：以儒攝佛道

從本論文研究可知：蘇軾思想實以儒家爲主體，透過對儒家思想的理解，將人之的性與情，搭配天之道與易合觀，並以人之「察易即道」的進路以及「虛靜致道」、「循理而動」「幽居默處而觀萬物之變」等功夫論，一方面強調內在心神靜定以致道的修養，另一方面則又強調外在循理而動的實學，個人之對內修養、對外實學兼具。因此強調技道兩進，實學是技，文藝也是技，技可以進道，道也可以反過來輔技，不同類別的文藝，可以讓人鍛鍊各種不同之技藝，詩當然也是技之一類，因此也可用來表現道、用來致道。技道兩進的觀念，一方面影響（削弱）了蘇軾對抽象道體憑空追求以及抽象理論建構與探討的興趣，一方面轉而具體可掌握的技藝的鍛鍊與講究，並以此結合道，通往向上一路，由技致道，以道輔技，達到技道兩進以致道的目標。也由於「技道兩進」的觀念，得以在各種不同類別的文藝，鍛鍊各種不同之技，但在進道的過程中，卻得以相互融通、鎔鑄。其中，又以詩，表現出最大的熔鑄力，他可以鎔鑄各種不同類別的技，同時又以致道爲追求。

因此蘇軾表現在詩中，一方面表現「易」的萬象變化、情感興動、生滅無常，另一方面則又極力表現「察易即道」的思索、省察與領悟

（從「變易萬象」察覺「不易之道」、從「吉凶得喪」察覺「無吉凶得喪」、從「情執」到「破情執」，簡言之即「以覺察之心來識變、貞情、悟道」），因此必然留心、留情於萬象之興趣與觀察，卻又必然表現貞定心性的思索（透過「無私」、「處順」而「御情察性之善」），詩作則充滿議論、思辨與省悟。另外，蘇詩也表現了儒家積極進取的精神，表現昌身、昌詩、昌氣、忠義、報國、濟物、捨生取義、窮則獨善其身，達則兼善天下等等的儒家信念，即使在時運、政治現實的重重打擊之下，出現佛道思想的超然之語，但這其實只是「虛靜致道」的另一種表現方式，其主體思想仍舊是儒家，表現獨善其身的守節、致道之理。

蘇軾雖然自幼接觸、親近道教，且終身保有對道教之道的追求與渴望，但這種追求主要在於「個人養生」上，學習道教的內外丹法，尤其偏重內丹。藉由盤足靜坐、叩齒握固、閉息內觀、納心丹田、調息漱津、採日月華等功夫，以「練氣」、「使氣流行體中」（以意運氣）而結成金丹，得以禦癘、延生、長生等等效能。同時吸收道家的致一全真、虛明應物的思想，同樣也是用來「個人養生」。從〈廣成子解〉可以窺見蘇軾將道家之說劃歸於個人一己之修行，這種修行以致一全真為主要求道之法、以無為無私無欲之法為輔，獨存真我，去除非我，一死生、齊成毀，獲致至道之精。同時又契合道教內丹之法，以長生為目標，透過內丹以意導氣之法，同時達到致一全真、獨存真我的至道。可見蘇軾將道家的學說轉為具體的修養功夫，於是便與道教的內丹靜坐調息運氣養生之法結合在一起。值得注意的是，蘇軾是以儒家來融攝道家、道教，一方面是因為道家、道教思想在個人方面固然可以補足儒家對於死生、養生之法的闕如，但另一方在經國治人、待人處世方面，蘇軾則認為顯然不及儒家。（這也是蘇軾熔鑄儒釋道最主要的判別處。）至於蘇軾詩作對於道家、道教典籍及與思想的運用與熔鑄，其意義在於透過對道家、道教的內丹、養生、長生之術的興趣與操持，一方面表現內心平靜、壽命長生的渴望與追求，另一方面又

反過來關照人世之愁苦喜憂、榮辱興滅與生命短暫，試圖藉由一己身心之自由、寧靜、超脫，進而擺落人世之種種牽絆。因此在關照自己困頓時，時常表現出灑落、超邁、曠達之意。於是，蘇軾便懷抱著道家、道教的出世之願、之眼、之心，去從事儒家入世的事業，進而以出世之心看待入世的功名、富貴、利祿之興滅、起伏、禍福，表現其入乎其中卻能超乎其外的超然之感。

　　蘇軾學佛原就不是為了窮究佛理，也不是為了「出生死，超三乘，遂作佛」，而是「獨時取其粗淺假說以自洗濯」、「本其於靜而達」、「專以待外物之變」，主要目的是對一心之靜達以觀看、應對萬象之變化，因此吸收佛教靜心、觀空之法，走向個體悟空之小乘禪，這種方式不是頓悟式的，而是漸悟式的，他在漸悟過程的進進退退中，強烈感受到道與情的拉扯，道的追求讓他產生超然、灑脫、曠達的姿態與意味，情的拉扯又讓他產生深情、依戀、執著，小乘禪道之個體追求容易走向消極，情之拉扯又讓他積極面向現實世界，就在這種道與情的拉扯與游移之中，迸發出蘇軾看似矛盾卻又融和的詩歌作品，蘇軾「以儒攝佛」的結果就是自由游走於世間與出世之間、在趣與捨之間、在入道與習情之間，蘇軾的歌詩創作也就極力表現出這種既衝突又融和又超越的結果，既明曠高遠又依戀徘徊。

　　蘇軾以儒融鑄佛道而成的詩創作創作特色，其創作過程從接觸、觀看事物，透過語言文字將之形成詩，再由詩歌回歸其儒釋道思想合一的覺察與思索。所以因著內在儒釋道融合的思維，即以此理來觀物，凡物皆有可觀，皆可入詩，入於詩則觀物之變，緣物抒情，寄寓於物，而不留意於物，復追尋物外之理，了然於心而臻於至道。大抵蘇軾觀物多從其存有，而察覺其存有終將變為毀壞，或由毀壞而察覺其終為無物、幻空，或由其存有之一面而察覺其對立面，從而察覺其區別與執著，──如此一來即易走向消極頹放之風，因為人生終究如夢如幻，了無可執。但蘇詩並未如此，主要原因在於他將這些看似無

物、虛空的察覺，收歸於一心，置諸於個人心境之涵養，但其本體卻是以儒家之積極奮發精神去融攝佛道於內心以靜察萬物變化，眼觀於事物之成住壞空，心游於世間並世外。表現詩中，即以儒釋道三教融合之道（眼），觀看因事物變化而起之情執，然後再以「道」貞定「情」。

二、蘇詩對前輩詩家的熔鑄與重塑

蘇軾本身兼受儒道佛影響，他對同樣兼受儒道佛影響的李白有較特殊的領會。李白雖說兼受儒道佛影響，但主要受道家、道家影響最深，蘇軾即從李白重外丹、輕內丹的道教修練而形成的常見飛昇俯瞰人間的觀物方式，學習這種俯瞰人間的觀物方式，但更常將這種俯視的姿態表現之後，再收歸於一心之觀看，觀看萬物之興滅得失，藉此超然於物外。如果說李白是由不斷飛升以藐視萬物而超然物外，蘇軾則是不斷反察己心而洞察萬物本質而超然物外。蘇軾認為杜詩詩藝固然精巧，但其人格與精神才是詩的真正核心所在。杜甫保有達則兼善天下，窮則獨善其身，不忘其君之心，忠君愛民，更是蘇軾敬仰推崇之處。蘇軾認為杜甫終身不遇、流落飢寒，詩作不但發乎情止於忠孝，又不曾忘君，一意想要報效國家，其精神益發珍貴。蘇軾從人格上來讚揚杜甫，亦以此為學習，蘇軾一生亦忠孝愛君、憐憫愛民。蘇軾效法杜詩裡的道德理想、現實精神、政治原則和諷喻比興的詩歌藝術手法。不同之處在於杜詩將仁民愛物之心，致君堯舜之志，汲汲世用，卻仕途坎坷，半生流難的人生的悲苦，轉為沉鬱頓挫的詩風。蘇軾雖亦經歷政治困頓，但畢竟仍有任官、得意之時，並且兼受儒佛道影響較深，相較杜甫以儒者自居而接受釋道影響較淺，形成與杜甫沉鬱頓挫截然不同的曠達詩風。

蘇軾對於韓愈對韓愈高揭儒家正統、嚴斥佛老之說，一方面極力讚揚，一方面又批評他是「流入於佛、老而不自知」。蘇軾從性之觀念指出韓愈之流入於佛、老，看似要標明儒與佛道之清楚界限，但實際上恰恰相反，他是要標明儒家思想之特點有與佛老義理有所

不可覆蓋、包容者，反藉此作爲吸收佛老的起點與特點。另外蘇軾對於韓詩豪放奇險之風，雖然偶有學習仿效，但畢竟不相應，韓愈追求的正是好奇務新，以新爲美，避免陳言濫語，這和蘇軾的詩歌美學追求平易恰恰相反，蘇詩的新是在如何從既有之「故」翻出「新」，而非刻意出奇爲新；是從通俗之「俗」翻出典雅之「雅」，而非有意避除俗言俗語。但是蘇軾還是學習了韓愈「以文爲詩」的特點，融入散文之句法、虛字、議論於詩，搭配自己平易簡易詩風，形成自我的特色。

　　蘇軾對於白居易，前期志在兼濟，積極用事，深具儒家性格；後期獨善其身，知足保合，具佛道氣息，又同經貶官起復的政治經歷、儒佛道思想的兼併，十分嚮往。但是白居易從儒家的兼濟天下，轉爲獨善其身，追求心安，講究知足，晚年又轉入佛道，棲止於釋，在禪定修習中獲取身心的自足自適以及對人生憂患的超越；而蘇軾之嚮往白氏，看似以隱退全身免禍爲念，但實際上卻是以儒兼攝佛道，勇於入世，行義，對於人生憂患常能勇於面對，化悲觀爲樂觀，在曠達之中化解外在的困景、生命悲慨與蒼涼情韻，閃現出更爲博厚的生命情調。可以說，白居易是從現實面的全身避禍考量而從儒遁入佛道，而蘇軾則是援佛道之儒去面對各種現實。再者，蘇軾雖稱白詩淺易白俗，但亦曾仿效其淺易白俗的語言作諷諭詩，即事敘說，託事寄諷。另外蘇軾五言排律之作法，亦可見模仿白居易之排律詩之痕跡，同時蘇軾之和陶詩，亦受白居易效陶詩十六首的啓發與影響。

　　蘇軾對於陶潛早年服膺儒術，後又參入道家思想，從「猛志逸四海，騫翮思遠翥」到「有志不獲騁」最後選擇固窮以守志，回歸自然之境，安頓自我身心，極爲欣賞；蘇軾欣賞陶潛這種從外向猛志斂藏回歸自我所好及自然平和之樂，不同的是，這種自足愉悅之樂，陶潛歸諸道家自然之樂，而蘇軾則歸諸儒釋道三教之樂。蘇軾對於陶潛的詩風，認爲已然達到內涵飽滿、技巧兼擅，卻刻意選擇了或者說是自然而然表現出一種疏淡、散緩的面貌，不再計較推敲講究於詩歌文字

的典麗隆重。因此蘇軾的和陶詩，模仿了陶詩少用典故，不事雕琢，罕用華麗辭藻，情感樸素眞摯，格調清新明快之特徵，透過遍和陶詩的過程，遠慕前賢，呼應彼此相似的生命處境，展開跨時空的交流與對話，追躡散緩不收的文字表現，達臻深趣而幾於道。

三、蘇詩本色

　　蘇詩之本色在於情眞深至、參以道喜禪悅、意境恣逸獨闢、氣機疏暢、巧喻與博喻之妙用、窄韻巧押。其中窄韻巧押，明顯是受了韓愈影響而後出專精；博喻亦是繼承前人之成果而匠心獨運、推陳出新，而巧喻之妙用，富於聯想，精於比附，確爲蘇軾長技；而氣機疏暢則頗受李、杜之影響，流溢縱橫之氣於詩中；而意境恣逸獨闢及參以道喜禪悅，顯然是蘇軾受佛道思想之影響下所縱意獨到之處；而情眞深至則爲其眞實感情之流露。固然，蘇詩本色乃在於詩意及詩藝的超越古人、突出自我面貌爲主。但是此處我們更在意的是，蘇軾如何從古人的詩藝中提煉出養份，作爲自己詩藝的沃土，又如何從儒釋道思想中融鑄出獨特的詩歌面貌。其中參以道喜禪悅，實則應當包含著儒以及釋道三教融和之後的思想反映，表現在詩中，呈現出東坡詩的本色面貌，即在於詩中所流露出的「反轉力量」，每每詩中描述生命之挫折處、困頓處、失意處、悲傷處，抒發苦悶、悲傷、痛苦的情緒之後，在詩末總是極力反轉，從苦悶悲傷痛苦之中反轉而上，轉出樂觀、曠達、安適之意。這種反轉的力量與姿態，正是源於其三教思想融和之後調適而成的生命力量。也成爲蘇詩最重要的特徵。

參考文獻

一、蘇軾相關文獻

1. 〔宋〕王十朋編撰：《集註分類東坡詩》，四部叢刊初編集部。
2. 〔宋〕郎曄注：《經進東坡文論事略》，四部叢刊初編集部。
3. 〔宋〕施元之、顧景蕃合注，鄭騫、嚴一萍編校：《增補足本施顧注蘇詩》，臺北，藝文印書館，1978 年。
4. 〔宋〕朋九萬：《東坡烏台詩案》，臺北：藝文印書館，1968 年。
5. 〔宋〕蘇軾著：《蘇氏易傳》北京：語文出版社，2001 年。
6. 〔清〕紀昀評點：《蘇文忠公詩集》，臺北：宏業書局，1969 年 6 月出版。
7. 〔清〕查慎行註，馮應榴增註：《蘇文忠詩合註》，文淵閣四庫全書本，臺北：臺灣商務印書館。
8. 〔清〕王文誥輯注：《蘇文忠公詩編註集成》，臺北：臺灣學生書局，1987 年 10 月第三次印刷（影印嘉慶二十四年武林韻山堂藏版）。

（以上依作者年代排序，以下依成書先後排序爲主，又以同一作者爲次）

二、歷代研究蘇軾專著

1. 梁章鉅纂：《東坡事類》，臺北：佩文書社，1961 年 4 月。
2. 石朝儀：《東坡評傳》，臺北：文史哲出版社，1974 年 9 月。
3. 劉維崇：《蘇軾評傳》，臺北：黎明文化事業股份有限公司，1978 年 2 月。
4. 易蘇民：《三蘇年譜彙證附著述考》，臺北：昌言圖書公司，1978 年

10 月初版。

5. 曾棗莊：《蘇軾評傳》，成都：四川人民出版社，1981 年。

6. 曾棗莊：《三蘇文藝思想》，成都：四川文藝出版社，1985 年。

7. 曾棗莊：《三蘇傳》，臺北：學海出版社，1986 年。

8. 曾棗莊、曾濤：《三蘇選集》，哈爾濱：黑龍江人民出版社，1993 年。

9. 曾棗莊：《蘇轍評傳》，臺北：五南圖書，1995 年。

10. 曾棗莊：《三蘇文藝思想》，臺北：學海出版社，1995 年 8 月初版。

11. 曾棗莊、曾濤編：《蘇文彙評》，臺北：文史哲出版社，1998 年。另大陸版，四川：四川文藝出版社，2000 年。修訂不少訛誤。

12. 曾棗莊、曾濤編：《蘇詩彙評》，臺北：文史哲出版社，1998 年。另大陸版，四川：四川文藝出版社，2000 年。修訂不少訛誤。

13. 曾棗莊等著：《蘇軾研究史》，南京：江蘇教育出版社，2001 年。

14. 曾棗莊編纂：《三蘇全書》，北京：語文出版社，2001 年。

15. 孔凡禮點校：《蘇軾詩集》，北京：中華書局出版，1982 年 2 月第一版。

16. 孔凡禮點校：《蘇軾文集》，北京：中華書局出版，1986 年 3 月第一版。

17. 孔凡禮：《蘇軾年譜》，北京：中華書局，1998 年。

18. 龍榆生校箋：《東坡樂府箋》，臺北：華正書局，1983 年 8 月初版。

19. 李一冰：《蘇東坡新傳》，臺北：聯經出版社，1986 年。

20. 蘇軾研究學會編：《東坡研究論集》（蘇軾研究論文集第三輯），四川：文藝出版社，1986 年 3 月第一版。

21. 謝桃坊：《蘇軾詩研究》，成都：巴蜀書社，1987 年。

22. 王水照編：《宋人所撰三蘇年譜彙刊》，上海：上海古籍出版社，1989 年。

23. 王水照：《蘇軾論稿》，臺北：萬卷樓出版社，1994 年。

24. 王水照：《蘇軾選集》，臺北：萬卷樓出版社，1997 年。

25. 王水照、朱剛：《蘇軾評傳》，南京：南京大學出版社，2004 年。

26. 陳雄勳：《三蘇及其散文之研究》，臺北：文史哲出版社，1991 年 11 月初版。

27. 劉石：《蘇軾詞研究》臺北：文津出版社，1992 年 7 月初版。

28. 韓介光：《蘇軾謫居海南生涯探討》，臺北：文景書局，1993 年 2 月初版。

29. 王洪：《蘇軾詩歌研究》，北京：朝華出版社，1993 年。

30. 四川大學中文系唐宋文學研究室編：《蘇軾資料彙編》，北京：中華書局，1994 年。

31. 唐玲玲、周偉民：《蘇軾思想研究》，臺北：文史哲出版社，1996 年 2 月初版。

32. 江惜美：《蘇軾詩分期代表作研究》，臺北：華正書局，1996 年 9 月初版。

33. 江惜美：《蘇軾詩析論——分期及其代表》，臺北：華正書局，1997 年 5 月初版。

34. 林語堂著，宋碧雲譯：《蘇東坡傳》，臺北：遠景出版公司，1997 年 10 月初版。

35. 朱靖華：《蘇軾論》，北京：京華出版社，1997 年 12 月第一版。

36. 薛瑞生箋證：《東坡詞編年箋證》，西安：三秦出版社，1998 年。

37. 劉尚榮：《蘇軾著作版本論叢》，成都：巴蜀書社，1988 年。

38. 鄭倖朱：《蘇軾以賦爲詩研究》，臺北：文津出版社，1998 年 11 月初版。

39. 衣若芬：《蘇軾題畫文學研究》，臺北：文津出版有限公司，1999 年 5 月一刷。

40. 衣若芬《觀看、敘述、審美——唐宋題畫文學論集》，臺北：中研院文哲所，2004 年。

41. 姜聲調：《蘇軾的莊子學》，臺北：文津出版社有限公司，1999 年 12 月一刷。

42. 王靜芝、王初慶等編著《千古風流——東坡逝世九百年學術研討會》，臺北：洪葉文化出版社，2001 年。

43. 陳新雄：《東坡詞選析》，臺北：五南圖書出版公司，2000 年 9 月初版。

44. 陶文鵬：《蘇軾詩詞藝術論》，上海：上海古籍出版社，2001 年 5 月第一版。

45. 黃啓方先生：《東坡的心靈世界》，臺北：臺灣學生書局，2002 年。

46. 鄒同慶、王宗堂編年校註：《蘇軾詞編年校註》，北京：中華書局，2002 年。

47. 謝佩芬：《蘇軾心靈圖像：以「清」爲主之文學觀》，臺北：文津出版社，2005 年。

48. 張志烈等校注：《蘇軾全集校注》，石家莊：河北人民出版社，2010

年。

49. 王友勝:《蘇詩研究史稿（修訂版）》，北京：中華書局，2010 年。

三、學位論文

1. 洪瑀欽:《蘇東坡之文學研究》，中國文化學院中國文學研究所博士論文，1977 年 11 月。

2. 陳英姬:《蘇軾政治生涯與文學的關係》，國立臺灣師範大學國文研究所博士論文，1989 年 6 月。

3. 江惜美:《蘇軾詩學理論及其實踐》，私立東吳大學中文研究所博士論文，1991 年 6 月。

4. 李慕如:《東坡詩文思想之研究》，國立臺灣師範大學國文研究所博士論文，1998 年 6 月。

5. 李貞慧:《蘇軾「意」與「法」觀與其「古文」創作發展之研究》，台灣大學中文所博士論文，2002 年。

6. 吳明興:《蘇軾佛教文學研究》，佛光大學中國文學系博士論文，2009 年。

7. 李天祥:《蘇軾的「寄寓」與「懷歸」——以時間、空間為主軸的考察》，台灣大學中國文學研究所博士論文，2010 年。

8. 李妮庭:《蘇軾詩人意識研究》，國立東華大學中國語文學系博士論文，2012 年。

9. 李百容:《蘇軾詩畫通論之藝術精神研究》，淡江大學中國文學系博士班，2012 年。

10. 陳金英:《蘇軾飲膳文學美感研究》，國立高雄師範大學中國文學研究所博士論文，2013 年 6 月。

（以上博士論文，以下碩士論文）

11. 戴麗珠:《蘇東坡與詩畫合一之研究》，國立臺灣師範大學國文研究所碩士論文，1975 年 6 月。

12. 林採梅:《東坡瓊州詩研究》，私立東吳大學中國文學研究所碩士論文，1987 年 10 月。

13. 羅鳳珠:《蘇軾黃州詩研究》，國立臺灣師範大學國文研究所碩士論文，1988 年 6 月。

14. 黃美娥:《蘇軾文論及其散文藝術研究》，國立臺灣師範大學國文研究所碩士論文，1989 年。

15. 劉昭明:《蘇軾嶺南詩論析》，國立臺灣師範大學國文研究所碩士論

文，1989 年 5 月。

16. 黃惠菁撰：《東坡文藝創作理論研究》，國立臺灣師範大學國文研究所碩士論文，1992 年。

17. 吳淑華：《東坡謫黃研究》，中國文化大學碩士論文，1993 年 6 月。

18. 謝惠芳：《蘇軾題畫文學之研究》，國立臺灣師範大學國文研究所碩士論文，1994 年 12 月。

19. 廖克超：《蘇軾、蘇轍兄弟詩唱和詩研究》，國立臺灣師範大學國文研究所碩士論文，1997 年 6 月。

20. 謝佩芬：《北宋詩學中「寫意」課題研究》，國立臺灣大學出版委員會，1998 年 6 月初版。

21. 金汶珠：《蘇軾和陶詩研究》，私立東海大學中國文學研究所碩士論文，1999 年。

22. 林湘華：《禪宗與宋代詩學理論》，國立成功大學中國文學研究所碩士論文，1999 年 6 月。

23. 蔡造珉：《蘇軾小品文研究》，中國文化大學中國文學研究所碩士論文，1999 年 6 月。

24. 楊珮琪：《蘇軾杭州詩研究》，國立臺灣師範大學國文研究所碩士論文，1999 年 7 月。

25. 紀懿珉：《蘇軾記遊文研究》，私立輔仁大學中國文學研究所碩士論文，2000 年 6 月。

26. 李雲龍：《蘇軾《東坡書傳》研究》，國立政治大學中國文學系研究所碩士論文，2000 年 7 月。

27. 黃蕙心：《蘇東坡和陶詩研究》，私立輔仁大學中國文學系碩士論文，2001 年 6 月。

28. 陳貞俐：《蘇軾詠花詩研究》，國立高雄師範大學中國文學研究所碩士論文，2001 年 6 月。

29. 蔡孟芳：《蘇軾詩中的生命觀照》，政治大學中國文學研究所碩士論文，2006 年。

30. 陳淑芬：《蘇軾黃州時期作品中的佛學思想研究》，國立彰化師範大學國文學系碩士論文，2006 年。

31. 楊方婷：《蘇軾文學作品中的遊》，清華大學中文研究所碩士論文，2007 年。

32. 石學翰《蘇軾易學與古文融攝之研究》，國立高雄師範大學經學研究所碩士論文，2009 年。

33. 杜皖琪：《從蘇軾黃州詞論其思想境遇》，國立政治大學中國文學研究所碩士論文，2010 年。

34. 林馨儀：《中國傳統養生——以北宋蘇軾爲例》，國立成功大學歷史學系碩博士碩士論文，2010 年。

35. 謝世婷：《蘇軾詩敘事表現之研究》，國立東華大學中國語文學系碩士論文，2011 年。

四、期刊論文

1. 梁容若：〈蘇東坡評傳〉，《文壇》，1965 年 11 月，第 65 期，頁 18 ～24。

2. 費海璣：〈蘇文忠公詩編註集成簡介〉，《書目季刊》，1967 年 9 月，第 2 卷第 1 期，頁 67～74。

3. 王景鴻：〈蘇東坡著述版本考〉，《書目季刊》，1969 年 12 月，第 4 卷第 2 期，頁 13～54。

4. 鄭騫：〈宋刊施顧註蘇東坡詩概述〉，《國立中央圖書館館刊》，1970 年 1 月，新 3 卷第 1 期，頁 10～15。

5. 王景鴻：〈蘇東坡著述版本考〉，《書目季刊》，1970 年 3 月，第 4 卷第 3 期，頁 41～82。

6. 曹樹銘：〈蘇東坡與道佛之關係〉（上），《國立中央圖館館刊》，1970 年 4 月，新 3 卷第 2 期，頁 7～21。

7. 曹樹銘：〈東坡與佛道之關係〉（下），《國立中央圖書館館刊》，1970 年 10 月，新 3 卷第 3、4 期，頁 34～55。

8. 王彥：〈東坡先生在儋耳〉，《中華詩學》，1970 年 12 月，第 4 卷第 1 期，頁 15～18。

9. 李曰剛：〈論蘇軾集宋詩之大成〉，《中華文化復興月刊》，1972 年 5 月，第 5 卷第 5 期，頁 56～59。

10. 蘇雪林：〈蘇詩之以文爲詩善發議論〉，《暢流》，1972 年 6 月，第 45 卷第 9 期，頁 13～14。

11. 蘇雪林：〈蘇詩之富於哲理〉，《暢流》，1972 年 7 月，第 45 卷第 11 期，頁 12～14。

12. 周世輔：〈論東坡的哲學思想〉，《建設》，1972 年 8 月，第 21 卷第 3 期，頁 32。

13. 蘇雪林：〈蘇詩之用小說俗諺及眼前典故〉，《暢流》，1972 年 8 月，第 45 卷第 12 期，頁 6～8。

14. 陳香：〈蘇軾詩中用字的技巧〉，《中華文化復興月刊》，1973 年 6 月，

第 6 卷第 6 期，頁 44～46。

15. 戴麗珠：〈論蘇東坡詩畫理論及其影響〉，《中華文化復興月刊》，1977 年 3 月，第 10 卷第 3 期，頁 59～64。

16. 陳香：〈蘇軾與道潛〉，《東方雜誌》，1986 年 3 月，第 19 卷第 9 期，頁 76～79。

17. 莊申：〈蘇東坡在海南島〉，《歷史月刊》，1988 年 4 月，第 3 期，頁 112～134。

18. 王建生：〈趙甌北的文學批評──論蘇軾〉，《中國文化月刊》，1989 年 1 月，第 111 期，頁 30～40。

19. 黃寬重：〈蘇東坡貶謫黃州的生活與心境〉，《故宮文物月刊》，1990 年 4 月，第 8 卷第 1 期，頁 40～50。

20. 張德文：〈蘇軾論藝術的「自然」美〉，《中國文化月刊》，1991 年 7 月，第 141 期，頁 64～73。

21. 鍾屏蘭：〈東坡南遷途中詩研究〉，《國立屏東師範學院學報》，1992 年，第 5 期，頁 71～82。

22. 王淳美：〈東坡謫居黃州時期釋道關係之研究〉，《南臺工商專校學報》，1992 年 3 月，第 15 期，頁 115～134。

23. 江惜美：〈東坡詩分期初探〉，《臺北市立師範學院學報》，1993 年，第 24 期，頁 237～248。

24. 韓介光：〈蘇軾嶺南謫居時之心態蠡討〉，《丘海季刊》，1993 年 4 月，第 35 期，頁 11～14。

25. 曹淑娟：〈宋詞中詩典運用之類型析論〉，《國立編譯館館刊》，1994 年 12 月，第 23 卷第 2 期，頁 119～144。

26. 宋晞：〈宋代學術與宋學精神〉，《華岡文科學報》，1995 年 4 月，第 20 期，頁 1～18。

27. 程林輝：〈蘇軾的人生哲學〉，《中國文化月刊》，1995 年 10 月，第 192 期，頁 75～89。

28. 江惜美：〈東坡奔放期詩作探析〉，《臺北市立師範學院學報》，1996 年 4 月，第 27 期，頁 317～329。

29. 曾棗莊：〈論宋代的三大詩案〉，《故宮學術季刊》，1996 年 11 月，第 14 卷第 2 期，頁 29～43。

30. 劉孔伏：〈蘇東坡筆削〈和陶詩引〉〉，《明道文藝》，1996 年 11 月，第 248 期，頁 48～49。

31. 李慕如：〈東坡與道家道教〉，《國立屏東師範學院學報》，1997 年 6 月，第 10 期，頁 319～354。

32. 蔡秀玲:〈論蘇東坡的人生觀〉,《臺中商專學報》,1997 年 6 月,第 29 期,頁 225～251。

33. 江惜美:〈論蘇軾詩中的意境〉,《臺北市立師範學院學報》,1998 年,第 29 期,頁 113～130。

34. 宋邦珍:〈蘇東坡創作理論中的言意關係探討〉,《中國文化月刊》,1998 年 2 月,第 215 期,頁 43～53。

35. 李慕如:〈談東坡思想生活入禪之啓迪〉,《國立屏東師院學報》,1998 年 6 月,第 11 期,頁 163～194。

36. 謝桃坊:〈蘇軾與經學〉,《中國文化月刊》,1998 年 8 月,第 221 期,頁 59～73。

37. 黃志誠:〈蘇軾諷諫詩內容探析——宋神宗熙寧二年至元豐二年詩歌爲探析對象〉,《光武學報》,1998 年 11 月,第 23 期,頁 293～312。

38. 陳秉貞:〈莊子藝術精神與蘇軾的書法創作思想〉,《人文及社會學科教學通訊》,2000 年 8 月,第 11 卷第 2 期,頁 171～186。

39. 鍾美玲:〈蘇軾禪詩山水意象的表現〉,《中國文化月刊》,2000 年 9 月,第 246 期,頁 44～62。

40. 張高評:〈五十年來唐宋文學研究的回顧與前瞻〉,《漢學研究通訊》,2001 年 2 月,第 20 卷第 1 期,頁 6～19。

41. 衣若芬:〈臺港蘇軾研究論著目錄一九四九～一九九九〉,《漢學研究中心》,2001 年 5 月,第 20 卷第 2 期,頁 180～200。

42. 江惜美:〈析論蘇軾詩中的形相直覺〉,《應用語文學報》,2001 年 6 月,(第三號),頁 187～200。

43. 蕭麗華:〈東坡詩論中的禪喻〉,《佛學研究中心學報》,2001 年 7 月,第 6 期,頁 243～270。

44. 鄭曉江:〈勞動筋骨,節制貪欲——蘇東坡的養生之道〉,《歷史月刊》,2001 年 7 月,第 162 期,頁 63～66。

45. 王隆升:〈傾訴與聆聽——試論東坡與參寥的情誼〉,《歷史月刊》,2001 年 7 月,第 162 期,頁 37～42。

46. 〈蘇東坡詠史詩一瞥〉汪榮祖,《歷史月刊》,2001 年 7 月,第 162 期,頁 54～56。

47. 江惜美:〈《容齋詩話》對蘇詩的評價〉,《宋元文學學術研詩會論文集》,東吳大學中國文學系出版,2002 年 3 月,頁 383～408。

48. 劉正忠:〈不大聲色、宋代詩學的表現理論〉,《宋元文學學術研詩會論文集》,東吳大學中國文學系出版,2002 年 3 月,頁 559～598。

49. 張惠民:〈簡論蘇軾的文化人格〉,汕頭大學學報(人文社會科學版),

2003 年，第 19 卷第 5 期，頁 54～63。

50. 馬銀華：〈此心安處是吾鄉——論蘇軾隨緣自適的人生哲學〉，《東岳論叢》，2004 年 9 月，第 25 卷第 5 期，頁 123～125。

51. 蕭麗華：〈東坡詩中的般若禪喻〉，中央研究院文哲所，「聖傳與詩禪：中國文學與宗教國際學術研討會」，2004 年。

52. 萬偉成：〈我飲不盡器，半酣味尤長——蘇軾詩酒人生的哲學詮釋〉，《佛山科學技術學院學報（社會科學版）》，第 23 卷第 6 期，2005 年 11 月，頁 43～47。

53. 劉昭明：〈引物連類、直斥本朝昏君佞臣——蘇軾〈荔支歎〉的譏刺、典範與創意〉，《文與哲》，第 9 期，2006 年 12 月，頁 263～336。

54. 莫礪鋒：〈論紀批蘇詩的特點與得失〉，《中國韻文學刊》，20 卷第 4 期，2006 年 12 月，頁 4～12。

55. 楊勝寬：〈萬物並育而不相害，道並行而不相悖——論蘇軾的自然與人性觀念〉，《樂山師範學院學報》，第 22 卷第 10 期，2007 年 10 月，頁 11～15。

56. 李黎：〈蘇軾貶謫嶺南時期童心分析及「思與無所思」的臨界點考察〉，《樂山師範學院學報》，第 23 卷第 9 期，2008 年 9 月，頁 11～14。

57. 張高評：〈蘇軾題畫詩與意境之拓展〉，《成大中文學報》第 22 期，2008 年 10 月，頁 23～60。

58. 張高評：〈蘇軾黃庭堅題畫詩與詩中有畫——以題韓幹、李公麟畫馬詩為例〉，《興大中文學報》第 24 期，2008 年 12 月，頁 1～34。

59. 王晶冰：〈吾安往而不樂——蘇軾人生智慧之一瞥〉，《山西高等學校社會科學學報》，第 21 卷第 12 期，2009 年 12 月，頁 157～159。

60. 王啓鵬：〈論蘇東坡的養生思想〉，《黃岡職業技術學院學報》，第 13 卷第 1 期，2011 年 2 月，頁 5～9。

五、其他相關文獻（依經、史、子、集排序）

【經部】

1. 何晏集解、邢昺疏：《論語注疏》，《十三經注疏本》，臺北：藝文印書館，1982 年 8 月 9 版。

2. 王弼注、孔穎達正義：《周易正義》，《十三經注疏本》，臺北：藝文印書館，1982 年 8 月 9 版。

【史部】（依作者時代先後排序）

1. 〔西漢〕司馬遷：《史記》。臺北：鼎文書局，1981 年 8 月 4 版。

2. 〔元〕脫脫：《宋史》，臺北：鼎文書局，1983 年 11 月三版。

3. 〔宋〕宋祁、歐陽修：《新唐書》，臺北：鼎文書局，1989 年 12 月五版。

4. 〔宋〕李燾：《續資治通鑑長編》，臺北：世界書局，1983 年 2 月四版。

5. 永瑢、紀昀等：《四庫全書總目提要》，臺北：臺灣商務印書館，1983 年 10 月初版。

6. 劉大杰：《中國文學發達史》，臺北：華正書局，1982 年 5 月版。

【子】

1. 郭象註：《莊子》，臺北：藝文印書館，1983 年 6 月四版。

2. 郭慶藩編：《莊子集釋》，王孝魚整理，臺北：群玉堂出版事業股份有限公司，1991 年 10 月初版。

【集】

1. 〔晉〕陶潛著，逯欽立校注《陶淵明集》，臺北：里仁書局，1985 年

2. 〔唐〕李白著，瞿蛻園等校注《李太白集校注》，臺北：里仁書局，1981 年。

3. 〔唐〕杜甫著，楊倫箋注《杜詩鏡詮》，臺北：漢京文化，1980 年。

4. 〔唐〕韓愈著，《韓愈全集校注》，四川：四川大學出版社，1996 年 7 月。

5. 〔唐〕白居易著，《白香山詩集》，臺北：世界書局，1961 年。

6. 〔宋〕蘇轍：《蘇轍集》，陳宏天、高秀芳點校，北京：中華書局，1990 年 8 月初版。

7. 〔宋〕黃庭堅：《山谷題跋》，津逮祕書，藝文印書館。

8. 黃庭堅：《豫章黃先生文集》，四部叢刊正編，臺北：臺灣商務印書館。

9. 黃庭堅：《山谷詩內外集注》，臺北：學海出版社，1979 年 10 月初版。

10. 〔宋〕魏泰撰，李裕民點校：《東軒筆錄》北京：中華書局，1983 年 10 月第一版。

11. 〔宋〕孔平仲：《談苑》，寶顏堂祕笈，藝文印書館。

12. 〔宋〕釋道原：《景德傳燈錄》，臺北：彙文堂出版社，1987 年 6 月臺一版。

13. 〔宋〕惠洪:《冷齋夜話》,學津討原,藝文印書館。

14. 〔宋〕何薳:《春渚紀聞》,北京:中華書局,1983 年 1 月第一版。

15. 〔宋〕葉夢得:《避暑錄話》,臺北:臺灣商務印書館,1966 年 3 月臺一版。

16. 〔宋〕周紫芝:《竹坡詩話》,上海:商務印書館,1936 年 12 月初版。

17. 〔宋〕朱弁:《風月堂詩話》,寶顏堂祕笈,藝文印書館。

18. 朱弁:《曲洧舊聞》知不足齋叢書,藝文印書館。

19. 〔宋〕胡仔:《苕溪漁隱叢話》前後集,臺北:臺灣商務印書館,1968 年 6 月臺一版。

20. 〔宋〕許顗撰:《許彥周詩話》,百川學海,藝文印書館。

21. 〔宋〕洪邁:《容齋詩話》,臺北:廣文書局有限公司,1971 年 9 月初版。

22. 〔宋〕陸游:《老學庵筆記》,臺北:木鐸出版社,1982 年 5 月初版。

23. 〔宋〕劉克莊:《後村詩話》,臺北:廣文書局有限公司,1971 年 9 月初版。

24. 〔宋〕費袞:《梁溪漫志》,知不足齋叢書,藝文印書館。

25. 〔宋〕曾敏行:《獨醒雜志》,知不足齋叢書,藝文印書館。

26. 〔宋〕嚴羽,郭紹虞校釋:《滄浪詩話校釋》,臺北:里仁書局,1987 年 4 月出版。

27. 〔清〕潘永因:《宋稗類鈔》,臺北:廣文書局,1967 年 12 月初版。

28. 〔清〕王士禎著,郭紹虞主編:《帶經堂詩話》,北京:人民文學出版社,1963 年 11 月北京第一版。

29. 〔清〕吳之振等輯:《宋詩鈔》,上海:新華書佔,1988 年 4 月第一版。

30. 〔清〕沈德潛:《說詩晬語》,臺北:文史哲出版社,1978 年 9 月初版。

31. 〔清〕趙翼:《甌北詩話》,臺北:廣文書局,1968 年 1 月初版。

32. 〔清〕方東樹:《昭昧詹言》,臺北:廣文書局,1962 年 8 月初版。

(以上依作者時代先後,以下依出版先後排列)

33. 楊家駱主編:《歷代詩話》上、中、下,臺北:世界書局,1961 年 10 月初版。

34. 丁福保輯訂:《歷代詩話續編》,臺北:藝文印書館,1961 年。

35. 王夢鷗:《文學概論》,臺北:藝文印書館,1967 年 5 月初版。

36. 郭紹虞校輯：《宋詩話輯佚》，臺北：文泉閣出版社，1972 年 4 月再版。

37. 梁崑：《宋詩派別論》，臺北：東昇出版事業有限公司，1980 年 5 月初版。

38. 高步瀛選注：《唐宋詩舉要》，臺北：學海出版社，1980 年 9 月四版。

39. 吉川幸次郎，劉向仁譯：《中國詩史》，臺北：明文書局，1983 年 4 月初版。

40. 朱光潛：《詩論》，北京：三聯書店，1984 年 9 月北京第一版。

41. 李澤厚：《美的歷程》，臺北：蒲公英出版社，1986 年 8 月出版。

42. 龔師鵬程：《文學與美學》，臺北：業強出版社，1987 年 1 月再版。

43. 龔師鵬程：《道教新論》，臺北市：臺灣學生，1991 年。

44. 龔師鵬程：《詩史、本色與妙悟》，臺北：台灣學生書局，1993 年。

45. 龔師鵬程：《文學與美學》，臺北：明田出版社，1994 年。

46. 龔師鵬程：《唐代思潮》，宜蘭市：佛光人文社會學院，2001 年。

47. 龔師鵬程：《文化符號學》，臺北市：臺灣學生，2001 年。

48. 龔師鵬程：《文學散步》，臺北：台灣學生書局，2003 年。

49. 龔師鵬程：《六經皆文：經學史/文學史》臺北：臺灣學生書局，2008 年。

50. 龔師鵬程：《中國傳統文化十五講》，臺北:五南，2009 年

51. 龔師鵬程《中國文學史》（上）（下），臺北：里仁書局，2009、2010 年。

52. 黃永武、張高評編著：《宋詩論文選輯》，高雄：復文圖書出版社，1988 年 5 月初版。

53. 錢鍾書：《談藝論》，臺北：書林出版有限公司，1988 年 11 月出版。

54. 葉嘉瑩：《蘇軾》，臺北：大安出版社，1988 年 12 月初版。

55. 臺灣大學中文研究所：《宋代文學與思想》，臺北：臺灣學生書局，1989 年 8 月初版。

56. 葛兆光：《禪宗與中國文化》，臺北：東華書局，1989 年 12 月初版。

57. 孫昌武：《佛教與中國文化》，臺北：東華書局，1989 年 12 月初版。

58. 孫昌武：《詩與禪》，臺北：東大圖書股份有限公司，1994 年 8 月初版。

59. 何瓊崖：《宋詩流派》，南京：南京出版社，1990 年 4 月第一版。

60. 鍾來因：《蘇軾與道家道教》，臺北：臺灣學生書局，1990 年 5 月初

版。

61. 龔顯宗：《歷朝詩話析探》，高雄：復文圖書出版社，1990 年 7 月初版。

62. 錢鍾書：《宋詩選註》，臺北：書林出版有限公司，1990 年 9 月出版。

63. 杜松柏：《詩與詩學》，臺北：洙泗出版社，1990 年 12 月初版。

64. 普濟著・蘇淵雷點校：《五燈會元》，臺北：文津出版社，1991 年 4 月初版。

65. 洪修平：《禪宗思想的形成與發展》，高雄：佛光出版社，1991 年 10 月初版。

66. 曹中孚校注：《宋詩精華錄》，四川成都：巴蜀書社，1992 年。

67. 沈師秋雄：《詩學十論》，臺北：文史哲出版社，1993 年 3 月初版。

68. 周裕鍇：《中國禪宗與詩歌》高雄：麗文文化，1994 年。

69. 周裕鍇：《宋代詩學通論》，四川：巴蜀書社，1997 年 1 月第一版。

70. 周裕鍇：《文字禪與宋代詩學》，中國：高等教育出版社，1998 年。

71. 張高評：《宋詩之新變與代雄》，台北：洪葉文化事業有限公司，1995 年 9 月。

72. 張高評主編：《宋代文學研究叢刊》，1～5 期，高雄：麗文文化，1995 ～1999

73. 張高評主編：《宋代文學研究叢刊》，高雄：麗文文化事業股份有限公司，1998 年 12 月初版一刷。

74. 張高評：《創意造語與宋詩特色》，臺北：新文豐，2008 年。

75. 張伯偉《禪與詩學》，臺北：揚智文化，1995 年 1 月出版

76. 程毅中主編：《宋人詩話外編》上、下，北京：國際文化出版公司，1996 年 3 月第一版。

77. 鍾美玲：《北宋四大家理趣詩研究》，臺北：文津出版社，1996 年 7 月初版一刷。

78. 黃啓方：《宋代詩文縱談》，臺北：臺灣商務印書館，1997 年 8 月初版。

79. 孫昌武：《禪思與詩情》，北京：中華書局，1997 年 8 月第 1 版。

80. 黃美鈴：《歐、梅、蘇與宋詩研究》，臺北：文津出版社，1998 年 5 月初版。

81. 姚瀛艇：《宋代文化史》，開封：河南大學出版社，1999 年 12 月。

82. 呂肖奐、周裕鍇、金錚主編：《中國文學——宋金元卷》，四川大學

中文系中國古代文學教研室編寫，1999 年 10 月第一版。

83. 王水照主編：《宋代文學通論》，高雄：復文圖書出版社，2000 年 6 月初版。

84. 國立彰化師範大學國文學系：《第五屆中國詩學會議論文集——宋代詩學——》，彰化：復文書局，2000 年 10 月出版。

85. 包弼德：《斯文：唐宋思想的轉型》，江蘇：江蘇人民出版社，2001 年 1 月第一版。

86. 伊永文：《行走在宋代的城市》，北京：中華，2005 年。

87. 曾棗莊、劉琳主編《全宋文》，上海：上海辭書出版社、合肥：安徽教育出版社出版發行，2006 年。

88. 崔成宗：《宋代詩話論詩研究》，臺北：學生，2007 年 6 月。

89. 陳素貞：《北宋文人的飲食書寫——以詩歌為例的考察》，臺北：大安，2007 年 6 月。

90. 沈松勤：《唐宋詞社會文化學研究》，杭州：浙江大學出版社，2007 年 9 月。

91. 廖志超：《蘇軾辭賦理論及其創作之研究》，台北：花木蘭出版社，2007 年 9 月。

92. 王啓鵬：《蘇軾文藝美論》，廣州：中山大學出版社，2007 年 12 月。

93. 楊渭生等：《兩宋文化史》，杭州：浙江大學出版社，2008 年。

94. 王如錫編輯：《東坡養生集》，北京：中華，2011 年 11 月。